O REI CORVO

NORA SAKAVIC

O REI CORVO

— TUDO PELO JOGO —

VOL. 2

Tradução
Carolina Cândido

1ª edição

Galera

RIO DE JANEIRO

2023

PREPARAÇÃO
Isabel Rodrigues

REVISÃO
Mauro Borges

CAPA
Juliana Misumi

TÍTULO ORIGINAL
The Raven King

CIP-BRASIL. CATALOGAÇÃO NA PUBLICAÇÃO
SINDICATO NACIONAL DOS EDITORES DE LIVROS, RJ

S152r   Sakavic, Nora
     O rei corvo / Nora Sakavic ; tradução Carolina Cândido. - 1. ed. - Rio de
Janeiro : Galera Record, 2023.
           (Tudo pelo jogo ; 2)

     Tradução de: The raven king
     ISBN 978-65-5981-270-7

     1. Ficção americana. I. Cândido, Carolina. II. Título. III. Série.

23-83908   CDD: 813
                  CDU: 82-3(73)

Gabriela Faray Ferreira Lopes - Bibliotecária - CRB-7/6643

Impresso no Brasil

ISBN 978-65-5981-270-7

Seja um leitor preferencial Record.
Cadastre-se no site www.record.com.br e receba informações
sobre nossos lançamentos e nossas promoções.

Atendimento e venda direta ao leitor:
sac@record.com.br

NOTA DA EDITORA

Este livro é uma obra de ficção que contém cenas que podem ser perturbadoras a alguns leitores. A trilogia Tudo Pelo Jogo apresenta, ao longo de seus três volumes, situações e cenas fictícias e que possuem, por vezes, temáticas sensíveis. A Galera Record preza acima de tudo pelo bem-estar de seus leitores, e aconselhamos uma leitura responsável do conteúdo apresentado, de acordo com a faixa etária recomendada.

O REI CORVO

CAPÍTULO UM

Olhando de fora, parecia que o Halloween tinha chegado com dois meses de antecedência. Na semana anterior, a Universidade de Palmetto State estava coberta de faixas laranja e brancas em comemoração ao início do ano letivo. Durante o fim de semana, alguém substituiu todas as faixas brancas por pretas. A impressão era de que o campus estava de luto. Neil Josten achou aquela uma homenagem muito fraca, mas podia ser apenas o seu lado cínico em jogo.

Não se culpava pela própria insensibilidade. Só tinha dezoito anos e já tinha visto mais gente morrer do que conseguiria contar nos dedos. A morte não era agradável, mas, para ele, era uma dor familiar e tolerável. A overdose inesperada de Seth Gordon no sábado à noite deveria ter tido um peso maior para ele, já que os dois foram não só colegas de equipe, mas também dividiram o mesmo quarto por três meses; a questão é que Neil não sentia nada. Sobreviver já era difícil o bastante na maioria dos dias; não tinha tempo para sofrer pelas desgraças alheias.

O som estava alto, uma batida de rock que preenchia temporariamente o silêncio no carro, mas que foi interrompido tão rápido quanto começou. Neil desviou sua atenção das faixas e olhou para a frente. Nicholas "Nicky" Hemmick apoiou as mãos no painel, xingando baixinho. O primo de Nicky, Aaron Minyard, sentado do lado oposto de Neil no banco traseiro, empurrou o banco do motorista. Se aquilo era uma espécie de bronca por ficarem tentando fingir que as coisas estavam bem ou uma forma silenciosa de demonstrar apoio, Neil não saberia dizer. A relação dos primos era uma bagunça que nenhum tempo do mundo seria o suficiente para conseguir decifrar.

Nicky esticou a mão para o rádio de novo. Kevin Day estava sentado no banco da frente, por isso foi quem viu primeiro seu gesto. Afastou a mão de Nicky e disse:

— Tudo bem. Deixa quieto.

— Não quero fazer isso — respondeu Nicky, o tom de voz baixo e sofrido.

Ninguém respondeu, mas Neil pensou que todos estavam de acordo. Nenhum deles estava com muita vontade de treinar, mas a temporada já havia começado, então não podiam tirar vários dias de folga. Pelo menos o treinador David Wymack os chamara para voltarem às quadras em uma quarta-feira à tarde. Era o dia em que Andrew Minyard, o irmão gêmeo de Aaron, tinha suas sessões semanais de terapia.

Geralmente, o humor instável de Andrew não era um problema, mas seu entusiasmo também não o tornava nada amigável. Um Andrew emotivo precisando lidar com a morte do colega de time de quem menos gostava era a receita perfeita para o desastre. A equipe devia ter se reunido no domingo de manhã para lamentar a perda, mas, em vez disso, Andrew e Matt acabaram se envolvendo em uma discussão violenta.

Depois, Wymack forçou a equipe a se separar. Os veteranos passaram a morar com a enfermeira do time, Abby Winfield, e os primos e Kevin foram banidos para o dormitório. Neil teria ficado por lá também, mas Wymack não queria ele sozinho no quarto que dividia com Matt e Seth. Então, Neil passou algumas noites dormindo no sofá do treinador. Neil achava que a preocupação de Wymack não fazia sentido, mas sabia que era melhor não discutir.

Seth morrera no sábado à noite e foi cremado na segunda pela manhã. Até onde Neil sabia, a mãe de Seth tinha assinado todas as autorizações, mas não apareceu nem no crematório para pegar as cinzas do filho. Quem ficou com a urna foi Allison Reynolds, pivô das Raposas, com quem Seth mantinha um namoro ioiô. Neil não sabia se ela estava planejando enterrar as cinzas ou mantê-las em seu quarto no dormitório pelo resto do ano. Também não iria perguntar. Ainda não entendia muito bem o papel que ele mesmo pode ter desempenhado na morte de Seth. Até resolver isso, preferia evitar Allison o máximo possível.

Allison não compareceria ao treino daquele dia, mas todos os outros atletas estariam lá. Neil não via os veteranos desde o domingo de manhã, e sabia que seria um encontro difícil. Mas só faltavam dois dias para o segundo jogo da temporada, e de um jeito ou de outro precisavam se reunir. As Raposas nunca tiveram muitas chances de ganhar, mas nesse ano em particular tudo parecia ainda mais desanimador. Já eram a menor equipe na primeira divisão de Exy da NCAA; agora, tinham a quantidade mínima de atletas para uma equipe se qualificar. Perderam o único veterano do quinto ano, e o ataque que ainda restava na equipe era formado por um campeão nacional lesionado e um amador.

Laranja cintilava em sua visão periférica. Era difícil não notar o estádio de Exy da Universidade de Palmetto State, com capacidade para 65 mil torcedores e pintado com as cores laranja e branca no tom mais brilhante que a universidade encontrou. Enormes patas de raposa enfeitavam cada uma das quatro paredes externas. As faixas pretas estavam todas estendidas ali: cada poste de iluminação dos estacionamentos e cada um dos 24 portões estavam cobertos por elas. Uma homenagem silenciosa preenchia a entrada reservada às Raposas, que tinham acesso privativo. Na porta havia fotos de Seth com amigos e bilhetes escritos à mão pelos professores.

Nicky parou próximo à calçada, mas não desligou o motor. Neil desceu do banco de trás e olhou por cima do capô para contar as viaturas que estavam ali. A presença de Kevin no time significava que as Raposas precisavam de seguranças em tempo integral, mas a quantidade havia dobrado durante o verão, quando o antigo time de Kevin se transferiu para a região sudeste. Neil estava começando a se acostumar com a presença de policiais do campus onde quer que fosse, mas vê-los sempre trazia uma sensação ruim.

Nicky saiu com o carro assim que Aaron e Kevin desceram. Não tinha motivo para Nicky já se trocar para o treino, considerando que em meia hora teria que buscar Andrew no Centro Médico Reddin. Assim que Neil viu o carro virar, saindo do estacionamento e de volta para a rua, olhou para os colegas de time.

Não era segredo que o grupinho de quatro pessoas de Andrew odiava Seth, mas Aaron e Nicky ainda eram humanos o suficiente para ficarem abalados com sua morte repentina. A reação inicial de Kevin à notícia fora fria, mas ele estava completamente chapado na hora. Neil não sabia se depois, já sóbrio, havia sentido algum remorso.

Neil estava curioso para saber qual deles ia ceder primeiro à apatia, mas paciência tinha limite. Quando trinta segundos se passaram e ninguém ergueu nem um dedo, Neil jogou a toalha e foi até a entrada das Raposas. O código de acesso costumava mudar a cada dois meses, mas, com os Corvos na área, Wymack decidiu que a mudança ocorreria semanalmente. Naquela semana, eram os quatro últimos dígitos do telefone de Abby. Neil estava começando a achar que os colegas de equipe estavam certos sobre a relação invisível entre o treinador e a enfermeira.

Percorreram o corredor em fila até o vestiário, cuja porta estava destrancada e as luzes lá dentro acesas, mas o lounge estava vazio. Neil foi investigar a situação enquanto Aaron e Kevin se acomodavam. Um outro corredor conectava o lounge ao saguão, local destinado às Raposas para entrevistas à imprensa antes e depois dos jogos. A porta no fundo do saguão, que levava ao estádio, ainda estava trancada. Neil voltou ao corredor onde ficavam os vestiários e escritórios. A porta do escritório de Wymack estava fechada, mas, se Neil prestasse bem atenção, conseguia ouvir a voz abafada do treinador atravessando a parede. Depois de ter certeza de que nenhum intruso estava ali, Neil voltou para perto dos outros.

Quando entrou, Aaron e Kevin estavam reorganizando os móveis. Neil ficou olhando enquanto posicionavam as poltronas e sofás em forma de V, então perguntou:

— O que vocês estão fazendo?

— Encontrando uma nova posição pra caber todo mundo — disse Aaron —, a não ser que você queira ficar olhando para a poltrona vazia a temporada inteira.

— A quantidade de almofadas continua igual — observou Neil.

— Mal cabem quatro pessoas nesse sofá. Cinco vai ser impossível.

— Cinco?

Kevin o olhou como se ele fosse idiota. Neil já estava mais do que familiarizado com aquele olhar, mas, mesmo depois de quatro meses trabalhando com Kevin, ainda o deixava mal.

— Você sabe qual é seu lugar, não sabe? — perguntou Kevin.

Até sábado à noite, Neil nunca fora burro a ponto de achar que tinha um lugar. Andrew prometeu que poderia mudar isso, mas sua proteção vinha com um preço: Andrew podia protegê-lo de seu passado se Neil o ajudasse a manter Kevin em Palmetto State. Parecia moleza, mas Nicky o alertou de que havia muito mais por baixo dos panos. Neil teria que fazer isso de dentro do grupo disfuncional de Andrew. Não dava mais para ficar se escondendo nas beiradas.

Neil observou mais uma vez a nova disposição dos móveis na sala e só então entendeu. Durante o verão, o grupo de quatro pessoas de Andrew se espremeu todo em um sofá. Agora podiam se espalhar, três no sofá e dois nas poltronas, uma de cada lado. O restante dos veteranos ficaria no sofá e nas poltronas do outro lado.

Neil foi até uma das poltronas, já que sempre se sentava nas laterais, mas Aaron se jogou nela primeiro. Neil hesitou por mais tempo do que deveria, e Aaron enfim explicou a ele:

— Você senta no sofá com Kevin e Andrew. Anda, vai lá.

— Não gosto de me sentir preso — disse Neil —, e não quero ficar sentado perto do seu irmão.

— Nicky aguentou isso por um ano — retrucou Aaron. — Você também aguenta.

— Vocês são a família dele — disse Neil. Não que aquilo significasse alguma coisa para eles: Wymack só recrutava atletas vindos de lares disfuncionais. Na Toca das Raposas, "família" não passava de uma fantasia inventada para tornar os livros e filmes de Hollywood mais interessantes. Neil sabia que aquela era uma causa perdida antes mesmo de terminar de falar, então foi até o lugar apontado por Aaron e se sentou.

Logo depois Kevin também se sentou, deixando espaço entre eles para Andrew. Neil olhou em volta de novo e se perguntou como os veteranos lidariam com aquele novo arranjo. Olhou para o enorme cronograma pendurado acima da televisão e sentiu o estômago embrulhar só de ler. Sexta-feira, 13 de outubro, era o dia em que as Raposas, lanternas do campeonato, jogariam contra o primeiro colocado, os Corvos da Universidade de Edgar Allan. Tudo indicava que seria um desastre.

A porta do escritório do treinador abriu lá no fim do corredor, mas uma fração de segundo depois o telefone começou a tocar, e Wymack não se deu ao trabalho de fechar a porta novamente para atender. Pelo que Neil conseguiu ouvir, alguém o estava perturbando por causa do escasso número de jogadores da sua equipe. A óbvia irritação de Wymack fez com que suas garantias soassem menos convincentes, mas Neil sabia que ele acreditava piamente em cada palavra que saía de sua boca. Wymack não se importava se tinha nove ou vinte e cinco Raposas: as apoiaria até o fim — mesmo que fosse amargo e sangrento.

Wymack ainda estava ao telefone quando a porta do lounge se abriu. A capitã Danielle Wilds foi a primeira a entrar, mas o seu namorado Matt Boyd e sua melhor amiga Renee Walker vinham logo atrás dela. Alguns passos depois, pararam abruptamente.

Dan apontou para Neil enquanto encarava Kevin.

— Mas que parada é essa?

Aaron respondeu:

— Você sabia bem o que significava quando o levamos no sábado à noite.

Wymack bateu o telefone com força. Neil ficou se perguntando se a discussão teria realmente acabado ou se ele tinha usado a chegada das outras Raposas como desculpa para encerrar a ligação. Alguns momentos depois, entrou apressado no lounge e seguiu com o olhar na direção de Neil, para onde Dan apontava. Olhou de Neil para Kevin e Aaron, então analisou a nova posição dos móveis e voltou o olhar para Neil.

— Até onde sei, Andrew não ia com a sua cara — disse Wymack.

— Ele ainda não vai — garantiu Neil, sem oferecer mais explicações.

— Interessante. — Wymack o observou por alguns instantes antes de se virar para os veteranos. — Vocês podem se sentar? Precisamos trocar uma palavrinha.

O treinador se encostou no rack onde ficava a televisão e esperou todos se ajeitarem. Cruzou os braços e ficou observando as Raposas, uma de cada vez.

— Abby escreveu um discurso pra eu fazer pra vocês hoje. Era muito bom, cheio de frases sobre coragem e perda e se unir em momentos difíceis. Rasguei o discurso e joguei na lixeira do lado da minha mesa.

"Não estou aqui para dizer palavras de conforto e dar tapinhas nas costas de vocês. Não sou um ombro para vocês chorarem. Deixem que a Abby cuide disso, ou podem ir até o Reddin e falar com a Betsy. Meu trabalho é ser o treinador de vocês e, independente do que aconteça, fazer com que continuem ativos e voltem às quadras, estando prontos ou não. Isso provavelmente faz de mim o vilão da história, mas faz parte."

Wymack fixou o olhar nas poltronas vazias à sua frente. A equipe de Exy de Palmetto State estava em seu quinto ano. Wymack construiu do zero a equipe das Raposas e escolheu Seth a dedo para ser um de seus titulares. Entre os problemas pessoais dos atletas, um contrato com brechas que permitia que os jogadores escolhessem ir embora e a opção de se formar em quatro anos em vez de cinco, Seth fora o único que permanecera no time por cinco anos. Ele tinha sido muitas coisas, a maioria delas desagradáveis, mas definitivamente fora um guerreiro. E tinha ido embora para sempre.

Wymack pigarreou e passou a mão pelo cabelo curto.

— Olha. Merdas acontecem. E vão continuar acontecendo. Não precisam que eu diga que a vida não é justa. Se estão aqui, é porque já sabem disso. A vida não está nem aí para as nossas expectativas; temos que lutar pelo que queremos com todas as nossas forças. Seth queria que a gente vencesse. Ele queria ver a gente passar da quarta partida, e acho que devemos um bom desempenho a ele. Vamos mostrar a nossa força para o mundo. Vamos fazer deste o nosso ano.

— Já perdemos o suficiente, não acham? — Dan perguntou aos colegas de time. — Já passou da hora de ganhar.

Matt entrelaçou os dedos no dela e apertou.

— Vamos chegar nas finais.

— Só falar não adianta nada pra mim — afirmou Wymack. — Provem em quadra que vocês têm o necessário para se classificar. Em cinco minutos quero vocês em quadra, uniformizados para treinar, ou vou inscrever todo mundo em uma maratona.

Apesar de não estar falando naquele habitual tom fingido de raiva, aquela espécie de discurso encorajador de Wymack já era familiar o bastante para fazer a equipe se mexer. O vestiário masculino estava silencioso enquanto se trocavam. Neil levou suas coisas para uma das cabines para se trocar. Separando os banheiros dos chuveiros ficava uma penteadeira, e Neil parou ali para encarar seu reflexo no espelho.

Por necessidade, Neil mantinha uma relação de amor e ódio com o próprio reflexo. Era a cópia exata do pai homicida, de quem tinha fugido oito anos antes. Pintar o cabelo e usar lentes de contato era a forma mais fácil de se disfarçar, mas manter aquilo enquanto convivia com as Raposas era exaustivo. Conferia as raízes do cabelo duas vezes por dia todos os dias e dormia virado para a parede, para poder tirar as lentes de contato durante a noite. Mantinha a caixinha das lentes dentro da fronha e guardava lentes extras na carteira. Era trabalhoso, mas era o que o ajudava a se manter são e salvo. Ele achava que aquilo não seria mais o suficiente.

Só percebeu que estava demorando quando Matt e Kevin vieram atrás dele. Viu o reflexo dos dois assim que surgiram na porta, mas não se virou.

— Vamos chegar nas finais? — perguntou Neil.

— Milagres acontecem — respondeu Matt.

— Não fica se baseando em uma coisa irreal como um milagre — interveio Kevin. — Você não vai ganhar nada se ficar parado aí. Termina de se trocar e vai pra quadra.

— Um dia, quero que você procure a palavra "insensível" no dicionário — resmungou Matt, irritado. — Tenho certeza que vai fazer maravilhas ao seu ego ver sua foto estampada bem ao lado da palavra.

— Não — falou Neil antes que Kevin pudesse rebater. — Ele tem razão. É pouco provável que o treinador consiga encontrar outro atacante com a temporada já rolando. Até ele descobrir o que fazer, Kevin e eu somos tudo o que vocês têm, e nenhum de nós é bom o suficiente.

— Ouviu isso, Kevin? — provocou Matt. — Seu reserva disse que você é incompetente.

— Não dou a mínima pra opinião dele — rebateu Kevin.

Mas não negou a afirmação, e, ainda que Matt possa não ter notado, Neil percebeu. Kevin foi treinado para jogar com a mão esquerda, mas Riko quebrara a mão boa dele em dezembro, em um ataque enfurecido de inveja. Desde março Kevin estava tentando reaprender a jogar com a mão direita, mas não era nem de longe tão bom quanto já havia sido um dia. A opinião pública dizia que ele era um gênio por conseguir continuar jogando, mas a tragédia causou um impacto profundo em Kevin. Por mais rígido que fosse com o restante do time, conseguia ser ainda pior consigo mesmo. E só por esse motivo Neil engolia a intransigência dele.

Neil se afastou dos espelhos e terminou de se arrumar. Dan e Renee estavam esperando pelos jogadores no saguão, e todos entraram no estádio para se aquecer. Após quarenta minutos dando voltas pela quadra e fazendo corridas intervaladas, voltaram para o vestiário para beber um pouco de água. Estavam fazendo alongamentos quando a porta da frente abriu.

Neil olhou para os veteranos para observar suas reações enquanto Nicky e Andrew se juntavam a eles no saguão. Dan voltou a se alongar após olhar para eles, e a expressão de Matt endureceu quando flagrou Andrew sorrindo. Só Renee conseguiu sorrir, a voz amigável e discreta ao cumprimentá-lo.

— Oi, Renee — respondeu Andrew —, quando você volta para o dormitório?

— À noite — disse Renee. — Colocamos as coisas na caminhonete do Matt hoje de manhã.

Andrew aceitou a resposta sem argumentar e foi para o vestiário se trocar. Nicky ficou mais um pouco por ali, parecendo levemente hesitante ao ver seus colegas de time pela primeira vez em dias. Dan olhou para ele de novo, mas sua expressão fria não era nada encorajadora.

— Oi — disse Nicky, cauteloso. — Como você tá?

— Indo — respondeu Dan. Não perguntou como Nicky estava. É provável que não quisesse saber.

Nicky não disse nada por alguns instantes, então continuou:

— Como que a Allison está?

— E você se importa com isso? — perguntou Matt.

— Matt — Renee o censurou baixinho, então disse para Nicky: — Está sendo meio difícil para ela, como a gente já esperava, mas nos certificamos de que nunca esteja sozinha. Ainda não quer falar com a Betsy, mas acho que logo, logo vai começar a se abrir.

— Sim — concordou Nicky, a voz quase um sussurro.

Wymack esperou até ter certeza de que haviam terminado e então apontou para Nicky.

— Vocês dois, pra quadra, podem começar a correr. Não pago a eletricidade desse lugar pra vocês ficarem aí de fofoquinha. O restante pode ir finalizando e beber um pouco de água. Assim que Andrew e

Nicky estiverem prontos, vamos nos trocar para treinar. Temos... — Wymack se interrompeu ao ouvir seu celular tocando no fim do corredor. — Esses sanguessugas vão me fazer perder a cabeça. Eu devia ter investido em uma secretária.

No meio-tempo em que Wymack foi atrás do celular, Nicky entrou no vestiário. Neil estava de pé no fundo do saguão, próximo ao corredor, e conseguiu ouvir quando ele atendeu. Apesar da óbvia irritação, o treinador conseguiu falar em um tom civilizado.

— Treinador Wymack, Universidade de Palmetto State. Como é que é? Um instante. — Wymack surgiu no corredor com o aparelho na mão. Cobriu o bocal com o polegar e abriu a porta do vestiário masculino com um chute. — Andrew Joseph Minyard, o que caralho você fez dessa vez?

— Não fui eu, foi o bicho-papão! — gritou Andrew, fora de seu campo de visão.

— Vem aqui agora! — vociferou Wymack em resposta enquanto a porta fechava. Andrew apareceu alguns segundos depois, já vestindo o uniforme. Wymack apontou o celular para ele e disse: — É a polícia na linha; estão atrás de você. É melhor me contar a verdade antes que eu fique sabendo de tudo por eles.

— Não fui eu. Pode perguntar pro meu sósia?

Wymack olhou feio para ele, tirou a ligação do mudo e colocou o celular no ouvido.

— Pode me dizer qual o problema, oficial... Higgins, você disse?

— Ah — disse Andrew, sobressaltado. — Peraí, treinador.

Wymack acenou para que ele ficasse quieto, mas Andrew agarrou o pulso do treinador e tirou o telefone de seu alcance. Wymack o segurou pela camisa antes que pudesse fugir. Andrew não tentou se soltar, mas olhava para o celular na mão do treinador como se nunca tivesse visto uma tecnologia assim antes.

— Você não vai querer que ele fique o dia todo esperando — disse Wymack.

Andrew se virou, não o suficiente para se soltar, mas o bastante para poder olhar para o irmão. Aaron, que estava se alongando, parou no meio do movimento para retribuir o olhar. Andrew ergueu as mãos e deu de ombros exageradamente, finalmente levando o celular ao ouvido.

— Porco Higgins, é você? — perguntou Andrew. — Ah, é sim. Sim, estou surpreso. Esqueceu que não sou muito fã de surpresas? O quê? Não, não enrola. Você não ia vir atrás de mim depois desse tempo todo só para ficar batendo papo, então manda, o que você quer? — Andrew ficou em silêncio por alguns segundos, escutando, então disse um "não" e desligou.

O celular começou a tocar novamente quase no mesmo instante. As Raposas agora já tinham se esquecido do alongamento e o encaravam abertamente. Wymack não exigiu que voltassem a se exercitar, então Matt se sentou em um dos bancos para assistir à estranha cena que se desenrolava. Andrew puxou a camisa do uniforme até Wymack o soltar, então se afastou o mais rápido que conseguiu. Se encostou na parede, levou a mão livre ao ouvido e atendeu a ligação.

— O quê? Não, não desliguei na sua cara. Eu não faria isso. Eu... não. Cala a boca.

Andrew desligou de novo, mas Higgins era insistente o bastante para ligar pela terceira vez. Andrew deixou tocar cinco vezes antes de atender com um suspiro exagerado.

— Fala comigo — disse Andrew, e esperou enquanto Higgins se explicava mais uma vez.

Higgins falou durante bons dois minutos. O que quer que estava dizendo não devia ser boas notícias; a conversa estava visivelmente minimizando os efeitos da euforia que os remédios causavam em Andrew. O sorriso já havia desaparecido e na metade da conversa ele começou a bater o pé. Desviou o olhar de Aaron e encarou o teto enquanto o último vestígio de animação sumia de sua expressão.

— Volta um pouquinho — disse Andrew, por fim. — Quem reclamou? Ah, Porco, não desconversa. Eu sei onde você trabalha, sabe como é. Sei com quem você trabalha. Isso quer dizer que tem uma criança na casa dela. Ela não deveria... o quê? Não. Não me pergunta isso. Eu disse não. Me deixa em paz. Ei — disse Andrew, elevando um pouco o tom de voz, como se tentasse calar o oficial. — Se me ligar de novo, eu mato você.

E desligou. Dessa vez, o celular não voltou a tocar. Andrew esperou para ter certeza de que Higgins tinha entendido o recado, então cobriu os olhos com uma mão e começou a rir.

— O que é tão engraçado? — perguntou Nicky quando Andrew se juntou aos outros. — O que foi que eu perdi?

— Ah, nada — disse Andrew. — Não esquenta a cabeça.

Wymack olhou de Andrew para Aaron e de novo para Andrew.

— O que foi que você fez?

Andrew abriu os dedos na frente dos olhos e espiou Wymack por entre eles.

— E por que você acha que a culpa é minha?

— Espero que seja uma pergunta retórica — disse Wymack, nada convencido com a falsa inocência de Andrew. — Por que a polícia de Oakland te ligou?

— Porco e eu temos muita história — explicou Andrew. — Ele só queria saber como anda a vida.

— Mente pra mim mais uma vez e vamos ter um problema.

— Em grande parte é verdade. — Andrew abaixou a mão e jogou o celular do outro lado da sala. Bateu no chão com tanta força que a parte de trás do aparelho acabou saindo, enquanto a parte da frente foi para um lado e a bateria para outro. — Ele trabalhou com o Programa de Parceiros na Aprendizagem de Oakland. Achava que podia salvar crianças em situação vulnerável, ensinando esportes depois das aulas. Um pouco que nem você, sabe? Idealista de corpo e alma.

— Já tem três anos que você foi embora de Oakland.

— Sim, sim, fico muito feliz que ele se lembre de mim, ou coisa do tipo. — Andrew balançou uma mão em um gesto preguiçoso, como se dissesse "o que posso fazer?", e foi na direção da porta. — Vejo vocês amanhã.

Wymack colocou o braço na frente dele.

— Onde você vai?

— Vou embora. — Andrew apontou para além de Wymack, na direção da saída. — Eu não disse que vejo vocês amanhã? Talvez eu tenha falado baixo.

— Temos treino hoje — disse Dan. — Nosso jogo é na sexta.

— Vocês têm a Joana D'Exy logo ali. Se virem sem mim.

— Para com essa merda, Andrew — disse Wymack. — O que tá rolando aqui?

Andrew levou uma mão à testa em um gesto dramático.

— Acho que tô ficando resfriado. Cof, cof. Melhor ir embora antes de contaminar o resto do time. Já somos tão poucos. Não dá pra ficar se dando ao luxo de perder mais ninguém.

Kevin estreitou os lábios em uma linha fina, impaciente.

— Corta essa. Você não pode ir embora — disse Kevin.

Fez-se um instante de silêncio, e em seguida Andrew se virou com um sorriso enorme e perverso estampado no rosto.

— Não posso, Kevin? Vou te mostrar o que não posso fazer. Tenta me fazer ir pra quadra hoje e saio dela de uma vez por todas. Pro caralho com seus treinos, sua escalação e seu jogo idiota de merda.

— Já chega. Não temos tempo pra suas birras.

Andrew se virou e socou a parede com força o suficiente para ralar a pele sobre o nó dos dedos. Kevin deu um passo rápido à frente, as mãos esticadas como se pudesse impedi-lo de socar a parede novamente, mas Wymack estava mais perto. Agarrou Andrew pelo braço e o puxou para longe da parede. Andrew não desviou o olhar de Kevin, sem prestar atenção na tentativa do treinador de segurá-lo. Só tentou se livrar de Wymack quando Kevin finalmente deu um passo para trás.

— Cof, cof, treinador — disse Andrew. — Tô vazando.

— Treinador, deixa ele ir — pediu Aaron. — Por favor.

Wymack lançou um olhar frustrado para os jogadores, mas Aaron estava com os olhos fixos nos próprios pés e o sorriso estampado no rosto de Andrew não oferecia resposta alguma. Por fim, Wymack abaixou as mãos e disse:

— Nós dois vamos ter uma longa conversa depois, Andrew.

— Com certeza — respondeu Andrew, o que obviamente era mentira. Uma fração de segundo depois já tinha ido embora.

— Sério — disse Nicky quando a porta bateu atrás de Andrew —, o que foi que eu perdi?

— Aaron, explique isso — insistiu Wymack.

— Eu não sei — disse Aaron.

— O caralho que você não sabe.

— Eu não sei — repetiu Aaron, aumentando o tom de voz. — Não faço ideia de por que Higgins ligou. Liga para ele ou fala com Andrew, se quiser respostas. Ele era o mentor do Andrew, não meu. Só vi o cara uma vez na vida.

— Tá na cara que ele te causou algum tipo de impacto se até hoje você se lembra dele.

— Ah — exclamou Nicky, parecendo surpreso quando a ficha caiu —, foi ele...?

E deixou o resto da frase no ar, mas Aaron não precisou de mais palavras.

— Sim — confirmou Aaron —, foi ele quem me disse que eu tinha um irmão.

CAPÍTULO DOIS

O comentário enigmático de Aaron foi a única explicação que conseguiram durante o treino. Assim que as coisas foram para um lado mais pessoal, Wymack parou de pressionar. Neil esperava que os veteranos fizessem algum comentário quando as paredes da quadra finalmente os distanciaram de Wymack, mas aparentemente eles compartilhavam do mesmo tato do treinador. Lançavam olhares curiosos para Aaron e Nicky de vez em quando, mas ninguém insistiu por mais explicações.

Sem Seth por perto para provocar Kevin e Nicky, Allison por ali para reclamar com qualquer um que estivesse por perto e Andrew tagarelando no gol, os treinos eram assustadoramente silenciosos. Poderiam ser quase perda de tempo total, não fosse por Kevin e Dan. Kevin só pensava em Exy e não deixava nada distraí-lo quando estava em quadra, e Dan sabia bem qual era seu papel como capitã: fazia todo mundo se movimentar quando o ritmo diminuía e, sempre que o silêncio ficava desconfortável, começava a falar. Ainda assim, Neil pensou que foi um alívio para todos quando Wymack finalmente anunciou o fim do treino.

Todos deixaram o estádio ao mesmo tempo, mas o desprezo de Nicky pelas leis de trânsito fez com que chegassem à Torre das Raposas primeiro. Ele encontrou uma vaga na parte de trás do estacionamento dos atletas e o grupo caminhou junto até o dormitório. Na metade do caminho, notaram alguém esperando por eles na calçada. Andrew estava sentado no meio-fio, de pernas cruzadas, as mãos apoiadas nos tornozelos enquanto esperava que se aproximassem.

— Você não devia ficar aqui fora se está ficando resfriado — disse Kevin.

— Quanta preocupação — disse Andrew, sorrindo com o tom de Kevin. — Chora, não, Kevin. Nada que uma sonequinha e vitamina C não resolvam.

Nicky se agachou na frente de Andrew.

— Ei. Tá tudo bem?

— Você faz umas perguntas muito estranhas, Nicky.

— Estou preocupado, só isso.

— Pelos meus cálculos isso aí é problema seu. Ah, chegaram, finalmente.

Neil olhou para trás e viu o carro de Matt entrar no estacionamento. O veterano deu duas voltas antes de encontrar uma vaga grande o suficiente para estacionar a caminhonete. Andrew deu um tapinha no rosto de Nicky como uma ordem silenciosa para que saísse do caminho, então Nicky se levantou e deu um passo para o lado. Andrew esperou até que Dan, Matt e Renee chegassem perto o suficiente para ouvi-lo, então ergueu a mão para cumprimentá-los:

— Renee, você chegou! Bem-vinda de volta. Preciso pegar você emprestada. Não se importa, né? Sabia que não se importaria.

Renee assentiu.

— Preciso levar alguma coisa?

— Já está comigo. — Andrew se levantou e cruzou o estacionamento.

Renee deu meia-volta e o seguiu, avançando a passos largos até chegar ao lado dele. Neil deu uma olhada para Dan, cuja boca formava uma linha fina, mas não parecia surpresa e nem os chamou para voltarem. Então Matt abriu a boca, mas viu o silêncio de Dan, e achou melhor não falar nada. Ninguém se mexeu até Andrew e Renee chegarem ao outro extremo do estacionamento; só então Aaron se virou abruptamente, caminhando na outra direção. Em vez de entrar no dormitório, seguiu pela calçada que circundava a Torre das Raposas e levava ao campus.

— Certo — disse Matt, enfim. — Devíamos falar sobre isso?

Nicky esfregou os braços como se estivesse arrepiado, apesar de estar fazendo quase 37 graus, e indicou a porta com o queixo.

— Não sem beber alguma coisa antes.

O time de Exy da universidade contava com três suítes no terceiro andar. O grupo de Andrew ficava no quarto mais próximo às escadas, as meninas dormiam no quarto do meio e Matt e Neil se acomodavam no terceiro, que antes dividiam com Seth. Dan segurou a mão de Matt conforme se aproximavam do quarto, apertando com tanta força que os nós dos dedos ficaram pálidos. Matt não pareceu ficar reconfortado com a demonstração de apoio. Encarava o chaveiro na mão livre como se tivesse esquecido qual chave abriria a porta.

— Ele era tão babaca — disse Matt baixinho.

— Eu sei — concordou Dan.

Matt inspirou devagar e enfim destrancou a porta. Abriu-a, afastando-se do batente e apertando ainda mais forte a mão de Dan. A tristeza no rosto dela fez Neil se inclinar para a frente, mas era difícil ver além de Matt. Neil não precisou esperar muito, porque Dan logo criou coragem para dar o primeiro passo, puxando Matt junto para dentro do quarto. Neil ficou de pé em frente à porta, prestando atenção nas mudanças por ali.

Ele não entrava no próprio quarto desde a manhã de domingo, e mesmo naquele dia só ficou ali tempo o suficiente para pegar suas coisas e ir para a casa de Wymack. No domingo, o quarto tinha a mesma aparência de sempre. Nos dias que se seguiram, alguém veio e levou embora todas as coisas de Seth: a terceira escrivaninha havia sumido, assim como a mesinha de cabeceira que Seth transformou em prateleiras para guardar os livros da faculdade. O espaço entre os pertences de Neil e Matt ficou óbvio demais.

Neil deixou Matt e Dan observando aquele vazio e foi para o quarto. A beliche em que ele e Matt dormiam continuava no mesmo lugar, mas a cama de Seth tinha sido retirada do quarto pelos zeladores da universidade. As duas cômodas que antes ficavam escondidas sob a cama de Seth agora estavam expostas, as superfícies malcuidadas cobertas por uma fina camada de poeira. Era como se Seth nunca tivesse estado ali, como se nunca tivesse existido.

Neil se perguntou se ele também desapareceria com tanta facilidade.

Colocou a mochila na cômoda e voltou para a sala. Matt e Dan estavam sentados no sofá, grudados um no outro. Matt estava encarando a parede em que a escrivaninha de Seth costumava ficar. Em silêncio, Dan olhou para o rosto de Neil. Talvez soubesse que ele não precisava ser reconfortado, ou talvez não houvesse nada a ser dito.

Kevin e Nicky não demoraram a se juntar a eles. Nicky trazia uma garrafa de rum e uma outra já aberta de refrigerante, então Kevin pegou os copos no armário da cozinha. Era nítido o esforço que Nicky precisou fazer para deixar de encarar aquele espaço aberto no ambiente. Colocou as bebidas na mesinha de centro antes de se ajoelhar em frente a Dan e Matt. Kevin distribuiu cinco copos na mesa e foi se sentar ao lado de Nicky.

Neil tirou o copo destinado a ele da mesa antes que Nicky pudesse servi-lo e se sentou na ponta da mesinha, onde podia olhar todo mundo. Nicky serviu as bebidas, entregando-as aos outros, e ergueu o copo em um brinde silencioso ao quarto. Ninguém se juntou a ele, mas Nicky também não perdeu tempo: bebeu metade do conteúdo do copo sem nem parar para respirar. Nicky se serviu de mais rum e voltou a olhar para o lugar em que a escrivaninha de Seth ficava.

— Então — comentou Nicky, parecendo bastante desconfortável —, isso é, hum...

Matt não deu tempo para ele terminar. Seu olhar sinalizava que ainda não estava pronto para falar de Seth, ainda mais com Nicky. Então mudou de assunto para um tópico mais confortável, atraindo a atenção de Nicky:

— Por que Aaron não sabia que tinha um irmão?

Nicky estremeceu, mas Neil não sabia o que o incomodara mais: a pergunta ou o tom áspero da voz de Matt.

— Eles são gêmeos — disse Nicky e esperou até os outros entenderem o que estava dizendo, olhando de um rosto inexpressivo para o outro, então franziu a testa, sem conseguir acreditar. — Pensa um pouco nisso, beleza? Imagina que você é minha tia Tilda. Acha que estaria morrendo de vontade de contar para Aaron que deu o irmão dele para adoção assim que nasceram? Ela tinha esperanças de que esse segredo ficasse enterrado para sempre.

— Mas Aaron acabou descobrindo — disse Neil.

Nicky deu um sorriso contido para Neil.

— Sim, e é por isso que acredito em destino. Se liga, Aaron nasceu e foi criado em San José. Parece que a tia Tilda enjoou de sair com os caras de lá e começou a usar aqueles sites de namoro. Um pouco depois de Aaron fazer treze anos, tia Tilda saiu com um cara novo em Oakland. Esse namorado dela teve a ideia de os dois se encontrarem em um jogo dos Raiders, que seria uma coisa divertida e em público, então ela enfiou Aaron no carro e lá foram eles.

"Aaron disse que estava em um quiosque quando um policial se aproximou, chamando ele de Andrew e falando como se eles se conhecessem. Aaron pensou que o cara fosse louco ou tivesse se confundido, só que não demorou muito pro policial perceber que tinha alguma coisa errada."

— Higgins — afirmou Matt.

— Sim. Assim que Higgins descobriu que estava falando com o irmão errado, fez Aaron o levar até onde a tia Tilda estava. Tipo, Higgins pensou que a tia Tilda também fosse uma mãe adotiva e que Aaron e Andrew tivessem, de alguma forma, se separado no orfanato. Higgins queria que os dois se reunissem, então tia Tilda deu o número dela e voltou para casa com Aaron.

"Não sei por que ela fez isso. Talvez estivesse com muita vergonha para negar ou não queria explicar para um policial o que estava rolando. De qualquer forma, a mãe adotiva de Andrew ligou no dia seguinte para combinarem um encontro, mas tia Tilda se recusou. Disse para os pais adotivos que não queria ter nenhum envolvimento com Andrew, não queria saber como ele era ou como ele estava, nada. Fez até eles prometerem que nunca mais iam ligar para ela."

Nicky terminou a segunda bebida e já começou a preparar a terceira.

— Mas Aaron sabia quem estava ligando, e estava empolgado demais para esperar até a mãe desligar para descobrir o que tinham falado. Assim que ela atendeu a ligação na cozinha, ele correu para o quarto para ouvir a conversa no telefone lá de cima. Foi assim que descobriu a verdade. — Nicky baixou o olhar para a bebida à sua frente. — Aaron disse que foi o pior dia da vida dele.

— Meu Deus — disse Matt. — Não dá pra culpá-lo. Ele não contou para ela que tinha ouvido?

— Ah, contou, sim. Aaron disse que discutiram muito, mas a tia Tilda não cedeu, então Aaron moveu os pauzinhos pelas costas dela e ligou para o departamento de polícia de Oakland. Encontrou os coordenadores do Programa de Parceiros da Aprendizagem e passou os dados dele para entregarem a Andrew. Duas semanas depois, recebeu uma carta que dizia basicamente "Vai se foder, some".

Matt esfregou a têmpora com as mãos.

— É, bem típico do Andrew.

— Algumas coisas não mudam — disse Nicky.

— Então, como foi que Aaron fez Andrew mudar de ideia? — perguntou Dan.

Nicky olhou para ela de um jeito estranho.

— Ele não fez.

— Calma aí — protestou Dan. — Como assim não fez?

— Tipo, ele nunca mais tentou de novo. Não sei quem foi que contou sobre Aaron para os pais adotivos de Andrew, se foi o próprio Andrew ou esse tal de Phil, mas a mãe adotiva dele escreveu uma carta para Aaron. Ela queria que ele fizesse outra tentativa de contato na primavera e disse alguma coisa sobre as festas de fim de ano serem uma época difícil e que a casa tinha passado por muitas mudanças. Então Aaron esperou, mas esperou tempo demais. Em março, Andrew foi para o reformatório e Aaron começou a repensar essa história de irmão. Dois meses depois, tia Tilda vendeu a casa em San José e ela e Aaron se mudaram para Colúmbia.

Dan parecia confusa.

— Então quando foi que os dois se conheceram?

— Meu pai ficou sabendo de Andrew cinco anos atrás, então... — Nicky contou a passagem do tempo com os dedos. — Há quatro anos e meio, mais ou menos. Meu pai foi para a Califórnia entrevistar a família adotiva de Andrew e deu uma passada no reformatório. Um mês depois, levou Aaron para lá para ele e Andrew poderem conversar, mas não conto aquele encontro supervisionado de meia hora como o primeiro encontro deles. Os dois só se encontraram de verdade quando Andrew conseguiu a condicional, um ano depois, e meu pai ficou no pé da tia Tilda para que o trouxesse para casa.

Nicky ficou um tempinho mexendo distraidamente no copo.

— É estranho se parar pra pensar, né? Eles só se conhecem de verdade faz três anos.

— Isso é bizarro — disse Matt.

— Sim, e essa é a versão mais tranquila da história — ressaltou Nicky. — Enfim, é assim que Aaron e Andrew conhecem o Higgins. Não sei por que ele está ligando para o Andrew agora, mas não vou perguntar. É meio que proibido falar da vida dele com a família adotiva. Não toco no assunto, a não ser quando ele mesmo dá abertura.

— Mas será que isso é seguro mesmo? — perguntou Dan. — Não pareceu uma ligação tipo "e aí, cara, quanto tempo, hein?". E se alguém desenterrou um crime que ele cometeu no passado que pode impedi--lo de continuar jogando? Talvez Phil estivesse ligando para avisar de alguma investigação em andamento.

— Andrew vai cuidar disso — explicou Nicky.

— Não é muito reconfortante — disse Dan, mas acabou deixando de lado.

De alguma forma, Nicky e Kevin acabaram jantando com eles. Era a primeira vez que Neil via alguém do grupo de Andrew socializar com o restante do time desde junho, quando os veteranos se mudaram para o campus. Neil atribuía isso ao fato de os gêmeos não estarem lá. Ouvira Nicky reclamar com Aaron sobre a postura dos primos, que estavam sempre se isolando, mas Aaron não se deixava abalar pelo incômodo de Nicky. Agora, sem Aaron para distraí-lo ou Andrew para afugentá-lo, Nicky estava livre para fazer o que bem entendesse.

Eles pediram comida para não precisarem sair de novo, e Dan colocou um filme para evitar mais conversas desagradáveis. O filme já tinha acabado antes de os colegas de time voltarem, mas Nicky achou melhor não brincar mais com a sorte.

— Boa noite — disse, depois de ajudar os outros a limparem o que restara do jantar.

— Vejo vocês de manhã — respondeu Dan, e fechou a porta quando ele e Kevin saíram. Quando soltou a maçaneta, se virou com um olhar duvidoso para Matt.

— Isso foi estranho.

— Sim — concordou Matt. — Sabe quais as chances de isso acontecer de novo?

— Matt — começou Dan, mas hesitou. Ela deu uma olhada na parede onde ficava a escrivaninha de Seth, como se não tivesse certeza se deveria ousar dizer as palavras seguintes em voz alta. — O que isso poderia significar pra nossa temporada?

Como Wymack sempre recrutava indivíduos problemáticos para o time, as Raposas eram uma confusão desde o primeiro dia. Formavam uma equipe que não sabia trabalhar em conjunto e cuja hierarquia era determinada por meio da força. Mas quando os treinos de verão começaram, noventa por cento dos conflitos em quadra eram iniciados por Seth. Ele estava sempre pronto para brigar com Kevin e com os primos. Não cooperava com eles em quadra e se recusava a lidar com os integrantes fora dela. Isso vivia forçando as Raposas a escolherem lados.

Matt parecia cauteloso, como se não tivesse certeza se poderiam ter essa conversa tão cedo após a morte de Seth, mas respondeu:

— Melhor não termos muitas esperanças. Eles não davam a mínima pro Seth. Não vão demonstrar apoio a ele desse jeito.

— Mas — começou Dan, porque tanto ela quanto Neil tiveram essa sensação ao ouvir o jeito como Matt falou.

— Mas — reforçou Matt, olhando para Neil. — Finalmente temos alguém com influência lá dentro.

Neil olhou de um para o outro.

— Não entendi.

— Já vimos isso acontecer antes, com o Kevin — explicou Matt. — Eles reivindicaram você. Vão te arrastar pra dentro da toca do coelho.

Dan colocou as mãos nos ombros de Neil e o encarou com intensidade.

— Só não se deixa levar tanto a ponto de esquecer da gente, tá? Coloca um pé no buraco, mas mantém o outro aqui. Você tem que ser a peça que vai unir esse time de uma vez por todas. Sem eles, não vamos conseguir nos classificar. Me promete que vai tentar.

— Não sou exatamente uma força unificadora — declarou Neil.

— Tá na cara que você tem algo que Andrew quer — afirmou Matt. — E aonde Andrew vai, os outros vão atrás. Você só tem que puxar mais forte do que ele.

Eles faziam tudo parecer fácil demais, mas Neil sabia que não era bem assim.

— Vou tentar.

— Ótimo — assegurou Dan, apertando os ombros dele uma vez antes de soltá-lo. — É só isso que estamos pedindo.

Dan sentou-se no sofá e puxou Matt para se sentar ao lado dela. Neil se sentou na escrivaninha e tentou fazer os trabalhos da faculdade. Estavam só na segunda semana de aulas, mas ele já estava com um monte de coisas acumuladas. Tentou ler as anotações da aula de química, mas alguns parágrafos depois já estava viajando. Leu mais três páginas, depois desistiu e empurrou o livro para longe.

— Neil? — perguntou Dan.

— Por que química é tão difícil? — questionou Neil enquanto pegava o próximo trabalho.

— Se eu descobrir, você vai ser o primeiro a saber — declarou Dan. — Você pode pedir ajuda para o Aaron. Ele está se formando em ciências biológicas.

Neil preferia reprovar a passar mais tempo com Aaron. A tarefa de espanhol era fácil o suficiente para que conseguisse fazer, mas a de história era chata demais. Neil colocou aquele livro sobre o de química e ficou encarando a tarefa de redação, o rosto inexpressivo. Tentou fazer a redação, sem muito ânimo, mas logo depois revirou a mochila atrás do livro de matemática. Nisso, percebeu que Matt e Dan estavam o observando.

— Quantas matérias você está fazendo? — perguntou Dan, franzindo a testa.

— Seis — respondeu Neil.

— Tá de sacanagem — disse Dan. — Por quê?

Neil olhou dela para Matt.

— Era o que estava indicado na grade do curso.

Dan fez uma careta para ele, mas Matt respondeu:

— Aquela grade é pra quem quer se formar em quatro anos. Não é à toa que seu contrato é de cinco anos. Todo mundo sabe que não dá pra fazer todas aquelas matérias e ainda fazer parte de um time.

— Quatro matérias — disse Dan, erguendo os dedos para ele. — É só isso que precisa pra ser considerado estudante em tempo integral. Esse é o máximo que você vai fazer esse semestre, tá? Pense quais dessas matérias vão dificultar sua vida e mete o pé delas. Você não vai fazer favor nenhum pra si mesmo nem pra gente se tiver um piripaque.

— Eu posso desistir de matérias? — perguntou Neil, surpreso.

— Pode, nas primeiras duas semanas — disse Matt. — Cadê seus horários? Deixa eu dar uma olhada.

Neil tirou o papel de uma pasta e entregou a eles. Dan gesticulou para que se sentasse ao lado dela, então segurou a folha com os horários para todos poderem ver.

— Tá vendo isso? — perguntou ela, apontando para as aulas de Neil às segundas, quartas e sextas. — Não pode ficar assim. Se você não tiver um tempinho livre pra descansar, vai surtar. Quando estava no ensino médio, eu trabalhava à noite, ia pra aula de dia e ainda era capitã da equipe de Exy da escola. Essa rotina me fazia odiar cada aspecto da minha vida. Não quero isso acontecendo com você. Matt disse que você e Kevin estão treinando de noite, além do mais. Sério, quando você consegue dormir?

— Durante as aulas — admitiu Neil.

Ela deu um tapinha na testa dele.

— Resposta errada. Você tem que manter a média das notas.

— Dan levou alguns anos pra melhorar esse discurso — comentou Matt. — Se as quadras são seu objetivo final, você nunca vai precisar dessas matérias. A faculdade é só uma desculpa pra jogar Exy, então não se descabele por causa disso. Faz assim, vou pegar meu computador pra você poder logar no portal da universidade.

Neil ficou olhando sua grade enquanto Matt tirava o notebook da bolsa e refletia sobre quais matérias poderiam ser trancadas. Não pensou nas matérias que mais consumiam seu tempo, como Dan sugeriu, mas naquelas de que não precisava. Neil só ficaria em Palmetto State por um ano, ainda que não tivesse contado isso a seus companheiros de time. O que quer que fosse largar, seria para sempre.

Assim, história e química eram suas primeiras escolhas, já que odiava essas matérias. Neil não era muito fã de redação ou oratória, mas sabia que essas disciplinas poderiam ser úteis algum dia, quando tivesse que ir embora. Com toda a certeza precisava das aulas de espanhol, e matemática pelo menos era interessante.

Quando o computador ligou, Matt o entregou a ele e, junto a Dan, observou enquanto Neil logava no portal da universidade, estendendo a mão para apontar os links em que ele deveria clicar.

— Melhorou? — indagou Dan quando a nova grade curricular carregou. — Dá uma olhada. Você tinha um tempo livre entre história e oratória, né? Agora você tem dois tempos inteiros de folga. Dá pra encaixar a tutoria aí se quiser. Você tem uma aula de manhã toda terça e quinta, então dá tempo de dormir e fazer as lições antes de ir pro treino. Muito melhor assim, não acha?

Neil estava mais interessado em dormir do que na parte do dever de casa.

— Sim, obrigado.

— Não precisa agradecer. É só lembrar da gente — respondeu Dan. — Somos colegas de equipe. Estamos aqui para te ajudar com o que precisar, seja na parte dos jogos ou com o estresse de modo geral. Todos temos experiências diferentes, mas estamos acostumados a precisar de ajuda. Só não estamos acostumados a receber ajuda. Mas agora você pode contar com a gente.

Neil não sabia como responder. Não sabia bem o que o incomodava mais: o fato de acreditar no que ela falava, ou de que, de todo modo, jamais aceitaria aquela ajuda. As Raposas não tinham como lidar com os demônios dele. A única pessoa para quem Neil contou uma quase verdade era Andrew, e mesmo assim foi só porque estava desesperado.

Alguém bateu à porta, poupando-o da tarefa de precisar responder. Neil começou a se levantar, mas ainda estava com o notebook no colo, então Matt se levantou antes. Neil pensou que poderia ser um dos outros atletas do mesmo andar que conhecia Seth há anos, mas era Renee quem estava esperando no corredor. Matt saiu da frente e a deixou entrar, e Dan xingou baixinho ao lado de Neil. Ele percebeu o tom dela, mas não conseguiu entender o que tinha dito; acabou se distraindo quando viu Renee mancando.

— Queria tanto que você não fizesse isso — disse Dan.

— Eu sei — respondeu Renee.

Ela se acomodou na almofada em que Matt estava, enquanto ele vasculhava a cozinha atrás de alguma coisa. Matt voltou com uma compressa fria para Renee, que sorriu ao pegá-la e pressioná-la sobre o nó dos dedos da mão direita. Deu para perceber a dor que ela estava sentindo no jeito como torcia os lábios, mas a expressão se mantinha calma enquanto flexionava os dedos. Neil estava esperando que Matt e Dan fossem ficar em cima de Renee, chocados e preocupados, mas os dois nem perguntaram se ela estava bem.

— Me fala se isso acabar virando um problema — pediu Dan.

Renee balançou a cabeça.

— Não pra gente. Seja o que for, é totalmente pessoal. Amanhã mesmo ele já volta pra quadra.

Neil se perguntou em que universo alternativo havia tropeçado.

— Andrew bateu em você.

— Algumas vezes — declarou Renee. — Tinha me esquecido de como ele é rápido quando está chapado.

Neil olhou do sorriso de Renee para seu cabelo com mechas arco-íris e para a cruz pendurada em seu pescoço. Não conseguia entender. Renee o tinha alertado para não superestimar sua bondade, mas todos afirmaram que ela era a mais gentil do time. Desde que a conhecera, não fora nada além de sensata. Até agora, a única coisa questionável sobre ela era sua amizade com Andrew.

— Renee e Andrew lutam boxe juntos — disse Matt.

Obviamente a situação não parecia tão ridícula para eles quanto para Neil, mas ele não sabia o que dizer além de perguntar o que uma garota cristã tão meiga estava fazendo boxeando com o sociopata não oficial do time. Ele olhou para Matt em busca de ajuda, mas Matt só abriu um sorriso ao vê-lo confuso. Em seguida, Neil olhou para Dan, mas ela estava concentrada demais na mão de Renee para notar. Finalmente, Renee ergueu os olhos e teve pena dele.

— Eu me converti, Neil. Andrew não dá a mínima pra minha fé; está interessado na pessoa que eu era antes. Ele e eu temos mais em comum do que você pensa. É por isso que eu te deixo desconfortável, não é?

Ao ouvir aquilo, Dan e Matt lançaram olhares curiosos para Neil. Aparentemente, não tinham percebido o quanto Neil se esforçava para evitar ficar sozinho com Renee. Neil ignorou os dois e respondeu:

— Você me deixa desconfortável porque não faz sentido. Eu não te entendo.

— Você poderia perguntar — respondeu Renee.

— É tão fácil assim? — perguntou Neil.

— Não me orgulho do meu passado, mas não tenho como melhorar se o ficar escondendo. Quando você sentir que pode confiar em mim, é só dizer. Não quero problemas entre a gente. Podemos tomar um café e conversar sobre o que você quiser. Mas agora... — Renee apoiou a mão boa no braço do sofá para se levantar. — Tudo o que mais quero é um banho bem quentinho e minha cama. Estou exausta.

Dan deu o braço para Renee e olhou de Matt para Neil.

— Podem passar a noite no nosso quarto, se quiserem. Se acharem que... — Ela não terminou de falar, mas o olhar que lançou para o cômodo já foi o suficiente. — Temos um colchão que você pode usar, Neil.

— Vou dormir aqui — disse Neil —, mas tenho treino com o Kevin hoje à noite, então é melhor levar o Matt com vocês.

— Tem certeza? — perguntou Matt.

— Tenho, sim — respondeu Neil —, vou ficar bem.

Matt hesitou, depois deu um beijo de boa-noite em Dan.

— Vou esperar com ele até Kevin aparecer. Vejo você daqui a pouco.

Ele acompanhou as duas até a porta, fechando-a assim que saíram. O quarto parecia mil vezes maior sem elas ali, e o silêncio entre Matt e Neil parecia ocupar muito espaço.

— Ele está atrasado — afirmou Matt, em uma tentativa desajeitada de quebrar o silêncio. — Talvez Andrew esteja puto demais para deixá-lo vir.

— Pode ser.

Neil sentou-se em sua mesa para esperar. Kevin geralmente vinha buscá-lo às 22h para os treinos noturnos, mas Andrew tinha ficado horas fora com Renee. Já passava um pouco das 23h. Neil levou a mão à boca para bocejar enquanto conferia o relógio. Pensou se não seria melhor ir ao quarto deles perguntar a Kevin se o treino seria cancelado, e decidiu que faria isso em meia hora. Sete minutos antes do prazo estabelecido por ele mesmo, Kevin enfim apareceu.

— Em algum momento você vai ter que deixá-lo dormir — disse Matt, seguindo-os pelo corredor para ir até o quarto de Dan.

— Ele vai ter tempo de sobra pra dormir quando vencermos as finais — rebateu Kevin.

Andrew esperava por eles no carro, como sempre. Apesar do desentendimento entre Kevin e Andrew no treino, a tensão entre os dois já parecia ter desaparecido. Andrew não disse nada quando Kevin e Neil entraram no carro, levando-os até o estádio em silêncio. Pode ser que a luta com Renee tenha sugado toda sua energia, ou talvez ele não se importasse tanto assim a ponto de guardar rancor. Neil não tinha certeza, mas observou Andrew subir as escadas até as arquibancadas para poder esperá-los e ficou se perguntando qual seria a resposta.

— Agora, Neil — disse Kevin dos portões da quadra.

Neil afastou todos os pensamentos sobre Andrew e seguiu Kevin para dentro da Toca das Raposas.

CAPÍTULO TRÊS

O treino de quinta-feira conseguiu ser ainda mais desconfortável do que o de quarta. Seria fácil jogar a culpa no reaparecimento de Andrew, que estava sob efeito de remédios, no gol, mas na maior parte do tempo ele se comportou. Não tocou no nome de Seth nenhuma vez, e não disse quase nada aos veteranos.

O problema foi o que Dan e Matt perceberam na quarta à noite: o time parecia fluir muito melhor sem Seth em quadra. Andrew, Aaron e Nicky podiam ter seus problemas pessoais fora de quadra, mas, dentro, davam muito certo trabalhando juntos. Matt tinha certa influência no grupo graças ao seu talento e o que quer que Andrew o tenha feito passar no ano anterior. Dan os liderava e os fazia continuar em movimento de sua posição como armadora. Kevin não tinha pena de pressionar Neil na linha dos atacantes, e Neil lutava com unhas e dentes para conseguir acompanhar. Renee aliviava o clima sempre que as coisas começavam a pesar.

Pela primeira vez na história das Raposas, o time estava unido. Dan e Matt conseguiam perceber isso, mas Neil via a culpa no olhar de cada um, e a observava refletida na voz deles enquanto conversavam nos intervalos. Não queriam ter visto o lado bom da morte de Seth e estavam hesitantes em explorar mais essa situação. Neil queria dizer que a morte não era motivo para se segurar, mas achava a compaixão deles interessante. Só esperava que superassem aquilo antes da partida de sexta à noite.

A segunda partida da temporada seria no estádio do adversário, e o time estava grato por isso. A ausência de Seth já era bastante sentida durante os treinos; o primeiro jogo em casa sem ele seria estranho e perturbador. Neil achava que Allison ainda não estava pronta para isso.

Wymack precisava de que estivessem na quadra ao meio-dia e meia da sexta-feira para poderem pegar a estrada a tempo, por isso os fez serem dispensados das últimas aulas da manhã, mas mesmo assim isso não livrou Neil das aulas de espanhol e matemática. Após a aula de cálculo, deixou a mochila no dormitório e foi se juntar aos colegas de equipe. Dan fez uma contagem rápida no saguão para se certificar de que todos estavam presentes, depois o time se dividiu em dois carros para o curto trajeto até o estádio.

Desde a viagem de sábado até Colúmbia, Neil sempre ia para o estádio com os primos. Tinha mais espaço na caminhonete de Matt do que no banco de trás de Andrew, mas a ordem que ele dera a Neil no sábado à noite era bem explícita: estar sempre à vista e manter Kevin interessado em seu potencial. Neil poderia ter argumentado que não tinha nada a ganhar ao ficar sentado atrás de Kevin no carro, mas agora Dan e Matt confiavam nele para, de alguma forma, unir o time. Estavam certos quando disseram que Andrew era a chave. Neil tinha que se manter nas graças dele até descobrir o jeito certo de influenciar, então deixou de lado seu desconforto e fez o que o mandaram fazer.

Quando entraram no estacionamento do estádio teve um novo motivo para se sentir desconfortável: Abby tinha ficado a semana inteira fora para cuidar de Allison, mas o carro dela estava ali agora... o que significava que Allison estava no vestiário esperando por eles.

No sábado anterior, Neil tinha insultado Riko em rede nacional, e Kevin os avisara de que Riko não deixaria barato e se vingaria no mesmo dia. Era para as Raposas terem ficado juntas e sem chamar atenção, mas Allison e Seth foram beber com alguns amigos no centro. Neil viu Seth antes de se separarem, e se lembrava de ter se despedido do veterano antes de ir com Andrew até Colúmbia. Quatro horas depois, Seth estava morto.

Poderia ter sido uma trágica coincidência que aconteceu em um momento conveniente. Poderia ter sido obra de Riko. A segunda opção era absurda, mas a primeira, impossível. Allison conhecia os péssimos hábitos do namorado. Sabia que Seth gostava de misturar bebida com remédio controlado. Neil viu quando Allison vasculhou os bolsos dele atrás do frasco, e, ao não encontrar nada, deu um beijo em Seth para acalmá-lo. Mesmo assim, ele acabou sofrendo uma overdose, e Andrew tinha certeza de que Riko estava por trás disso.

Neil não era diretamente responsável pela morte de alguém há anos, apesar de saber quantas pessoas tinham morrido enquanto a mãe tentava mantê-los a salvo. Não queria ser igual ao pai, mas também não queria se transformar na mãe. De um jeito ou de outro, nenhum dos dois tinha compaixão, e, por mais que tivesse dificuldades em se conectar com outras pessoas, Neil não queria ser um monstro. Mas pela forma como a temporada estava começando, talvez fosse inevitável acabar se transformando nos pais.

Neil precisava de mais tempo para entender qual teoria apoiava, mas não fazia diferença o que ele achava. Se Allison tivesse ligado os pontos e culpado Neil pela morte de Seth, seria impossível lidar com ela naquele ano. Neil precisava consertar as coisas com ela de algum jeito, mas não sabia nem por onde começar. Cativar as pessoas nunca tinha sido o forte dele, e era improvável que seu primeiro sucesso fosse com alguém como Allison.

Allison Reynolds era uma escolha bem bizarra da Palmetto State. Parecia uma princesinha, mas em quadra conseguia bater de frente com o melhor dos jogadores. Não baixava a cabeça para as expectativas dos outros a seu respeito e às vezes era tão sincera que beirava a crueldade. Poderia ter herdado o império de bilhões de dólares dos pais, mas não queria as restrições que vinham com aquela vida. Queria o direito de ser ela mesma. Queria provar seu valor em quadra. E, por algum motivo, queria Seth, apesar de seus muitos problemas e de seu jeito grosseiro de demonstrar afeto.

Neil esperava que ela conseguisse aprender a viver apenas com duas dessas coisas, em vez das três.

Andrew deve ter sentido a tensão de Neil; os dois estavam sentados um ao lado do outro no banco de trás do carro. Ele seguiu o olhar de Neil até o carro de Abby, enquanto Nicky estacionava em uma vaga não muito longe dali.

— Ela veio — concluiu Andrew. — Isso vai ser interessante.

Nicky tirou a chave da ignição.

— Só se for pra você.

— Sim, pra mim mesmo. — Andrew deu uma risada e desceu do carro.

Aaron demorou mais a saltar, então Neil saiu pela mesma porta que Andrew. Ficou parado ali com a mão apoiada na porta, hesitante, enquanto olhava para o ônibus das Raposas estacionado a algumas vagas de distância. Andrew o observava com um sorrisinho irônico: Neil estava enrolando, e os dois sabiam disso.

Irritado, Neil bateu a porta do carro e foi até a cerca. Digitou o número de Abby na fechadura digital e esperou pelo barulho antes de tentar girar a maçaneta. Andrew vinha logo atrás, na sua cola, enquanto ia para o saguão; sem dúvidas Kevin o acompanhava, então Neil não diminuiu o passo. Respirou fundo, se preparando para a possível reação de Allison quando o visse e entrou no vestiário.

O que Neil viu foi Allison no auge, bem-vestida e com maquiagem e cabelo impecáveis. Já a tinha visto depois de sair da quadra, com o rosto vermelho e toda suada. Humana. Mas nunca a tinha visto desse jeito antes.

O cabelo platinado de Allison estava meticulosamente arrumado e ela vestia roupas modernas e caras. À primeira vista, parecia que nada tinha acontecido, mas se você olhasse novamente já conseguia reparar que ela tinha perdido o brilho. Estava sentada com os dedos entrelaçados, as mãos entre os joelhos, os ombros caídos e o rosto completamente inexpressivo. Encarava fixamente o chão, parecendo não ter percebido a chegada dos cinco colegas de time.

Andrew foi direto para seu lugar no sofá, como se nem a tivesse percebido ali, mas Aaron e Kevin congelaram assim que a viram. Neil pensou se não deveria se desculpar, ou perguntar se ela estava bem, mas a voz não saía. Surpreendentemente, foi Nicky quem tomou a dianteira e cruzou o cômodo até ela, agachando-se à sua frente e movendo-se lentamente, como se achasse que, caso a assustasse, Allison acabaria fugindo. Ele a encarou e disse:

— Oi — cumprimentou Nicky, gentil e atencioso como se os dois não tivessem passado o verão inteiro se xingando em quadra. — Tem alguma coisa que a gente possa fazer?

Ela não respondeu, apesar de ter escutado. Em vez disso, cerrou os lábios com tanta força que ficaram pálidos. Nicky continuou onde estava, apoiando-a em silêncio e esperando por uma resposta. Demorou uma eternidade para Allison se mover de novo, mas ela não olhou para Nicky: sem pensar duas vezes, ergueu os olhos, cinza e enevoados, até o rosto de Neil.

Neil continuou em silêncio, de pé na entrada do vestiário, esperando para ver o que ela diria. Mas nada aconteceu. Segundos eternos e desagradáveis se passaram, mas a expressão de Allison não mudou. Não parecia irritada, como ele achou que seria justo, ou triste, como tinha certeza de que estaria. Ela só... estava ali. Respirava, mas parecia sem vida, uma marionete com as cordas cortadas.

Neil foi salvo pelo gongo com a chegada do resto do time, e se moveu para sair de onde estava antes que a porta o acertasse. Dan e Renee foram direto para a poltrona de Allison, acomodando-se nos braços do móvel, uma de cada lado. Dan apoiou os braços ao redor dos ombros da amiga, parecendo, de alguma forma, mais feroz do que tranquilizadora, e murmurou algo no ouvido dela. Allison virou a cabeça na direção de Dan, assimilando o que quer que ela tenha dito para confortá-la, e só então Neil lembrou-se de se mover. Quando não restavam dúvidas de que as meninas poderiam cuidar de Allison, Nicky se levantou. O restante do time foi lentamente se acomodando no cômodo.

Todos tinham chegado na hora certa, mas Wymack e Abby estavam suspeitosamente ausentes. Neil se perguntou se Wymack havia se atrasado de propósito. Sua ausência aliviava um pouco a pressão e o real motivo de estarem todos reunidos ali. Ao se atrasar, ele estava concedendo às Raposas alguns minutos para se adaptarem não só ao retorno, mas também ao luto de Allison. Era uma oportunidade de vê-la antes que Wymack os forçasse a voltar o foco para o Exy.

Também era uma forma de mostrar à equipe o que iriam enfrentar naquela noite. Allison estava de volta, mas parecia estar por um fio. Neil não sabia se ela conseguiria reunir forças o suficiente para jogar. Se não conseguisse, eles seriam destruídos. A Universidade de Belmonte tinha um dos times mais fortes da região. Não tinham uma classificação tão alta quanto Breckenridge, mas seriam quase tão difíceis de enfrentar agora que as Raposas estavam sem Seth. Se também perdessem Allison, o jogo já estaria terminado antes mesmo de começar.

Finalmente a porta do escritório de Wymack se abriu. Ele surgiu no lounge e apontou para Allison.

— Pode ir antes da gente, Allison. Nicky vai levar suas coisas.

Nicky fez cara feia para Wymack, mas era esperto demais para reclamar ali, sabendo que Allison ouviria. Ela se soltou do abraço de Dan e saiu sem olhar para trás. Nicky esperou a porta fechar para começar a falar.

— Sério, quem foi que teve a ideia de trazer ela? — perguntou Nicky. — Ela não devia estar aqui.

— Deixamos ela escolher se queria vir — disse Wymack. — E ela quis.

— Eu não teria nem perguntado — argumentou Nicky, lançando um olhar preocupado para a porta. — Teria deixado ela de fora e pedido desculpas depois. Ela não está pronta pra isso.

Andrew deu uma risada.

— Tão cético, Nicky. Se preocupa, não. Ela vai jogar.

Era uma demonstração de apoio vinda do lugar mais improvável. Andrew sorriu quando percebeu o choque e a desconfiança estampados no rosto dos colegas de time. Não se deu ao trabalho de explicar de onde vinha tanta confiança, mas ergueu as mãos e apontou para os atacantes ao seu lado.

— Sério, vocês deveriam se preocupar mais é com esses dois desequilibrados aqui.

— É sobre isso que eu quero falar — afirmou Wymack, indo para a frente da televisão. — Dan e eu passamos a semana toda tentando descobrir a melhor forma de lidar com a nossa linha de atacantes. Vocês sabem que ainda não tenho como conseguir um reserva. Kevin já jogou um jogo inteiro antes, mas não faz isso desde o último outono. E imagino que você nunca tenha feito isso — presumiu Wymack, assentindo quando Neil balançou a cabeça. — Nenhum de vocês está em condições de jogar um jogo inteiro como estão agora. Vamos ter que trabalhar a resistência de vocês aos poucos.

"Enquanto isso, vamos ajustando as coisas para continuar na ativa", Wymack olhou para Dan e Renee, que ainda não tinham saído da poltrona de Allison para se juntar a Matt no sofá. "Não é a solução ideal, mas é o melhor que dá pra fazer com tão pouco tempo, então prestem atenção."

Ele pegou a prancheta que estava no móvel da televisão, folheou algumas páginas e começou a ler.

— A escalação inicial de hoje é essa: Andrew, Matt, Nicky, Allison, Kevin, Neil. Substituições no primeiro tempo: Aaron no lugar de Nicky, Dan no lugar de Kevin, Renee no lugar de Allison.

— Calma aí — exclamou Nicky, olhando alarmado para Renee. — Como é que é?

Wymack ergueu uma mão para silenciá-lo.

— Escalação do segundo tempo: Aaron, Nicky, Allison, Kevin e Dan. Matt no lugar de Nicky, Neil no lugar de Dan e Renee no lugar de Allison de novo. — Ele soltou os papéis e olhou para os atletas. — É bom terem decorado, porque não vou repetir.

— É piada, né, treinador? — indagou Nicky. — Renee é goleira.

— Dan é a única aqui que pode jogar como atacante — respondeu Renee —, e não temos certeza de como Allison estará. O treinador e eu conversamos sobre isso na terça, então tive um tempinho para modificar nossos equipamentos extras. Sei que não jogo na defesa desde a época da escola, mas vou dar meu melhor.

— Por favor, não me entenda mal, mas não é com você que estou preocupado — avisou Nicky. — Se você vai jogar na linha, quem vai ficar no gol no segundo tempo?

Wymack olhou para Andrew, que deu uma olhada por cima do ombro como se estivesse procurando por um terceiro goleiro. Não havia ninguém, então arqueou a sobrancelha para Wymack e passou o polegar pela boca enquanto dava um sorriso.

— O treinador sabe que meus remédios não funcionam assim.

— Eu sei — confirmou Wymack.

— O que você está me pedindo para fazer?

— Não estou pedindo nada — respondeu Wymack. — Temos um acordo e não vou dar pra trás. Estou te oferecendo uma troca, com os mesmos termos e condições do ano passado. Abby pegou a garrafa ontem e já colocou no kit de primeiros socorros. Assim que deixar a quadra, é toda sua. Tudo o que você precisa fazer é jogar. Agora, como vai fazer isso, fica a seu critério.

— Vai demorar mais de uma semana para eles ficarem prontos. Por quanto tempo você acha que consegue manter isso?

— Pelo tempo que você conseguir — retrucou Wymack. — E aí, dá conta ou não?

Andrew deu uma risada.

— Acho que vamos ter que descobrir.

Wymack assentiu.

— Alguém tem mais perguntas?

Nicky continuou, insistente:

— Treinador, essa escalação é insanidade.

— Pois é. Boa sorte. — Wymack bateu as mãos para dar um fim à conversa. — Vamos nessa. Peguem seus equipamentos e metam o pé do meu vestiário. Dan, Renee, se vocês puderem ver o que é da Allison, Nicky vai levar até o ônibus. Matt, você me ajuda com a prateleira das raquetes. Vou ligar o ônibus em dez minutos; quem não estiver lá não vai com a gente. Vamos, vamos, vamos.

A equipe se separou e todos foram aos vestiários pegar os equipamentos. As mochilas de viagem estavam nos bancos próximos aos armários esperando por eles. Neil pegou sua mochila e virou-a nas mãos, admirando o bordado em um tom vivo de laranja: em um lado estavam seu nome e número; no outro, uma pata de raposa. Tinha cheiro de nova.

Havia acabado de colocar o último número da combinação para destrancar o armário quando ouviu um barulho alto de metal no fim do corredor. Neil voltou sua atenção para os colegas de time. Andrew estava abrindo e fechando o armário, aparentemente sem nenhum motivo. Fez a mesma coisa duas vezes, até Kevin agarrar a porta para impedi-lo de continuar. Andrew não o enfrentou, mas jogou os equipamentos do armário no chão.

— O que tá rolando? — perguntou Kevin. — Você não vai durar um jogo inteiro sem seu remédio.

Neil ficou feliz por alguém ter perguntado, porque ele mesmo tinha sérias dúvidas sobre esse plano. A abstinência começava pouco depois de Andrew deixar de tomar uma das doses, e funcionava em três etapas: não só o psicológico, mas o corpo dele pareciam entrar em colapso, além de ele sentir uma náusea intensa e desejos bizarros. Neil tivera vislumbres das duas primeiras etapas. Não sabia quanto tempo demorava até a terceira entrar em ação, mas uma vez Matt dissera que Neil seria sortudo se nunca descobrisse.

A abstinência não deveria ser uma questão, já que Andrew era obrigado a tomar os remédios por três anos como parte do acordo de sua liberdade condicional, mas Wymack o permitia deixar de tomá-los em noites de jogo. A agitação em quadra era tanta e os equipamentos de Andrew tão volumosos que era difícil perceber a hora exata em que seu sorriso maníaco sumia do rosto. Se Andrew conseguisse aguentar o baque durante o primeiro tempo, poderia tomar os remédios durante o intervalo e se recuperar no banco durante o resto da partida.

Andrew parecia ter aperfeiçoado essa técnica, transformando-a em uma forma de arte. Na semana anterior, Neil não tinha nem notado qualquer diferença no comportamento dele. Mas daquela vez fora apenas metade do jogo, e agora a ideia era que Andrew jogasse uma partida inteira. A resposta óbvia era que, querendo ou não, àquela noite ele precisaria jogar estando medicado, mas as coisas nunca eram tão fáceis assim quando se tratava de Andrew.

— Não, provavelmente não — Andrew parecia alegre demais para alguém que estava prestes a passar metade da noite se sentindo completamente desconfortável. Ele se agachou e começou a arrumar a bagunça que fez com a armadura e o uniforme. — Vamos dar um jeito.

— Ele já fez isso antes — disse Matt.

— Sim, outubro passado. — Confirmou Nicky, sem erguer os olhos enquanto enfiava suas coisas na mochila, mas sorrindo ao contar a história. — Descobrimos que o CRE ia tirar a gente da primeira divisão se não parássemos de perder. O treinador pediu que Andrew fizesse um milagre, e Andrew foi lá e fez: ele pediu para o treinador falar um número entre um e cinco, e esse foi o total de pontos que ele deixou o outro time fazer antes de acabar com eles. Acho que foi a coisa mais foda que já vi na vida.

Se as palavras deviam fazer Kevin ficar mais otimista com relação às chances de Andrew, tiveram um efeito contrário. Kevin estava com a expressão tensa.

— Então você vai tentar — disse Kevin entredentes —, porque o treinador pediu.

Andrew cruzou os braços sobre os joelhos, inclinou a cabeça para trás e abriu um sorriso para Kevin.

— Cuidado, Kevin. Seu ciúme está muito na cara.

— Por oito meses você me disse que não faria isso. E em oito segundos disse sim para o treinador. Por quê?

— Ah, essa é fácil. — Andrew enfiou o último dos equipamentos na mochila e fechou o zíper. Jogou a mochila por cima dos ombros e se levantou, ficando tão perto de Kevin que quase o fez recuar um passo. — É mais divertido dizer não pra você. É isso o que você queria, não era? Que eu me divertisse. E estou me divertindo. Você não está?

Para alguém tão pequeno, Andrew fez um estrondo ao ser empurrado nos armários. Ele ria enquanto se chocava contra o metal laranja. Neil não sabia o que era mais hilário para Andrew: a violência de Kevin ou a mancha de sangue que começava a manchar a frente da camiseta de Kevin. Neil não chegou a reparar em Andrew tirando a faca, mas lá estava ela, na mão dele, pairando no espaço entre os dois. Kevin se afastou de Andrew xingando, irritado.

— Meu Deus, Andrew! — exclamou Matt. — Kevin, você está bem?

— Tudo certo. — Kevin levou uma mão ao peito como se estivesse conferindo a veracidade das próprias palavras.

Neil estava bem na ponta da linha de armários, então não conseguia ver direito, mas a relativa ausência de sangue o fez pensar que o corte tinha sido superficial. Era extenso, mas nada sério. No entanto, arderia quando Kevin vestisse sua armadura pesada naquela noite.

Andrew se afastou dos armários e se aproximou novamente de Kevin. Encostou a ponta da lâmina no peito do atleta, bem em cima do coração, e fixou o olhar no rosto dele. Kevin parecia mais furioso do que intimidado enquanto o encarava de volta. Matt foi em direção a eles, talvez pensando que precisaria intervir no segundo round da briga. Kevin não tirou os olhos de Andrew quando fez sinal para Matt recuar, mas ele não parou até que estivesse a uma curta distância dos dois. Permaneceu ali, imóvel e preocupado que um deles fizesse algum movimento errado.

Andrew voltou a falar assim que Matt parou de se aproximar.

— Kevin, Kevin. Tão previsível. Tão patético. Quer uma dica? Uma recompensa por todo o seu esforço ou seja lá o que for. Pronto? Você vai ter muito mais sucesso se começar a pedir por coisas que realmente pode ganhar.

— Eu posso ganhar isso — retrucou Kevin, a voz rouca de frustração. — Você só está sendo um babaca.

— Aí nós vamos ver, mas depois não vai falar que não avisei!

Andrew o rodeou, limpando a faca no braço de Kevin. Independente do que estivesse vestindo, havia um único acessório que Andrew nunca tirava: duas braçadeiras pretas que iam do cotovelo até os pulsos. Geralmente eram só uma piada, uma estratégia para estranhos conseguirem distinguir os irmãos gêmeos, mas Andrew tinha outro propósito para elas: em junho, Neil descobrira que Andrew escondia uma bainha de faca sob o algodão fino. Assim que Andrew se certificou de que a lâmina estava limpa, a faca desapareceu de vista. Alguns segundos depois, ele já tinha ido embora.

— É sério isso? — Nicky parecia irritado enquanto pegava sua mochila. — Achei que você tivesse desistido dessa briga há meses. Você nunca vai conseguir ganhar.

Kevin saiu apressado em direção ao seu armário, sem se dar ao trabalho de responder, e começou a arrumar suas coisas. Nicky balançou a cabeça e começou a caminhar até a porta.

Aaron não tinha desacelerado o suficiente para conseguir assistir à breve briga, então estava logo atrás de Nicky. Neil observava Kevin para ver se ele explodiria de novo, mas o resto de sua raiva foi descontado em silêncio. Enfiava o equipamento na mochila como se sua vontade real fosse quebrá-lo.

A única coisa que importava para Kevin era Exy. Fora criado dentro do esporte, e tudo o que queria era ser melhor do que todos os outros atacantes que já tinha enfrentado em quadra. Pressionava impiedosamente os colegas de time e exigia o dobro de si mesmo. Kevin não suportava incompetência e não toleraria nada menos do que seus companheiros de equipe dando o máximo de si.

Mas o que Kevin mais odiava era a profunda apatia de Andrew. O jogador tinha algumas das melhores estatísticas entre os goleiros do sudeste sem nem precisar fazer muito esforço. Kevin havia passado a maior parte do ano tentando convencê-lo disso. Queria que o Exy significasse alguma coisa para ele; ansiava pelo melhor desempenho de Andrew como um homem prestes a morrer anseia por um último respiro. Andrew sabia bem disso e se recusava a entrar no jogo.

Neil compreendia a raiva de Kevin. Ele também tinha ficado perplexo vendo Andrew jogar pela primeira vez no verão. Era impossível — ou deveria ser impossível — que alguém tão talentoso não desse a mínima, do jeito que ele fazia. Infelizmente, os remédios de Andrew haviam destruído sua capacidade de foco, além de o manterem chapado demais para conseguir se importar com o resultado das partidas. Jogar durante a abstinência realmente poderia ser a melhor opção, mas Neil tentara conversar sobre Exy com Andrew enquanto ele estava semissóbrio, no verão, e o que ouviu foi que Exy era tão entediante que nem merecia sua atenção.

Uma coisa eram os problemas psicológicos e os remédios de Andrew impedindo-o de tentar, mas ele havia acabado de ceder ao pedido de Wymack sem nem discutir. Neil não sabia o que isso significava e não sabia como devia se sentir.

Matt esperou até Kevin sair do cômodo, um minuto depois, e se virou para Neil.

— Bem, hoje à noite vai ser incrível.

— Acho que você quis dizer "horrível" — corrigiu Neil, fechando o zíper da mochila.

Matt abriu um sorrisinho melancólico e fechou seu armário. Ele passou por Neil a caminho da porta e colocou a mão em seu ombro.

— É só tentar não pensar nisso até a gente chegar lá. Não vai te ajudar em nada passar a viagem se estressando com coisas que não pode mudar.

Neil concordou e disse:

— Matt, pode deixar que eu ajudo o treinador com as raquetes. Quero perguntar uma coisa pra ele.

— Tem certeza? — perguntou Matt. — Então eu levo sua mochila para o ônibus. É complicado fazer as duas coisas.

Neil entregou a ele a mochila, que estava pesada, e abriu a porta. Matt virou à esquerda e foi caminhando para a saída, enquanto Neil foi direto para o saguão. Wymack já tinha aberto o armário de equipamentos e colocado para fora o carrinho em que as raquetes ficavam penduradas. As tampas protetoras estavam abertas para Wymack poder verificar as cabeças. Neil sabia que as raquetes estavam ótimas, já que a última coisa que as Raposas precisavam fazer todos os dias antes de deixar o treino era cuidar delas, mas Wymack estava testando as tensões das cordas ao longo da linha.

O treinador percebeu quando Neil se aproximou, mas não perguntou por que era ele quem estava ali, e não Matt. A princípio, Neil ficou em silêncio, mas estendeu a mão e enfiou os dedos na cabeça da raquete. Por via das dúvidas, levava consigo suas duas raquetes. Os instrumentos eram bastante firmes e permitiam arremessar com força, além de resistir aos choques com outras raquetes em quadra, mas até mesmo a mais resistente delas poderia quebrar se fosse mal utilizada. Neil não queria estar a sete horas de distância de casa sem ter com o que jogar.

— Cuidado com os dedos — alertou Wymack.

Neil se moveu para o treinador poder fechar as tampas. Fechos de plástico estalaram um atrás do outro. Wymack sacudiu um pouco o suporte para se certificar de que nenhum deles estava aberto e fez um gesto para Neil segurar o puxador da frente. Ele obedeceu, mas continuou onde estava. Ficou enrolando, pensando na melhor maneira de perguntar o que queria. Achou que Wymack iria apressá-lo, já que tinham um cronograma a ser seguido, mas o treinador se limitou a esperar.

— Não achava que Andrew tinha um preço — disse Neil. — Ele não parece ser do tipo de pessoa que pode ser comprada.

— E não é mesmo — retrucou Wymack. — Se eu pedisse, ele faria de graça. Só está ganhando alguma coisa em troca porque sei o quanto vai ser difícil pra ele jogar pra gente esta noite.

— Mas por quê? — perguntou Neil. — Por que você é tão especial?

Wymack arqueou uma sobrancelha para ele.

— Eu não sou.

— Não consigo entender.

— Acho que você já percebeu o quanto faço vista grossa para algumas coisas nesse time — comentou Wymack. — Sei que tipo de pessoas recrutei, e sei que algumas delas precisam de uma ajudinha para se manter equilibradas. Desde que ninguém se machuque, ninguém seja pego e ninguém seja burro o suficiente para trazer essas coisas para dentro da minha quadra, não estou nem aí para o que vocês fazem em seu tempo livre. Não é da minha conta, porque eu não quero que seja da minha conta.

Wymack se referia às festas regadas a pó de biscoito, drogas e álcool que Andrew fazia com seu grupo em Colúmbia. Neil não tinha certeza do que o surpreendia mais: que Wymack soubesse no que sua linha de defesa estava metida ou que deixasse isso acontecer. A falta de ação por parte do treinador não significava que aprovava aquilo, mas um homem em uma posição como a dele não deveria tolerar esse tipo de conduta nem mesmo de modo implícito. Alguém poderia pensar que ele estava sendo irresponsável. Talvez ele fosse mesmo, mas Neil sabia que as coisas não eram tão simples.

Alguns diziam que Wymack recrutava atletas problemáticos como um golpe publicitário. Outros achavam que ele era um idiota idealista. Encontrar talentos disfuncionais e dar a eles uma segunda chance para que mudassem de vida parecia algo bom na teoria, mas, na prática, era um desastre. A verdade é que Wymack os escolhia porque entendia mais do que ninguém o quanto precisavam de uma segunda chance. Fingia que não estava vendo seus comportamentos porque sabia o quanto alguns deles precisavam dessas escapadas para sobreviver.

— Andrew sabe que você sabe disso? — perguntou Neil.

— Claro que sim.

Aquilo era interessante. Andrew sabia que Wymack poderia mantê-lo sob rédea curta, mas não o fazia por opção própria, então, quando o treinador precisava de que ele cumprisse a parte dele, o atleta simplesmente aceitava. Neil pensou um pouco sobre isso e perguntou:

— É por respeito ou bom senso?

— Digamos que seja a última opção — respondeu Wymack. — Andrew gosta de mim tanto quanto você gosta.

Nada em seu tom demonstrava que aquilo era uma acusação, mas, mesmo assim, Neil se encolheu.

— Sinto muito.

— Pode sentir muito enquanto anda. Estamos atrasados.

Eles rolaram o carrinho com as raquetes pelo corredor até a saída. Neil fez um desvio no lounge por tempo suficiente para pegar sua mochila e, enquanto avançavam, Wymack ia apagando as luzes. Esperaram do lado de fora do portão até terem certeza de que a fechadura tinha travado. Colocar o carrinho no ônibus foi complicado, pois tiveram que carregá-lo de lado — felizmente, a proteção impediu que as raquetes ficassem raspando no chão de metal do bagageiro. Wymack bateu com força a porta, seguiu Neil até o interior do ônibus e começou a contar os atletas.

Todo o restante do time já estava ali. Abby se encontrava na primeira fila, com Dan e Matt sentados logo atrás. Allison e Renee estavam juntas na terceira fila, preferindo o conforto e o companheirismo em vez de espaço para poderem se esparramar. Como os veteranos estavam juntos, havia quatro fileiras vazias entre eles e o grupo de Andrew.

Ao contrário de seus colegas de time, o grupo de Andrew estava todo separado. Andrew ocupava a última fileira, com Kevin bem à sua frente. Da última vez, Nicky se sentara à frente de Kevin, mas agora Nicky e Aaron estavam em outra fileira, deixando um espaço vazio no meio. Neil não precisou nem perguntar o porquê. Largou a mochila no terceiro assento e afundou na almofada. O couro rangeu quando Nicky se virou, sorrindo por cima do encosto do banco para Neil.

— Já estava achando que você tinha se perdido.

— Não — respondeu Neil. — Só precisava verificar uma coisa.

Quando terminou a contagem, Wymack sentou-se no banco do motorista, o ônibus ganhou vida e as portas se fecharam. Alguns minutos depois, estavam na estrada. Neil ficou olhando pela janela até o campus desaparecer de vista.

CAPÍTULO QUATRO

Não aconteceu nada de muito especial na viagem até a Universidade de Belmonte. Neil tinha levado alguns dos livros da faculdade para passar o tempo, mas não tinha tarefas o suficiente para preencher as seis horas na estrada. Por sorte, era só alguém prestar atenção em Nicky que ele não parava de falar, então Neil tinha alguém para distraí-lo das longas horas de viagem. Em algum momento Renee juntou-se a eles para falar de possíveis jogadas e pedir conselhos. Ela já havia conversado com Matt e Wymack antes, mas queria trocar algumas ideias com a outra metade da linha defensiva.

Abby dirigiu durante boa parte do caminho para Wymack poder dormir. Após o jogo, em vez de ficar em algum hotel, voltariam para casa, e então seria a vez de Wymack no volante. Com sorte, não os faria sofrer nenhum acidente. Poderiam ter contratado um motorista, como a maioria das universidades fazia, mas Wymack era quase tão desconfiado quanto as Raposas quando precisava lidar com alguém de fora. Aparentemente, era melhor estar desconfortável, mas seguro, do que confiar sua equipe problemática a um estranho.

Eles fizeram uma pausa para abastecer e ir ao banheiro, pararam mais uma vez para um jantar rápido e, no caminho até Nashville, mudaram de fuso horário. O jogo começava às 19h30, mas o relógio de Neil dizia que eram 19h45 quando chegaram ao estádio. Não tinha por que ajustar o horário do relógio só para aquele jogo, então o tirou e o enfiou na mochila.

Deixaram o ônibus em um estacionamento cercado e vigiado por dois seguranças apáticos. Dois voluntários esperaram as Raposas descarregarem seus equipamentos e, depois, guiaram a equipe até o vestiário reservado a eles. Confiando que seus pés o guiariam até lá, Neil tirou um tempo para olhar ao redor: o estádio da Universidade de Belmonte era quase idêntico à Toca das Raposas em tamanho e arquitetura, mas Neil tinha dificuldade em perceber essas similaridades quando a multidão em volta deles usava verde. Procurou pelo laranja, mas não o encontrou em lugar nenhum.

Após quatro meses na Toca das Raposas, Neil achou a disposição do vestiário de Belmonte desorientadora: os cômodos eram maiores, projetados para acomodar os times com mais jogadores na liga, mas de alguma forma pareciam menores e do lado avesso. O espaço para se trocarem ficava logo na entrada, e os banheiros eram separados. Neil imaginou que era mais barato ter um banheiro unissex do que instalar banheiros em ambos os vestiários. Havia uma sala que Abby poderia usar caso algum dos atletas se machucasse, e o último e maior cômodo era destinado para as Raposas poderem discutir as estratégias no intervalo e falar com a imprensa após o jogo.

Um dos voluntários saiu pela porta que levava ao estádio para se encontrar com os árbitros e avisar ao treinador Harrison que eles haviam chegado. O outro revisou uma lista de regras básicas com Wymack e Abby. Wymack precisava esperar pelos árbitros para poder entregar a papelada e a escalação, então mandou as Raposas irem na frente para se trocarem.

Neil carregou a mochila até o banheiro e se trancou em uma cabine. Era um espaço apertado para se trocar, mas ele tinha muita prática. Tirou a camisa e jogou-a sobre a parte superior da porta para que pudesse colocar a armadura no peito. Puxou as tiras com força, retorcendo o corpo para verificar sua mobilidade, e estalou as fivelas para manter o equipamento no lugar certo. Amarrou o equipamento de proteção dos ombros por cima, prendendo-o na placa do peito, e precisou vasculhar o restante de seu equipamento para achar a camisa. As Raposas tinham dois conjuntos de uniformes: um para jogos em casa, outro para jogos como visitantes. O primeiro era laranja com letras brancas e o segundo, o contrário. Neil gostava mais da versão branca, pois era menos chamativa.

Não precisava se esconder para vestir o restante do uniforme, então enfiou a camiseta na mochila e voltou ao vestiário masculino. Mas depois de ter andado por quase um metro percebeu que tinha um problema sério: uma portinha aberta era tudo o que separava os armários e bancos dos chuveiros comunitários. Mesmo de onde estava, Neil conseguia ver que não havia portas dividindo as cabines. Já deveria estar esperando por isso, mas, como a configuração dos vestiários na Toca das Raposas servia a ele, acabou se esquecendo. O único motivo pelo qual as Raposas tinham chuveiros com portas no vestiário masculino era porque Wymack pedira especificamente que fosse assim.

Neil se forçou a focar na tarefa que tinha em mãos: primeiro precisava sobreviver ao jogo. Depois poderia se preocupar com os chuveiros. Neil relaxou o aperto na alça da mochila e encontrou um lugar para terminar de se trocar. Seus colegas de time estavam quase prontos, já que não precisavam se preocupar em se esconder enquanto se trocavam, e, à medida que iam terminando, faziam uma fila.

Neil tirou os sapatos, as meias e trocou a bermuda jeans pelos shorts de jogo. Precisou se sentar para colocar as caneleiras, e simulou alguns chutes para se certificar de que estavam confortáveis. Meias até os joelhos cobriam a proteção, então calçou os tênis de jogo. As luvas térmicas não tinham dedos e eram afiveladas logo acima dos cotovelos. Ele prendeu as faixas nos antebraços, mas só precisaria vestir as luvas quando entrasse em quadra, então guardou-as no capacete para mais tarde. O protetor de pescoço era pouco mais do que uma gargantilha laranja. Era desconfortável, mas com sorte evitaria que uma bolada aleatória acabasse esmagando sua traqueia. Uma bandana laranja bem justa atrás da cabeça ajudava a tirar o cabelo do rosto. Com isso, Neil estava pronto.

Wymack estava os esperando na sala principal. Neil foi o último a aparecer, mas, como era um atacante, se posicionou no terceiro lugar da fila. Eram organizados de acordo com suas posições, mas Dan ia na frente, por ser a capitã, e Renee estava ao lado de Allison como pivô reserva. Aquilo era estranho, mas Neil estava mais preocupado com seu próprio lugar. Ficar atrás de Kevin significava ter Allison logo atrás dele. Neil não olhou para ela enquanto atravessava o cômodo, e ela, por sua vez, ficou em silêncio quando ele parou à sua frente.

— Você acha que vai conseguir manter isso por mais quanto tempo? — perguntou Andrew do fim da fila.

Neil rangeu os dentes ao perceber o deboche na voz dele.

— Não dá pra você travar logo?

— Tudo na sua hora — prometeu Andrew.

O caminho que levava à área técnica na Toca das Raposas era aberto. Já Belmonte tinha sido projetado de um jeito diferente, e o corredor que levava dos vestiários até a quadra era um túnel. Neil ainda não conseguia ver a multidão, mas já ouvia o estrondo ecoante de vozes animadas que abafava o som de seus passos enquanto seguia Dan e Kevin até o estádio.

Os assentos do estádio estavam rapidamente enchendo de torcedores vestidos de verde. Seguranças e funcionários uniformizados foram posicionados ao redor da área técnica e em cada uma das escadas que cortava as arquibancadas. A primeira fila começava a poucos metros do chão, e uma grade impedia qualquer torcedor empolgado demais de chegar perto dos times. As paredes não conseguiam conter o barulho, mas Neil ignorou as zombarias e os gritos.

Neil não viu as Raposetes, o grupo de líderes de torcida das Raposas, ou Rocky Raposão, o mascote deles. Mas o mascote de Belmonte, a Tartaruga, já estava trabalhando duro, pulando sem parar na área técnica, incentivando os torcedores. A máscara enorme que usava o impedia de ver a chegada das Raposas, mas os torcedores apontaram e o alertaram sobre a entrada do time rival. Ele se foi na direção das Raposas da melhor forma que podia, considerando a fantasia pesada que usava. Parou a uma distância segura dos bancos do time visitante para fazer gestos obscenos. Nicky estava mais do que disposto a devolver as gentilezas até Wymack dar um tapinha em sua cabeça. O mascote saiu correndo sob os aplausos triunfantes dos alunos.

Lá no fim da fila, Andrew e Nicky tinham trazido com eles o carrinho com as raquetes. Dan agarrou uma das pontas e o puxou até dois dos bancos reservados ao time visitante, depois se agachou para travar as rodas e então se levantou e logo abriu as tampas. Antes mesmo de ter terminado, Kevin já estava ao seu lado. Ele puxou uma de suas raquetes, dedilhou as cordas como se pudessem ter se soltado durante a viagem e foi até as paredes da quadra. Não lançou um único olhar à multidão; a única coisa que se importava estava bem à sua frente.

Neil pegou sua raquete e foi até Kevin, parando ao seu lado. As Tartarugas já estavam sentadas nos bancos reservados ao time da casa, do lado oposto da quadra. Estavam em menor número que a equipe de Breckenridge, mas ainda assim tinham duas vezes mais jogadores do que as Raposas. Neil retorceu os dedos com tanta força em volta da raquete que conseguiu ouvir quando estalaram.

— Algum conselho pra me dar? — perguntou Neil.

Não achou que teria uma resposta, mas Kevin olhou para ele.

— Você vai jogar durante toda a metade do primeiro tempo, então precisa controlar o ritmo. Não quero que você marque um gol durante os primeiros vinte minutos, a não ser que o gol esteja bem na sua cara. Passe, sem arremessar. Mantenha a bola em movimento. Quando Dan entrar no meu lugar, jogue o máximo que puder até o intervalo.

"Você vai ter o intervalo e os primeiros vinte minutos do segundo tempo para descansar. Recupere o fôlego, volte para a quadra e me dê tudo que você tem. Se eu sentir que você está se segurando só porque está cansado, eu mesmo jogo você pra fora da quadra. Quando a buzina anunciar o fim do jogo, quero que você esteja exausto."

— Beleza — disse Neil. Ele sabia que aquele era um assunto delicado, mas não pôde deixar de perguntar: — Você acha que Andrew vai tomar o remédio para jogar o segundo tempo?

— Não — respondeu Kevin com amargura. — Ele tomou a última dose com trinta minutos de atraso. Acha que assim vai conseguir segurar até o final.

Neil olhou por cima do ombro em busca de Andrew. Na semana anterior, Dan dissera que Andrew regulava a dose que deixava de tomar do remédio, tomando-a meia hora antes de se prepararem para jogar. Sua energia começava a diminuir durante o aquecimento e, aos poucos, ele começava a entrar em abstinência. A sensação durava, talvez, no máximo uma hora e quinze minutos antes de ele começar a se sentir enjoado. A partida tinha a duração de quarenta e cinco minutos e um intervalo de quinze minutos. Cobranças de faltas e saques acrescentavam mais tempo ao relógio. Não importava que Andrew tivesse feito com que o horário da dose não tomada coincidisse com o começo da partida; o jogo durava tempo demais para ele conseguir aguentar. Andrew devia saber disso, mas não parecia nem um pouco preocupado. Ainda estava curtindo o torpor do remédio e falando animadamente com Renee do lado de fora da quadra.

— Raposas, juntas aqui — chamou Wymack.

A cor laranja surgiu em sua visão periférica enquanto Neil se virava para o treinador. Ele deu uma olhada para as Raposetes e Rocky, que estavam adentrando o estádio. O banco das líderes de torcida ficava a apenas seis metros do último dos três bancos das Raposas, mas Neil não conseguia distinguir o que diziam em meio a tanto barulho. Alguns estudantes faziam comentários indecentes aos gritos enquanto outros assobiavam. As meninas ignoravam tudo isso, preferindo conferir as saias e cabelos umas das outras. Como estavam se movendo muito, Neil facilmente identificou a única garota que estava parada; ela mexia os pompons de um lado para o outro e encarava as Raposas.

— Ei, Katelyn! — gritou Nicky, acenando com entusiasmo. Aaron lhe deu uma cotovelada, mas Katelyn abriu um sorriso largo e acenou de volta. Nicky deu um sorrisinho malicioso quando Neil parou ao seu lado. — Katelyn é a namorada do Aaron.

— Não é, não — retrucou Aaron. — Para com isso.

— Seria se você finalmente a chamasse para sair — disse Matt. — O que te impede?

— Ah. — Andrew bateu o punho fechado na palma da mão como se tivesse acabado de pensar na resposta correta. Abriu um sorriso perverso para Matt, mas preferiu responder em alemão. — Talvez ele tenha medo de que ela vá morrer nas mãos dele que nem a última mulher que amou de verdade.

Aaron lançou um olhar furioso para ele.

— Vai se foder.

— Meu Deus, Andrew — reclamou Nicky.

— Imagino que o que ele disse foi completamente inapropriado — falou Matt, alternando o olhar entre os primos. — Eu quero saber o que foi?

— Você acha que a gente quer contar pra você? — perguntou Andrew, dessa vez em inglês.

— Já chega — disse Wymack. — Até onde eu sei, isso aqui é uma reunião de equipe, não um grupinho de fofoca. Daqui a dez minutos precisamos ir para a quadra iniciar o aquecimento. Dan vai começar dando algumas voltas na quadra com vocês. Se qualquer um sequer pensar em olhar para as Tartarugas quando estiver passando pelos bancos deles, vai voltar pra casa andando. Estamos entendidos? Então, se movam.

Dan ditava o ritmo, com Matt ao seu lado. O restante das Raposas os seguia aos pares. Neil esperava ficar sozinho no fim da fila, e nem ligaria para isso, mas só tinham percorrido um quarto do caminho em volta da área técnica quando Andrew e Kevin se aproximaram. O primeiro se moveu para um dos lados por tempo o bastante para que Neil o ultrapassasse. Kevin aumentou a velocidade para se manter ao lado de Neil. Quando Neil olhou para trás por cima dos ombros, viu Andrew bem ali.

— Se você tropeçar nos seus pés, não vou te ajudar a se levantar — alertou Kevin.

Então Neil olhou para a frente e decidiu não fazer perguntas.

A sensação de correr após passar metade do dia no ônibus era boa, mas Dan os fez pararem após duas voltas. Eles se alongaram próximo aos bancos até os árbitros sinalizarem que era hora de entrarem em quadra. Colocaram os capacetes e as luvas, reuniram os equipamentos e entraram em quadra para praticarem por quinze minutos. Depois, os capitães permaneceram lá dentro enquanto todos os outros receberam ordem para sair. Dan e o capitão das Tartarugas se encontraram no meio da quadra para jogarem a moeda: Dan ganhou, o que significava que eles começariam jogando e que as Tartarugas iriam ficar no lado da quadra do time da casa.

Quando os capitães deixaram a quadra, o narrador leu as estatísticas das equipes. Então com um entusiasmo excessivo anunciou a escalação inicial das Tartarugas e com uma indiferença educada apresentou as Raposas. Ainda que contra a própria vontade, Neil ficou impressionado: a mudança brusca no tom de voz era um lembrete eficaz para a equipe das Raposas: estavam longe de casa e de territórios amigáveis.

Neil foi o segundo a ser chamado em quadra. Precisava passar pelas Tartarugas para assumir sua posição no meio da quadra, então, enquanto caminhava, verificou seu marcador. Herrera era quase quinze centímetros mais alto do que ele, o que significava que tinha uma envergadura maior. Neil teria que se contentar em ser mais rápido.

Ele ficou em sua posição assistindo ao restante do time se juntar a ele. Allison não olhou para ninguém enquanto se posicionava na defesa. Matt trazia a raquete dela junto a dele conforme passava para se posicionar na área de ataque, exatamente atrás de Neil. Neil estava feliz por ter Matt ao seu lado em quadra, mas sabia o que isso significava: Matt era o jogador mais forte das Raposas, e Neil, o atacante mais fraco. Matt estava lá para correr atrás do prejuízo deixado por Neil.

Andrew foi o último a entrar em quadra. Carregava sua enorme raquete apoiada nos ombros enquanto se encaminhava para o gol. Neil não conseguiu ver direito a expressão dele em meio a todas aquelas grades de seu capacete. Não se preocuparia com Andrew até o segundo tempo, mas ainda assim se virou para observá-lo enquanto ele entrava em quadra.

Esperava que Andrew fosse direto para o gol, mas ele parou perto de Allison. Neil estava longe demais para ouvir se Andrew falou alguma coisa com ela. Foi coisa rápida, e logo prosseguiu em seu caminho pela quadra. Allison não se virou para olhar, mas mudou o peso de pé e ergueu a raquete, indicando que estava pronta.

O árbitro principal entregou a bola para Allison. A buzina de aviso soou; faltava um minuto para a partida começar. Os seis árbitros se dividiram, ficando em lados opostos da área técnica. Fecharam e trancaram os portões, e Neil observou enquanto se espalhavam em volta da quadra. Ele ainda conseguia ouvir o barulho da multidão pelos tubos de ventilação, mas as paredes ajudavam a abafar o som. Tensionou o corpo para poder correr e tentou contar os segundos na cabeça. A buzina soou, fazendo Neil sentir o som em cada nervo de seu corpo.

Tartarugas e Raposas saíram de suas formações ao mesmo tempo e correram pela quadra, uma equipe indo de encontro à outra. O goleiro das Tartarugas soltou um grito potente de guerra e bateu a raquete no chão, impulsionando os colegas de time. Neil ficou esperando por um saque que não veio e, por um segundo, temeu que Allison travasse e se recusasse a se mover. Estava quase na metade do caminho até Herrera quando ouviu o inconfundível som da enorme raquete de Andrew chocando-se contra a bola: Allison havia sacado na direção dele, e Andrew bateu com tudo na bola, jogando-a na área de ataque.

A partida começou agressiva, e não ficou mais fácil com o tempo. Neil tentou seguir o conselho de Kevin, mas era frustrante ter que se segurar. Não conseguia entender como Dan e Allison aguentavam jogar em posições intermediárias e armar as jogadas. Neil gostava da sensação de correr mais rápido do que o restante e superar a defesa adversária. Gostava da adrenalina após marcar um gol perfeito. Gostava da pressão e da vitória. Todo o resto de sua vida era uma confusão assustadora; Neil precisava do poder e do controle que vinham de um jogo intenso.

O único lado positivo era perceber que as aulas que fazia com Kevin estavam valendo a pena. Desde junho, Neil passava quatro noites por semana treinando precisão com ele. Não queria se limitar a simplesmente passar a bola durante a partida, mas já conseguia ver o quanto estava melhorando. Seus arremessos estavam mais fortes e mais certeiros, e ele levava menos tempo para decidir aonde arremessar.

Herrera não demorou muito para perceber que Neil não marcaria gols, e atribuiu isso à incompetência. Tecia vários comentários sarcásticos sobre a falta de experiência e de coragem de Neil, que sentia vontade de empurrar Herrera no chão e ir direto para o gol para provar como ele estava errado. Se errasse, Herrera o faria se lembrar disso pelo resto da partida. Se marcasse, Kevin aproveitaria o intervalo para dar uma bronca nele. Era uma saia justa, e o restante da partida não estava melhorando. As Tartarugas estavam ganhando de três a um, até que, aos vinte e três minutos do primeiro tempo, Kevin marcou um gol.

Wymack aproveitou a posse de bola para fazer as substituições. Neil não estava no caminho entre Kevin e o portão, mas mesmo assim o outro fez um desvio para passar por Neil antes de sair.

— Acaba com ele — ordenou.

Neil sentia como se tivesse passado a vida inteira esperando por aquilo.

— Deixa comigo.

Kevin, Allison e Aaron saíram da quadra para deixar os outros colegas de equipe entrarem. Nicky e Dan foram os primeiros a aparecer, correndo para assumirem suas posições. Antes de assumir seu lugar em quadra, Renee, que estava próximo ao portão, deu um abraço em Allison. Ela parecia estranha e pequena sem a armadura de goleira de sempre. Neil esperava que ela soubesse o que estava fazendo.

O treinador Harrison aproveitou a pausa para fazer substituições no time das Tartarugas. Não trocou nenhum de seus defensores, provavelmente porque até então não tinham precisado se esforçar tanto em quadra, mas colocou dois novos atacantes.

Os árbitros trancaram os portões. Quando todos ficaram em posição, a buzina soou, indicando a volta da partida. Renee estava jogando no meio, mas não sacou para a frente; em vez disso, se virou e arremessou a bola para Andrew, como Allison tinha feito antes. Andrew rebateu com tanta força que fez a bola acertar a parede do time da casa.

Depois disso, Neil e Dan correram pela quadra. A bola bateu na parede próximo ao teto, quicou, bateu no teto e foi, em um ângulo acentuado, até a área da defesa. Os defensores, que já tinham avançado para manter Dan e Neil fora de sua área, voltaram o mais rápido que conseguiram. Herrera pegou a bola e a jogou para a frente.

Neil nem tentou pegá-la. Estava mais interessado em manter Herrera daquele lado da quadra. Ele se virou para observar a bola, mas pressionou seu corpo contra o de Herrera: assim, quando o jogador tentou se mover para correr até a metade da quadra, Neil percebeu e moveu-se junto. Não tinha como ficar segurando Herrera ali muito mais, só queria ganhar tempo até seus colegas de time terem posse de bola.

A defesa sabia o que fazer; Renee tinha sugerido essa jogada quando ainda estavam no ônibus. Não sabiam qual deles teria posse de bola após esse saque, mas sabiam qual seria o próximo passo se a conseguissem. Foi Matt quem ganhou essa briga. Ele prendeu a raquete em volta do atacante e deu uma pancada violenta para soltar a bola, então a agarrou e a jogou. Não diminuiu a velocidade para olhar para onde estava jogando, confiando que Andrew pegaria a bola independente do ângulo.

Andrew acertou o lado esquerdo da bola, fazendo-a bater na parede em frente ao banco das Raposas e ir na direção de Herrera e Neil, que, por sua vez, não esperou a bola chegar até ele. Correu como uma flecha assim que percebeu o ângulo da batida de Andrew.

Sabia que Herrera estava logo atrás dele para cometer uma falta. Se ficasse imprensado entre a parede e o jogador, acabaria perdendo a bola na disputa. Neil conseguiu pegar a bola quando ela estava próxima à parede, mas não tentou protegê-la. Em vez disso, puxou com força o cabo da raquete em um único movimento, fazendo a bola voar para fora da rede. Na mesma hora Neil caiu de joelhos no chão.

Por pouco ele não foi rápido o suficiente. Meio segundo depois Herrera veio caindo a toda velocidade na direção dele, mas Neil não estava onde Herrera esperava que estivesse, por isso acabou tropeçando em

Neil e, sem o corpo dele para absorver o impacto, bateu com tudo na parede, atingindo antes de qualquer coisa o capacete. Neil se afastou de Herrera, xingando quando sentiu a dor queimando no ombro. Se não fosse pela proteção nos ombros, o joelho de Herrera poderia ter deslocado seu braço com o impacto.

Alguém deu uma pancada na parede próxima a ele. Talvez um dos reservas demonstrando apoio por derrubar seu marcador desse jeito, mas era mais provável que fossem Wymack ou Kevin putos com uma jogada tão arriscada. Neil se preocuparia com eles mais tarde. Naquele instante, tudo o que importava era a bola, que quicava no chão a apenas trinta centímetros de distância.

Neil a pegou e disparou na direção do gol. Não olhou para trás para ver se Herrera havia se levantado ou se a marcadora de Dan a tinha derrubado para ir atrás dele. Só fixou o olhar no goleiro, e sabia que iria marcar. Descontou toda a frustração do primeiro tempo do jogo naquele arremesso. O goleiro tentou pegar a bola, mas não conseguiu. A parede se iluminou em vermelho, confirmando o gol.

Dan deu um grito tão alto que ecoou pelas paredes da quadra, e Neil diminuiu a velocidade e voltou, meio sem equilíbrio. Dan correu até ele e o abraçou rápido e com força. A buzina acima a interrompeu antes que pudesse dizer qualquer coisa. Ficaram um do lado do outro observando o treinador Harrison chamar Herrera para sair de quadra. Como Herrera poderia estar lesionado por conta da pancada, Harrison tinha o direito de tirá-lo de quadra, ainda que fosse a vez das Raposas sacarem. Neil observou seu novo marcador entrar, mas Dan chamou a sua atenção.

— Isso foi perfeito — disse, então bateu com força no ombro dele e Neil não conseguiu esconder a careta. Ela apontou o dedo em seu rosto. — Mas não faça mais nada tão imprudente assim. Não temos ninguém pra te substituir. Escutou?

— Sim, Dan.

— Ótimo. Agora vamos mostrar pra esses babacas do que somos capazes.

Falar era mais fácil do que fazer, mas o time deu seu máximo até a hora do intervalo. Quando o cronômetro parou, o placar estava marcando quatro a quatro. Wymack apressou o time para fora de quadra, em meio ao caos de uma torcida agitada. Kevin não tinha nada para dizer a eles, mas Aaron foi direto até Matt e Nicky para ver como estavam. Allison não estava por ali, mas Abby também não, então Neil imaginou que tinham se afastado do barulho juntas. Esperava que Allison pudesse aguentar firme mais um pouco.

Wymack gesticulou em direção aos vestiários, mas ficou para trás mais um minuto para sorrir para as câmeras e fechar o carrinho com as raquetes. Neil já havia tirado as luvas e o capacete quando chegou ao túnel. Depois, tirou também o protetor de pescoço — estava precisando de um pouco mais de espaço para respirar. Mal sentia as próprias pernas. Também não conseguia sentir os pés, mas imaginou que eles estivessem ali embaixo, em algum lugar. O ombro que tinha lesionado no primeiro tempo ainda estava doendo, graças às investidas certeiras do novo marcador.

As Raposas se espalharam em um semicírculo no vestiário para remover os equipamentos em excesso e se alongar. Os outros pareciam cansados, mas soavam animados. Ficaram conversando sobre sua volta em quadra, parecendo comedidos, mas esperançosos em relação ao segundo tempo. Dan e Matt estavam até rindo de algo que um atacante grosseiro tinha dito para ele. Neil olhou em volta, assimilando o entusiasmo deles, mas logo sua atenção se voltou para Andrew e ali ficou.

Neil já tinha visto Andrew passar pela abstinência antes, mas não daquele jeito. Era sempre tarde da noite, quando ele já estava exausto, ou lá em Colúmbia, com drogas e álcool amortecendo a sensação. Em circunstâncias como aquelas, Neil não conseguia perceber direito o estágio letárgico de Andrew.

Todos o tinham alertado que Andrew não se importava com o Exy, mas Neil tinha as suas dúvidas. A conta não fechava, especialmente quando Andrew aceitava de bom grado ficar sem seus remédios da fase eufórica durante as partidas. A briga com Kevin naquela manhã provava que havia algo estranho acontecendo. Mas Andrew estava completamente calado em meio ao restante do time, parecendo a quilômetros de distância de tudo aquilo. Era como se ele fosse uma espécie de vazio que as comemorações barulhentas dos colegas não conseguiam preencher.

— Para com isso.

Ele não queria ter dito aquilo. Nem percebeu que as palavras tinham saído de sua boca até as conversas de seus colegas de time terem cessado. Dan e Matt lançaram olhares curiosos para ele. Renee olhou para o espaço entre Neil e Andrew, enquanto Aaron não ergueu o olhar. Kevin juntou as peças mais rápido do que todos os outros, já que sentia aquela mesma raiva em relação à apatia de Andrew. Ele voltou-se para Andrew com um olhar cheio de acusações.

Andrew olhou com uma cara de tédio para Neil.

— Não estou fazendo nada.

Exatamente, era o que Neil queria dizer, mas sabia que esse argumento não fazia sentido nenhum. Não sabia as palavras certas para descrever aquela sensação torturante no estômago, e sua própria culpa por ser tão ingênuo. Balançou a cabeça, frustrado, abaixando-a em seguida.

Nicky abriu a boca e hesitou, pensando no que iria dizer, e então deu um tapinha no ombro de Neil em uma demonstração de consolo ou incentivo. Manteve a mão ali, mas suas palavras alegres demais foram direcionadas ao restante do time.

— Ei, estamos nos saindo bem melhor do que eu esperava.

Wymack escolheu exatamente esse instante para entrar e censurar as palavras de Nicky.

— A situação está horrível. Esse tipo de jogo não vai funcionar pra gente, e hoje é o último dia em que vou tolerar isso. Vocês precisam começar a abrir distância no placar no primeiro tempo. Precisam desse respiro quando já estiverem exaustos e o time adversário colocar jogadores descansados em quadra.

— Ele está certo — concordou Dan. — A gente precisa começar a pressionar mais cedo. Nos seguramos porque estamos tentando nos preparar pra uma noite longa, mas ter que recuperar o tempo perdido acaba com a gente. Precisamos ser mais espertos nas jogadas e equilibrar isso de alguma forma.

Wymack assentiu e olhou para o outro lado da sala.

— Andrew?

— Presente — respondeu Andrew.

Wymack interpretou aquela resposta inútil da maneira que bem entendeu e estalou os dedos para o time.

— Vamos lá, se alonguem. — Ele se distanciou alguns passos e chamou no corredor. — Abby?

— Chegando — avisou Abby fora do campo de visão, e surgiu carregando duas jarras. Uma delas estava cheia de água, a outra, de algum energético. Ela serviu um pouco de cada para as Raposas e foi passando os copos. Foi até Neil por último e ficou ao lado dele, sentindo a proteção nos ombros através da camisa.

— Como você está?

Neil pegou os dois copos antes de responder.

— Estou bem.

Nicky deu um soquinho no ar, em comemoração.

— Obrigado por ser tão previsível, Neil. Você acabou de me fazer ganhar dez dólares só com duas palavrinhas.

Matt olhou para ele.

— Tá falando sério? Quem caralhos apostou com você?

Nicky apontou o polegar para Kevin.

— Todo dia um esperto e um otário saem de casa.

Kevin parecia furioso, mas a raiva que sentia era de Neil.

— Você é um idiota. Está vendo isso? — Ele sacudiu a mão esquerda. Do outro lado do cômodo não dava para Neil ver as cicatrizes, mas entendeu ao que Kevin estava se referindo. — Lesões não são brincadeira. Não é pra ficar minimizando o perigo. Se você se machucar, toma alguma atitude. Pega mais leve, pede pro treinador te tirar de quadra, pede ajuda a Abby, não me importo. Se você voltar a dizer "estou bem" em relação a sua saúde, vou fazer você se arrepender do dia em que nasceu. Estamos entendidos?

Neil abriu a boca, mas achou melhor não discutir e disse:

— Estamos entendidos.

— Eu te avisei — disse Dan, em um tom frio. — Mas acho que as ameaças do Kevin funcionam melhor.

Abby olhou para Neil.

— Vou perguntar de novo, então. Como você está?

— Est... — Era uma resposta muito automática; Neil segurou a língua para se conter quando Kevin deu um passo ameaçador à frente. Bufou, irritado, atrás de uma resposta melhor. — Está um pouco dolorido. Então, se eu conseguir manter meu marcador à minha direita, vou ficar bem.

Matt riu com a tentativa falha.

— Não acho que isso vai dar certo, Neil.

— Tem gente que nasceu pra ser burra — disse Wymack. — Agora, chega de papo e me ouçam. Temos muitas coisas pra repassar.

Wymack começou com os defensores e foi até o ataque, mencionando as oportunidades perdidas e ressaltando os poucos sucessos. Tinha uma lista da escalação que começaria jogando o segundo tempo, então o treinador passou a segunda parte do intervalo falando sobre os adversários.

As Raposas o escutaram com atenção, mas não ficaram parados. Matt parou de se aquecer e começou a andar rápido até a parede e voltar. Os outros trocavam o peso de perna, se alongavam e faziam exercícios de correr sem sair do lugar enquanto Wymack falava. Abby recolheu os copos vazios, jogando-os no lixo, e entregou outros, que tinha enchido novamente. Neil bebeu tão rápido que mal sentiu o gosto. Estava começando a perceber sua energia voltando, mas ficou feliz em ficar de fora durante o começo do segundo tempo. Queria estar com força total para se juntar a Kevin em quadra.

A buzina soou acima deles. Tinham que voltar para a área técnica em um minuto, e Allison ainda não tinha chegado. Abby assentiu quando Wymack olhou para ela, e saiu em busca da jogadora que estava faltando.

— Vamos nos preparar para se mexer — disse Wymack.

Wymack os enxotou, gesticulando para que fizessem fila, e pegou sua prancheta do chão. Neil desviou o olhar para o corredor, onde

Abby estava parada do lado de fora do banheiro. Ela fez um movimento indicando que Wymack devia ir à frente, então o treinador abriu a porta e guiou as Raposas de volta ao estádio.

Neil não precisaria das luvas e do capacete por um tempo, então sentou-se no banco e ajudou Nicky a posicionar o carrinho das raquetes. Quando terminou e se levantou, Allison já estava saindo do banheiro, pronta para jogar e indo direto até sua raquete. Neil tentou sair de seu caminho sem ela perceber — se Allison notou, não disse nada. O olhar vazio dela já evidenciava que ela estava completamente focada na tarefa que tinha que cumprir.

Pouco tempo depois, os titulares do segundo tempo foram chamados aos portões. Neil ficou próximo ao banco com Matt e Renee e viu os colegas de equipe entrarem em fila na quadra. Não estava pronto para falar sobre Allison com nenhum deles, então focou no outro jogador instável do time.

— Por que o Andrew faz isso? — perguntou Neil, sem conseguir se segurar por nem mais um minuto. — Se ele não liga para o Exy, para que passar por isso toda sexta-feira?

— Você gostaria de passar todos os dias da sua vida chapado de tanto remédio? — indagou Matt.

— Ele fica o tempo todo desligado de tudo e passando mal — comentou Neil. — Vale a pena?

— Talvez sim — disse Renee com um sorriso. — Você vai ver.

As Tartarugas sacaram assim que a buzina soou, e a quadra virou um furacão: o armador titular de Belmonte começou a partida com um movimento agressivo: foi logo arremessando a bola pela quadra em direção ao gol. Allison poderia ter impedido, mas tudo o que fez foi dar um passo para o lado, como se não precisasse perder tempo com aquilo. Andrew reagiu com a mesma arrogância impassível; quando a bola passou a centímetros do gol, ele só ficou olhando. A reação da torcida foi instantânea e barulhenta: eles não seriam ridicularizados por um time formado por um bando de zé-ninguém como as Raposas.

Andrew deu um tapinha leve na bola quando ela voltou, fazendo-a quicar no chão e voltar pelo mesmo caminho por onde tinha vindo.

Allison observou a bola passando por ela novamente, deixou o armador pegá-la sem nem disputar e então se chocou contra ele. O adversário não se desequilibrou, mas perdeu a posse ao tropeçar, e Allison foi rápida em tomar a bola. Passou-a para seu lado da quadra e então se adiantou, correndo para a frente.

As Raposas eram conhecidas por não trabalharem bem em equipe, então a maioria das pessoas se esquecia do fato de que estavam na primeira divisão. Wymack selecionava seus jogadores problemáticos da mesma forma que qualquer outro treinador de primeira divisão: os melhores atletas que o ensino médio tinha a oferecer ao redor do país. Se as Raposas conseguissem superar suas diferenças e, de vez em quando, aprendessem a ceder, seriam uma verdadeira potência. Neil alertara Riko sobre isso no programa de televisão de Kathy Ferdinand, e Dan achava que o time tinha mais chances de se entender agora que Seth não estava mais entre eles. Neil observava os colegas de time em busca de sinais de que ela estava certa.

Por reparar com tanta atenção, conseguia ver, mas eram apenas vislumbres. Nicky era o defensor mais fraco do time, mas Aaron sabia como compensar. Allison e Dan nunca haviam jogado juntas dessa forma, mas eram colegas de quarto e amigas há três anos. Dan estava muito à frente para analisar a quadra como costumava fazer, mas mesmo assim logo conseguiu entender a situação e ajustar sua jogada de acordo.

Neil queria que Matt estivesse em quadra para ver a diferença que isso fazia. Matt era o melhor jogador entre eles. Sua presença unia todos em quadra, e, com sua agressividade implacável, ele conseguia controlar a partida. Neil queria estar em quadra para descobrir se realmente merecia jogar na primeira divisão. Queria ser parte dessa evolução. Queria sentir a equipe entrar em perfeita sincronia, mesmo que isso só durasse alguns instantes.

Quando Wymack enfim deixou Neil entrar em quadra, ele estava cheio de impaciência e vontade. Sabia que ele e Dan tinham batido suas raquetes ao passarem um pelo outro no portão, mas não ouviu o barulho. Tudo que ouvia eram as batidas de seu coração pulsando nas veias.

A buzina soou para permitir que começassem a jogar. As Tartarugas vieram e atacaram com tudo, mas as Raposas reagiram com uma ferocidade que o time de casa não estava esperando. As Raposas estavam exaustas, mas Matt reunia a defesa à sua volta e Neil pôde correr até o ataque. Era o jogador menos experiente da equipe, mas também o mais rápido e mais desesperado: cada minuto em quadra o deixava mais perto do momento em que se despediria do Exy para sempre. Não queria se arrepender de nem um segundo.

Neil evitava olhar o placar, mas soube quando as Raposas empataram pela reação da torcida. Alguns minutos depois as Tartarugas quase marcaram um gol, mas Matt jogou o atacante contra a parede e após um segundo estavam brigando. Renee, que estava mais perto, correu para separá-los. Matt ergueu as mãos e se afastou assim que percebeu que ela estava ali, mas o atacante das Tartarugas estava nervoso demais para se deixar abalar por isso. Ele foi atrás de Matt e conseguiu acertá-lo algumas vezes. Estava difícil para Matt conseguir se livrar dele, até que finalmente conseguiu empurrá-lo para longe.

Renee aproveitou essa brecha. Agarrou a camisa do atacante por trás e chutou a parte de trás das pernas, fazendo-o cair de joelhos. Renee jogou todo seu peso nas panturrilhas dele para impedi-lo de se levantar novamente.

Os árbitros separaram os dois com palavras irritadas e gestos exagerados. Os três receberam cartões amarelos pela briga. Neil achou que aquilo não fazia sentido, já que, tecnicamente, Renee não brigara com ninguém, mas a multidão gritou em aprovação. Como o atacante tinha iniciado a briga, as Raposas receberam a posse de bola perto de onde as Tartarugas a haviam perdido. Matt bateu a raquete dele na de Renee enquanto se reposicionavam.

Faltando um minuto para o fim do jogo, Kevin os colocou na frente. Os últimos sessenta segundos foram marcados por uma pressão desesperada de ambas as equipes. Se as Tartarugas marcassem um gol, iriam para a prorrogação, e nenhuma das Raposas tinha energia o suficiente para jogar por mais um tempo de quinze minutos. Quando faltavam oito segundos para a partida acabar, um atacante das Tartarugas pegou a bola e Aaron correu atrás, mas estava exausto demais para alcançá-lo. Aqueles dez passos do atacante o colocaram na linha de cobrança de falta, pronto para o arremesso.

Neil sentiu o estômago ficar embrulhado de decepção. O gol era grande demais e Andrew, muito pequeno; não dava para defender um arremesso feito de tão perto. O atacante mirou o mais longe que conseguia do goleiro, arremessando a bola no canto inferior esquerdo. Mesmo que Andrew conseguisse chegar lá rápido o suficiente, a bola estava baixa demais para conseguir acertá-la com sua raquete enorme.

Só que Andrew já estava em movimento antes mesmo de o atacante arremessar, como se já soubesse onde ele ia mirar, e não tentou bater na bola com a raquete. Em vez disso, se jogou no chão o mais longe que conseguiu e bateu com a raquete entre a bola e o gol com tanta força que Neil ouviu a madeira estalar do outro lado da quadra. Foi rápido o bastante; a bola bateu nas cordas esticadas de sua raquete e ricocheteou.

Andrew soltou a raquete e foi atrás da bola. O atacante também tinha ido àquela direção, mas desperdiçara um segundo precioso ao ter certeza de que seu arremesso entraria. Um segundo foi tudo o que Aaron precisou para chegar até ele, colidindo com o jogador com toda a força antes que conseguisse pegar a bola no chão. Por muito pouco evitaram se chocar contra Andrew, que nem olhou para eles. Agarrou a bola com a mão protegida pela luva e a jogou do outro lado da quadra, longe da área do gol.

A última buzina foi estrondosa, mas o grito de vitória de Matt conseguiu superá-lo. Neil ergueu o olhar, porque só conseguia acreditar vendo o placar. O alívio quase o derrubou, mas a inebriante energia da vitória fez o fôlego voltar aos pulmões. Olhou para o outro lado da quadra à procura de Kevin, que estava indo em direção ao gol. Neil se virou um pouco mais para poder olhar novamente para Andrew, mas o que viu fez com que parte de sua empolgação se esvaísse.

Andrew estava ajoelhado dentro do gol com a raquete no colo. Neil ouviu a voz empolgada de Dan quando os reservas foram liberados para entrar em quadra, mas não ficou esperando seus colegas o alcançarem. Correu atrás de Kevin, chegando ao gol no mesmo tempo em que ele. Kevin não precisava perguntar o que estava acontecendo: tinha passado anos mentindo para as câmeras, e sabia como ganhar tempo para Andrew. Agachou-se em frente a ele e pegou sua raquete, aumentando a ilusão de que Andrew estava só dando uma olhada nela para ver se havia alguma parte danificada.

Andrew soltou uma mão da raquete e gesticulou. Kevin fez o mesmo, como se realmente estivessem conversando. Mas o único som que dava para ouvir entre os dois era Andrew desesperado tentando respirar, os dentes cerrados enquanto se esforçava para não vomitar na frente da multidão. Kevin virou um pouco a raquete e passou os dedos pelas cordas da cabeça. A madeira quebrou com a pressão, exibindo uma rachadura horrível que ia até o cabo. Neil estremeceu ao ver aquilo, verificando o chão da quadra para conferir se tinham caído lascas.

O restante do time se juntou ao redor deles, levando a comemoração para seus atacantes e improvisando uma barreira em torno de seu goleiro caído. Empolgado, Matt batia nos ombros e nos capacetes dos colegas de time, dando um sorriso de orelha a orelha.

— É assim que se faz! É assim que se faz, Raposas!

Andrew largou a raquete e se levantou, mas era óbvio que não conseguia ficar de pé. Neil achou que ele fosse cair, mas Nicky passou um braço em volta dos ombros do primo, puxando-o para perto. Assim, conseguiu apoiar parte do peso de Andrew sem ficar muito na cara que estava fazendo isso. Andrew parecia prestes a dizer algo sobre não querer ajuda, mas Nicky não lhe deu nem chance de discutir. Ergueu o punho e gritou.

— Isso foi demais! Essa temporada é nossa!

— Foi por pouco — disse Kevin enquanto se levantava. — Quase perdemos.

— Ah, cala a boca, seu chato — reclamou Nicky. — Guarda as reclamações pra viagem de volta e para de estragar nosso momento de glória.

— Fala sério — disse Matt, esfregando com força o capacete de Kevin —, ia matar você dar um sorrisinho sem ser pago pra isso?

Ele nem esperou pela resposta, e virou-se para Allison quando ela enfim se juntou a eles. Já estava de banho tomado e trocada para a viagem de volta, e o cabelo molhado estava afastado do rosto, preso em um rabo de cavalo apertado. Neil viu que os olhos dela estavam vermelhos e desviou o olhar. Matt a abraçou tão forte que a tirou do chão.

— Você é incrível.

— Vamos lá — disse Dan. — Vamos oferecer nossas condolências a eles e meter o pé.

O time se enfileirou o mais rápido possível e as Tartarugas fizeram o mesmo do outro lado da quadra, apesar da má vontade. Uma equipe passou pela outra, batendo as raquetes e dizendo "boa partida!" — mas nenhum dos dois lados realmente acreditava naquilo. As Raposas saíram de quadra o mais rápido que conseguiram e foram até Wymack. Andrew se afastou da comemoração e foi direto para o vestiário.

Neil nunca tinha visto Wymack sorrir daquele jeito. Era um sorrisinho discreto, mas intenso, que demonstrava tanto raiva quanto orgulho.

— É assim que se faz. Tirem zerinho ou um e decidam quem vai me ajudar a enfrentar a imprensa. O restante pode pegar suas raquetes e arrastar essas bundas fedorentas até os chuveiros. Podemos falar sobre o jogo no ônibus.

— Renee e eu nos encarregamos disso — disse Dan enquanto seguiam para o vestiário. — Neil, pode usar o chuveiro do vestiário feminino enquanto isso.

Neil a encarou.

— Quê?

Dan franziu a testa para ele, então Matt explicou:

— Os chuveiros não têm divisórias aqui.

Neil já tinha percebido isso, mas não achou que seus colegas de equipe também teriam notado. O fato de não só terem percebido, mas de estarem fazendo alguma coisa sobre isso o deixou sem fôlego. Tentou falar alguma coisa, mas não sabia o que dizer. O melhor que conseguiu foi:

— Tudo bem mesmo?

— Deixa disso, moleque — disse Nicky. — Por que sempre faz essa carinha de animal assustado quando alguém faz alguma coisa legal por você?

— Tudo bem mesmo — garantiu Dan. Neil tentou agradecer, mas ela gesticulou como se não precisasse, dizendo: — Não. Para com isso. Só não usa toda a água quente.

Ela, Renee e Wymack se sentaram em bancos na sala da frente para atender a imprensa enquanto os outros iam para o banho. Neil pegou a mochila no vestiário masculino e foi pelo corredor até o banheiro feminino, que era um pouco mais privativo. Não tinha portas nas cabines dos chuveiros, mas eram separados por paredes. Neil ficou de costas para a porta e tomou um banho rápido. Se secou com tanta pressa e força que a pele ficou vermelha em alguns pontos, mas não queria que Dan e Renee precisassem ficar muito tempo o esperando. Vestiu roupas largas, pegou suas coisas e saiu logo dali.

Vozes animadas no fim do corredor sinalizavam que a imprensa ainda estava por perto. Neil esgueirou-se pelo corredor para olhar, menos para ver o que estava acontecendo e mais para que Dan ou Renee o vissem e soubessem que ele já havia liberado o vestiário. Wymack não estava por ali, então Neil imaginou que ele já tivesse dado sua entrevista. Renee olhou para ele quando percebeu o movimento próximo à porta e sorriu, assentindo.

Neil se afastou antes que mais alguém o visse. Não havia muitos lugares para se esconder da imprensa, mas a porta para a enfermaria estava semiaberta. Com cuidado, Neil a empurrou e deu uma espiada lá dentro: Wymack estava sentado na cama completamente limpa e arrumada segurando um maço de cigarros. Neil interpretou o aceno do treinador como um convite e entrou — mas justo quando estava se virando para fechar a porta avistou o companheiro silencioso de Wymack.

Andrew estava sentado de pernas cruzadas no chão, no canto da enfermaria. Não tinha nem trocado de roupa ainda, mas já estava sem o capacete e as luvas. A mala de viagem de Abby estava virada no chão à sua frente e o frasco de remédio estava aberto, próximo ao quadril dele. Um punhado de comprimidos brancos estava espalhado no chão ao redor. Andrew segurava com as duas mãos seu prêmio pelos esforços da noite, os nós dos dedos pálidos: uma garrafa de Johnnie Walker Blue. Fazia cerca de dez minutos que havia saído da quadra e já tinha entornado metade daquele uísque caro. Neil não sabia como ele ainda tinha força o suficiente nos dedos para segurar a garrafa.

— Abby e Allison já foram para o ônibus — disse Wymack. — Você pode se juntar a elas ou ficar aqui esperando os outros.

Neil deixou a porta entreaberta atrás de si para poder ouvir quando os repórteres fossem embora, e se sentou no banco mais próximo à porta. Colocou a mochila no chão aos seus pés e voltou a olhar para Andrew e Wymack.

— Por que você pagou para instalarem portas nos chuveiros, treinador?

Wymack deu de ombros.

— Talvez eu soubesse que um dia você precisaria delas.

Andrew sorriu, a boca colada à garrafa.

— Neil é uma tragédia ambulante.

— Você também é uma história bem trágica e patética — disse Wymack.

Andrew riu. Era uma risada fraca, já que os remédios ainda não tinham surtido efeito, mas assim que Neil escutou percebeu que antes mesmo de deixarem o estacionamento Andrew já estaria agitado.

— Acho que sim, treinador. E isso me faz lembrar que vou passar esse fim de semana na sua casa.

— Não me lembro de ter te convidado — disse Wymack, mas aquilo não soava como um fora.

— Vai ser um saco precisar lidar com o Kevin depois de hoje à noite.

— Andrew fechou a garrafa e a colocou de lado. Arrumou rapidamente a mochila de Abby, tirou-a da sua frente e se levantou. — Posso dar outra facada nele ou posso ficar com você. A escolha é sua.

Wymack apertou o dorso do nariz.

— Andrew, eu juro por Deus...

— Tô indo, treinador.

Andrew foi em direção à porta, mas Neil colocou uma mão na frente, fazendo Andrew obedientemente parar, lançando a ele um olhar confuso. Neil abaixou a mão e perguntou:

— Como você fez aquilo? Como você sabia aonde era pra ir?

— O treinador disse que Watts sempre cobra as faltas no canto inferior. Como ele estava com o jogo nas mãos, era muito provável que fosse fazer a mesma coisa.

Neil o encarou, surpreso e sem conseguir acreditar. Wymack chegou a mencionar isso durante o intervalo, quando estava repassando a escalação do segundo tempo com o time. Tinha sido um comentário breve entre várias outras informações. Neil pensou que Andrew não estivesse prestando atenção à lenga-lenga do treinador, e também não fazia ideia de como ele se lembrou daquilo com tanta precisão a ponto de utilizar a informação em um momento tão crítico.

— Mas — começou Neil, sem conseguir elaborar a frase. Andrew abriu um sorriso para ele e saiu. Neil desviou o olhar para Wymack, frustrado.

— Achei que ele não estava nem aí. Disseram que ele não dá a mínima, e eu finalmente estava começando a acreditar nisso, mas ele não teria salvado nossa pele hoje se não se importasse. Certo?

— Se você descobrir a resposta, por favor, me conta — respondeu Wymack.

Alguns minutos depois a imprensa foi embora, e então Neil foi para a sala principal esperar pelos colegas de time. Foram surgindo pouco a pouco, e Dan e Renee foram as últimas a ficarem prontas para ir embora. Rapidamente a equipe colocou as coisas no ônibus; difícil foi sair do estacionamento, mesmo com o tanto de viaturas orientando o fluxo de carros depois do jogo. Conforme passavam pelo campus, o ônibus das Raposas foi atingido por algumas latas de cerveja. Nicky abriu a janela para xingar, mas Wymack o ameaçou para que ficasse quieto, se contentando então em mostrar o dedo do meio para os estudantes de Belmonte.

A viagem de volta pareceu durar metade do tempo graças à euforia de uma vitória inesperada. Allison ficou de fora da comemoração, cochilando na frente com Abby. Os outros veteranos foram para o meio do ônibus para discutir o jogo com o grupo de Andrew e, assim que o fizeram, Andrew foi para a frente, mais interessado em ficar tagarelando no ouvido de Wymack do que em recapitular as jogadas da noite. As críticas indelicadas de Kevin faziam um contraste necessário, porém desagradável, com os comentários empolgados dos companheiros de equipe.

Enquanto os ouvia, Neil percebeu que estava feliz. Era uma sensação tão inusitada e desconhecida que por um minuto perdeu o fio da conversa. Não conseguia se lembrar quando tinha sido a última vez que se sentiu parte de alguma coisa, que se sentiu seguro. Era uma sensação boa, mas perigosa. Alguém com um passado como o dele, cuja sobrevivência dependia de segredos e mentiras, não podia se dar ao luxo de baixar a guarda. Mas enquanto Nicky ria e se aproximava para falar de um dos gols que Neil tinha marcado, ele pensou que talvez pudesse se permitir se sentir bem só por uma noite.

CAPÍTULO CINCO

Neil tinha 250 mil dólares e instruções para ter acesso a mais meio milhão de dólares que estavam escondidos em seu dormitório. Ele e a mãe haviam fugido com muito mais do que isso, mas a reserva deles acabou minguando depois de anos na estrada. O que sobrou era considerado uma pequena fortuna pela maioria das pessoas e uma maldição por Neil. Seria complicado arranjar um emprego sem poder fornecer ao seu chefe um número de identidade, e a cada vez que se mudava precisava de um novo nome, um novo rosto e um novo lugar para viver. Rapidamente as despesas iam aumentando.

Disfarces eram baratos. Novo corte e cor de cabelo, lentes de contato e um sotaque eram o suficiente para enganar as pessoas. Quando estava em outro país, Neil usava o sotaque britânico da mãe e, quando estava nos Estados Unidos, o sotaque americano do pai. Precisava de um endereço, às vezes uma nova língua, além de formas de passar o tempo que combinassem com sua personalidade sem chamar muita atenção. A sorte o permitiu achar um lugar para viver em Millport, mas precisava encarar o fato de que no futuro ia ter que pagar aluguel.

Algumas mudanças elevavam o conceito de caro. Neil só conseguiria sobreviver a esse ano se fizesse grandes esforços: mudar de nome e cidade não iria salvá-lo depois de ter comprado briga com Riko Moriyama e saído nas notícias. Precisava cortar todos os laços que já teve, incluindo o com os Estados Unidos.

Conseguir um novo passaporte não era coisa simples, mas pelo menos ele sabia por onde começar. A mãe tinha nascido no berço de uma máfia britânica, por isso ele acabou herdando uma lista de contatos nada agradáveis. Como a maioria deles era europeu, estavam fora do alcance do pai. Neil não tinha certeza se cuidariam dele na ausência da mãe, mas tinha esperança de que o nome dela pudesse facilitar o processo. A papelada de que precisava custava um preço exorbitante, mas representava alguns dos melhores trabalhos disponíveis no mercado. Tinha que levar em conta a velocidade com que a tecnologia estava mudando.

Como Neil conseguia adivinhar de quanto dinheiro iria precisar em maio, até lá não queria ter gastos desnecessários. Já tinha sido burro com o próprio dinheiro no desastre que foi a festa de boas-vindas em Colúmbia, então queria ficar bem de olho no que havia sobrado. Mas seus colegas de equipe tinham outros planos, e foi assim que, na terça-feira, Neil acabou saindo para comprar roupas.

Ninguém o avisara de que não iriam voltar para casa logo após o treino. Enfiaram Neil no carro e o arrastaram para o shopping sem mais nem menos. No próximo sábado seria a festa de outono do sudeste, e todos sabiam que Neil não tinha roupas apropriadas para usar. Era um evento menos formal do que a festa de inverno, em dezembro, mas ainda assim era preciso mais do que uma calça jeans e camisetas surradas.

— Em algum momento você vai ter que provar algumas roupas — disse Nicky.

— Ou eu poderia só não ir — discutiu Neil.

— Cala a boca. Você vai, sim — ordenou Kevin, como se ele próprio também não tivesse motivos para estar tenso com a festa. Todas as catorze equipes da primeira divisão do sudeste compareceriam, e isso incluía os Corvos de Edgar Allan. A vontade de Kevin de ver seus antigos colegas de time era ainda menor que a de Neil. — As outras equipes querem dar uma olhada em você.

— Não dou a mínima pra eles — retrucou Neil. — Só me importo com eles em quadra.

— Não seja assim, Neil. — Andrew disse, arrancando uma roupa atrás da outra dos cabides e as jogando no chão. Atirou um dos cabides vazios em Nicky, que deu um grito e desviou bem a tempo. Andrew deu de ombros ao perceber que não tinha acertado, e desviou o olhar para Neil. — Você riu do Riko no programa da Kathy. Se não for, ele vai dizer que é porque está com medo de ficar cara a cara com ele! Que vergonha, Neil.

Mas Neil realmente estava com medo, e Andrew sabia disso.

— Aqui — disse Aaron, entregando um pedaço de papel para Neil. — Toma isso aqui antes que eu me esqueça.

Era uma listinha de nomes e números escrita em caneta azul-clara. Nicky se inclinou para ver, fazendo um murmúrio de desdém.

— É sério isso, Aaron?

— Dan me pediu pra pegar uma lista com a Katelyn — respondeu Aaron.

— Quem são essas pessoas? — perguntou Neil.

— São as Raposetes solteiras.

— Só tem mulher na lista — reclamou Nicky. — Isso não vai ajudar a gente.

— Nicky — Neil chamou a atenção dele.

Nicky arrancou a lista da mão de Neil e a amassou.

— Sua ignorância é encantadora, Neil. Tem dezenove anos e nunca olhou para os peitos da Allison? Impossível você ser hétero. Qualquer hora dessas a gente precisa sentar pra falar sobre isso.

— Quer saber? Já deu pra mim. — Aaron ergueu as mãos e se virou. — Quando acabarem, estarei na praça de alimentação esperando vocês.

— Para de ser má influência — reclamou Kevin para Nicky. — Ele vai chegar na seleção. E será mais fácil se ele for hétero. Você mais do que ninguém sabe o quanto as pessoas podem ser preconceituosas. Para pra pensar no impacto que isso pode ter na carreira dele.

— Não é possível que estejamos tendo essa conversa — disse Neil.

Nicky colocou uma mão de cada lado da cabeça de Neil, como se tentasse protegê-lo do que iria dizer. Não funcionou, já que não cobriu as orelhas dele.

— Você se preocupa com a carreira do Neil. A felicidade dele, deixa comigo. Qual é, Kevin. Até você tem que admitir que isso é estranho pra cacete.

Andrew ergueu as mãos.

— Novidade pra você, Nicky: Neil não é normal!

— Isso é mais do que anormal.

— Eu estou bem aqui — reclamou Neil —, e posso escutar vocês.

Nicky deu um suspiro dramático e o soltou.

— Tá bom, tá bom. Leva uma líder de torcida com você, se quiser.

— Eu não vou levar ninguém — concluiu Neil. — Nem quero ir nesse negócio.

— Você tem noção de como é patético aparecer sozinho num evento desses?

— Você vai levar alguém? — indagou Neil, surpreso. — E o Erik?

— Ele está na Alemanha — rebateu Nicky. — Sim, vou levar alguém, mas não vou namorar o cara. Só quero alguém pra me fazer companhia e me divertir um pouco. Sabe, se divertir? Aquilo que as pessoas fazem de vez em quando? Vocês dois são impossíveis.

Neil desviou o olhar para Andrew, mas foi Kevin quem respondeu.

— Não é da sua conta.

— Três — disse Neil. — Allison.

Essas duas palavras acabaram com o bom humor de Nicky, e Neil se recusou a sentir remorso depois de tudo que Nicky havia dito sobre ele, mas também não se sentiu vingado. Nicky murmurou alguma coisa baixinho e saiu para olhar as camisas no fim do corredor. Neil voltou sua atenção às calças penduradas à sua frente, mas não conseguia se concentrar. Ficou empurrando alguns cabides de um lado para o outro sem prestar atenção em tamanhos ou cortes, então se virou para Kevin.

— Você a levaria?

O próprio Neil se surpreendeu consigo mesmo ao perguntar isso, tanto quanto os dois garotos que passaram a encará-lo. Neil continuou mexendo nos cabides, se recusando a tirar os olhos de Kevin.

— Ela e Seth estavam animados pra ir. Sempre que a gente almoçava junto os dois só sabiam falar disso. Agora ela vai e ele não vai estar lá.

— É uma solução bem fácil, né — disse Andrew com um sorriso largo e debochado —, fazer outra pessoa arrumar sua bagunça. Ah, Neil. Melhore da próxima vez, beleza? Você é um saco quando fica com o rabinho entre as pernas.

— Vai se foder — disse Neil. — Sua teoria não passa de uma teoria. Quando você conseguir provar...

— O que, vai fazer com que milagrosamente você consiga olhar na cara da Allison? — Andrew fingiu estar chocado. — Quando eu conseguir provar, vou colocar um alvo nas costas do Seth e o pincel bem nas suas mãos. É melhor pensar duas vezes, não?

Neil não tinha resposta para aquilo. Andrew só lhe deu alguns segundos para reagir; depois disso deu uma risada e começou a se afastar. Neil o observou ir embora, se perguntando qual dos membros do grupo ele mais odiava.

— Eu não vou convidá-la — disse Kevin, porque alguém precisava quebrar o silêncio. — Pode até ser que você tenha atraído a ira de Riko para a linha de ataque, mas é por minha causa que ele veio para o sul. Nenhum de nós tem o direito de falar com a Allison agora.

— Você acha que o Andrew está certo — observou Neil.

— Sim — confirmou Kevin.

— Não se mata alguém por causa de um jogo.

— De onde venho, isso não é só um jogo — disse Kevin. — Eu sei que Riko estava por trás disso. Sei do que pessoas como ele são capazes. Fique feliz por nunca entender como as pessoas que nem eles pensam.

Em qualquer outra situação Neil ficaria aliviado ao ouvir essas palavras de Kevin: isso significava que Andrew não havia contado a ele a verdade sobre o passado de Neil e que Kevin ainda não o reconhecera. Mas por uma fração de segundo Neil pensou em corrigi-lo. Queria dizer a Kevin que já havia presenciado muita crueldade antes, mas que nenhuma delas tinha sido tão sem sentido. O pai de Neil comandava uma máfia poderosa e leal. Poucas pessoas eram burras a ponto de insultar o Açougueiro; ainda menos de desafiá-lo. Quando faziam isso, o Açougueiro os usava de exemplo — não o vizinho ou colega de trabalho, mas a pessoa em si. Riko deveria ter vindo atrás de Neil pelo que ele falou, e não descontado em Seth.

— Ei — Nicky chamou do fim do corredor. Neil estava grato pela distração, mas Nicky caminhava muito devagar até eles. — Ninguém mais aguenta tanta desgraça por hoje. O que quer que estejam conversando, botem um ponto final antes de eu chegar aí, beleza?

A reação de Kevin foi se afastar em silêncio. Nicky ainda parecia meio desconfiado quando parou ao lado de Neil, que olhou para a quantidade de roupa que carregava nos braços, nenhuma parecendo apropriada para um banquete. Não ia falar nada, mas Nicky percebeu o olhar de Neil e ficou todo orgulhoso.

— Eu tenho bom gosto pra roupas, né? Se quiser provar, vai em frente, mas nem precisa. Sei que vão servir.

— E por que eu provaria?

— Ué, porque são pra você. — Nicky respondeu, como se achasse que Neil já deveria saber disso. Então, antes mesmo que Neil esboçasse qualquer reação, prosseguiu: — Sabia que o treinador está desde junho esperando a gente dar um jeito no seu guarda-roupa? Até ameaçou nos inscrever numa maratona se não tomássemos alguma atitude. Uma porra de uma maratona, Neil. Caras como eu não têm como correr tanto. Me faz um favor e não discute.

— Não tem nada de errado com as minhas roupas.

— Será que a gente pode voltar pra parte em que eu pedi pra não discutir? Me lembro bem dela, já que foi há cinco segundos. — Nicky tirou as roupas do alcance de Neil quando ele fez um movimento de pegá-las. — Hum, não. Pode deixar que eu seguro. Você precisa pegar umas calças.

Neil contou até dez em silêncio, mas isso não diminuiu o nível da própria impaciência.

— Nunca mais saio pra fazer compras com vocês.

— É o que você acha. Cara, estou começando a entender por que o Andrew te largou aqui — disse Nicky. — Que bom que ele me ignorou quando falei pra levar você com a gente.

— Me levar pra onde?

— Ah, você sabe — disse Nicky vagamente. — Foco na tarefa, Neil. Quanto mais você enrolar, mais tempo ficaremos aqui.

Neil afastou Andrew, Allison e Riko da mente e se concentrou em achar alguma coisa pra vestir. Calças eram fáceis de escolher, mas Nicky rejeitou as primeiras camisas que Neil tinha pegado. Depois de um tempo, Neil acabou desistindo e deixando Nicky escolher algo para ele. Foram juntos até o caixa, mas Nicky se recusou a largar as roupas que Neil não queria. Bateu nas mãos dele e se virou, teimoso.

— Por que você pagaria por tudo isso sendo que nem queria essas roupas? Tecnicamente é a universidade quem está pagando, já que o treinador vai declarar estes valores. Ei — disse Nicky, recuando quando Neil tentou pegar as roupas de seus braços novamente. — Encosta de novo e eu mordo você. Não fica achando que eu não tenho coragem de fazer isso, porque tenho. Gosto de morder. Pode perguntar pro Erik.

— Parem de nos envergonhar. — Kevin os separou. — Vai em outro caixa, Nicky.

— Eu posso pagar pelas minhas coisas — reclamou Neil quando Nicky saiu andando.

Kevin o olhou lentamente, da cabeça aos pés. A calça jeans de Neil estava tão desbotada que tinha adquirido um tom cinza-esbranquiçado, e as bainhas da camisa estavam puídas e se desfazendo. Não era a primeira vez que alguém olhava para Neil como se ele não fosse ninguém, mas a condescendência de Kevin era mil vezes mais eficaz. A primeira onda de calor que sentiu no estômago era constrangimento puro, mas Neil se recusou a deixar que a sensação o dominasse. Tinha motivos bem válidos para usar roupas tão desleixadas. Alguém como Kevin, que tinha crescido sob os holofotes e feito uma fortuna com o próprio talento, nunca entenderia.

— Eu não te suporto — declarou Neil.

— Não dou a mínima — rebateu Kevin, apontando acima da cabeça de Neil para o caixa que os aguardava. — Anda.

Quando terminaram, saíram pelo shopping carregando as sacolas. Desceram a escada rolante e Nicky os conduziu até a imponente fonte que marcava o centro do estabelecimento. Andrew esperava por eles ali, sentado de pernas cruzadas na mureta de mármore falso que circundava a água. Não ergueu o olhar quando se aproximaram: estava muito ocupado digitando no celular. Nicky largou as sacolas na frente de Andrew e se inclinou para ver melhor.

— Que lata velha é essa? — perguntou Nicky, espantado. — Ninguém mais gasta dinheiro em celular de flip, Andrew. Você estragou uma ótima aposta.

Neil ficou ali de braços cruzados se perguntando se existia alguma coisa sobre a qual os colegas de equipe não apostavam.

— Que pena — disse Andrew, nem um pouco solidário.

— Você não podia ter comprado pelo menos um com teclado qwerty pra ele?

— Pra quê? — Andrew terminou o que estava fazendo, fechou o celular e o jogou para Neil, que instintivamente agarrou o aparelho, mas, ao ouvir as próximas palavras de Andrew, congelou na mesma hora. — Para quem o Neil vai mandar mensagem?

— Hum, pra mim, pra começar — respondeu Nicky, como se aquilo fosse óbvio.

— Quê? — disse Neil, mal conseguindo formular a pergunta.

Ele abriu as mãos e encarou o celular cinza. Não achava que algo tão pequeno quanto aquele aparelho poderia ser capaz de causar tanta dor, mas o luto o perfurou, o fazendo se sentir despedaçado. O zumbido em seus ouvidos parecia o som do oceano. Por um momento, voltou para a praia e viu o fogo devorar o carro. Lembrou-se do cheiro do sal da água e do fedor de carne queimada que embrulhava seu estômago. Ainda conseguia sentir a areia nos dedos, quente onde o sol batia e fria onde havia enterrado os ossos da mãe.

Tinha deixado os celulares por último. Compravam aparelhos novos a cada vez que se mudavam — aparelhos descartáveis que poderiam ser abandonados ao primeiro sinal de problemas. Mas ele quisera guardar o celular dela. Queria um objeto concreto no qual pudesse se agarrar na ausência da mãe. Mas mesmo então já sabia que era melhor não. Jogou ambos os aparelhos no mar antes de sair da praia. Depois disso, nunca mais comprou um celular novo. Não achava necessário; Neil não tinha ninguém no mundo para quem pudesse ligar.

— Neil.

A urgência na voz de Nicky finalmente interrompeu os zumbidos no ouvido dele. Neil desviou o olhar para o rosto de Nicky, percebendo tarde demais que estivera falando com ele. Nicky parecia preocupado.

Neil engoliu em seco e tentou se lembrar como respirar. Fechou os dedos ao redor do celular para não precisar olhar para o aparelho e o estendeu para Nicky.

— Não.

Nicky ergueu as mãos, menos como se estivesse afastando-se do celular e mais como se tentasse acalmar um animal encurralado.

— Neil — ele começou, bem devagar e com cuidado —, a gente meio que precisa que você fique com o celular. Temos que ter uma forma de entrar em contato com você este ano.

— Você tem um jeitinho só seu de fazer as pessoas quererem te matar — disse Andrew.

Nicky parecia incomodado por aquela explicação sem delicadeza alguma do primo, mas não tirou os olhos de Neil.

— E se o treinador precisar falar com você ou os fãs estranhos do Riko começarem a causar encrenca? Ano passado as coisas ficaram bem tensas ali no final da temporada, e este ano já não começou muito bem. É só por precaução. Todo mundo vai ficar mais tranquilo sabendo que temos como falar com você.

— Eu não posso — Era uma resposta esfarrapada e sincera demais, mas não dava para Neil evitar. Se não se livrasse daquele celular, ia acabar passando mal. — Nicky, eu...

— Tudo bem, tudo bem — disse Nicky, apertando as duas mãos de Neil entre as suas. — Vamos dar um jeito.

Neil achou que se sentiria melhor depois de Nicky pegar o celular, mas a sensação avassaladora de perda ainda o estava deixando com dificuldade para respirar. Soltou as mãos das de Nicky e pegou as sacolas de roupas que o companheiro de time tinha colocado em seu braço. Não precisou pedir as chaves. Andrew as surrupiou do bolso do primo e as ergueu no alto, oferecendo-as.

Neil agarrou as chaves, mas Andrew continuou as segurando mais um pouco. Se inclinou para a frente, ainda sentado, e sorriu.

— Ei, Neil. Honestidade não combina nem um pouco com você.

Neil arrancou as chaves das mãos dele e se afastou, deixando para trás o som da risada de Andrew. Não voltou mais para dentro do shopping, mas eles também não demoraram muito para irem atrás de Neil. Ninguém tocou no assunto do celular novamente e, ainda que Nicky lançasse olhares preocupados pelo retrovisor, ninguém trocou nenhuma palavra com Neil durante o trajeto de volta ao campus.

O silêncio não duraria muito, por mais que fosse esse o desejo de Neil. Ele saiu do banheiro vestindo metade de seu equipamento para o treino noturno e percebeu que Kevin já tinha saído do vestiário. As roupas espalhadas pelo banco davam a entender que havia sido expulso dali antes mesmo de terminar de se arrumar.

Andrew estava sentado de pernas abertas no banco, à espera dele. À sua frente estava o celular novo de Neil, que por instinto baixou o olhar para o aparelho e, logo depois, para o rosto de Andrew. O sorriso já tinha desaparecido. Não tinha tomado a dose das nove para conseguir se acalmar e dormir, apesar de geralmente ficar com Kevin e Neil até meia-noite.

— Não tem quem aguente tanto problema — Andrew começou.

— Não preciso de um celular.

— Quem precisa mais do que você este ano?

Andrew tirou o próprio celular do bolso, colocando-o ao lado do de Neil. Parecia ser do mesmo modelo, embora fosse preto. Ele abriu ambos os aparelhos e apertou alguns botões. Segundos depois, o celular de Andrew começou a tocar. Neil esperou que fosse apenas um toque genérico, mas então um homem começou a cantar. Não parecia ser o tipo de música que Andrew colocaria como toque, até que Neil prestou atenção na letra. A canção falava sobre fugitivos.

Neil cruzou o cômodo, sentando-se de frente para Andrew no banco. Pegou o celular que ainda tocava e apertou o botão para rejeitar a ligação.

— Você não tem graça nenhuma.

— Nem você. Amarrou uma corda no próprio pescoço e entregou a ponta para o Riko — disse Andrew. — Eu me lembro muito bem de ter dito que cuidaria de você. Me dá um bom motivo pra você estar dificultando as coisas.

— Só consegui sobreviver por oito anos porque ninguém sabia onde eu estava — afirmou Neil.

— Esse não é o motivo.

— Estamos fazendo de novo aquilo de sermos honestos?

— Precisamos? — perguntou Andrew, pegando o celular das mãos de Neil. — Você primeiro.

Neil começou a mexer distraidamente no aparelho novo, rodando-o em círculos no banco, sem querer e ao mesmo tempo sem conseguir pegá-lo.

— Sabe como é, a maioria dos pais dá aos filhos um celular para poder saber onde estão ao longo do dia. Eu tinha um por causa das pessoas com quem meu pai trabalhava. Meus pais queriam ter certeza de que conseguiriam falar comigo caso o pior acontecesse. Só por precaução — disse Neil, repetindo as palavras de Nicky.

"Levei o celular comigo quando fugi. Vi meus pais morrerem, mas ficava pensando que talvez eu tivesse me enganado, que talvez um dia eles me ligassem para dizer que foi tudo encenação. Para dizer que eu podia voltar pra casa e que as coisas ficariam bem. Mas na única vez que o aparelho tocou, era um homem exigindo que eu trouxesse o dinheiro dele de volta. Desde então, não tenho mais celular. E não tem por que ter um agora. Pra quem eu iria ligar?"

— Nicky, o treinador, o centro de valorização da vida, sei lá, não dou a mínima.

— Estou começando a me lembrar por que não gosto de você.

— Fico surpreso que tenha esquecido para início de conversa.

— Talvez eu não tenha. — Neil empurrou o celular na direção de Andrew. — Tem que haver um outro jeito.

— Você podia, de vez em quando, deixar de ser frouxo — sugeriu Andrew. — Eu sei, é um conceito difícil pra alguém que tem o instinto de fugir sempre que pinta um problema novo, mas, um dia desses, experimenta. Quem sabe você até curte.

— O que eu gostaria mesmo é de fazer você engolir esse celular.

— Viu, assim fica mais interessante.

— Não estou aqui pra divertir você — disse Neil.

— Mas, como era esperado, você tem talento o suficiente pra fazer mais de uma coisa ao mesmo tempo. Uma pergunta, Neil. Pareço estar morto? — Ele apontou para o próprio rosto esperando uma resposta, não parecendo surpreso ao ver que Neil não falaria nada. — Aqui.

Andrew gesticulou para que ele se aproximasse, como se quisesse mostrar alguma coisa para Neil na tela de seu celular. Abriu o aparelho com uma mão só e pressionou com força um único botão. Fez-se silêncio, e logo depois deu para ouvir o zumbido distante do celular de Andrew discando. O aparelho de Neil começou a tocar. As palavras eram diferentes das do toque de Andrew, mas a voz era igual. Neil percebeu que era a mesma maldita música. A letra machucava tanto quanto a do toque de Andrew. Neil olhou para o celular, deixando-o tocar.

— Seu celular está tocando — disse Andrew. — Melhor você atender.

Neil pegou o aparelho com os dedos dormentes e o abriu. Levou apenas um segundo para ver o nome de Andrew na tela antes de atender a ligação e encostar o celular no ouvido.

— Seus pais estão mortos, você não está bem e nada vai melhorar — declarou Andrew. — Nada disso é novidade para você. Mas a partir de agora e até maio, você ainda é Neil Josten e eu ainda sou o cara que disse que te manteria a salvo.

"Eu não me importo se você vai usar esse celular amanhã. E não me importo se você nunca mais usar. Mas vai ficar com ele, porque pode ser que um dia acabe precisando." Andrew colocou um dedo embaixo do queixo de Neil, forçando-o a erguer a cabeça até que estivessem se olhando nos olhos. "E, nesse dia, você não vai fugir. Vai se lembrar do que prometi e vai me ligar. Me diz que entendeu."

Neil não conseguiu falar, mas assentiu.

Andrew afastou a mão do rosto dele e fechou o celular com força. Neil também fechou o celular em um movimento silencioso. Depois de encarar o aparelho por um minuto que parecia infinito, se inclinou e o guardou na bolsa carteiro. Andrew ficou observando com olhos semicerrados até Neil se endireitar. Neil não queria olhar para ele até ter certeza de que estava com o semblante tranquilo, mas não conseguiu evitar. Andrew o analisou por mais um minuto, então suspirou e se afastou.

— Se você tiver terminado de causar problemas, pode fazer a sua pergunta. Kevin deve estar puto te esperando.

Neil queria perguntar sobre Kevin, mas os celulares o fizeram se lembrar de outra questão. Poderia encher o saco de Kevin por uma explicação melhor sobre o acordo dele com Andrew. Mas essa outra pergunta era algo a que só Andrew podia responder.

— Por que a polícia de Oakland te ligou?

— Direto ao ponto. Talvez você não seja tão covarde assim, no fim das contas — disse Andrew, parecendo achar graça. — O conselho tutelar vai investigar um dos meus pais adotivos. Porco Higgins sabe que morei com eles, então me ligou atrás de um testemunho.

— Mas você não vai colaborar.

Andrew fez um gesto com os dedos em recusa.

— Richard Spear é um cara bem desinteressante, mas relativamente inofensivo. Não vão encontrar nada que possa incriminá-lo.

— Tem certeza? — indagou Neil. — Sua reação foi um pouco exagerada pra um mal-entendido.

— Não gosto dessa palavra.

Neil hesitou.

— Exagerada?

— Mal-entendido.

— Meio estranho ficar incomodado com uma palavra dessa.

— Você não tem moral nenhuma pra julgar os problemas dos outros — retrucou Andrew.

Andrew passou a perna por cima do banco e se levantou. Neil imaginou que aquilo significasse que a conversa tinha acabado, então, enquanto Andrew saía, pegou o calção de treino. A porta mal fechou atrás dele e já se abriu de novo. Andrew estava certo: Kevin parecia completamente puto por ter sido obrigado a atrasar o treino. Neil estava esperando alguma bronca sarcástica, mas os movimentos irritados do atleta falavam por si sós.

Terminaram de se arrumar o mais rápido que conseguiram e descontaram todo o estresse em quadra. Quando terminaram, Andrew estava esperando por eles parecendo meio sonolento; os três voltaram juntos para o dormitório. Neil foi até o banheiro se trocar para dormir, empurrando com o pé as roupas para um canto depois de tirá-las, e sentou-se na borda da banheira. A luz do teto brilhou na superfície curva do celular, aninhado na palma de sua mão.

Demorou o que pareceu uma eternidade para finalmente conseguir abri-lo. Lentamente deu uma olhada no menu do celular e não ficou totalmente surpreso quando viu que Andrew já tinha preenchido a lista de contatos. Chegara até a inserir alguns na discagem rápida. Andrew era o primeiro, depois Kevin, então Wymack. Neil não fazia ideia de por que a psiquiatra do time havia sido colocada como contato de emergência. Não tinha nenhuma intenção de voltar a falar com Betsy Dobson. Neil deletou as informações dela.

Quando a lista de contatos foi atualizada, Neil foi para o histórico de chamadas. Havia um nome na lista, com duas marcações de tempo diferentes ao lado. Não era o nome de sua mãe, mas também não era o do pai. Aprenderia a viver com aquilo um dia de cada vez.

O celular de Neil tocou na manhã seguinte, diminuindo em cinco anos sua expectativa de vida. Estava arrumando as coisas para sair da aula de espanhol quando ouviu aquele zumbido inconfundível. Na mesma hora deixou os livros de lado e começou a procurar pelo aparelho no fundo da mochila, a cabeça a mil por hora pensando em tudo que poderia ter dado errado.

Uma mensagem estava piscando na caixa de entrada. Os batimentos de Neil desaceleraram um pouco quando ele viu o nome de Nicky, já que achava que ele seria a última pessoa a trazer más notícias. De qualquer forma, abriu a mensagem e encontrou uma carinha sorridente de dois caracteres sorrindo para ele. Esperou para ver se chegaria mais alguma coisa, mas parecia que a mensagem era só aquilo.

Da próxima vez que o celular tocou, era Dan:

nicky disse q vc tá com celular uhul.

Sim

Neil respondeu, esperando que aquilo fosse o suficiente.

Segundos depois, Dan enviou outra mensagem

> já tava na hora pensei q vc nunca ia ter.

Neil ficou pensando se deveria perguntar como andavam as aulas de redação dela, mas decidiu que era melhor ficar quieto.

Quando Neil chegou ao refeitório dos atletas para almoçar, estava com vinte mensagens acumuladas. A maioria era de Nicky, comentários aleatórios sobre nada em especial. Neil lia todas as mensagens, mas só respondia quando Nicky fazia uma pergunta. Duas eram de Matt, primeiro para ver se era verdade o boato de que Neil estava com um celular e depois reclamando da aposta que Andrew sabotou por ter comprado um modelo tão barato.

Matt enviou para Neil:

> Ninguém mais usa esse tipo de celular. Ele achou isso aí numa loja de penhores?

Neil não sabia o que pensar daquilo. As Raposas passavam sete horas juntas todos os dias durante os treinos, além de dormir e dividir quartos na Torre das Raposas. Não conseguia entender como ainda tinham assunto para conversar. Queria desativar o recurso de mensagens de alguma forma ou dizer a eles que não era esse o motivo para estar com um celular. Celulares eram para emergências, não para ficar trocando mensagens sobre uma aula chata. Mas acabou ficando na dele, porque sabia que dessa vez não tinha razão, mas ainda assim tinha um sobressalto sempre que o aparelho tocava.

Nenhum dos outros se deixou abalar pelo silêncio dele. Nicky ficou o perturbando durante todo o dia e a maior parte da quinta-feira. Finalmente a paciência de Neil chegou ao limite, fazendo-o reagir e responder alguma coisa. Sentou-se nas escadas do corredor onde tinha as aulas particulares e digitou a mensagem com bastante cuidado.

> O que acontece se você usar todas suas mensagens disponíveis
> e depois acabar precisando delas?

A resposta de Nicky foi quase imediata:

> ???

Segundos depois, disse algo mais útil:

> nosso plano tem msg ilimitada. não acaba nunca. e ñ é por falta
> de tentativa :)

Neil suspirou e entendeu que aquilo era causa perdida.

Tinha setenta mensagens não lidas quando entraram no ônibus no fim da tarde de sexta-feira. Jogariam contra a USC-Colúmbia nessa noite. Colúmbia era a única outra equipe de Exy da primeira divisão no estado, então as duas universidades tinham uma rivalidade bem intensa e acalorada. As chances eram boas, apesar de as Raposas repetirem a mesma escalação bizarra da semana anterior.

Nicky queria ir até Colúmbia dirigindo para poderem ir ao Eden's Twilight depois, mas Wymack não permitiu — sabia muito bem no tipo de coisa que eles se metiam na boate e não queria correr riscos tão perto do banquete. Se algum dos árbitros no banquete julgasse, por qualquer motivo, que Andrew não estava tomando os remédios, poderia forçá-lo a fazer um exame de sangue. Wymack não queria o pó de biscoito aparecendo nos resultados. Andrew não contestou a decisão do treinador, mas Nicky ficou bastante mal-humorado.

Ele se virou no banco para conversar com Neil. Em algum momento enquanto ele falava sobre um projeto que precisava fazer para uma disciplina, o celular de Neil vibrou, e sem nem pensar muito ele deu uma olhada. Era uma mensagem de Nicky com um sorrisinho. Neil olhou para ele sem entender.

— Viu? — disse Nicky, parecendo satisfeito. — Muito melhor assim. É desse jeito que um ser humano normal fica quando olha pro celular, Neil.

Neil o encarou.

— É por isso que você não para de me mandar mensagem?

— Principalmente por isso — respondeu Nicky. — Andrew me mandou cuidar disso. Essa é a forma mais fácil que conheço.

— Cuidar do quê?

— De você, lógico. Uma pergunta — disse Nicky. — Se eu não tivesse te perturbado tanto, você teria tocado no celular essa semana?

— Ele é para emergências — rebateu Neil. — Então não.

— Outra pergunta — continuou Nicky. — Você acha mesmo que teria usado o celular se tivesse uma emergência? Não, fala sério. Você não viu a cara que fez quando Andrew te entregou o celular, Neil. Não era falta de interesse ou choque. Era, tipo, um colapso mental de um jeito que eu não via há anos. Não sei por que, mas sei que você não iria pensar em ligar pra gente se tivesse uma emergência.

Neil sabia que ele tinha razão, mas disse:

— Você não sabe.

— Não dava pra arriscar. A gente não queria descobrir do jeito mais difícil o quanto sua mente é ferrada.

— Eu liguei pro Matt de Colúmbia quando precisei de ajuda.

— Sim — disse Nicky, pouco convencido. — Ficamos sabendo. Você ligou pro Matt, repetiu aquela sua coreografia do "Estou bem" e depois aceitou carona de estranhos pra voltar pro campus. Será que se lembra disso? — Nicky esperou, mas Neil não tinha como se defender contra uma acusação daquelas. — Enfim, de nada. Acabei de te poupar de gastar no mínimo duzentos dólares em terapia intensiva.

Neil não achava que precisava ser grato a Nicky por ter baixado sua guarda por pura exaustão, mas obedientemente respondeu:

— Obrigado.

— Alguma vez você já disse isso sem parecer que está fazendo uma pergunta? — questionou Nicky, parecendo incomodado. — Mas ok. Aceito qualquer vitória que vier. Focar nas batalhas primeiro e depois vencer a guerra, certo? Não sei como é o ditado, mas você entendeu o que quis dizer. Então, do que eu estava falando mesmo?

Não demorou muito para ele se lembrar, e então começou a falar sem parar sobre a apresentação que tinha para fazer. Neil deixou tudo entrar por um ouvido e sair pelo outro. Sua mente estava mais focada no celular ainda em suas mãos do que na voz de Nicky. Quando o garoto finalmente se virou para encher o saco de Aaron sobre alguma coisa, Neil abriu o celular. Saiu da caixa de entrada lotada e foi até o histórico de chamadas. Nada tinha mudado; o nome de Andrew ainda era o único ali.

Não fazia sentido.

Kevin disse que ele tinha algo que Andrew queria. Neil não sabia o que era, mas tinha que ser algo grande, se Andrew estava disposto a desafiar os Corvos e resolver encarar com todos os problemas de Neil. Pensou que precisava falar com Kevin sobre isso no fim de semana, mas primeiro teriam que sobreviver ao banquete de outono.

Pensar em ver Riko no dia seguinte era o suficiente para azedar seu humor. Neil enfiou o celular no fundo da mochila e tentou não pensar em mais nada.

CAPÍTULO SEIS

Foi decidido em julho, por meio de um sorteio, que a Universidade Blackwell seria a anfitriã do banquete de outono. Foi um golpe de sorte para as Raposas, já que estavam a quatro horas de distância de lá, mas nenhum deles se sentia particularmente empolgado sobre isso quando subiram no ônibus no sábado. Pegaram a rodovia interestadual com treze pessoas a bordo: as Raposas, os dois funcionários e os acompanhantes de Aaron e Nicky.

Nicky convidara Jim, de sua aula de improviso, e Aaron finalmente criou coragem para chamar Katelyn. Neil não tinha pensado muito nisso até ver os companheiros de equipe dando dinheiro uns aos outros. Aparentemente, Katelyn era o foco de duas apostas entre as Raposas: se Aaron iria convidá-la, e qual seria a reação de Andrew. Neil se interessava mais pela segunda opção. Andrew estava chapado por causa dos remédios, mas não esboçou um único sorriso ou cumprimentou Katelyn. Olhou para além dela, como se a garota nem estivesse ali.

O banquete seria um evento de dois dias para justificar os custos e o tempo de viagem para os outros times, mas todas as Raposas concordaram em ir embora no sábado à noite. Passar seis horas socializando com equipes que viviam sacaneando eles nos noticiários era mais do que suficiente. Pelo que Dan tinha dito, poucos atletas seriam grosseiros ao ponto de arranjar confusão em um evento do CRE, mas Neil não conseguia ficar tranquilo. Sua preocupação não eram treze equipes que gostavam de encrenca; estava preocupado apenas com um único garoto desprezível.

Neil estava tentando manter a calma, mas Kevin era um caso diferente. Assim que passaram pela primeira placa indicando o caminho para Blackwell já estava ficando agitado. Neil ouvia a respiração rápida e irregular dele, enquanto fazia de tudo para evitar de ter um ataque de pânico — o que não ajudava em nada a tranquilizar Neil.

Não era só Riko que Kevin temia. Em vinte minutos, estaria frente a frente com seu antigo time. O treinador dos Corvos, Tetsuji Moriyama, acolheu Kevin quando a mãe dele faleceu e o criou para ser uma estrela, mas nunca o deixou esquecer que ele não passava de uma propriedade valiosa de Riko. Neil não sabia muita coisa sobre ele. Na única vez em que Kevin o mencionou, teve um ato falho e o chamou de "mestre". Neil não precisava ouvir mais nada depois disso.

Blackwell demorou a surgir no horizonte, mas logo em seguida apareceram os dois estádios. O estádio de futebol americano e o de Exy ficavam em lados opostos do campus, como dois apoios gigantes para livros.

— Ei, ei — disse Andrew, distraindo Neil da visão. — Você vai romper alguma coisa se continuar respirando desse jeito, Kevin.

Neil se virou o suficiente para olhar para trás. Andrew estava de pé, inclinado sobre o assento de Kevin, os braços cruzados no encosto para poder olhar para ele. Kevin estava com um dos joelhos colado no peito, abraçando-o com o rosto escondido na dobra do braço. O nó dos dedos estava pálido e sua mão, cerrada. Neil estava achando que não era o ônibus o responsável por ele tremer daquele jeito.

— Olha pra mim — disse Andrew. — Vai ficar tudo bem. Você acredita em mim, né?

— Eu acredito em você — respondeu Kevin, a voz abafada, mas visivelmente tensa.

— Mentiroso — disse Andrew e deu uma risada, inclinando-se mais para a frente para espiar pela janela de Kevin.

Não foram a primeira equipe a chegar, mas uma rápida contagem do número de ônibus informava que também não eram os últimos. O olhar de Neil inevitavelmente recaiu nos três ônibus pretos bem no meio do estacionamento. A única cor presente neles era um salpico vermelho-escuro em volta da silhueta de um corvo. Wymack estacionou o mais longe que conseguiu dos ônibus da Edgar Allan.

O treinador tirou a chave da ignição, pegou a mala de viagem de Abby e foi pelo corredor até o fim do ônibus.

— Podem sair — disse, e os veteranos obedientemente se enfileiraram conforme ele passava. Aaron e Nicky o esperaram passar antes de apressarem seus pares para saírem. Neil continuou onde estava.

Wymack tirou uma garrafa de vodca da mochila e a colocou ao lado de Kevin.

— Você tem dez segundos pra beber o máximo que conseguir. Estou cronometrando. Anda.

Era angustiante ver o quanto um homem conseguia beber quando precisava de um apoio emocional. Quando o tempo acabou, Wymack precisou arrancar a garrafa dos dedos desesperados de Kevin, que passou a mão na boca e olhou pela janela. Não conseguia ver os ônibus dos Corvos daquele ângulo, mas a expressão de mal-estar em seu rosto demonstrava que não era necessário. Wymack olhou para Neil como se quisesse passar uma mensagem, fazendo-o desistir de ficar ali enrolando. Deixou Kevin à mercê dos cuidados não convencionais deles e desceu do ônibus.

Abby já estava com o bagageiro aberto para eles poderem pegar as roupas para se trocarem. Nicky já estava com as roupas de Neil, e as jogou para ele assim que se aproximou. Neil tentou não amarrotar as peças.

Andrew guiou Kevin e Wymack para fora do ônibus. O treinador entregou a mala de Abby de volta para ela, esperou Kevin e Andrew pegarem as roupas deles e trancou todas as portas do ônibus. Os seguranças nos portões observavam interessados a chegada do time, conferindo seus nomes em uma lista. Um deles ficou posicionado atrás dos portões enquanto o outro os levava aos vestiários. Madison estava usando o vestiário do time da casa para se trocar, então as Raposas tiveram que se direcionar para aquele destinado à equipe visitante.

Quando finalmente todos estavam prontos, o álcool já tinha agido no organismo de Kevin. Ele parecia muito mais calmo agora, saindo com Andrew do vestiário. Pelos olhares nervosos que Nicky dava na direção de Kevin, não estava muito convencido de que aquela calma toda iria durar. Neil também não botava muita fé na coragem do atleta, mas tinha que acreditar que Andrew estar por perto seria o bastante.

Um dos armários de equipamentos na sala principal tinha uma placa onde se lia PALMETTO STATE fixada à porta. Eles trancaram seus pertences pessoais ali e Wymack guardou a chave. O treinador fez uma contagem rápida de todos e deu uma olhada atenta para Kevin. Não disse nada, mas depois desviou o olhar para Andrew, que abriu um sorriso em resposta. Wymack assentiu e se virou para Neil.

— Você — começou —, tente se comportar dessa vez. Nada de comprar briga com ele hoje.

— Sim, treinador.

Wymack parecia cético, mas não discutiu.

— Então vamos.

O estádio Blackwell estava misteriosamente silencioso — todos que haviam chegado já estavam na quadra. Tapetes acolchoados cobriam o chão encerado para evitar que as pernas das mesas e cadeiras raspassem na madeira. Todas as luzes estavam acesas, mas o placar acima deles estava escuro. Neil pensou ter ouvido alguma música tocando, mas não teve certeza até chegar à área técnica.

Catorze times estariam lá, o que significava 250 atletas presentes, além de cerca de noventa pessoas, entre acompanhantes e funcionários. Neil nunca tinha visto tanta gente junta em uma quadra de Exy antes. Ainda sobrava bastante espaço para caminhar entre as mesas, mas odiava ver uma quadra ser utilizada com aquele propósito.

Wymack abriu o portão e mandou as Raposas entrarem; um pequeno grupo de treinadores esperava logo depois dos portões. Um deles pegou um megafone e anunciou a chegada das Raposas. As conversas cessaram e cadeiras rangeram no chão enquanto atletas se viravam para olhar. Wymack encarou Dan, ergueu o queixo em um comando silencioso para continuar andando e saiu para fazer média com seus colegas. Abby ficou por ali com ele, depois de lançar um último olhar pensativo a Kevin.

Havia uma organização nos assentos na quadra. As cadeiras tinham faixas de papel penduradas nas costas com as cores da universidade, além de mascotes. Encontrar uma filazinha de assentos laranja não foi nada de outro mundo. Localizar os Corvos foi mais fácil ainda: as duas equipes estavam sentadas uma de frente para a outra na mesma mesa.

— Puta que pariu — reclamou Dan em um tom baixo, mas com raiva o suficiente para que Neil conseguisse entender. Mas o sangue-frio dela era admirável. Dan nem mesmo diminuiu a velocidade enquanto ia até a mesa.

— Ah, que clichê — comentou Andrew, parecendo quase maravilhado com aquela reviravolta. — Talvez isso seja divertido, no fim das contas. Vamos, Kevin. Não podemos deixar as pessoas esperando.

Kevin estava pálido que nem um fantasma, mas continuou perto de Andrew.

Pela contagem rápida que Neil fez, os Corvos não tinham levado convidados. Também não tinham levado nenhuma cor. Todos os 22 atletas vestiam preto da cabeça aos pés: os vinte homens usavam as mesmas camisas e calças, e as duas mulheres, vestidos idênticos. Eles até estavam sentados na mesma posição, com o cotovelo direito apoiado na mesa e o queixo apoiado nas mãos. Qualquer outro time poderia parecer ridículo pelo esforço em se vestirem iguais, mas, de alguma forma, isso deixava os Corvos parecendo imponentes.

— Riko — falou Dan, puxando a cadeira diretamente oposta à dele.
— Dan Wilds.

Riko ofereceu a mão no cumprimento mais arrogante que Neil já tinha visto: mantinha o braço reto e o pulso frouxo, como um lorde esperando um súdito beijar sua mão. Neil esperava que Dan fosse ignorar o gesto, mas ela enfiou a mão na dele e apertou. Riko sorriu quando ela se desvencilhou dele.

— Eu sei quem você é — comentou Riko. — Quem é que não sabe? Você é a mulher que comanda uma equipe de primeira divisão. Devo admitir que faz um excelente trabalho, apesar de todas as desvantagens.

— Que desvantagens?

— Precisa mesmo que eu faça uma lista? — provocou Riko. — Esse evento só dura dois dias, Hennessey.

Neil não entendeu, mas Matt, sim, a julgar por sua raiva.

— Cuidado, Riko.

Dan tocou o braço de Matt para acalmá-lo e puxou a cadeira para se sentar. Os veteranos se sentaram um de cada lado dela, com Allison quase enfiada entre Renee e Matt. O grupo de Andrew se estendia à sua direita na mesma ordem em que estavam no ônibus. Neil estava mais perto de Riko do que gostaria, mas ter algumas pessoas entre eles era um pouco reconfortante.

Infelizmente, Riko não era o único problema. O homem à direita dele se levantou assim que as Raposas se acomodaram e caminhou por trás dos Corvos até ficar frente a frente com Neil. Um toque no ombro da garota a fez se levantar da cadeira e ir para o assento recém-esvaziado. O estranho sentou-se em frente a Neil e, ao fazê-lo, os Corvos saíram de suas posições congeladas para se recostarem ao mesmo tempo nas cadeiras. O único que continuava sentado com a postura ereta era Riko, e o novo companheiro de Neil para o jantar se inclinava para a frente enquanto o analisava.

Neil não reconheceu o garoto, mas nem precisava perguntar: o número três tatuado na maçã do lado direito do rosto significava que ele só poderia ser Jean Moreau. Era defensor titular dos Corvos e, teoricamente, um velho amigo de Kevin. Não havia nada de amigável em sua expressão naquela noite.

— Seu rosto é familiar — disse Jean com um inglês carregado de sotaque.

— Se você assistiu ao programa da Kathy, me viu lá — respondeu Neil.

— Ah, é verdade. Deve ser isso. Qual o seu nome mesmo? Alex? Stefan? Chris?

Por um momento, Neil pensou que tivesse caído. Sentiu que o chão tinha deixado seus pés e levado seu estômago junto. Um segundo, minuto ou eternidade depois, percebeu que não tinha nem piscado. Não estava nem respirando.

Em oito anos de fuga, Neil havia passado por dezesseis países e trocado de nome vinte e duas vezes. Ouvir um desses nomes sair da boca de Jean podia não querer dizer nada. Mas ouvir três deles juntos não foi uma coincidência: era uma ameaça. Andrew já o tinha avisado de que Riko desenterraria informações sobre ele, não importava o quanto ele e a mãe as tivessem escondido. Neil temia essa eventualidade, mas não queria acreditar. Às vezes, seu pai demorava anos para alcançá-los. Era impossível pensar que Riko conseguiria algo assim em apenas duas semanas.

Trazer o ar de volta aos pulmões foi a coisa mais difícil que Neil já fizera. Era um milagre que sua respiração soasse tão equilibrada enquanto sua garganta estava se fechando.

— É Neil.

— Humm? — Jean inclinou a cabeça para o lado como se isso o fosse ajudar a analisá-lo melhor. — Você não tem cara de Neil.

— Culpa da minha mãe — respondeu Neil. — Foi ela quem escolheu esse nome.

— E como ela está, falando nisso? — indagou Riko.

Neil fixou o olhar nos olhos escuros de Riko e sentiu como se estivesse morrendo. Poderia ter respondido, mas Dan tomou a dianteira da situação, irritada:

— Para de hostilizar minha equipe, Riko. Aqui não é lugar pra isso.

— Eu só estava sendo educado — rebateu Riko. — Você ainda não me viu sendo hostil.

Jean olhou para Kevin.

— Oi, Kevin.

— Jean — disse Kevin, em um tom de voz baixo.

O sorriso de Jean era descontraído, mas seus olhos cinza eram frios. Nenhum deles tinha mais nada a dizer um ao outro, mas continuaram se encarando sem nem piscar. Em pouco tempo Andrew perdeu o interesse e se inclinou para a frente.

— Jean — chamou ele. — Ei, Jean. Jean Valjean. Ei. Ei. Oi.

Jean bufou, incomodado, mas olhou para Andrew, que lhe estendeu a mão, e foi inocente a ponto de pegá-la. Os nós dos dedos de Andrew empalideceram quando ele esmagou a mão de Jean entre a sua. Jean não conseguiu disfarçar muito bem seu estremecimento, e sua expressão tranquila deu lugar a uma careta irritada. O sorriso de Andrew ficou ainda maior ao ver isso.

— Sou Andrew. Ainda não nos conhecemos.

— E sou muito grato por isso — respondeu Jean. — As Raposas como um todo são uma vergonha para a primeira divisão do Exy, mas a sua existência por si só é uma coisa que não dá pra perdoar. Um goleiro que não liga se leva ou não um gol não tem direito nem de tocar numa raquete. Você devia é ter ficado nos bastidores, como o golpe de publicidade que é.

— Agora você passou do limite, não acha? — interveio Renee.

A garota que agora estava à direita de Riko deu uma gargalhada alta, debochando.

— Se alguém como esse aí conseguiu te substituir no gol, você deve ser péssima. Não vejo a hora de assistir a uma partida de vocês. Acho que vai ser bem interessante. Até daria pra fazer um joguinho de bebida, mas ninguém aqui quer morrer de coma alcoólico.

— É, seria uma pena se isso acontecesse — comentou Dan, toda sarcástica.

— É a primeira vez que nossas equipes se encontram — afirmou Renee, sem se deixar abalar pelas palavras grosseiras da outra. — Precisamos mesmo começar isso de um jeito tão ruim?

— Por que não? Vocês já são ruins mesmo em tudo que fazem — rebateu a garota. — Fala sério, é divertido ser tão ruim assim?

— Acho que a gente deve se divertir mais do que vocês, então sim — retrucou Renee.

Neil conseguia ouvir o sorriso em sua voz. Não sabia como ela conseguia manter um tom tão amigável. O medo que ele sentia tinha virado uma bola de gelo em sua barriga, mas ouvir a chacota dos Corvos estava piorando tudo. Ficar quieto e não se meter na conversa estava exigindo mais força de vontade do que ele pensava. Quanto mais tempo permanecia sentado em silêncio, mais difícil ficava. Por um momento, Neil desejou ter herdado a paciência da mãe em vez do temperamento do pai.

— Diversão é coisa de criança — disse Jean, desviando o olhar de Andrew.

Se ia dizer mais alguma coisa, se esqueceu assim que deu uma boa olhada em Renee. Andrew soltou a mão de Jean enquanto ele estava distraído, mas Jean levou mais alguns instantes para retirá-la. Riko mal se mexeu, mas Neil estava prestando tanta atenção nele que percebeu. Assim como Jean, pela rapidez com que voltou a falar.

— Em um nível como esse, presume-se que o time tenha competência, e infelizmente isso é algo que a sua equipe não tem. Vocês não têm o direito de jogar contra a gente.

— Então vocês não deviam ter mudado de região — retrucou Matt. — Ninguém quer vocês aqui.

— Vocês roubaram algo que não pertence a vocês — disse um Corvo. — A humilhação que vão sofrer esse ano é culpa de vocês.

— Nós não roubamos nada — retrucou Dan. — Kevin quer estar com a gente.

O Corvo em frente a Renee deu uma risada.

— Não vem dizer que você acredita pra valer nisso. Kevin está com vocês porque alguém precisava ensinar a sua equipe como se joga Exy.

Se ele tivesse continuado como auxiliar técnico, talvez até aprendesse com os fracassos de vocês. Mas agora que está jogando, impossível durar até o fim da temporada. Conhecemos Kevin muito melhor do que vocês podem um dia sonhar conhecer. Sabemos o quanto a incompetência de vocês deve ser irritante pra ele.

— Nós também sabemos disso — disse Aaron. — Não é como se ele não falasse o que pensa.

Kevin finalmente conseguiu encontrar palavras.

— Eles sabem como me sinto, mas só falar não é o suficiente pra consertar as coisas. Uma equipe que precisa de tanto trabalho requer mais dedicação do que isso.

— Você não vai ficar — disse Jean, menos como uma previsão e mais como uma ordem. — Devia pensar melhor na nossa oferta antes de a gente desistir, Kevin. Encare os fatos. Seu bichinho de estimação é e sempre vai ser um peso morto. É hora de...

— O quê? — Andrew olhou para Kevin, os olhos arregalados. — Você tem um bicho de estimação e nunca nos contou? Onde você deixa ele, Kevin?

Jean o olhou, irritado.

— Não me interrompa, De Tal.

O som que Nicky fez ao lado de Neil foi agudo, como se tivesse se ofendido, mas Andrew sorriu ao ouvir o estranho insulto de Jean.

— Ah, parabéns por tentar, mas pode se poupar. Só vou te dar uma dica, beleza? Não dá pra salvar alguém que já está na merda. Você só vai desperdiçar o seu tempo e o meu também.

— Chega. — Dan estalou os dedos para eles. — Parem com isso. Isto aqui é um evento regional e temos vinte juízes por perto. Estamos aqui para nos conhecermos, não pra ficar começando briga. Se não tiverem nada de bom pra dizer, então podem ficar na sua. E isso vale para as duas equipes.

— É por isso que seu filhinho novo está quieto desse jeito? — Riko apontou para Neil. — Ele não tem nada "de bom" pra dizer?

— Deixa ele em paz — resmungou Matt.

— Ele estava bem animadinho na última vez que nos encontramos — comentou Riko. — Ou será que foi só um showzinho pra plateia? Oi, tô falando contigo. Vai mesmo ficar me ignorando?

Nicky tocou na coxa de Neil por baixo da mesa, um lembrete silencioso e desesperado para ele manter a boca fechada. Neil acabou deixando marcas de unha no dorso da mão de Nicky enquanto contava até dez. Mas só conseguiu chegar ao número quatro até Riko voltar a abrir a boca.

— É um covarde mesmo — declarou Riko, com uma tom exagerado de decepção. — Igualzinho à mãe.

Nei parou de contar.

— Olha, eu entendo — disse Neil. — Ser criado como uma estrela deve ser muito, muito difícil pra você. Sempre uma mercadoria, nunca um ser humano, ninguém da família acreditando que você tem qualquer valor fora da quadra... é, foda. Kevin e eu vivemos falando sobre os problemas horríveis de "papai não me ama, e agora?" que você enfrenta.

— Neil — pediu Kevin, o tom de voz baixo e tenso.

Mas Neil o ignorou.

— Sei que não é culpa sua você ser mentalmente desequilibrado e afetado por essas ilusões de grandeza, e entendo que é fisicamente incapaz de manter uma conversa decente com alguém como uma pessoa normal faria, mas acho que nenhum de nós precisa ficar aturando você enchendo tanto o saco. Existe um limite de coisas que dá pra aguentar por pena, e você ultrapassou esse limite cerca de, sei lá, seis insultos atrás. Então, por favor, por favor, cala a porra da boca e deixa a gente em paz.

As pessoas ficaram de queixo caído em volta da mesa; e, assim que olharam para Neil em completo choque, a harmonia dos Corvos se desfez. A expressão de Riko era mortal, mas Neil estava puto demais para ter medo. Deixaria o colapso nervoso para mais tarde. Naquele momento, se inclinou para a frente e olhou para o outro lado da mesa, onde Dan estava sentada com o rosto enfiado nas mãos.

— Dan, eu pedi por favor. Tentei ser legal.

— Matt — disse Dan, quase engasgando. — Matt, treinador. Chame o treinador. Ai, meu Deus.

Matt saiu dali o mais rápido que conseguiu.

— Você não pode falar um negócio desse — declarou Jean.

Neil não teria olhado para ele, mas Jean parecia mais horrorizado do que irritado.

— Então ele não devia ter me pedido pra participar da conversa. Eu estava feliz aqui na minha.

Jean se virou para Kevin, falando em francês em um tom de voz acelerado e furioso.

— Que merda é essa?

— A hostilidade dele é um defeito de personalidade com o qual estamos aprendendo a conviver — disse Kevin.

— Conviver — Jean repetiu, como se até pensar nisso o ofendesse. — Não! Você tinha que ter lidado com ele há duas semanas, quando ele passou dos limites pela primeira vez. Confiamos em você pra dar um jeito nele. Por que ele ainda não entendeu o próprio lugar?

— Neil não tem lugar nenhum nos joguinhos de Riko — disse Kevin. — Ele é uma Raposa.

— Ele não é uma Raposa!

— Que engraçado — rebateu Neil em francês. Jean não esperava que ele fosse entender o que estavam falando, e olhou alarmado para Neil. — Tenho quase certeza de que o contrato que assinei dizia Universidade de Palmetto State.

— Um contrato não muda os fatos — disse Jean. — Você se esqueceu de quem comprou você?

— Me comprou — Neil repetiu. — Ninguém me comprou.

Kevin franziu a testa, perdido.

— Jean, do que você está falando?

Jean parecia não acreditar no que estava ouvindo.

— Você não sabe. — Era para ser uma acusação, mas ele falou sem nenhuma entonação na voz. Jean olhou incrédulo entre os dois. —

Como é que você não sabe disso? Por que outro motivo você o teria recrutado, Kevin?

— Ele tem potencial — disse Kevin.

A risada de Jean soou histérica.

— Que Deus salve vocês dois, seus babacas. Porque ninguém mais vai conseguir salvar. É chocante ver como vocês conseguiram viver tanto tempo sendo tão, mas tão burros.

A voz de Wymack quase fez Neil dar um pulo.

— Que porra está acontecendo aqui?

Neil ergueu o olhar e viu o treinador parado logo atrás dele. Matt voltou para sua cadeira, mas não voltou a se sentar. Jean ignorou Wymack, mas virou-se na cadeira, dizendo algo em japonês. O que quer que tenha falado finalmente amenizou a expressão fria de Riko, que lançou um olhar atento entre Neil e Kevin antes de responder. Jean gesticulava, desamparado. Kevin olhou de um para o outro e logo depois disse algo em japonês, cauteloso.

Wymack interrompeu, sem dar tempo de Kevin conseguir terminar, gesticulando para as Raposas.

— Levantem. Abby está falando com os coordenadores do evento para nos colocarem em outra mesa.

Neil não precisava de mais incentivo para se mandar dali, mas também não conseguiu se afastar muito. Jean virou-se para ele antes que Neil terminasse de empurrar a cadeira, fazendo sinal para que ouvisse. Seu francês era quase rápido demais para Neil acompanhar, mas conseguiu compreender mais do que gostaria.

— Riko quer trocar uma palavra com você mais tarde — avisou Jean. — Aconselho que fale com ele, se não quiser que todo mundo fique sabendo que você é filho do Açougueiro.

Ouvir o nome do pai em voz alta foi como levar um chute no peito. Mas o barulho que Kevin fez ao seu lado conseguiu ser pior. Neil reagiu sem pensar, batendo com a mão no peito de Kevin e empurrando-o o mais longe possível da mesa. Kevin cambaleou para trás tão rápido que quase caiu. Neil nem olhou para ele, mas não foi capaz de ignorar a negação rouca em sua voz.

— Isso não é verdade.

— Cala a boca — disse Neil, mas não sabia com qual deles estava falando. — Nem mais uma palavra.

— Fugir — disse Jean. — É o que você faz de melhor, não é?

Wymack ficou para trás para lidar com a Edgar Allan, e as Raposas deram o fora porque suas vidas dependiam disso. Enquanto cruzavam o local para ir até Abby, atraíram muitos olhares curiosos, mas as Raposas estavam ocupadas demais observando Kevin e Neil para olharem de volta. Abby e o treinador de Blackwell os acompanharam até a nova mesa. Tinham trocado de lugar com os treinadores. Isso colocava as Raposas em um lugar mais à margem do evento, mas Neil duvidava de que algum deles realmente se importasse com isso.

Eles se acomodaram na mesma ordem em que estavam na mesa anterior, mas Kevin sentou-se de lado para poder encarar Neil. Agarrou seu queixo com força, virando o rosto dele para que o olhasse. Neil queria resistir, mas, a essa altura do campeonato, não tinha saída. Ele encarou Kevin, esperando que o outro enfim o reconhecesse. Sentia o medo dominá-lo. Neil apertou as mãos embaixo da mesa, onde ninguém podia ver seus dedos tremerem.

Kevin abriu a boca, mas Neil não queria escutar. Não sabia o que ele iria dizer e, mais importante, não sabia em que língua seria. Neil falou primeiro, em um francês baixo, mas carregado de tensão.

— Não, Kevin. Aqui não. Podemos conversar amanhã.

Kevin hesitou.

— O Andrew sabe disso?

— Só sabe de algumas partes — disse Neil. — Não sabe o meu nome.

— Ele sabe quem você é?

— Eu falei não. — Neil afastou a mão de Kevin do rosto. — Não vamos fazer isso aqui.

Kevin ficou mais alguns segundos o encarando, então se levantou com tanta pressa que quase levou a mesa junto. Em um piscar de olhos

Abby estava ao seu lado, a expressão cheia de preocupação. Kevin parecia não conseguir pronunciar as palavras, mas fez um gesto para que ela o seguisse e foi em direção à porta. Abby deu um passo atrás dele, então hesitou, dividida.

— Vai, Abby, vai. — Andrew fez um gesto como se a mandasse sair.

— Só traz ele de volta quando estiver bêbado. A gente cuida do Neil. Certo, Neil?

Neil já havia dito tudo que tinha para falar com Kevin, então apenas assentiu. Abby correu atrás de Kevin, mas antes olhou para o outro lado da quadra, em direção à mesa dos Corvos. Neil a viu acenar e olhou para ver a quem ela se dirigia. Era Wymack. O treinador estava vindo na direção das Raposas, a expressão carregada. Neil apertou os dedos com mais força ainda, desejando que parassem de tremer.

— Neil — chamou Dan, sentando-se entre Neil e Andrew, no lugar de Kevin. — Você está bem?

— Parece que ele está bem? — perguntou Andrew.

Dan olhou furiosa para ele, mas o sorriso de Andrew deixava na cara que ele não estava nem um pouco impressionado com a raiva dela. Ele se segurou na beirada da mesa e recostou-se até que a cadeira estivesse equilibrada nas pernas traseiras, dando a ele uma visão livre de Neil atrás de Dan. Neil olhou para ele — não confiava em si mesmo para olhar para nenhuma outra pessoa na mesa. Andrew protegeu a boca com a mão, mas não se preocupou em falar baixo.

— Eu avisei.

— Senta direito, Minyard — reclamou Wymack, surgindo atrás da cadeira onde Dan estava sentada. Andrew deu um suspiro exagerado e endireitou a cadeira. Depois disso, Wymack se virou para Neil. — Não foi você que me disse que não ia começar uma discussão?

Mas foi Nicky, que estava ao lado de Neil, quem respondeu:

— Em defesa dele...

— Não estou falando com você — informou Wymack. — Neil, me responde.

Na cabeça de Neil, ele já estava a passos da liberdade. A nova disposição dos assentos os tornou a mesa mais próxima da saída. Tudo que precisava fazer era atravessar a área técnica e passar pelo vestiário. O estádio era cercado por arame farpado para evitar vandalismo e roubo, mas dava para sair por onde haviam entrado — era só uma questão de saber se os guardas iriam impedi-lo ou não. Um rapaz bem-vestido e se afastando a toda velocidade de um evento público poderia acabar levantando suspeitas.

Se tivesse uma desculpa para cair fora, como ir com Kevin até o ônibus para pegar a vodca, poderia poupar sua energia para até depois que passasse pelos guardas. De lá, só teria que pegar um táxi, porque, dessa vez, pegar carona não seria rápido o bastante. Precisava voltar para Palmetto State e pegar a papelada no cofre. Precisava do dinheiro e dos números. Talvez finalmente tivesse chegado a hora de ligar...

A rota de fuga de Neil surgia em sua cabeça de um jeito quase doentio. Ele abriu os dedos e pressionou uma mão no bolso. Podia sentir o contorno rígido do celular através do tecido.

— Neil, se você não está conseguindo ficar aqui, é só dizer — declarou Wymack. — Abby pode te levar pra outro lugar até a hora de ir embora. Cai fora e vai pegar um pouco de ar fresco.

Era a oportunidade perfeita, mas Neil não conseguiu aproveitá-la. Se o fizesse, iria embora para não voltar mais. Fugir não era simples, só que era mais fácil do que confiar em Andrew. Mas então Neil se lembrou do peso da chave na palma da mão, o metal aquecido pelo calor do corpo de outra pessoa. Se lembrou da promessa feita por Andrew de cuidar dele naquele ano.

— Não — respondeu Neil, enfim encontrando as palavras. — Já sabia que isso ia acontecer. Só não estava preparado. Estou bem.

— O que eu posso fazer? — perguntou Wymack.

Neil ergueu o olhar. A expressão cansada no rosto do treinador deixava nítido que a surpresa no rosto de Neil era evidente demais. Por uma fração de segundo, Neil se sentiu culpado, embora não soubesse bem por quê. Ignorou a sensação o mais rápido possível. Tinha muito mais com o que se preocupar naquele momento e já estava sentindo coisas demais para ainda lidar com algo tão estranho quanto a culpa.

— Não sei — respondeu Neil.

— Quando souber, me diga.

— Sim, treinador.

A chegada de outra equipe ajudou a distraí-los. Kevin voltou um pouco depois, parecendo muito melhor após beber uma quantidade absurda de vodca. Quando todos os catorze times foram contabilizados, o treinador de Blackwell fez um breve discurso sobre a temporada. Os garçons serviram a comida e os times começaram a comer, com risadas dispersas pelo local como trilha sonora. Longe das pressões da noite de jogo, era mais fácil se comportarem. Tudo que eles tinham que fazer era evitar trazer à tona rivalidades e estresses.

Treze treinadores haviam ocupado os lugares em que as Raposas estavam sentadas antes, junto dos Corvos. As Raposas se viram obrigadas a socializar com a outra metade, e foi mais fácil do que Neil esperava: os treinadores eram profissionais e, portanto, mais reservados em suas opiniões pessoais. Dan e Kevin conduziram a maior parte da conversa, Dan com um entusiasmo contagiante e Kevin com aquele jeito animado típico de quando se está bêbado. Isso foi ótimo para Neil, já que não queria falar com ninguém, mas de vez em quando um treinador acabava fazendo uma pergunta a ele.

Após o jantar, uma equipe abriu espaço na quadra. As pernas das mesas eram dobráveis, o que permitia serem encostadas de três em três nas paredes. As cadeiras foram empilhadas até o peso ameaçar derrubá-las. Com o meio da quadra livre, tinha espaço de sobra para atividades que ajudassem a quebrar o gelo. Neil estremeceu quando os viu erguendo uma rede de vôlei temporária em um lugar que deveria ser usado só para jogar Exy. Ninguém mais parecia ter qualquer problema com isso; os times se juntavam e se separavam enquanto tentavam arranjar algo novo para fazer. Lá atrás, um aparelho de som começou a tocar algo que hoje em dia seria definido como música pop, e metade da quadra se transformou em uma pista de dança improvisada.

— Podem ir — disse Wymack para as Raposas. — Se divirtam... ou não. Não me importo. Mas chega de brigas, entenderam?

A maioria das Raposas não precisou ouvir duas vezes. Dan e Matt correram para se juntar a um dos times que jogava vôlei. Aaron e Nicky puxaram seus acompanhantes até a pista de dança. Allison estava começando a ficar meio agitada, então Renee foi com ela para fora para uma pausinha. Assim, Neil, Andrew e Kevin ficaram sozinhos. Wymack olhou para eles.

— Vocês não ouviram o que eu mandei ou precisam que eu repita?

— Ah, treinador, qual é. — Andrew jogou as mãos para cima, dando de ombros. — Você não tem ideia do quanto a gente está se divertindo agora. É impressionante. A gente precisa de um minutinho pra recuperar o fôlego, senão nosso coração vai acabar explodindo.

— Vou contar trinta segundos.

Kevin esperou por mais vinte segundos, então saiu com Andrew e Neil logo atrás. Ele fez um circuito lento pela quadra, observando todos os times, menos os Corvos. Não importava qual fosse a opinião verdadeira dos atletas sobre as Raposas; Kevin conseguia interromper quase qualquer conversa assim que se aproximava. Não se esforçou para ser educado, mas manteve sua tolerância sob controle. Neil acabou apertando mais mãos do que gostaria, enquanto só algumas pessoas tentaram apertar a mão de Andrew, que as ficava encarando com um sorriso estampado no rosto até desistirem.

Não foi uma experiência divertida, mas era interessante, e, com Kevin por perto, alguns atletas tinham muito assunto para falar. Neil não se deu conta de quanto tempo eles passaram conversando sobre jogos passados e algumas das melhores ligas profissionais até que se virou e viu Allison pelo canto do olho. Uma olhada no relógio o fez perceber que já estavam fazendo aquilo há quase duas horas. O evento acabaria em uma hora, para que todos se preparassem para o dia seguinte, que seria longo.

Neil voltou a olhar para Allison, que estava parada no canto da pista de dança, as mãos penduradas ao lado do corpo, e meio voltada para a quadra. Um segundo depois Neil percebeu que ela não estava completamente parada, porque sua cabeça se movia enquanto ela acompanhava algo se mexendo. Ele se virou e deu uma olhada na multidão, tentando encontrar o que havia despertado o interesse da garota.

Alguns segundos depois Neil percebeu que os Corvos estavam chegando. A equipe inteira cruzava a quadra em direção a Kevin, juntos em um formato de V como um bando de pássaros indo para o sul.

— Andrew — disse Neil.

— Ah, já estava na hora — disse Andrew, indo para o lado de Neil. — Olha só isso, Kevin. Temos companhia.

— Com licença — disse Kevin para o Chacal de Breckenridge com quem estava conversando.

Neil sentiu a tensão em sua voz e esperou que o Chacal não tivesse percebido. Kevin foi para o outro lado de Andrew, e Neil colocou as mãos nos bolsos para esconder os punhos cerrados. Riko ficou mais afastado do que ele pensou que ficaria, mas logo depois Neil entendeu o porquê. O restante dos Corvos continuou, fazendo uma forma no V até deixar as três Raposas presas no meio. Neil encarou os rostos na fila, esperando que alguém se movesse.

O movimento veio da parte menos esperada: do nada Renee apareceu do outro lado de Kevin; ela passou um braço pelo dele e estendeu a mão livre para Jean.

— Jean, né? Me chamo Renee Walker. Não tivemos um tempinho pra conversar mais cedo.

A confusão fez aquela máscara de indiferença no rosto de Jean se transformar em uma expressão de desconforto, mas ele aceitou o aperto de mão.

— Jean Moreau.

— Neil Josten — disse alguém. Neil deixou Kevin com Renee e se virou para encarar o garoto que tinha acabado de falar. Dois garotos e uma garota estavam ao seu lado. Em vez de estender a mão, o sujeito abriu um sorriso debochado.

— Somos os atacantes titulares dos Corvos. Queríamos que você nos visse pra saber qual é a cara de uma equipe ofensiva de verdade.

— Ofensiva em que sentido? — Matt surgiu ao lado de Neil. A chegada de Renee pode até ter sido coincidência, mas a de Matt, não. Neil imaginou que Allison tinha alertado os veteranos sobre a aproximação dos Corvos. — Matt Boyd, defensor titular das Raposas. Sou aquele que vai destruir seus objetivos em outubro. Prazer em conhecer. — Ele estendeu a mão, sem parecer surpreso quando ninguém a pegou. — Acho que o prazer é só meu.

— Imagino que seja — disse o atacante dos Corvos —, considerando que você namora uma prostituta.

— Stripper — corrigiu Dan assim que apareceu, abraçando Matt pela cintura. Seus saltos estavam pendurados no dedo, e ela ficava os balançando enquanto falava. — Espero que você seja inteligente ao ponto de conseguir diferenciar as duas profissões. Se não, vou ficar preocupada de verdade com seu nível de estudo.

Neil tentou não olhar para ela. Teria pensado que o insulto do Corvo não passava de uma mentira descarada, não fosse pela resposta pronta de Dan. Um pouco tarde demais lembrou-se de quando ela lhe contou que, durante o ensino médio, trabalhava à noite para conseguir se sustentar. Tinha presumido que ela teria trabalhado como estoquista de supermercado ou talvez como recepcionista de hotel. Dan não parecia o tipo de pessoa que toleraria ser objetificada. Neil não tinha o hábito de ficar vasculhando o passado das pessoas, mas devia haver uma história interessante ali.

— Hennessey, né? — perguntou um dos atacantes. — Um ótimo nome pra alguém com um espírito tão intenso.

— Ficamos um pouco decepcionados por você não ter feito parte do entretenimento de hoje — completou outro atacante. — Estávamos ansiosos pra ver o show.

Depois disso ele a encarou de cima a baixo, lentamente. Matt se agitou onde estava, tentando se segurar para não quebrar o pescoço do outro. Neil se surpreendeu com seu autocontrole até perceber que Dan tinha cravado as unhas no quadril do namorado em advertência. Não queria ninguém a defendendo. Ela passou por Matt até ficar cara a cara com os Corvos. O atacante abriu um sorrisinho malicioso para Matt por cima do ombro dela, então se inclinou para a frente e respirou fundo, sentindo o perfume no pescoço de Dan.

Ela ergueu os sapatos até a altura entre as pernas dele e os usou para bater com força ali. O Corvo recuou, soltando um grito agudo. Seus companheiros de equipe, que estavam ao seu lado, fizeram caretas, se encolhendo, e rapidamente desviaram o olhar do colega atingido.

— Isso, Hennessey — disse Dan, parecendo mais calma do que Neil achava que estaria depois de uma situação dessas. — Aquela que te trata bem se estiver disposto a pagar e acaba com você na manhã seguinte se não andar na linha. Desculpa, mas essa garrafa já tem um nome escrito. Tomara que você sinta isso por um bom tempo, seu babaca de merda.

Ela não esperou por uma resposta, em vez disso se virou e ficou colada ao lado de Matt, com os braços ao seu redor. Neil não sabia se Dan o estava abraçando assim como um pedido de desculpas por não tê-lo deixado se vingar ou como um agradecimento por ter entendido que ela conseguiria lidar com aquilo. De um jeito ou de outro, o abraço não ajudou a aliviar a rigidez dos ombros de Matt.

Neil não conseguiu evitar, e acabou perguntando:

— E aquela história de ser educado, Dan?

Dan deu uma risada.

— Faça o que eu digo, não o que eu faço, novato.

— Kevin Day — disse uma voz estrondosa, e todos os Corvos se viraram para olhar.

Neil seguiu os olhares até o homem de pé na ponta do triângulo. A tensão que percorreu sua coluna fez os pelos em sua nuca arrepiarem.

O treinador Tetsuji Moriyama era indiscutivelmente o homem mais poderoso no Exy — como realmente deveria ser, já que tinham sido ele e a falecida mãe de Kevin, Kayleigh Day, os responsáveis por inventar o esporte trinta anos antes. Ele havia escolhido a Edgar Allan a dedo para ser a casa do primeiro estádio Exy da NCAA e vinha treinando os Corvos desde então. Foi fundador do Comitê de Regras e Regulamentos Exy, consultor do comitê internacional e dono de dois times profissionais. O cara era uma lenda.

E também um demônio: o tio abusivo de Riko e irmão mais novo do Moriyama chefe da yakuza.

— Mestre — disse Kevin, a voz expondo o medo que sentia. — Quanto tempo.

Moriyama acenou para os Corvos e eles enfim saíram de suas posições. Ficaram entre as Raposas, uma parede de ternos pretos e rostos frios. Neil perdeu Matt e Dan de vista quando os atacantes o tiraram do caminho — ele mal notou, já que estava mais concentrado em observar Moriyama e Kevin. Moriyama estendeu a mão e Kevin obedientemente colocou a mão esquerda na dele. Moriyama a ergueu para inspecionar as cicatrizes brancas irregulares na pele de Kevin.

— Açougueiro — proferiu uma voz baixinha em francês.

Neil olhou por cima do ombro. Em algum momento, Jean dera a volta no círculo e ficou ali, parado bem perto dele. Ele inclinou a cabeça como se desse uma ordem e Neil acompanhou seu olhar, e viu Riko deixando a quadra. Neil não olhou para trás para ver se algum de seus companheiros percebeu que ele estava saindo, e manteve um ritmo tranquilo enquanto caminhava até a porta. Entrou na área técnica a tempo de ver Riko desaparecendo no vestiário do time da casa. Após respirar fundo para conseguir se acalmar, foi atrás dele.

Riko estava dando uma olhada no vestiário para conferir se tinha companhia indesejada no local quando Neil entrou e ficou esperando, os braços cruzados, até Riko terminar. Logo depois o garoto se virou e acenou de um jeito autoritário para que Neil se juntasse a ele na sala da frente. A sala era quase grande o suficiente para caber todo o vestiário das Raposas e estava entupida de sofás com estampa combinando. Tapetes com a Lebre, mascote de Blackwell, cobriam os espaços vazios no chão, e fotos do time decoravam as paredes. Riko analisou algumas fotos antes de soltar uma bufadinha debochada.

Ele se virou para encarar Neil, e os dois se olharam de lados opostos da sala. Enfim Riko sorriu — era uma expressão horrível, mas nem de longe tão ruim quanto as palavras que vieram a seguir.

— Nathaniel, quanto tempo.

Neil sentia um medo intenso o envolver. Mal conseguia respirar. Rezou para que sua expressão não deixasse isso tão na cara, mesmo sabendo que era tarde demais.

— Meu nome é Neil.

— Não minta para mim de novo. Você não vai gostar das consequências. — Riko esperou alguns instantes para ver se Neil responderia. — Imagina a minha surpresa quando os resultados saíram. Suas impressões digitais — explicou ele, os lábios retorcidos em um sorrisinho cínico. — Kathy me deu seu copo como lembrança. Só custou um sorriso e um beijo. Parece que ela está virando uma bela de uma papa-anjo.

Neil sentiu o estômago revirar. Tinha aceitado um copo de água logo no início do programa de Kathy Ferdinand e nem pensou duas vezes antes de deixá-lo lá. Presumiu que a equipe de Kathy cuidaria disso. Se sua mãe estivesse viva, iria descer a porrada nele: todo aquele tempo e dinheiro gastos tentando esconder seus rastros — tudo por água abaixo por conta de um ataque de nervos.

— Me explica uma coisa — disse Riko, atravessando o cômodo a passos lentos. — Jean disse que Kevin não sabe quem você é. Estou inclinado a acreditar nisso depois de ter visto a reação dele. Acho até que consigo entender, porque sei o quanto o Kevin fica ofuscado quando se trata de Exy. Até posso perdoá-lo por ficar te protegendo de mim. Mas você precisa saber quem você é, então fiquei muito, mas muito curioso para saber o que acha que está fazendo.

— Só estou tentando me virar — disse Neil, cruzando os braços com tanta força que sentiu os pulmões se comprimindo. — Se eu soubesse que nossas famílias tinham negócios juntas, não teria assinado contrato com o treinador.

Riko parou tão perto dele que os dois já estavam se tocando, e Neil teve que usar toda sua força de vontade para não se afastar. Nunca tinha percebido que eles tinham quase a mesma altura. Os genes japoneses de Riko o traíram do mesmo jeito que os genes da mãe baixinha de Neil o tinham traído. Riko podia ser baixo, mas irradiava poder e uma maldade letal. Os cinco centímetros de diferença entre os atacantes mais pareciam cinquenta.

— Mentira — rebateu Riko.

— Não é. — Neil odiava o tom de desespero que ameaçava surgir em sua voz. — Não quero causar nenhum problema pra sua família. E não quero que você cause nenhum problema pra minha. Só estou aqui por um ano e depois vou dar o fora de novo, eu prometo.

— Você não quer causar nenhum problema pra minha família. — Riko repetiu, como se ouvir a frase uma segunda vez a tornasse mais fácil de ser compreendida. — Você já custou uma fortuna considerável e oito anos de problemas pra minha família.

— Como assim? — indagou Neil. — O dinheiro que eu peguei era do meu pai.

— Se você acha que vai conseguir se salvar pagando de burro, está redondamente enganado.

— Não estou me pagando de nada — disse Neil, finalmente desistindo e dando um passo para trás. — Minha mãe me disse que aquele dinheiro era do meu pai. Ela nunca nem me falou de vocês. Se eu soubesse que o dinheiro era de vocês...

— Nada que seu pai tinha era dele! — explodiu Riko.

Neil ficou sem palavras, e começou a olhar fixamente para Riko, que o encarou de volta, em busca de algum sinal de mentira em seu rosto. O que quer que tenha encontrado na expressão dele só serviu para deixá-lo ainda mais irritado. Riko o agarrou pelos ombros e o jogou contra a parede, fazendo a cabeça de Neil bater com força o suficiente para seus dentes rangerem.

— Me recuso a acreditar que ela nunca te contou nada. Esse tempo todo fugindo e você nunca nem perguntou por quê?

Neil olhou incrédulo para Riko.

— Você já conheceu meu pai? Eu não precisei perguntar.

Uma porta se abriu no corredor e Matt gritou o nome de Neil. Eles só tinham alguns segundos até serem encontrados, mas foi o bastante para Riko conseguir se impor. Ele manteve a voz baixa, mas destilou veneno nas palavras:

— Você não estava fugindo do seu pai, Nathaniel. Você estava fugindo do chefe dele.

Só a ideia de ter alguém mandando e desmandando no Açougueiro parecia loucura.

— Ele não tinha chefe nenhum.

Riko se afastou, deixando um espaço entre eles. Logo depois Matt surgiu no canto, dirigindo a Riko um olhar furioso enquanto ia para o lado de Neil.

— O que está acontecendo aqui?

Neil o ignorou e insistiu:

— Ele não tinha chefe nenhum.

Riko apontou um dedo para o próprio rosto e esperou. Neil ficou o encarando enquanto seu cérebro se recusava a juntar as últimas peças. O que Riko estava sugerindo era impossível. O Açougueiro era um dos maiores nomes da costa leste. Tinha Baltimore como sua casa, mas seu território se estendia de D.C. até a periferia de Newark. Fazia parte de uma máfia violenta e leal, propensa a execuções grotescas. Ninguém dizia ao Açougueiro o que fazer. Mas a reação furiosa de Riko não parecia encenação, e ele não tinha nada a ganhar mentindo para Neil, especialmente considerando a facilidade com que Kevin poderia deixar as coisas em pratos limpos.

Kevin ia confirmar tudo isso. Neil sabia, mas ainda não estava pronto para ouvir. Se os Moriyama realmente fossem tão poderosos a ponto de manter alguém como o Açougueiro no sapatinho, Neil estava tão ferrado que já poderia se considerar a sete palmos do chão.

— Não acredito em você — disse Neil, mas até mesmo ele percebeu o temor em sua voz.

— Se recusar a acreditar consegue ser mais irritante do que não saber a verdade — disse Riko. — Bate um papo com o Kevin quando puder; ele vai te explicar tudo bem mastigado pro seu cerebrozinho conseguir entender. Saiba qual é seu lugar. Não vou mais engolir esse tipo de desrespeito vindo de você. Está me entendendo?

Neil já estava dentro do caixão. Poderia muito bem colocar o último prego na tampa.

— Sim, entendo que você é um grande babaca.

Riko deu um passo à frente, a expressão assassina, mas Matt ergueu um braço entre eles.

— Deixa meu time em paz, Riko. Se começar outra briga aqui no banquete, vamos garantir que o CRE te suspenda. Pode se divertir explicando pra imprensa por que teve que ficar no banco por alguns jogos.

Riko nem olhou para Matt; em vez disso, encarou Neil por meio minuto enquanto tentava se controlar. Aquele brilho violento não deixava seu olhar, mas sua voz estava calma e segura quando falou novamente.

— Depois você vai vir me pedir perdão de joelhos. E não vejo a hora de negar.

Riko se virou e saiu. Matt não baixou o braço até a porta bater atrás dele. Então se virou para Neil, a expressão demonstrando tanto raiva quanto preocupação.

— Neil?

Neil estava com frio e profundamente abalado, mas sua voz permaneceu firme. Ele enfiou as mãos nos bolsos para o caso de estarem tremendo e segurou o celular com todas suas forças.

— Acho que Riko não vai muito com a minha cara. Devo ficar chateado?

Matt olhou para o alto como se pedisse por mais paciência.

— O treinador vai te matar.

— O que os olhos não veem, o coração não sente.

— Isso é coisa séria — disse Matt. — Riko está te perseguindo.

— Não é só comigo — disse Neil. — Ele também tentou encher o saco da Dan.

O olhar sombrio no rosto de Matt indicava que ele não esqueceria isso tão cedo.

— Ele pode tentar o que quiser, mas tudo que vai conseguir é me deixar irritado. Dan não tem vergonha das escolhas que fez. Agora, isso é diferente — disse Matt, apontando para Neil. — Eu não sei o que Jean te disse, mas Kevin teve que encher a cara pra poder lidar com isso.

— Não foi o que Jean disse que chateou Kevin — mentiu Neil. — Foi o que eu disse. Falei para o Riko que Kevin e eu tiramos onda da cara dele o tempo todo, e não deixei Kevin se explicar pro Jean. Falei por ele e acabei não o deixando se desculpar. Basicamente, tornei tudo mil vezes pior pra ele. Mas não me arrependo.

Matt riu.

— Você é uma figura, sabia? Vamos voltar antes que o treinador perceba que não estamos lá.

Eles voltaram para o estádio para se unir ao time. Os Corvos tinham se dispersado, provavelmente aliviados por poderem seguir seus caminhos depois da volta de Riko. Dan e Renee estavam com Kevin e Andrew perto de uma parede. Em algum momento Allison também se juntou a eles, mas Aaron e Nicky ainda estavam em algum lugar da pista de dança. Neil procurou por Wymack e o encontrou conversando com Moriyama lá no meio.

— Ah, Neil voltou — disse Andrew. — Não achei que voltaria.

Neil tirou a mão do bolso e a abriu. Andrew olhou primeiro para o celular na palma da mão dele e depois para o rosto de Neil, que não retribuiu o olhar, mas disse em alemão:

— Desta vez fiz uma ligação diferente.

Andrew riu e se agitou. Seu sorriso era largo o suficiente para que Neil conseguisse vê-lo com o canto do olho. Não esperava que Andrew respondesse em outro idioma, provavelmente porque ele acharia a conversa mais divertida se tivesse uma plateia, mas, naquele instante, Andrew estava disposto a entrar no jogo.

— Que interessante. Que inesperado. Doeu um pouquinho?

— Não tanto quanto minha próxima conversa com Kevin vai doer.

— Não hoje à noite — Andrew balançou a mão. — Eu o darei a você amanhã.

Neil guardou o celular e olhou para cima, percebendo que os veteranos o estavam observando. Neil sabia que Matt falaria com eles mais tarde e daria alguma explicação vaga, então não se surpreendeu por nem Dan nem Renee terem perguntado o que estava acontecendo. Em vez disso, Matt olhou de Neil para Andrew e perguntou:

— Quantas línguas você fala?

— Algumas. — Neil se esquivou, e os distraiu perguntando a Andrew:

— Quem é De Tal?

— Ah, sou eu — disse Andrew. — Não tinha um sobrenome quando entrei no sistema de adoção, então fui rotulado como De Tal. Tipo Fulano de Tal. Entendeu? Ah, eles acham que são espertos. Mudei de nome quando fui adotado. Né? Nicky disse que te contou a história toda.

Nicky só teria confessado sua indiscrição a Andrew se estivesse se sentindo culpado por ter dado com a língua nos dentes e falado demais. Neil imaginou que isso significava que o assunto fosse mais delicado do que um Andrew medicado poderia deixar transparecer, então apenas respondeu com um vago:

— Ele deu uma resumida.

Andrew sorriu e deu de ombros. Neil ficou feliz em deixar o assunto morrer e ainda mais feliz quando seus companheiros de time não voltaram a tocar no assunto de Riko. Finalmente tinha chegado a hora de irem embora, então Wymack reuniu a equipe, esperou até terem vestido roupas mais confortáveis e caíram na estrada. Os outros pegaram no sono em poucos quilômetros, mas Neil passou o trajeto inteiro sem conseguir tirar Riko e seu pai da cabeça.

CAPÍTULO SETE

Neil acordou no sofá de Wymack. Demorou um tempinho até se lembrar de onde estava, mas a vista era tão familiar quanto a que ele tinha de sua cama no dormitório. Wymack deixara todos os outros no estádio, mas ficou com Neil antes que ele pegasse carona com seus colegas de time até o dormitório. Não dissera nada a noite inteira, talvez cansado demais para exigir uma explicação pelo fiasco da noite, mas mandou Neil para a sala e foi dormir.

Neil tirou de cima de si os lençóis emprestados, que estavam enrolados na perna, e se sentou. O relógio na prateleira da lareira estava escondido entre maços amassados de cigarros, mas a luz que entrava por entre as cortinas era clara o suficiente, indicando que a manhã já estava no fim. Não se surpreendeu por ter dormido até tão tarde, considerando o horário que voltaram para o campus, mas ainda não estava pronto para encarar o dia. Neil sabia que ficar em negação não ia levar a nada, mas queria evitar Kevin o máximo possível.

Levantou-se do sofá e bocejou enquanto amassava o lençol até virar uma bola. O barulho baixinho de louças dava a entender que Wymack estava acordado e provavelmente se entupindo de café. Neil ficou no corredor, hesitante e apertando o lençol contra o peito, com vontade de sair de fininho para evitar precisar conversar. Com um suspiro, cedeu ao inevitável e se afastou da porta da frente. Deixou o lençol no cesto ao lado da porta do quarto de Wymack, foi até o banheiro para lavar o rosto e se juntou ao treinador na cozinha.

Wymack não ergueu os olhos do jornal, mas apontou para o fogão. Uma tampa mantinha aquecidos as batatas e os ovos na frigideira. Neil montou um burrito de café da manhã e se sentou do lado oposto de Wymack. Estava quase acabando de comer quando o treinador terminou de ler o jornal e o colocou de lado. Neil não ergueu os olhos de seu prato para retribuir o olhar.

— Pode me explicar que tesão é esse que você tem em ficar arrumando briga com o Riko? — indagou Wymack.

— Ele que começou — murmurou Neil, comendo a sua tortilha.

— Isso não quer dizer que você precisa descer até o nível dele. Você estava prestando atenção quando falei que tipo de pessoa ele é, de que família ele vem?

— Sim, treinador.

— Você disse isso ontem à noite quando mandei se comportar — disse Wymack. — Ficar repetindo "sim, treinador" não vai mais ser o suficiente. Não minta para mim quando a porra do assunto for importante.

— Não consigo evitar — respondeu Neil. Ele tentou mastigar mais devagar, mas o burrito estava acabando e, com ele, a possibilidade de se esconder. Achou melhor mudar de assunto. — Como você consegue aguentar um time como o nosso, treinador? Não é cansativo lidar com a gente e com os nossos problemas todo dia?

Wymack bebeu todo o café em um único gole.

— Não.

Neil se limitou a olhar para ele, e Wymack retribuiu o olhar. Até que Neil se cansou desse joguinho de quem desviava o olhar primeiro e terminou de comer. Fez menção de levantar para lavar o prato, mas Wymack tomou o objeto de suas mãos. Colocou-o na lava-louças e se serviu de uma segunda caneca de café. Mas, em vez de voltar para a mesa, se virou e se apoiou no balcão enquanto observava Neil.

— Estou começando a achar que te julguei mal — confessou Wymack. — Só não sei como, nem onde. Sei que não estou completamente errado, mas as peças ainda não estão se encaixando.

— Agora você está falando que nem o Andrew.

— Porque foi ele quem disse isso — respondeu Wymack. Quando Neil franziu a testa, o treinador deu de ombros e bebeu mais alguns goles de café. — No primeiro dia de treino, eu contei a todos que a Edgar Allan tinha se transferido para essa região, lembra? Andrew passou aquela noite aqui em casa. Primeiro achei que era porque estava irritado por Kevin ter mentido, mas ele estava mais nervoso por sua causa. Acabei ignorando grande parte do que ele falou, mas acho que deveria ter prestado atenção.

— Andrew e eu estamos resolvendo nossos problemas de confiança. Mais ou menos.

— Ele diz que você é um mentiroso compulsivo — ressalta Wymack. — Estou começando a acreditar nele.

— Fui criado pra ser assim — retrucou Neil.

— Tenta me contar a verdade pelo menos uma vez — pediu Wymack. — Me explica por que uma pessoa que se mudou para cá para se livrar dos pais, que se encolheu todo quando achou que eu fosse bater nele se esforça tanto para ofender alguém como Riko Moriyama. Eu achava que seu instinto de sobrevivência fosse melhor do que isso.

Neil relaxou a postura na cadeira, passando os dedos pela ponta da mesa. Wymack merecia algum tipo de explicação, mas a única que Neil podia oferecer era a que tinha esperança de não precisar compartilhar.

— Riko tem a minha idade — disse Neil, tentando não engasgar com as próprias palavras. — Se você soubesse do que meus pais são capazes, ia entender por que não confio em homens com idade suficiente para serem meus pais. Aqui dentro — Neil apontou para a própria têmpora — eu sei que você não vai me machucar, mas reajo quase por instinto. Desculpa.

— Não pedi que se desculpasse, espertalhão.

— Sim, treinador — disse Neil automaticamente, e fez uma careta.

— Você é uma figura, sabia? — soltou Wymack, indo se juntar a ele na mesa. — Seus pais devem ser de outro mundo.

— E os seus também, já que você gasta tanto tempo com a gente — comentou Neil.

— Eles eram, sim — concordou Wymack.

— Ah — declarou Neil. — Os dois já faleceram?

Wymack parecia estar se divertindo com a falta de tato dele.

— Minha mãe teve uma overdose quase dez anos atrás e meu pai acabou se dando mal numa briga na prisão no meu primeiro ano morando aqui em Palmetto State. Não falava com eles desde que saí de Washington D.C.

O coração de Neil acelerou.

— Você cresceu em Washington D.C.?

— Interessante que foi essa parte da história que chamou a sua atenção.

Mentir era fácil, mas Neil nunca havia se sentido culpado por isso.

— Eu nasci em Alexandria, mas minha mãe trabalhou em Washington D.C. por um tempo. Só acho engraçado que nós dois viemos de lá e agora estamos aqui. Às vezes o mundo parece enorme, até que alguma coisa me faz lembrar do quanto é pequeno.

— Grande ou pequeno, lembre-se de que não está sozinho — disse Wymack. — Você tem seu time, mas isso é uma faca de dois gumes: estarão sempre aqui quando você precisar e vão te apoiar se você quiser, mas suas ações também têm consequências para eles. Quanto mais você arrumar encrenca com Riko, mais difíceis ficam as coisas pra eles.

— Tipo com o Seth — declarou Neil. — Eu sei.

Wymack o encarou durante um minuto que parecia infinito, então disse, baixinho:

— O que caralhos você acabou de dizer?

Neil percebeu tarde demais que Andrew não tinha compartilhado sua teoria com o treinador.

— Foi tudo muito conveniente, você não acha? Eu insultei Riko na televisão e elogiei a coragem das Raposas pelo tamanho pequeno do time, e na mesma noite Seth teve uma overdose e me deixou como titular. Até o Kevin acha que o Riko tramou aquilo.

— Até o Kevin — Wymack repetiu. — Será que preciso perguntar quem inventou essa teoria? Olha pra mim, Neil. Está me ouvindo? Seth tinha muitos problemas e nenhuma solução boa. A gente sempre soube que ele tinha pouquíssimas chances de durar até o final da faculdade. Nos primeiros quatro anos, teve três overdoses. Já estava na hora de acontecer de novo.

"Não me importo com o que Andrew falou pra você. Não me importo com o que Kevin acha. Se, e isso é uma hipótese remota, Neil, se Riko realmente esteve por trás daquilo, a culpa é toda dele. Foi ele quem escolheu descontar a raiva em Seth por uma coisa tão pequena. Foi ele quem escolheu passar dos limites. Não você. Está me ouvindo? Não foi culpa sua. Nunca se culpe pela morte de Seth. Esse é um caminho muito perigoso de percorrer. Foque no seu próprio caminho e siga em frente."

— Sim, treinador.

Wymack não parecia convencido, mas não insistiu.

— Então, precisamos falar do jogo de ontem à noite?

— Não, treinador.

— Então anda logo. Andrew disse que você vai se encontrar com eles no estádio agora de manhã. Te dou uma carona. — Wymack bebeu o resto do café em um só gole e foi na frente, guiando-o até a saída do apartamento.

Neil, sentado no banco do carona, ficou em silêncio durante o curto trajeto até o estádio. O carro de Andrew e a viatura de sempre eram os únicos veículos no estacionamento. Wymack deixou Neil perto da calçada e gesticulou antes de o jogador fechar a porta, se inclinando no banco da frente e colocando a cabeça para fora para dar uma olhada em Neil.

— Fala pro Andrew guardar as teorias de merda só pra ele.

— Sim, treinador. — Neil fechou a porta e não olhou quando Wymack dirigiu para longe dali. Inseriu o código de segurança da semana na entrada das Raposas e seguiu pelo corredor até o vestiário. As luzes estavam acesas, mas todos os cômodos se encontravam vazios, então foi até a porta que dava no estádio. Kevin estava sentado no meio da quadra, em cima da logo da pata de raposa. Não estava com roupas de treino. Neil se perguntou há quanto tempo ele estava ali sentado, esperando Neil acordar.

Não demorou muito para achar Andrew; estava correndo nos degraus mais altos da arquibancada. Neil deixou a mochila próximo ao banco das Raposas e entrou em quadra para poder lidar com Kevin.

Kevin estava virado para ele, mas não ergueu o olhar nem disse nada enquanto ele se aproximava. Neil se sentou distante dele e começou a encarar o rosto de Kevin atrás de uma verdade que ainda não queria saber. Kevin também não parecia animado com aquela conversa inevitável, pelo jeito incomodado como mexia a boca, o que só fazia Neil se sentir ainda pior.

— Por que Riko disse que ele me comprou? — questionou Neil.

Kevin ficou calado por tanto tempo que Neil ficou imaginando que aquilo tudo não passava de um sonho bizarro, até que o outro finalmente respondeu:

— Você não é ele — disse Kevin, tão baixo que Neil quase não conseguiu entender. — Me diz que você não é o Nathaniel.

Neil tentou não estremecer ao ouvir seu nome verdadeiro, mas não conseguiu.

— Não me chama assim. Não importa quem eu era. Agora sou o Neil.

— Não é tão simples assim — rebateu Kevin, a voz alta e consternada. — Por que você está aqui?

— Eu não tinha pra onde ir — respondeu Neil. — Quando você apareceu no Arizona, achei que era por ter me reconhecido, mas você não deu nenhuma indicação de se lembrar de mim. Pensei que talvez eu pudesse ficar até você ligar os pontos.

— Você pensou — disse Kevin, a voz aguda e histérica demais para soar como desprezo. — Você é um idiota do caralho.

— Eu estava desesperado — admitiu Neil.

— Não acredito que sua mãe concordou com um negócio desse.

— Minha mãe morreu — contou Neil. Kevin abriu a boca, mas Neil não queria ouvir o que ele tinha a dizer. — Morreu no ano passado e a enterrei na Costa Oeste. Não tenho mais nada nem ninguém, Kevin. Foi por isso que assinei contrato com vocês. Pensei que as chances de você se lembrar de mim eram mínimas, e apostei na possibilidade de você não saber a verdade sobre a minha família.

— Como que eu não me lembraria de você? — perguntou Kevin. Neil balançou a cabeça.

— Quando vim pra cá, eu não sabia que os Moriyama e meu pai eram sócios.

— Eles não eram sócios — Kevin disse, parecendo quase tão ofendido quanto Riko tinha ficado.

— Eu não sabia disso — Neil repetiu. — Até o treinador me contar sobre os Moriyama, em maio, eu não sabia nada sobre a família de Riko. Depois, pensei que talvez fosse por isso que nos conhecemos tanto tempo atrás. Achei que o pai do Riko e o meu discutissem sobre territórios e fronteiras. Mas ontem Riko me disse que meu pai era dos Moriyama. O que ele quis dizer com isso? Por que ele disse que me comprou?

— Não mente pra mim — protestou Kevin. — Já temos problemas demais.

— Minha mãe nunca me contou o motivo de a gente estar fugindo — disse Neil. — Eu nunca perguntei por que ela tinha finalmente se cansado daquilo tudo. Só estava feliz por estar indo embora. Depois disso, nunca mais falamos sobre nada importante. Era sempre um papo sobre o tempo ou o idioma que estávamos usando ou a cultura local. A última vez que ela me disse algo significativo foi quando estava morrendo. E mesmo nessa hora não falou do meu pai nem tocou no nome dos Moriyama. Se ela tivesse me falado alguma coisa eu não estaria aqui agora, não é? Então me conta a verdade.

Kevin olhou para ele por um minuto interminável, então esfregou o rosto com força e murmurou algo em japonês, a voz rouca. Neil cogitou se aproximar dele para sacudi-lo, mas Kevin apoiou as mãos no colo e começou a explicar:

— Seu pai era o braço direito de Lorde Kengo, a arma mais poderosa no arsenal do Lorde. O território que cuidava pertencia aos Moriyama. Seu pai era a força que mantinha o império de pé e o nome que levaria toda a culpa se um dia o governo acabasse os apanhando.

"Os poderes dele acabaram fazendo com que você virasse uma ponta solta. Você nunca poderia herdar a máfia", disse Kevin. "Lorde Kengo escolhia seus capangas a dedo, com muito cuidado para consolidar seu trono. O nepotismo faz essa lealdade irrestrita ser quebrada, porque as famílias passam a priorizar o próprio sucesso acima de qualquer coisa. Ele poderia ter matado você, o que seria mais fácil, mas resolveu te dar uma oportunidade de ir atrás de um ganha-pão. Sua mãe te fez participar de ligas infantis para poder aprender a jogar Exy. A gente se conheceu no dia do seu teste."

— Espera aí — contestou Neil. — Espera aí. O quê?

— Você deveria ser como eu — complementou Kevin. — Você era um presente, mais um jogador para o mestre treinar. Teve dois dias para conquistá-lo: um treino inicial com a gente para mostrar seu potencial e um segundo treino para provar que conseguia não só se adaptar, mas aceitar as orientações e críticas dele. Se depois disso ele decidisse que não valeria a pena, você seria executado pelo seu próprio pai.

Neil engoliu em seco.

— Como eu me saí?

— Sua mãe não ia correr o risco de deixar você se dar mal — disse Kevin. — Você não compareceu ao segundo dia de treino. À noite, ela fugiu com você.

A queimação que Neil estava sentindo poderia ser tanto de náusea quanto de raiva, mas ele não sabia com quem devia se irritar. A mãe odiava o fascínio que ele sempre teve por Exy. Vivia dizendo que ele nunca mais voltaria a tocar em uma raquete, mas nunca lhe explicou o motivo. Ele não conseguia entender por que ela nunca explicou em detalhes do que estavam fugindo.

— Eu vou vomitar — disse Neil, se levantando.

Antes mesmo de Kevin agarrá-lo pelos pulsos em uma tentativa de pará-lo, ele já estava quase de pé.

— Nathaniel, espera.

Neil se livrou do aperto com tanta força que quase arrastou Kevin junto.

— Não me chama assim!

Ele se afastou de Kevin, que se levantou como se fosse segui-lo. Neil esticou o braço em um aviso. Seus pensamentos giravam em mil direções enquanto ele olhava para Kevin, para um número e uma reputação que, em outra vida, poderiam ter sido dele. Se tivesse impressionado o treinador Moriyama teria crescido no Castelo Evermore com Riko e Kevin. Ele quem tatuaria aquele número "3" que agora adornava o rosto de Jean Moreau.

Neil queria odiar o jeito como as coisas tinham acontecido, e, por alguns instantes, chegou a sentir ódio. Crescera assustado, como um zero à esquerda, enquanto poderia ter sido criado para ser um Corvo e futuro jogador da seleção. Neil amava tanto Exy que ficou magoado por essa chance ter sido tirada dele. Mas era só dar uma olhada em Kevin para saber que também teria odiado aquela vida. Ele teria aprendido com os melhores e jogado para os melhores, mas seria um desastre ambulante, preso e maltratado. Neil pode ter passado oito anos fugindo para salvar a própria pele, mas pelo menos estava livre.

Agora, finalmente aquela história tinha chegado ao fim. Na noite anterior, Jean disse que Neil nunca seria uma Raposa. Alertou Kevin a ensinar a Neil qual era seu lugar na hierarquia Moriyama e a repreendê-lo por falar de um jeito tão agressivo com Riko. Para Riko, Neil ainda era uma posse roubada. Agora que Neil sabia a verdade, Riko esperava que ele abaixasse a cabeça e andasse na linha. "Eu não vou", era o que Neil queria dizer, mas tudo o que saiu foi:

— Não posso ser isso.

— Você devia fugir.

— Não posso — Neil repetiu. Percebeu que seus dedos tremiam e passou as mãos pelo cabelo, o que não o ajudou a se acalmar. — Passei oito anos fugindo, Kevin. Era horrível até quando minha mãe estava viva. Pra onde iria agora, sozinho? Andrew acha mais seguro eu ficar aqui.

— Você disse que o Andrew não sabe.

— Andrew acha que meu pai era um aviãozinho que desviou dinheiro do pagamento do chefe aos Moriyama. Eu disse que meus pais foram executados por traição e que eu fugi com a grana. Andrew quer que eu use a infâmia das Raposas para me proteger. Se toda semana estamos com o rosto estampado nas notícias, fica difícil alguém conseguir se livrar de mim... ou pelo menos é o que ele diz.

— Popularidade não tem como proteger o risco que você representa — comentou Kevin. — Você sabe demais. Se falar com as pessoas erradas, pode acabar destruindo todo o território do seu pai. Eles sabiam que sua mãe nunca trairia a família e não os entregaria à polícia federal, mas você é um moleque imprevisível e assustado.

Kevin balançou a cabeça e insistiu quando Neil começou a argumentar.

— O mestre quer te pegar de volta. Vai te colocar na escalação dos Corvos na primavera. Então, contanto que você fique na sua, ele não vai contar pra família principal que te encontrou.

— Eu não sou um Corvo — disse Neil. — Nunca vou ser.

— Então fuja — insistiu Kevin, a voz baixa e frenética. — É sua única chance de sobreviver.

Neil fechou os olhos, tentando respirar. Seu coração batia tão alto que mais parecia um tiroteio cavando buracos em seu cérebro. Ele esfregou as mãos na camisa, tentando sentir as cicatrizes através do tecido. Quando enfim respirou, sentiu cheiro de água salgada e sangue. Por um momento, estava a cinco mil quilômetros de distância, cambaleando sozinho e machucado na estrada rumo a São Francisco.

Os dedos de Neil latejavam com a vontade de segurar um cigarro. Suas pernas queimavam com o desejo de correr.

Mas seus pés continuaram parados onde estavam, e ele voltou a abrir os olhos.

— Não.

— Não seja burro.

— Dessa vez, fugir não vai me salvar — concluiu Neil. — Se os Moriyama acham mesmo que sou uma ameaça, vão mandar pessoas atrás de mim. Minha mãe e eu quase não conseguíamos escapar do meu pai. Como eu conseguiria fugir do chefe dele?

— Pelo menos você teria uma chance — disse Kevin baixinho.

— Uma chance de morrer em algum outro lugar, completamente sozinho — retrucou Neil, e Kevin desviou o olhar. Neil colocou as mãos nos bolsos, sentindo as chaves em um deles e o celular no outro. Segurou o chaveiro, passando a ponta dos dedos nas extremidades até encontrar a chave para a casa de Nicky em Colúmbia. Andrew a tinha entregado em agosto, quando prometeu pela primeira vez que iria protegê-lo.

Neil baixou o olhar para a pata de raposa no chão sob eles. Enquanto falava, sentiu o medo ceder espaço para uma calma melancólica.

— Se fosse pra fugir, eu deveria ter feito isso em agosto. Andrew me disse que aquela era minha última chance de cair fora. Eu decidi ficar. Não tinha certeza se ele era o suficiente pra me proteger do meu pai, mas queria tanto isso aqui que não me importei com os riscos. Talvez eu ainda não tenha entendido completamente tudo o que estou colocando em jogo, mas minha vontade não mudou.

Neil se agachou, colocando as mãos sobre a pintura laranja.

— Eu não quero fugir. Não quero ser um Corvo. Não quero ser Nathaniel. Quero ser Neil Josten. Uma Raposa. Quero jogar com vocês esse ano e quero que a gente se classifique para os campeonatos. E na primavera, quando os Moriyama vierem atrás de mim, vou fazer o que eles têm tanto medo que eu faça: abrir o jogo com o FBI. Deixa eles me matarem. A essa altura do campeonato, já vai ser tarde demais.

Kevin ficou em silêncio por um minuto interminável, então disse:

— Você deveria estar na seleção.

Não passou de um sussurro, mas o suficiente para destruir Neil. Era uma despedida cheia de ressentimento ao futuro brilhante que Kevin desejava para Neil. Kevin o tinha recrutado justamente porque acreditava no potencial dele. Trouxera-o para as Raposas com a intenção de fazer dele um atleta famoso. Apesar de sua atitude condescendente e de minimizar todos os esforços de Neil, Kevin esperava, de verdade, que depois de se formar ele fosse jogar pela seleção. Agora Kevin sabia que tinha sido tudo em vão: em maio Neil estaria morto.

— Você ainda vai me treinar? — perguntou Neil.

Kevin ficou em silêncio novamente, mas não por muito tempo dessa vez.

— Todas as noites.

Neil engoliu em seco, ignorando o buraco que sentia no peito.

— Matt e Dan querem que a gente chegue na final. Acha que temos chance?

— Temos chance de chegar nas semifinais se Nicky começar a jogar direito e Andrew colaborar — disse Kevin. — Não temos como vencer os Três Grandes.

USC, Penn State e Edgar Allan eram considerados os "Três Grandes" dentre os times de Exy da NCAA. Edgar Allan sempre ficava em primeiro lugar, enquanto USC e Penn State geralmente ficavam em segundo e terceiro, apesar de estarem sempre brigando nas classificações. O único jeito de chegar à final era ganhando de um desses times na semifinal.

— Acho que isso vai ter que ser bom o suficiente — disse Neil.

Ele se levantou novamente e olhou em volta, primeiro para as linhas laranja e pegadas de raposa na quadra, depois para as arquibancadas. Pelo visto, Andrew tinha parado de correr nos degraus, e agora dava voltas pela área técnica. Neil invejava a energia que o remédio lhe dava.

— Kevin, o que ele quer? — perguntou Neil.

Quando percebeu que Kevin não tinha como acompanhar seu raciocínio, apontou para Andrew.

— Andrew não sabe quem eu sou, mas sabe que existe uma recompensa por trás da minha captura. Apesar disso, disse que me protegeria por um ano. Não por mim, mas porque pensou que me treinar distrairia você das ameaças dos Corvos.

Neil olhou para Kevin e perguntou:

— O que ele quer para se arriscar tanto só para te manter aqui?

— Eu fiz uma promessa a ele. — Kevin desviou o olhar do rosto de Neil para acompanhar o progresso de Andrew. — Ele está esperando pra ver se vou cumprir.

— Não entendi.

Kevin ficou em silêncio por tanto tempo que Neil quase desistiu de esperar pela resposta. Enfim, ele explicou:

— Andrew é inútil quando está medicado, mas pior ainda quando está sem os remédios. O conselheiro pedagógico dele percebeu a diferença entre o primeiro e último ano do ensino médio e jurou que o remédio tinha salvado a vida dele. Andrew sem os remédios é... — Kevin ficou um tempo pensando, tentando encontrar as palavras certas, então fez aspas no ar enquanto citava — destrutivo e sem alegria.

"Andrew não tem propósito nem ambição", disse Kevin. "Fui a primeira pessoa que olhou para ele e disse que valia alguma coisa. Quando ele deixar de tomar os remédios e não tiver mais onde se apoiar, vou dar um alicerce para que a vida dele possa valer a pena."

— Ele concordou com isso? — questionou Neil. — Mas ele vive brigando com você. Por quê?

— Quando eu disse pela primeira vez que você poderia jogar na seleção, por que você se irritou?

— Porque eu sabia que aquilo nunca ia acontecer — disse Neil —, mas mesmo assim queria que acontecesse.

Kevin não respondeu e Neil ficou esperando, até perceber que havia respondido à própria pergunta. Ficou um minuto em silêncio. O ceticismo lutava contra o desconforto, mas Neil não sabia de onde vinha esse nervosismo. Ele mudou de posição e cruzou os braços com força.

— Mas e então? — perguntou em voz baixa. — Você acha que no próximo verão ele vai largar os remédios e de uma hora pra outra perceber que gosta de Exy? Pensei que você não acreditava em milagres.

— Andrew é louco, mas não é burro — disse Kevin. — Uma hora até ele vai se cansar de ser um fracasso constante. Quando o organismo dele estiver livre dos remédios e ele puder voltar a pensar por conta própria, vai ser mais fácil convencê-lo.

Neil duvidava, mas disse, mesmo assim:

— Boa sorte.

Se surpreendeu quando percebeu que estava falando sério. Na maior parte do tempo, lidar com Andrew era horrível, mas ele realmente estava fazendo o possível para manter Neil e Kevin em Palmetto State. O mínimo que podiam oferecer em troca era algo que fosse dele. Neil não podia negar que se sentia meio ressentido em pensar que Andrew teria o futuro que ele mesmo não poderia ter, mas acabaria superando isso.

— É melhor a gente ir embora — disse Neil, porque não queria mais pensar no assunto. — Não conta nada disso pro Andrew.

— Nem posso — respondeu Kevin. — Ele não vai respeitar sua decisão.

Neil começou a andar até o portão, mas Kevin colocou a mão em seu braço, impedindo-o.

— Neil.

Havia um mundo de arrependimentos naquele nome, mas também tinha uma promessa. Neil se esforçou para recompor cada pecinha solta do quebra-cabeças que ele era e seguiu Kevin para fora da Toca das Raposas.

Pela primeira vez em toda sua vida, Neil não estava pensando no futuro. Parou de contar os dias até a partida contra os Corvos e reduziu a quantidade de notícias que lia e assistia. Dava o seu máximo nos treinos, se manteve acordado durante a maior parte das aulas e lidou com seus companheiros de time da melhor maneira que pôde. Via o grupo de Andrew quando ia e voltava dos treinos e ficava com Kevin e Andrew quase todas as noites, então dedicava o final da tarde aos veteranos.

Sabia coisas sobre eles que nunca tinha se dado ao trabalho de saber sobre ninguém: o nome de batismo de Renee era Natalie; sua mãe adotiva a deu outro nome assim que a tirou do sistema de adoção. Era por causa da mãe que ela e Dan estavam na Palmetto State. Stephanie Walker era uma repórter que havia entrevistado Wymack com a segunda intenção de fazer propaganda de Renee para ele. Durante os campeonatos de primavera, Wymack voou até a Dakota do Norte para assistir ao time de Renee enfrentar seus maiores rivais. Dan era a capitã da equipe rival, e Wymack ficou impressionado com seu desempenho extraordinário. Fechou contrato com as duas naquele mesmo fim de semana.

— Foi péssimo — admitiu Dan quando Renee contou a história para Neil. — Eu não acreditava que o treinador realmente esperava que a gente se desse bem uma com a outra, ainda mais depois que o time dela eliminou o meu quando eu estava no último ano.

— Ela levou bastante pro lado pessoal — afirmou Renee, com um sorriso amigável no rosto.

Neil tentou imaginar uma época em que as duas não fossem amigas, mas não conseguiu.

— Mas no fim das contas vocês superaram isso.

— Não tive escolha — disse Dan. — As Raposas não queriam jogadoras mulheres, e acima de tudo não queriam uma mulher como capitã.

— Tivemos que enfrentar juntas nossos colegas de time — disse Renee, apontando para ela mesma, Dan e Allison. — Foi a única forma de sobreviver. Nossa amizade não passava de uma encenação que começava e terminava no nosso quarto. Demoramos quase um ano para perceber que não era mais de mentira.

— Eu só me dei conta disso nas férias de verão — afirmou Dan —, quando estava falando sobre a temporada com as meninas.

Por "meninas" ela se referia às companheiras de palco. Dan, também conhecida como Hennessey, tinha descolado uma identidade falsa no ensino médio para trabalhar como stripper em uma cidade vizinha. As horas conseguiam encaixar bem em seu cronograma de aulas e treinos de Exy, e ela conseguia ganhar dinheiro. A tia estava desempregada e em casa cuidando de um recém-nascido, e Dan precisava dar um jeito de sustentar os três. Contou que parou de falar com a tia assim que saiu de casa, mas ainda manteve contato com as antigas colegas de trabalho. Supostamente, estavam todas esperando que ela se tornasse uma estrela.

Foi assim que Neil descobriu que Dan não queria se profissionalizar depois da faculdade: o que ela queria mesmo era ser treinadora, e planejava ficar na liderança da Toca das Raposas quando Wymack se aposentasse. Na ausência do treinador, manteria os mesmos padrões de recrutamento estabelecidos por ele. Matt era totalmente a favor da ideia.

Matt fazia um contraste interessante com o passado melancólico de Dan: o filho rico e estudado de uma boxeadora profissional e um cirurgião plástico de alto escalão. Seus pais se separaram anos atrás, em grande parte devido à infidelidade sem-fim do pai, mas não eram oficialmente divorciados. Matt cresceu com o pai, já que a carreira da mãe levava a muito tempo na estrada viajando. Quando falava do pai, Matt era comedido, mas podia ficar horas e horas falando da mãe. Era sua maior *ídola*, e Neil achava que ouvir suas histórias era ao mesmo tempo uma experiência interessante e dolorosa. Quando Matt contou sobre as férias de verão que passou fazendo corrida de carro nas montanhas, Neil se lembrou do som que o cadáver da mãe fez quando ele tentou arrancá-lo do banco de vinil.

Duas semanas após o banquete, Allison voltou a falar com ele. Neil ainda não tinha pensado em um jeito de se desculpar com ela — ou se sequer precisava pedir desculpas —, até que ela finalmente quebrou o silêncio. Estava jantando no centro da cidade com os veteranos quando Allison pediu a ele que passasse o ketchup. O susto quase o fez derrubar o próprio hambúrguer enquanto se apressava em entregar a bisnaga a ela. Passaram-se dias antes que ela tivesse mais alguma coisa para dizer, mas o gelo finalmente estava derretendo. Neil até a viu sorrir com uma das piadinhas de Matt. Ela não estava nem perto de superar o luto, mas estava aprendendo a ficar bem.

Neil gostaria de poder contar algo a eles como forma de retribuir pela amizade e confiança, mas nada na vida dele era seguro a ponto de poder ser compartilhado. Eles nunca tentavam arrancar informações dele, mas Neil demorou semanas até perceber que eles não precisavam disso: não pediam que contasse seus segredos; se contentavam com algumas migalhas de fatos da sua rotina. Sabiam que ele detestava legumes, mas adorava frutas, que sua cor favorita era cinza e que não gostava de cinema nem de música alta. Eram coisas que Neil via como relacionadas à pura existência, mas para seus companheiros de time eram como se valessem ouro.

Estavam juntando as peças que compunham Neil para construir uma pessoa de verdade em torno de suas mentiras. Encontravam as partes dele que nenhum disfarce podia esconder. Nada dessas informações poderia mudar o desfecho daquele ano ou diria quem ele realmente era, mas mesmo assim era assustador. Felizmente, as provas do meio do semestre estavam chegando, então Neil poderia usar o estudo como uma desculpa para ir se afastando aos poucos.

A biblioteca parecia um esconderijo seguro, já que tinha quatro andares e mais de duzentos corredores onde podia se esconder, mas Neil não era o único que precisava estudar para as provas. Estava saindo da cafeteria da biblioteca com uma caneca de café mais do que necessária quando deu de cara com Aaron e Katelyn. Aaron parou assim que o viu, parecendo quase ofendido, mas Katelyn sorriu, cumprimentando-o de um jeito alegre.

— Neil, oi — disse ela, esticando a mão. — Acho que não fomos apresentados.

Neil passou o café para a mão esquerda para poder apertar a mão dela.

— Não, mas já vi você em alguns jogos. Katelyn, certo? Você é uma Raposete.

Ela pareceu feliz em ser reconhecida, mas Aaron ainda parecia incomodado. Neil não tinha como culpá-lo: Aaron e Katelyn sempre ficavam trocando olhares durante os jogos, mas Aaron nunca se aproximava das líderes de torcida. Esta foi a primeira vez que Neil os via tão próximos. Talvez Aaron finalmente estivesse tomando a atitude que seus companheiros de time estavam esperando. Os dois já estavam de mãos dadas, então as coisas deviam estar indo bem.

Aaron percebeu Neil olhando para as mãos deles, pela frieza com que se despediu.

— Tchau.

Katelyn se encostou nele como se estivesse dando uma bronca silenciosa, mas Neil passou por eles sem nem discutir. Não se afastou muito e a curiosidade o fez olhar para trás: Katelyn e Aaron estavam na fila da cafeteria alheios ao resto do mundo. Katelyn estava encostada em Aaron, alguns centímetros mais alta do que ele, mas de alguma forma se encaixando direitinho em seu corpo. Pareciam surpreendentemente confortáveis juntos, levando em consideração o cuidado que tinham em se evitar durante os jogos. Neil esperava que os primeiros gestos deles passados juntos fossem ser mais desajeitados.

— O café é tão interessante assim?

Neil se perguntou se as Raposas tinham secretamente instalado um dispositivo de rastreamento nele, então se virou na direção da voz de Nicky. Ele estava quase no topo dos degraus, a mochila pendurada no cotovelo e com um monte de revistas nos braços.

— Na verdade, não — respondeu Neil, mas Nicky parou ao seu lado e baixou o olhar para a cafeteria. Neil se preparou para uma reação empolgada ou algum discurso triunfante sobre todas as apostas que tinha acabado de ganhar. Mas não esperava o aceno de aprovação de Nicky.

— Inteligente da parte deles escolher a biblioteca para poderem se pegar — disse Nicky, tocando no ombro de Neil para fazê-lo desviar o olhar da cafeteria. — Andrew diz que é alérgico a livros, então só vem aqui quando o Kevin o obriga. Eles estão a salvo por pelo menos mais uma semana. Pode fazer um favor pra gente e não mencionar nada sobre o assunto?

— Achei que eles não estavam juntos — comentou Neil, indo atrás de um lugar para estudar.

— Não oficialmente. — Nicky o seguiu, apesar de não ter sido convidado. — Aaron é esperto demais para convidá-la para sair, e por enquanto Katelyn está tranquila esperando. Não sei se isso vai durar até a formatura, e sei que não é justo pedir que ela espere até lá, mas meio que tenho essa expectativa. Eles combinam, né?

— Não saberia dizer.

Neil encontrou uma mesa vazia e colocou suas coisas ali. Nicky prontamente espalhou suas revistas, ocupando grande parte do espaço da mesa. Então Neil tirou algumas das revistas da frente e se sentou. Estava com medo de não conseguir fazer nada com alguém tão tagarela quanto Nicky por perto, mas, para sua surpresa, Nicky parecia focado no próprio projeto. O que Neil presumiu que fosse só uma leitura de lazer acabou sendo fonte de material para uma das aulas de marketing de Nicky. Eles trabalharam em silêncio por quase vinte minutos, até que Nicky finalmente disse:

— Andrew odeia ela, sabe?

Neil levou alguns instantes para entender do que Nicky estava falando. Sua cabeça estava cheia de números; estava no processo de resolver seis folhas lotadas de equações matemáticas. Mas Nicky falou como se não tivesse parado de pensar em Aaron e Katelyn aquele tempo todo. Neil quase ficou na dele, porque sua prova era mais importante do que algo tão irrelevante quanto o possível relacionamento de Aaron, mas era difícil deixar uma frase dessas passar batida.

— Por quê? — indagou Neil.

— Porque o Aaron gosta dela — disse Nicky, como se fosse óbvio.

— Até onde sei, o Andrew também não gosta do Aaron.

— Exato. — Nicky fechou a revista, olhou para trás de um jeito nada discreto, verificando se algum dos primos estava ali, e se inclinou sobre a mesa, na direção de Neil. — Andrew não é muito fã da ideia de ver Aaron feliz, sabe? Então, se Aaron gosta da Katelyn, Andrew não quer que ele fique com ela. Andrew pode ter aquele sorriso enorme, mas é mestre em picuinhas infantis.

— Isso não faz o menor sentido — disse Neil.

— É complicado — respondeu Nicky, esfregando a nuca enquanto se recostava na cadeira. — Não entrei em detalhes sórdidos da última vez porque isso não é da conta da Dan e do Matt, mas você é parte da família, então posso contar. — Ele olhou por cima do ombro de novo. — Te falei que a tia Tilda deu o Andrew, certo? Isso é só metade da história. A verdade é que ela colocou os dois no sistema de adoção, mas, uma semana depois, mudou de ideia.

— E ela podia fazer isso?

— O sistema permite que algumas pessoas entrem em pânico e se arrependam. — Nicky fez uma careta. — Ela não precisava informar o nome à recepcionista, só levar as faixas de identificação cinza que marcavam quais crianças eram dela, por precaução. Se voltasse rápido o suficiente, sim, poderia levar os bebês de volta.

"Tia Tilda se sentiu culpada por abrir mão de seus filhos, mas não o suficiente para ficar com os dois. Só tinha como cuidar de um, ou pelo menos foi o que ela disse pro meu pai quando ficou sabendo do Andrew. Não sei como ela escolheu qual pegaria de volta. Será que foi por ordem alfabética, Aaron antes de Andrew, ou será que enfiou a mão na gaveta e tirou a primeira pulseirinha que encontrou?"

Nicky ficou quieto por um momento enquanto refletia. Esfregou a mão na testa e continuou:

— Cada um tinha cinquenta por cento de chance de se ferrar. Rá! — Nicky disse, sem humor nenhum em seu sorriso. — Acho que os dois acabaram saindo em desvantagem. Andrew foi para um orfanato e Aaron se tornou o lembrete vivo da culpa e do fracasso de tia Tilda. Ela fez das tripas coração para não ter que lidar em nada com Aaron, pelo menos até Andrew ressurgir na história. Foi aí que, segundo Aaron, ela começou a ficar furiosa, em vez de ser apenas negligente.

— Eles sabem que ela abriu mão dos dois? — perguntou Neil.

— Quando a mãe adotiva do Andrew ligou para marcar o encontro, perguntou à tia Tilda por que só um deles tinha sido colocado para adoção. A tia Tilda contou para ela, e Aaron ouviu pela linha do telefone. — Nicky apontou para cima como se indicasse o quarto de Tilda. — Não sei por que caralhos a família adotiva do Andrew contou para ele, mas sim, ele sabe. Acho que foi por isso que não quis falar com o Aaron quando ele escreveu a carta. Ao meu ver, Andrew estava puto da vida, como é de se esperar.

— Mas não foi culpa do Aaron — disse Neil. — Foi a mãe deles quem tomou a decisão.

— Caso você ainda não tenha percebido, o Andrew não faz sentido nenhum. — Nicky abriu as mãos em um gesto impotente. — Encontrar Andrew novamente foi uma virada de chave para Aaron da pior forma possível. Tia Tilda os levou para o outro lado do país, começou a beber mais do que nunca e pegou pesado com Aaron. Ele se meteu em tudo quanto foi tipo de problema em alguma rebeldia causada pelo trauma. Usava as drogas dela e se metia em brigas na escola e, em geral, cresceu e acabou virando um babaca. Minha mãe me escreveu contando essa história quando eu estava na Alemanha, por estar preocupada com ele. A única coisa boa que Aaron fez na Carolina do Sul foi jogar Exy, e mesmo assim ele só entrou nisso porque os jogos eram uma forma de estar longe da casa da tia Tilda.

"Então meu pai ficou sabendo de Andrew e durante anos fez de tudo para ele voltar para casa. Te contei isso da última vez, né? Ele encheu o saco da tia Tilda até ela concordar em acolher Andrew, depois conversou com os tribunais, o Conselho Tutelar e a última família adotiva dele. Ele conheceu Andrew, que aparentemente não estava nada interessado em um reencontro triunfante com a mãe, e apresentou os gêmeos um ao outro. Foi quando as coisas começaram a tomar um rumo. De repente Andrew ficou motivado... começou a se comportar e andar na linha e mais ou menos um ano depois conseguiu liberdade condicional."

— No fim das contas, Andrew decidiu que queria um irmão — disse Neil. — Então o que deu errado?

— A tia Tilda morreu, e Aaron culpou Andrew.

— Foi o Andrew que causou a morte dela?

Nicky fez sinal para que ele falasse baixo, apesar de ser ele quem, na verdade, estava falando alto.

— Na noite em que a tia Tilda morreu, ela e Aaron tinham brigado. Foi assim que meus pais finalmente descobriram que a tia Tilda batia nele. Ele apareceu lá em casa com machucados recentes e cortes, então meu pai ligou para a tia Tilda para poderem resolver as coisas, mas ela não continuou em casa por muito tempo: foi buscar o Aaron e saíram, mas não chegaram em casa. Ela passou por cima do canteiro e acabou batendo nos carros que vinham do outro lado. Ela estava sem cinto de segurança.

Nicky se agitou na cadeira, parecendo meio desconfortável, e disse:

— Não era o Aaron no carro; ele estava substituindo Andrew em um grupo de estudos. Isso foi antes do Andrew começar a tomar os remédios, então era mais fácil para o Aaron fingir que era ele. Ele não sabia por que o Andrew tinha pedido para fazer isso até que a polícia ligou. Eu ainda não sei direito o que aconteceu, se a tia Tilda entrou em pânico quando percebeu qual dos filhos estava com ela ou se eles estavam brigando ou se foi de propósito, mas...

"Não é como se o Aaron gostasse dela, mas ainda era a mãe dele, sabe? E Aaron nunca conseguiu resolver as coisas entre eles, nunca conseguiu entender por que ela era tão ferrada ou por que ela ferrou tanto eles. Até hoje não consegue aceitar que ela se foi, e sente saudade. Também não consegue perdoar o Andrew, que não entende ou não liga para o quanto isso fez Aaron sofrer. É um beco sem saída."

Neil pensou que entendia a situação de Aaron. Ele e a mãe tiveram sérios problemas, consequências do passado dela e da terrível infância dele. No fim das contas, ele ficava se perguntando se o que os uniu por tanto tempo era o instinto de sobrevivência ou o amor. Descobrir que ela fugia para mantê-lo a salvo mudou um pouco sua perspectiva, mas durante metade de sua vida ele a odiou com todas suas forças. Apesar disso, perdê-la foi a pior coisa que já acontecera com ele.

Neil não podia comentar sobre isso, porque todos seus colegas de time achavam que seus pais estavam vivos e bem, então se concentrou na conclusão mais interessante da história de Nicky. Falou lentamente, dando a si mesmo tempo para pensar e amenizar o tom de luto na voz.

— Andrew se importava. E esse foi o erro.

Nicky piscou.

— O quê?

— Andrew voltou para casa por causa do Aaron, certo? Não deve ter demorado muito para perceber que Aaron estava na merda. Andrew deve ter ligado todos os problemas do irmão à mãe dos dois. Talvez ele não a tenha matado como vingança por ter aberto mão dele. Talvez tenha feito isso para proteger o Aaron.

Nicky parecia cético.

— Esse é um talvez bem grande, Neil.

— É mesmo? — perguntou Neil. — Você se lembra por que o Andrew foi obrigado a começar a tomar remédios?

— Sim — disse Nicky, e então ficou quieto enquanto refletia sobre o assunto.

Nicky costumava trabalhar no Eden's Twilight em Colúmbia. Uma noite, estava de folga quando quatro homens decidiram que poderiam espancá-lo até deixar de ser homossexual. Andrew interveio para proteger Nicky, mas acabou indo longe demais. Uma coisa era entrar na briga, outra totalmente diferente era continuar mesmo quando os homens estavam inconscientes e sangrando na calçada. Andrew teria matado todos eles se os seguranças do clube não o tivessem afastado dali. A imprensa ficou em polvorosa com a repercussão; Neil lera todas as notícias enquanto pesquisava sobre as Raposas.

— Ela estava fazendo Aaron sofrer, então Andrew a fez parar — disse Neil. — Aaron devia ser grato, mas ficou de luto por ela como se tivesse se esquecido do que ela tinha feito com os dois. Escolheu um lado.

— Você acha mesmo que foi isso?

— Faz sentido pra mim — comentou Neil. Isso poderia explicar até o motivo de Andrew odiar Katelyn, embora Neil não tivesse certeza de qual seria sua interpretação: Andrew não deixaria outra garota ficar entre eles ou ainda estava punindo Aaron por três anos atrás o irmão ter escolhido o lado errado?

— Suponho que eles nunca conversaram sobre como ela morreu.

— Não desde que me mudei e estive no funeral da tia Tilda — disse Nicky. — Eles não conversam nem sobre coisas pequenas. Não imagino que venham a ter uma conversa franca sobre as intenções de Andrew tão cedo.

Nicky apoiou o cotovelo na mesa e segurou o rosto com a mão. O desânimo não parecia uma expressão natural para ele, o fazia finalmente aparentar a idade que tinha. Neil quase tinha se esquecido de que Nicky era vários anos mais velho que seus primos. Estava no segundo ano, como eles, mas, depois de Renee, era o segundo jogador mais velho do time.

— Só aceitei ficar quando o treinador me ofereceu um lugar no time pra tentar resolver isso — disse Nicky. — Pensei que, se tivesse mais tempo, poderia mostrar a Aaron e Andrew como voltarem a ser irmãos. E não vou jogar a toalha, longe disso, mas percebi que não tenho como fazer isso sozinho. Odeio dizer isso, mas queria que Renee desse logo o primeiro passo.

Neil não tinha ideia de como o assunto tinha ido de assassinato a Renee. Ele repassou os últimos segundos da conversa na cabeça, então desistiu e perguntou:

— O quê? Achei que você não gostasse dela.

Nicky se virou por completo, como se Neil o tivesse atingido.

— Tem alguém que não gosta da Renee?

Neil quase se voluntariou como um exemplo, mas não queria atrapalhar ainda mais a conversa. Ele pensou melhor e disse:

— Ninguém gosta que ela seja tão amigável com o Andrew.

— Sem querer falar mal do meu próprio primo, mas todo mundo sabe que ele não é boa influência pra ela. Em um mundo perfeito, Renee ficaria com um bom rapaz cristão que investiria nos projetos de caridade dela e a amaria intensamente. Mas aqui nesse mundo, ela está de olho é no Andrew. Eu até me envolveria nisso para o bem dela, mas já estou ficando desesperado. Andrew precisa de alguma coisa que o distraia de todos os problemas.

Neil pensou em sua conversa com Kevin algumas semanas atrás.

— E o Exy?

— Agora você já está falando igual ao Kevin. — Nicky esfregou as têmporas como se tentasse afastar uma dor de cabeça. — Exy não é uma opção aqui, beleza? Você pode amar Exy o quanto quiser, mas ele nunca vai retribuir.

Neil deveria deixar quieto, mas o revide acabou escapando antes de ele conseguir se segurar.

— E daí?

— Ai, meu Deus. — Nicky parecia dividido entre o horror e a pena. — Sério? Essa deve ser a coisa mais triste que já ouvi.

Neil devia ter ficado de boca fechada.

— Preciso estudar.

— Não se atreva. — Nicky pegou os exercícios de matemática dele e jogou as folhas no chão, ao lado da cadeira onde estava sentado. — Presta atenção. Existe obsessão e existe disfunção. Você não pode fazer do Exy a sua resposta para tudo. Isso aqui não vai durar para sempre, beleza? Você vai brilhar, aí vai se aposentar, e depois? Vai passar o resto da vida em casa sozinho com todos os seus troféus?

— Esquece isso — disse Neil.

Talvez Nicky tenha percebido o aviso silencioso na voz dele, porque suavizou seu tom.

— Você não pode ser só isso, Neil. Isso não é suficiente para viver. A gente pode ir para Colúmbia um dia, só nos dois, e posso pedir ao Roland pra te apresentar a algumas pessoas. Ele tem muitos amigos gente boa. A essa altura, nem ligo se for uma garota, desde que você...

— Por que você não gosta de garotas?

Nicky pareceu surpreso com a interrupção, mas logo se recompôs, fazendo uma careta.

— Elas são tão delicadas.

Neil pensou nos nós dos dedos machucados de Renee, no espírito feroz de Dan e em Allison se mantendo firme na quadra uma semana após a morte de Seth. Pensou na própria mãe sem se deixar abalar diante da fúria violenta de seu pai e na forma como ela transformava todos que os perseguiam em cadáveres, sem pena. Ele se viu argumentando:

— Algumas das pessoas mais fortes que conheci são mulheres.

— O quê? Ah, não — Nicky foi logo dizendo. — Eu quis dizer literalmente delicadas. Muitas curvas, sabe? Sinto que minhas mãos vão escorregar. Não é a minha praia. Eu gosto... — Ele desenhou um quadrado com os dedos enquanto tentava achar as palavras certas. — Erik. Erik é perfeito. É viciado em atividades ao ar livre, escalada, caminhada e mountain bike, todas aquelas coisas horríveis que envolvem insetos e que só dá pra fazer fora de casa. Mas, meu Deus, você tinha que ver o que isso faz com o corpo dele. Ele é assim, todo trincado. — Ele desenhou outro quadrado. — É mais forte do que eu, e adoro isso. Me dá a sensação de que poderia ficar em cima dele o dia todo e ele não ia nem suar.

Nicky foi lentamente abrindo um sorriso satisfeito enquanto pensava no namorado de longa distância. Era uma expressão mais reservada do que Neil costumava ver em seu rosto. Isso deixou Neil se perguntando se Nicky era mesmo naturalmente barulhento ou se exagerava sua natureza extrovertida para equilibrar a hostilidade dos primos.

— Engraçado — disse Nicky. — Eu não costumava gostar de caras assim. Nenhum dos caras em quem tinha crush enquanto crescia eram desse jeito. Talvez seja por isso que nenhum deles tenha conseguido me ajudar.

Nicky apoiou as mãos na mesa, as palmas viradas para cima, e ficou as encarando.

— Meus pais são meio malucos, sabe? Tem gente religiosa e tem religiosos superpsicóticos. Acho que eu e Renee somos de um tipo mais decente. Frequentamos igrejas diferentes e temos ideias contrárias, mas mesmo assim nos respeitamos... Entendemos que a religião é só uma interpretação da fé. Mas meus pais são daquele tipo que só aceitam o que pensam. Com eles só existe certo e errado: fogo do inferno, condenação e julgamento, tudo vindo do céu.

"Por algum motivo, tentei sair do armário mesmo assim", disse Nicky. "Minha mãe ficou muito chateada; se trancou no quarto, chorou e orou por dias. Meu pai já foi mais direto: me mandou para um acampamento gay cristão. Passei um ano sendo ensinado que eu estava infectado por uma ideia nojenta do diabo, que era um teste para todos os outros bons cristãos do planeta. Tentaram usar o nome de Deus para me envergonhar e me fazer virar hétero.

"Não funcionou", continuou Nicky. "Mas por um tempo desejei que isso acontecesse. Voltei pra casa me sentindo uma abominação, um fracasso. Não conseguia encarar meus pais, então menti: pelo resto do ensino médio, fingi ser hétero. Cheguei até a namorar e beijar algumas garotas, mas usei a religião como desculpa para nunca ir além disso. Eu sabia que pelo menos até a formatura precisava segurar a barra.

"Eu odiava tanto a minha vida", disse Nicky. "Não dava pra mim, sabe? Não dava pra ficar vivendo uma mentira como aquela dia após dia. Me sentia preso. Tinha dias em que pensava que Deus havia me abandonado; às vezes achava que era eu quem tinha falhado com Ele. Na metade do primeiro ano, comecei a pensar em suicídio... então minha professora de alemão me chamou no canto e conversou comigo sobre um programa de estudos no exterior. Ela disse que, se meus pais concordassem, organizaria tudo para mim. Ficaria responsável pela matrícula, arranjaria uma família anfitriã e tudo o mais. Seria caro, mas ela achou que eu precisava mudar de ares. Acho que ela percebeu que eu estava no meu limite.

"Não achei que meus pais fossem aceitar, mas os dois estavam tão orgulhosos de mim pela suposta cura que me deixaram ir no último ano do colégio. Eu só precisava aguentar mais um semestre, e então estaria livre pra ir. Estava tão desesperado para sair de lá que nem prestei muita atenção quando Aaron e tia Tilda se mudaram para Colúmbia naquela primavera. Tudo o que importava era aguentar firme até maio. Agora sei que precisava ter me esforçado mais, mas, do jeito que eu estava, não teria conseguido ajudá-lo tanto.

"Quando o avião decolou de Colúmbia, estava morrendo de medo", revelou Nicky. "Fiquei extremamente aliviado por estar me afastando dos meus pais e de todo mundo que conhecia, mas não sabia se estar na Alemanha iria mudar alguma coisa. Quando aterrissei, meu novo irmão anfitrião estava me esperando no desembarque. Erik Klose." Nicky soava como se estivesse pronunciando o nome pela primeira vez. "Foi ele quem me ensinou a acreditar em mim mesmo. Me mostrou como equilibrar minha fé e minha sexualidade e me fez sentir bem de novo. Sei que parece dramático, mas ele salvou a minha vida."

Nicky virou as mãos e entrelaçou os dedos. Depois, olhou para Neil de um jeito reconfortante e, ao mesmo tempo, cheio de preocupação, que fez Neil querer se afastar.

— O amor é isso, sabe? E é por esse motivo que o Exy nunca vai ser o suficiente, nem pra você, nem pro Andrew, nem pra ninguém. Ele não vai conseguir te sustentar e também não vai te tornar alguém mais forte ou melhor.

— Ok.

Nicky não ficou impressionado com aquela resposta neutra.

— Não sou a pessoa mais esperta do mundo, mas também não sou a mais estúpida. Já percebi que você tem mais problemas em confiar nas pessoas do que um gato de rua. Só que mais cedo ou mais tarde vai ter que deixar alguém entrar.

— Posso estudar agora?

Nicky pegou os exercícios de matemática de Neil do chão, mas os segurou fora de seu alcance.

— Sua vez. Por que você não gosta de garotas?

— Não disse que não gostava — respondeu Neil, mas Nicky apenas soltou um bufo incrédulo.

Neil pensou nos punhos pesados da mãe na pele dele, nos dedos dela passando pelo seu cabelo. Ela sempre repetia que as garotas eram perigosas: entravam na cabeça do homem, ela dizia. Tomavam conta de todos seus pensamentos. Tinham o poder de fazer um homem querer mudar o mundo inteiro, começando por si mesmo. Viravam-se do avesso e descobriam todos seus segredos. As intenções até poderiam ser boas, mas no fim das contas acabavam matando a todos eles.

— É complicado — Neil enfim respondeu. — Me deixa estudar agora.

— Pelo menos me promete que vai pensar nisso?

— Prometo — respondeu Neil.

— Você é um mentiroso compulsivo. — Nicky bufou, entregando a Neil seus papéis.

Neil baixou o olhar para o relógio, fazendo uma careta quando percebeu o tempo que tinham perdido, e virou a folha para voltar para a equação que estava fazendo quando foi interrompido. Nicky resmungou baixinho enquanto reorganizava suas próprias anotações, mas se acalmou assim que voltou ao trabalho. Neil tentou esvaziar a mente, colocando de lado a conversa para poder focar. Em alguns minutos, já tinha se esquecido e esperava, honestamente, que aquela conversa continuasse esquecida.

Mas foi só ver Andrew e Renee durante o treino que o assunto voltou à sua mente. Estavam juntos perto do gol, e Andrew gesticulava empolgado enquanto jogavam conversa fora. Neil os ficou observando por mais tempo do que pretendia, se lembrando das palavras de Nicky.

Não fazia sentido ficar quebrando a cabeça com isso quando sabia como o ano iria terminar, mas por um momento Neil se perguntou. Pensou na história de Nicky e em como conhecera Erik na hora certa.

Nicky estava por um fio, mas Erik foi forte o suficiente para puxá-lo de volta. Só havia uma pessoa forte o suficiente no mundo para lidar com todos os problemas de Neil, e ela já estava morta. Neil não queria envolver mais ninguém nas suas questões.

Só que ele já tinha começado a compartilhar esse fardo, mesmo sem querer. Dividiu seus segredos com Kevin e Andrew. Kevin reagiu da maneira que Neil esperava que todos reagiriam à verdade: exigindo, em pânico, que ele fosse imediatamente embora. Por outro lado, Andrew apenas assentiu e falou que Neil deveria ficar. Se manteve firme quando lhe contou sobre o assassinato e lhe deu a chave da casa deles.

Mas isso não contava, porque Andrew era Andrew, e esse definitivamente era o último rumo que ele precisava que seus pensamentos tomassem. Voltou o foco para a tarefa à sua frente e jurou nunca mais ficar prestando atenção no que Nicky falava.

CAPÍTULO OITO

Outubro chegou sem bater na porta. Neil sabia que a partida contra os Corvos estava se aproximando rápido, mas mesmo assim levou um susto ao perceber que uma semana inteira do mês já tinha passado. Só faltavam seis dias.

Se as Raposas estivessem em uma temporada típica, a partida poderia ter atraído um pouco menos de atenção, mesmo com Kevin na linha de frente. Só que nesse ano eles atingiram um recorde sem precedentes: seis vitórias contra uma derrota. O único jogo perdido fora o primeiro, contra Breckenridge. Ganharam três partidas por um triz, mas vitórias eram vitórias, de um jeito ou de outro. As Raposas estavam se unindo e ficando mais fortes a cada semana que passava. Ninguém esperava que vencessem os Corvos, mas era óbvio que fariam uma frente e tanto.

A Toca das Raposas não tinha assentos suficientes para acomodar a multidão que esse jogo certamente atrairia, então a universidade vendeu ingressos com desconto no estádio de basquete e prometeu transmitir o jogo ao vivo nas televisões do placar de lá.

A Universidade de Palmetto State passou a segunda semana inteira se preparando para o dia em que ficariam sob os holofotes: jardineiros apararam cada centímetro quadrado do campus, equipes de limpeza drenaram e limparam o lago artificial em frente à biblioteca, clubes estudantis foram convidados a projetar e pendurar banners onde conseguissem encaixá-los. Rocky Raposão, o mascote, todo dia caminhava durante horas pelo campus e enfiava a cabeça enorme nas salas de aula para incentivar os alunos. As Raposetes montaram uma barraquinha no anfiteatro, oferecendo tatuagens temporárias e pegadas gigantes de espuma.

Todas as noites antes daquela sexta-feira, um evento diferente acontecia. Na segunda, o coral da universidade e a banda de jazz fizeram concertos gratuitos no gramado do estádio. Na terça, setenta por cento dos alunos foram de laranja para a Terça-Feira Laranja. Na quarta-feira foi o Dia Branco, com uma participação ainda maior dos alunos. Quinta-feira foi a festa de estudantes; a presença das Raposas era obrigatória. Milhares de alunos apareceram para comemorar e festejar. As câmeras dos jornais estavam por perto, então registraram a farra e ouviram os comentários feitos pela pequena equipe. Wymack manteve Neil longe dos microfones, sem conseguir confiar que Neil seguraria a onda.

Foi na quinta-feira que Dan finalmente começou a ficar nervosa. Era o quarto ano dela como capitã do time — já tinha sido submetida a agressões verbais e ao mais puro ódio desde o início. Ver as pessoas finalmente se digladiando para falar com ela e com seu time foi demais para suportar. Em frente às câmeras, mantinha uma expressão corajosa, mas passou a noite de quinta-feira na cama de Matt.

Quanto mais os alunos se empolgavam, mais inquietas as Raposas ficavam, e a tensão durante os treinos daquela semana era sufocante. Estavam com os nervos à flor da pele à espera da sexta-feira. Andrew era o único que não parecia abalado; pelo contrário, parecia estar com bastante energia e enchia o saco dos colegas de time sempre que podia. Kevin, por outro lado, ficou quieto durante todo o treino de sexta-feira de manhã.

O trânsito naquele dia estava totalmente caótico, independente de quanta ajuda externa os guardas do campus chamassem. Wymack conseguiu que as Raposas fossem dispensadas das aulas da tarde e os convocou para estar no estádio às 15h. A partida só começaria dali a quatro horas, mas o treinador queria protegê-los do caos que estava acontecendo nas imediações da universidade. Dan ligou a televisão e ficou mudando de canal até encontrar um filme para assistir. Aaron e Matt foram para o saguão para fazer o dever de casa em paz. Já Neil e Kevin se dirigiram à área técnica e ficaram sentados nos bancos das Raposas em silêncio.

Às 17h30, Wymack pediu tanta comida que daria para alimentar um pequeno exército. As Raposas se sentaram em círculo para comer, mas não conversaram. Só quando se levantaram para jogar o lixo fora que finalmente trocaram olhares. Dan pegou a escalação dos Corvos e leu para eles, mas, àquela altura, as Raposas já sabiam de cor os nomes e números de todos os adversários. Ficaram semanas estudando a formação deles, assistindo a jogos antigos e memorizando estatísticas. Assistiram a gravações de partidas antigas dos Corvos para analisar como os adversários jogavam e procurar por pontos fracos que pudessem explorar. Não acharam nada — a única brecha na impenetrável fortaleza dos Corvos era a ausência de Kevin.

No começo da semana, Kevin até tentou explicar como funcionava a sincronia dos Corvos, mas Neil quase quis que ele deixasse aquilo de lado. Os Corvos só iam para a Universidade Edgar Allan por um motivo: jogar Exy. Cada atleta que o treinador Moriyama contratava tinha previsão de entrar em um time profissional logo depois da formatura. Para eles, os estudos eram uma preocupação secundária: eram todos do mesmo curso e frequentavam as aulas juntos, em grupos de três ou quatro. Não tinham autorização para ir a lugar nenhum sem levar junto pelo menos um de seus colegas de time. Não podiam socializar com ninguém de fora da equipe.

Nem mesmo moravam nos dormitórios estudantis, mas também não moravam onde todos pensavam. Edgar Allan era uma universidade menor que Palmetto State, com menos esportes e mais cursos de arte. Uma vantagem que ofereciam era a moradia baseada em interesses comuns, em vez de um dormitório comum para todos. Irmandades, fraternidades e associações maiores podiam entrar com pedidos para conseguir acordos especiais de moradia. A equipe de Exy tinha uma casa só deles, mas os Corvos só dormiam lá quando queriam manter as aparências.

Tinha um motivo para o estádio Evermore não ficar dentro do terreno da universidade: ele pertencia a Edgar Allan, mas também servia como estádio da seleção. Devido à sua dupla finalidade, o estádio foi construído com instalações extras: torres para as celebridades e para o CRE, lounges para convidados importantes e alojamentos espaçosos para os times visitantes. Esses alojamentos foram construídos no subsolo, logo abaixo da quadra, e era ali que os Corvos dormiam. Foi onde Riko e Kevin cresceram.

Se os Corvos não estavam em aula, era exigido que estivessem em Evermore. Eles viviam e respiravam Exy em uma intensidade que nenhuma outra equipe poderia pensar ou fazer. O estilo de vida intenso, a integração forçada e castigos cruéis os colocavam em um patamar totalmente diferente de seus adversários. Resumindo, eles eram o completo oposto de tudo que as Raposas conheciam e entendiam. O jogo daquela noite colocava uma equipe que mais funcionava como uma colmeia contra um fragmentado grupo de rejeitados.

Quando faltava uma hora para o início do jogo, os seguranças do estádio destrancaram os portões, liberando a entrada do público. Neil pensou ter sentido o estádio tremer sob o peso de dezenas de milhares de pés. Ele se trocou escutando o som distante de vozes animadas e encontrou seu time reunido no saguão. Wymack já havia tirado o carrinho de raquetes, e Kevin abriu a tampa acima das suas, enfiando os dedos na rede.

— Você consegue, Kevin? — perguntou Abby, analisando o rosto dele à procura de sinais de que estava bem. — Consegue jogar?

— Se estou respirando, então consigo — respondeu Kevin. — Esse jogo também é meu.

— Palavras que podem te matar ou te salvar. — Wymack disse, e sinalizou para que formassem uma fila. — A minha expectativa é do meu ataque chegar na casa dos dois dígitos. Kevin, você conhece a defesa deles melhor do que ninguém, e eles não sabem defender quando você joga com a mão direita, então acaba com eles. Neil, faça pelo menos cinco gols, ou te faço correr uma maratona por mês até se formar.

Neil o encarou.

— Cinco gols?

— Você marcou quatro na semana passada.

— Não estávamos jogando contra Edgar Allan na semana passada, treinador — retrucou Neil.

— Irrelevante — declarou Wymack, balançando a mão. — Cinco gols ou quarenta e dois quilômetros. Pode fazer as contas e decidir qual dos dois te deixa mais feliz.

O treinador nem deu tempo para Neil argumentar e logo desviou o olhar para Allison e Dan.

— Vocês duas podem deixar o ataque se afogar se for preciso. Eles não são da conta de vocês. O foco hoje é dar reforço para a linha defensiva. Estão me entendendo? Sabemos que os Corvos são mais rápidos, maiores e melhores do que nós. Só temos chance de ganhar se conseguirmos controlar o número de gols que eles fazem. Defesa, mantenham os atacantes longe do gol. É isso, ponto final. Andrew, pelo menos uma vez nessa sua vida miserável, jogue como se quisesse ver a gente ganhando, pode ser?

Andrew pareceu achar graça no pedido do treinador — uma postura que Neil não achou nada encorajadora. A buzina de aviso soou acima da cabeça deles, sinalizando que em um minuto precisavam estar na área técnica. Neil não foi o único que se assustou quando escutou o barulho, e ficou mais do que um pouco tenso ao perceber que Kevin também deu um pulo. Abby olhou concentrada para Kevin, que se recusou a retribuir o olhar. Wymack bateu as mãos em direção ao grupo para se organizarem em fila.

— Vamos lá — disse ele. — Quanto mais cedo acabarmos com esses merdas, mais tempo vamos ter para encher a cara na casa da Abby. Passei a manhã toda recheando a geladeira dela de bebida.

Aquilo não era exatamente um voto de confiança, mas fez grande parte dos colegas de equipe de Neil sorrir; Nicky deu até um gritinho de alegria. Não tinham por que fingir que não seriam massacrados naquela noite. Wymack estava dando a eles a oportunidade de beber até dormir para não passarem a noite toda revivendo a derrota. Neil pensou que aquilo era melhor do que nada, mesmo que para ele fosse meio inútil.

Wymack empurrou a porta, e Dan abriu um sorriso contido para o time antes de os guiar até o estádio. Neil não conseguia ver as arquibancadas até estarem quase chegando à área técnica, mas o barulho ao redor parecia duas vezes mais alto do que em qualquer outra partida. Os gritos viraram uma explosão quando as Raposas finalmente apareceram. As Raposetes balançavam seus pompons e pulavam em um cumprimento empolgado. A bateria da universidade, Notas de Laranja, tocava o grito de guerra o mais alto possível — de alguma maneira, o som ainda parecia abafado em comparação com o caos da torcida.

Neil olhou para aquele mar laranja. Conseguia identificar torcedores de fora pelos cartazes neutros que carregavam, onde se lia "1 — 2" em homenagem a Riko e Kevin. Os torcedores dos Corvos eram mais fáceis ainda de serem identificados: estavam todos de preto e ocupavam a seção inteira reservada à torcida visitante, do lado diretamente oposto ao banco das Raposas. Era como se um buraco preto tivesse engolido parte do estádio.

Com todo aquele barulho, Neil não conseguiu ouvir o narrador anunciar a entrada dos Corvos, mas escutou o estrondo pesado da bateria. A música parecia estranhamente familiar, mas ele demorou um pouco até reconhecer. Era a música que anunciou a entrada de Riko no programa de Kathy: o grito de guerra de Edgar Allan. Não era animada e otimista como qualquer outra canção que Neil já tinha ouvido nos jogos. Aquela era sombria e pesada, e passava uma mensagem intimidadora de morte e dominação. Os Corvos levavam bem a sério a imagem que tinham. Neil ficou pensando que no futuro iriam precisar de muita terapia.

A reação da multidão foi violenta. Os alunos que usavam as cores de Palmetto gritavam frases depreciativas e vaiavam com ódio. A seção de Edgar Allan cantava como se estivessem indo para a guerra. Torcedores que tinham ido só pelo prazer de assistir ao espetáculo gritaram pelos Corvos com a mesma intensidade com que tinham celebrado as Raposas.

As equipes foram se aquecer, mas, como o time dos Corvos era maior, Wymack acabou cedendo a área técnica para eles. As Raposas correram dentro de quadra e se orientaram pelas paredes para irem na direção oposta de seus adversários. Com o canto do olho, Neil via os Corvos passarem como uma fila interminável de preto e vermelho, mas se recusava a olhar diretamente para eles. Mantinha os olhos fixos na camiseta laranja e branca à sua frente.

Depois da corrida vieram os exercícios, mas Moriyama só mandou metade da equipe dele entrar em quadra. A defesa dos Corvos continuou correndo enquanto os sete atacantes e cinco meias arremessavam no gol. Mesmo com cerca de metade da equipe em quadra, ainda superavam as Raposas em quantidade de atletas.

Quando os árbitros os tiraram de quadra, Neil ainda estava longe de se sentir pronto, deixando apenas Dan e Riko para trás. De alguma forma, os capitães conseguiram dar um aperto de mão civilizado no meio da quadra. O árbitro principal jogou a moeda e sinalizou que Edgar Allan daria o saque inicial, então continuou onde estava enquanto Dan e Riko saíam de quadra.

Moriyama e Wymack organizaram as escalações iniciais perto de seus respectivos portões e esperaram. Os três reservas das Raposas passaram pela fila, batendo as raquetes com seus colegas de equipe e dando meio sorrisos cheios de tensão.

— A escalação inicial das Raposas — anunciou o narrador. — Número dois, Kevin Day.

Qualquer outra coisa que ele tenha dito foi abafada pelos gritos da multidão. Kevin ignorou a gritaria fervorosa e entrou em quadra. Os nós dos dedos de Neil estalaram enquanto ele agarrava a raquete com força.

— Número dez, Neil Josten — anunciou o narrador.

— Cinco gols — lembrou Wymack.

Neil suspirou e entrou, assumindo sua posição no meio da quadra e se virando para observar os colegas de time entrando. Allison iria como armadora, e Nicky e Renee, os defensores titulares das Raposas. Andrew foi o último a entrar e ficou à vontade na área do gol.

Neil não ouviu o nome de Riko, mas percebeu a reação da torcida quando Riko entrou na Toca das Raposas, agindo como se fosse o dono do estádio. Mas em vez de ocupar seu lugar, parou bem ao lado de Kevin. Tirou o capacete, mas os aplausos que ecoavam na quadra abafaram tudo o que estava dizendo. Kevin tirou o próprio capacete, segurando-o nos dedos enquanto respondia. Depois disso, Riko ficou em silêncio, aparentemente satisfeito em apenas ficar encarando Kevin enquanto o restante dos Corvos entrava em quadra.

Só quando o goleiro dos Corvos foi para seu lugar e os árbitros seguiram até os portões da quadra para conferir as equipes, Riko finalmente se moveu. Neil tinha certeza de que todas as Raposas ficaram tensas quando ele estendeu a mão para Kevin, mas tudo que Riko fez foi colocar um braço em volta dos ombros do outro e puxá-lo para um abraço rápido.

A reação da multidão foi entusiasmada e estrondosa. Um instante depois Riko o soltou e caminhou pela quadra até seu lugar. Kevin ficou congelado onde estava por mais alguns segundos, até que o atrito inconfundível de uma raquete contra a parede da quadra o tirou do transe, fazendo-o se virar para encarar Andrew. Ele bateu sua raquete contra o gol novamente, como um alerta, e Kevin pescou a indireta, vestindo o capacete.

O árbitro principal esperou até Kevin erguer sua raquete, sinalizando que podiam continuar, então caminhou até o pivô dos Corvos e entregou uma bola. Saiu da quadra e os árbitros trancaram os dois portões.

Neil fechou os olhos e respirou fundo. Tentou esquecer tudo o que era, deixando o pai, Nathaniel e os Moriyama em um cofre mental que mais tarde enfrentaria. Naquele momento, não precisava nem queria saber de nada daquilo. Tudo o que importava era aquela partida: a raquete em suas mãos, o gol dos Corvos e o relógio contando os segundos até o saque passar sobre suas cabeças. Naquele instante, ele não era Neil. Não era nada nem ninguém além de uma Raposa com uma partida para jogar.

A buzina, sinalizando o início do jogo, e Neil disparou pela quadra. Viu o pivô dos Corvos sacar, mas não procurou a bola até alcançar Johnson, seu marcador. O pivô havia sacado na parede do lado do time da casa. Allison foi a única que ficou parada por tempo o suficiente para assistir ao saque, por isso pegou a bola no rebote e jogou para Andrew, que bateu com força, mandando-a para o outro lado da quadra. Neil e Kevin avançaram ainda mais na quadra, correndo com os defensores para conseguir alcançar a bola.

Kevin estava sendo marcado por Jean. Ele era o defensor mais forte dos Corvos, mas Neil estava mais preocupado com o impacto psicológico que isso poderia causar em Kevin.

Jean era o mais alto entre os dois — não muito, mas o suficiente para conseguir pegar a bola primeiro. Kevin bateu a raquete na dele para brigar pela posse, e um estalo agudo ecoou nas paredes da quadra enquanto eles disputavam a bola. Raposas e Corvos gritavam palavras de encorajamento para eles ao redor da quadra. Então Kevin mudou de tática e acertou Jean com o ombro forte o bastante para fazê-lo tropeçar. A bola finalmente saiu da raquete do adversário, só que, com Jean tão grudado nele, Kevin não teve tempo de mirar. Mesmo assim arremessou em direção ao gol. A bola mal tinha saído de sua rede e Jean já o segurou com força suficiente para derrubá-lo.

A bola bateu na parede e quicou até Neil, que passou por Johnson para pegá-la, mas Johnson foi direto na raquete dele. Bateu com tanta força que o tremor refletiu até os cotovelos de Neil. No mesmo movimento, Johnson se chocou contra Neil para tirá-lo da frente da bola, fazendo-o tropeçar, desesperado por equilíbrio. Johnson girou a raquete em torno da de Neil e, em um movimento ágil, puxou com força. Uma pontada pesada de dor irrompeu no pulso direito de Neil, que por instinto acabou largando a raquete, dando brecha para Johnson correr atrás da bola.

Neil agitou a mão com força e foi atrás dele.

Johnson tinha uma pequena vantagem, mas Neil era mais rápido. O outro pegou a bola e ergueu a raquete para poder arremessá-la, mas mesmo assim Neil não tentou desacelerar. Ele deu um encontrão em Johnson com tanta força que os dois acabaram tombando. Enquanto caía, Neil usou o impulso para rolar e ficar de pé. Ignorou o urro ameaçador de Johnson e foi atrás da bola, que não estava muito longe do gol adversário. Enquanto isso, Allison e seu marcador brigavam pela posse de bola. O defensor dos Corvos acabou ganhando, lançando a bola pela quadra.

Neil quase perdeu a noção de onde a bola estava enquanto era arremessada entre os atacantes dos Corvos. Foi para Riko, então para o armador, depois para o outro atacante e de volta para Riko no exato segundo em que ele ultrapassou Nicky. Riko se moveu rápido como um borrão, e o gol se iluminou em vermelho. A buzina soou, sinalizando o gol e levando a multidão ao delírio.

Os Corvos voltaram às posições iniciais sob o som de gritos triunfantes. Já as Raposas demoraram a reagir, e Neil nem piscou até ver Andrew se mover. O goleiro ainda estava meio virado, encarando a parede vermelha logo atrás. O jogo só tinha começado há dois minutos: foi o gol mais rápido que alguém já havia marcado nele.

Andrew esperou até o brilho vermelho desaparecer completamente e só então voltou a olhar para a frente. Neil tinha esperança de que a derrota fosse incentivá-lo. Andrew ainda estava sob efeito dos remédios e demoraria quinze minutos ou mais para os sinais da abstinência começarem a aparecer. Deve ter achado engraçado alguém ter marcado um gol tão cedo no jogo, mas ainda existia uma pequena chance de se animar e passar a ver os Corvos como um desafio interessante.

— Vamos nessa — gritou alguém da equipe, e Neil foi obedientemente até a linha do meio-campo.

A buzina os fez se mexerem de novo, e mais uma vez as equipes se chocaram uma contra a outra. As Raposas estavam um pouco abaladas pelo gol ter sido feito tão rápido e se esforçaram ainda mais, mas não foi o suficiente. Cinco minutos depois, Riko marcou outro gol.

— Que humilhação — disse o outro atacante dos Corvos ao passar por Neil, no caminho até o meio da quadra. — Não acredito que estamos perdendo o nosso tempo aqui.

Neil pensou em jogar a raquete na cabeça do cara, mas não conseguia tirar os olhos de Riko. Ele não estava voltando para a posição inicial; em vez disso, caminhava em direção à área do gol das Raposas. Andrew se mexeu e foi encontrá-lo, até ficarem frente a frente — só a linha do gol os separava. Andrew gesticulou, como se o que Riko lhe tinha dito fosse completamente irrelevante, mas mesmo assim Riko não saiu de onde estava. Os árbitros deram aos dois alguns segundos para conversar, e logo depois bateram nos portões, chamando a atenção dos jogadores. Riko finalmente se virou e se posicionou para a próxima jogada.

As Raposas avançavam rápido, indo o mais longe que podiam, mas os Corvos as impediam, empurrando-as para trás. Então quando a bola voltou para a linha de ataque dos Corvos, Neil só conseguiu ficar olhando. O estômago dele embrulhava enquanto via os atacantes passarem a bola de um para o outro. Riko a agarrou, arremessando-a em direção ao gol. Os ombros de Neil ficaram tensos, já prevendo mais um ponto do time adversário, mas Andrew bateu na bola com toda a força. O alívio imenso que tomou conta de Neil serviu como combustível extra para ir atrás da bola.

Os Corvos demoraram quinze minutos para marcar outro gol, mas não por falta de tentativa: eram tão superiores às Raposas que Neil não conseguiu deixar de se sentir humilhado. Aquilo era pior do que a força bruta de Breckenridge. Os Corvos faziam as Raposas parecerem crianças desajeitadas. Riko era simplesmente rápido demais para Nicky sequer chegar perto de competir. Conseguia pegar e passar a bola em um piscar de olhos, e sua mira era assustadoramente perfeita, não importava a velocidade com que se movia. As Raposas só não estavam sendo massacradas porque Andrew estava no gol, mas não demoraria para ele sentir os efeitos da abstinência.

Após o terceiro gol, os Corvos fizeram duas substituições: um atacante entrou no lugar do companheiro de Riko e o pivô foi trocado. Wymack aproveitou a parada para colocar Matt e Aaron no lugar de Nicky e Renee. Apesar do placar, Matt estava sorrindo quando parou na área da defesa. Tinha a missão de marcar Riko, e parecia ansioso por uma briga. Neil estava frustrado com o andamento do jogo, mas a empolgação óbvia de Matt foi quase o suficiente para fazê-lo abrir um sorriso.

Matt era a Raposa mais forte e Aaron era melhor do que Nicky até de olhos fechados. A entrada deles em quadra fez uma diferença enorme, e as Raposas finalmente começaram a revidar. Os Corvos não estavam esperando por isso, levando em conta o rumo agressivo que a partida começou a tomar a partir dali. Neil não ficou nada surpreso ao ver que foram Riko e Matt quem começaram com as brigas.

Riko quase conseguiu passar por Matt para arremessar, mas Matt se virou em um movimento impossível, usando o próprio corpo como aríete. O estrondo que fizeram ao se chocar foi tão alto que Neil se encolheu, como se também tivesse sentido a dor. Um segundo depois se esqueceu deles, no instante em que viu o que Andrew estava fazendo.

Não era contra as regras que os goleiros saíssem do gol, mas também não era uma atitude aconselhável, levando em consideração o tamanho dos gols e a rapidez com que a bola poderia se mover. Um goleiro só arriscava fazer isso em casos extremos. Aparentemente esta era uma daquelas noites, porque Andrew estava se movendo antes mesmo de Matt e Riko atingirem o chão. Aaron, o outro atacante e os dois meias estavam todos correndo na direção da bola, mas Andrew estava mais perto e era mais rápido.

A raquete do goleiro era plana, projetada para rebater a bola, não para pegá-la, então Andrew não tinha como colocá-la ali. Mas sabia como mudar a direção da bola: dando uma batida rápida e forte. Ela atingiu o chão primeiro e então a parede, quicando alto. Andrew a arremessou para o outro lado da quadra em direção aos seus atacantes, com um golpe forte. Neil só levou um segundo para perceber que Andrew estava arremessando a bola para ele, e seu coração bateu forte, em um triunfo selvagem.

Jean e Johnson tinham empurrado Kevin e Neil até o meio da quadra. Com tanto espaço aberto, Neil poderia ultrapassar qualquer um deles — não importava que no início Johnson estivesse bem na sua cola e fosse um atleta melhor. Neil estava com bastante espaço livre e era o jogador mais rápido em quadra. Antes de alcançar a área de ataque estava dois passos à frente de Johnson, e, quando pegou a bola, a distância já era de seis passos.

Levou um segundo para conferir onde Kevin estava e mais outro para calcular como passaria a bola para ele. Em seu décimo passo, arremessou a bola na parede próxima ao gol do time visitante. Todas aquelas noites intermináveis aprendendo as técnicas dos Corvos com Kevin teriam que valer a pena. O rebote perfeito não significava só fazer a bola chegar à raquete certa; ela também tinha que estar no ângulo correto para Kevin não precisar ajustar a mira, só trazer a raquete para trás e arremessar imediatamente. Era o mesmo truque que os atacantes dos Corvos passaram o jogo inteiro usando, mas a outra equipe não estava preparada para ver a jogada partindo de Kevin e Neil. Jean e o goleiro acharam que teriam mais tempo para reagir, mas Kevin não esperou. O gol dos Corvos se iluminou em vermelho quando Kevin arremessou a bola.

A reação das arquibancadas foi tão intensa que quase abafou o grito animado de Matt. Neil viu pelo canto do olho os reservas das Raposas e as Raposetes comemorarem, mas não conseguia tirar os olhos de Kevin. Os dois atacantes se encontraram no caminho de volta para o meio da quadra e bateram as raquetes com tanta força que isso quase machucou. Kevin deu um sorriso breve, mas intenso. Ficou em silêncio, mas não eram necessárias palavras: aquele era o primeiro sinal de aprovação que Neil tinha recebido desde que se conheceram, e isso só fez aumentar sua adrenalina.

Marcar aquele gol finalmente deu uma dose extra de energia para a equipe. Quando Riko tentou arremessar no gol outra vez, Matt o derrubou. Segundos depois, os dois estavam brigando, e o jogo foi interrompido enquanto os árbitros corriam para separá-los. Matt levou um cartão amarelo por dar o primeiro soco, mas o olhar furioso dele não deixava dúvidas de que fora Riko quem começara a briga. Neil não sabia o que Riko dissera para irritá-lo, mas não conseguia acreditar que Matt tinha deixado seu temperamento forte o dominar. Uma falta dava a Riko a possibilidade de cobrar um pênalti. Os times se alinharam para ver a cobrança, e por centímetros Andrew não conseguiu defender.

Aquele arremesso matou o espírito esportivo da partida. Neil acabou perdendo as contas de quantas vezes alguém caiu no chão nos últimos vinte minutos do primeiro tempo. Quando Neil levou uma cotovelada no rosto aos quarenta e quatro minutos, todos os jogadores na quadra tinham um cartão amarelo e um Corvo havia sido expulso após tomar um cartão vermelho.

O árbitro que deu o cartão a Johnson chamou Abby até a quadra assim que percebeu o rosto de Neil sangrando. Os capacetes Exy tinham proteção que cobriam os olhos e o nariz dos jogadores, mas Johnson conseguiu driblar a proteção, dando um golpe de baixo para cima. As luvas de Neil, grandes demais, só espalhavam ainda mais o sangue, mas Abby tinha um pouco de gaze. Sua expressão tensa não combinava nada com o extremo cuidado com que limpava o rosto dele. Só naquela partida já era a quinta vez que ela precisava entrar em quadra, e não estava nada feliz com o rumo violento que o jogo estava tomando.

— Ele poderia ter quebrado seu nariz com um soco desse — disse Abby, enxugando o sangue do lábio superior de Neil.

— Mas não quebrou — respondeu ele. — Posso voltar agora?

— Os árbitros não vão te deixar jogar se estiver com o rosto sangrando — argumentou Abby, sem se apressar por conta da óbvia impaciência dele. Ela o segurou pelo queixo e inclinou a cabeça de Neil da direita para a esquerda. Ao sentir um filete de sangue escorrendo, Neil fungou e sentiu aquele calor amargo queimando, uma sensação familiar. Abby não parecia convencida, então Neil fungou mais uma vez. Ela finalmente suspirou e deu um tapinha encorajador em seu capacete.

— Daqui a pouco volto pra ver como você está — disse ela, e seguiu o árbitro para fora da quadra.

Todos os outros jogadores já estavam preparados para a cobrança de pênalti de Neil, que se posicionou e pegou a bola que o meia dos Corvos jogou em sua direção. Neil gostava de pênaltis por serem momentos fáceis para marcar gols, mas justamente por isso não se sentia tão satisfeito ao marcar. Só que, contra os Corvos, aceitaria todos os gols que pudesse. Estavam só ele, o goleiro e um gol gigantesco. Ele só tinha permissão para dar dois passos, mas não o fez. Fez uma finta e arremessou no canto inferior do gol. Matt bateu em seu ombro com força o bastante para fazer o nariz de Neil voltar a sangrar.

— Talvez seja uma boa ideia você levar porrada na cara mais vezes, se isso te fizer marcar gols — brincou Matt.

— Não sou muito fã dessa estratégia — declarou Neil.

Matt riu e correu para a área da defesa. O último minuto do primeiro tempo acabou em um piscar de olhos, e as equipes deixaram a quadra sob os gritos de uma multidão barulhenta. Neil olhou para o placar enquanto seguia seus companheiros até o vestiário: seis a três, um começo incrível considerando quem estavam enfrentando, mas uma pontuação impossível para conseguir se recuperar.

O segundo tempo foi a derrocada: as Raposas estavam exaustas e jogavam contra os reservas, descansados, e Andrew não conseguiria segurar a onda por mais muito tempo. Neil percebeu que ele não estava bem quando o viu tropeçar pela primeira vez. Talvez Andrew só estivesse se movendo rápido demais em uma tentativa de defender o gol, mas Neil sabia que não era isso. Andrew estava ficando sem energia. Ainda era cedo para ele começar a se sentir enjoado, mas os Corvos estavam acelerando esse processo ao fazê-lo atingir a exaustão.

Por um momento Neil desejou que naquela noite Andrew tivesse tomado os remédios, mas tirou isso da cabeça com a mesma rapidez com que o pensamento surgiu: Andrew teria mais energia se estivesse medicado, mas também seria infinitamente menos confiável. Andrew só estava passando por isso porque sabia que era o único jeito de conseguir jogar. Neil ficou ao mesmo tempo agradecido e irritado. A irritação era consigo mesmo: Neil não era nem de longe bom o suficiente para fazer esse sacrifício valer a pena, e odiava se sentir incompetente. Não importa o quanto se esforçasse, não conseguia mudar muita coisa no jogo.

Quando o jogo terminou, o placar final era treze a seis: o maior número de gols que Andrew já havia sofrido e a pior diferença de pontuação que as Raposas já tinham visto em três anos. A reação decepcionada das arquibancadas era esperada e compreensível, mas Neil mal conseguia ouvir, por conta do zumbido em seus ouvidos. Seu coração batia tão forte que ele tinha certeza de que deixaria feridas nos pulmões. Cada vez que respirava era como se estivesse cortando a própria garganta. Concentrou as poucas forças que lhe restavam para segurar a raquete.

Neil queria atravessar a quadra para ficar perto dos colegas de time, mas não confiava em si mesmo para se mexer. Ele e Kevin tinham acabado de jogar uma partida inteira correndo contra a defesa dos Corvos. Pensou que era um milagre ainda estar de pé. Mal sentia as pernas: uma hora pareciam pegar fogo; depois era como se tivessem desaparecido completamente. Neil baixou o olhar para os pés, se certificando de que ainda estavam lá, e piscou para desanuviar os olhos.

O caos do lado de fora da quadra aumentou para gritos fanáticos, agudos o suficiente para amenizar a exaustão de Neil. Ele ergueu o olhar, pensando no que teria perdido, e olhou para o outro lado da quadra. As mãos de Andrew pairavam vazias à sua frente e sua raquete estava no chão, largada aos pés dele. Enquanto Neil observava, Andrew se inclinou para pegá-la — ou melhor, tentar pegá-la. Mas tudo que conseguiu foi tirar um pé do chão e acabar perdendo o equilíbrio mais uma vez.

Isso fez Neil se lembrar do primeiro treino que fizeram juntos, quando quase quebrou os braços jogando contra Andrew. Ele olhou para o placar: os Corvos haviam feito incríveis cento e cinquenta arremessos; era inacreditável que Andrew só tivesse perdido treze. Ele olhou para trás enquanto Andrew tentava pegar a raquete novamente, mas não se saiu nada melhor desta vez, então desistiu, jogando-se no chão para se sentar ao lado.

Os portões da quadra se abriram e os reservas entraram. Abby e Wymack ficaram parados ali, observando a equipe. Os reservas foram até o gol — um hábito que tinha virado tradição desde que Andrew começou a jogar partidas inteiras —, então Neil foi até lá também, com alguns passos trêmulos. Não tinha se afastado muito e logo Kevin apareceu ao seu lado.

Ele ficou em silêncio, apoiou a raquete no ombro e acompanhou Neil por toda a quadra. Os dois foram os últimos a se juntar às Raposas, mas seus companheiros abriram espaço para eles facilmente. Neil retribuiu os sorrisos cansados que seus colegas lhe davam com outro sorriso exausto; enquanto isso, Kevin — que só tinha olhos para Andrew — se agachou em frente ao goleiro caído.

— Então — disse Kevin —, você se divertiu?

Andrew estava cansado demais para conseguir empregar qualquer intensidade em suas palavras.

— Você é desprezível, Kevin Day. Não sei por que mantenho você por perto.

— Raposas — falou Riko, com o restante dos Corvos logo atrás. Todas as Raposas, exceto Kevin, viraram-se para encará-lo. — Confesso que não sei o que fazer agora. Não tenho como agradecer pelo jogo, porque não dá nem pra chamar esse desastre de jogo. Acho que já sabia o que esperar quando viemos até aqui esta noite, mas ainda assim fico envergonhado por vocês. Você decaiu tanto, Kevin. Devia ter continuado caído e nos poupado do trabalho de te forçar a ficar de joelhos.

— Estou satisfeito — respondeu Kevin. Era a última resposta que qualquer Raposa estava esperando. Por um segundo, se esqueceram de Riko e ficaram boquiabertos com a fala de Kevin. — Não com a pontuação ou o desempenho deles, mas com o espírito de equipe. Eu estava certo. Tenho mais do que o suficiente para trabalhar aqui.

— Quantas boladas você levou no capacete? — perguntou um Corvo.

Kevin se limitou a lentamente abrir um sorriso seguro e satisfeito, estendendo a mão para Andrew, que encarou sua mão, depois ergueu o olho para Kevin e só então permitiu ajudá-lo a se levantar. Quando Kevin o soltou, Renee estava bem ali, pronta para envolver Andrew com os braços e abraçá-lo com toda a força. Devia ser uma sensação estranha, ainda mais com a armadura que Andrew usava, mas foi o que deu a ele um tempinho para se equilibrar. Kevin distraiu o foco dos Corvos da instabilidade de Andrew, encarando-as cara a cara.

— Obrigado pelo jogo de hoje — disse ele. — Nos vemos de novo nas semifinais. Prometo que vai ser uma revanche interessante.

Riko não esperava aquela calma e confiança depois dos péssimos resultados da noite.

— Um único homem não tem como te levar tão longe — disse ele, parecendo dividido entre a incredulidade e a repulsa. — Nem você é burro a ponto de acreditar nisso. É melhor jogar a toalha de uma vez.

Foi uma ameaça, não um conselho amigável. Mesmo assim, Kevin respondeu:

— Um é o suficiente pra começar.

— Obrigada por nada e boa noite — disse Dan. — Vamos cair fora.

As Raposas saíram da quadra sob os gritos de uma multidão ainda agitada. Wymack estava falando com alguns repórteres, mas pediu licença assim que chegaram. Renee e Andrew não o esperaram: ela ainda estava com um braço em volta do ombro de Andrew e o empurrou para o vestiário o mais rápido possível, tentando disfarçar a situação.

O restante das Raposas ficou para trás, acenando para as câmeras e para a multidão. Eles haviam perdido, mas se sentiram encorajados pelas palavras de Kevin e pelo apoio inabalável dos torcedores. Finalmente Wymack fez todos irem para o vestiário. Renee estava esperando no saguão, mas Andrew não estava junto — Neil presumiu que estivesse vomitando no banheiro.

Wymack trancou a porta, ganhando uns minutinhos para eles antes de a imprensa vir atrás de comentários, e se virou para a equipe.

— Quando eu disse que em junho enfrentariam Edgar Allan jogando em casa, vocês responderam que não tinham como conseguir fazer isso. Mas hoje não só jogaram contra eles, como não deixaram eles intimidarem vocês. Fizeram seis gols no primeiro colocado do país. Deviam ficar orgulhosos pra caralho disso.

— Orgulho dessa merda? — perguntou Aaron, cansado e irritado. — Acabaram com a gente.

— Estou feliz que já passou — disse Nicky. — Eles são assustadores.

— Estou orgulhosa — declarou Allison, ganhando um olhar surpreso de Nicky e um meio sorriso de Wymack. Depois abriu um sorrisinho superior para Aaron, parecendo mais ela mesma do que nunca desde a morte de Seth. — Esta é só a sua segunda temporada aqui. Não esperaria mesmo que você entendesse o que um jogo como esse significa.

Dan assentiu.

— Allison tem razão. Perder é uma merda, mas não foi uma perda total. No ano passado a gente não teria marcado nem um gol contra eles. Estamos mais fortes do que nunca, e daqui pra frente só temos como melhorar. Kevin já disse: quando enfrentarmos os Corvos nas semifinais, vamos fazer eles baixarem a bola.

— Muito bem — disse Wymack. — Kevin, Neil?

— Quarenta e dois quilômetros? — antecipou Neil.

— Pensei em algo melhor. A partir da semana que vem, todos finalmente voltam a jogar em suas posições originais. Se vocês dois conseguem jogar uma partida inteira contra Edgar Allan, estão prontos para jogar sozinhos pelo resto da temporada. Todos os outros: obrigado pela paciência e cooperação enquanto Kevin e Neil se adaptavam. Renee especialmente, você tem sido incrível este ano. Bem-vinda de volta ao gol.

O grito entusiasmado de Dan abafou a resposta de Renee, mais discreta. Matt deu nela um abraço animado e Allison colocou a mão no ombro da amiga em uma demonstração de apoio silenciosa, mas intensa. Neil não tinha certeza se ele e Kevin não decepcionariam os colegas de time nas próximas semanas, mas não tinha como ficar se apoiando neles para sempre. Passaram metade da temporada com uma escalação bizarra. Ele e Kevin já vinham jogando por períodos mais longos a cada semana, se preparando para o jogo daquela noite. Agora era hora de assumirem o controle do ataque e fazer valer.

— Vamos repassar os detalhes do jogo desta noite na segunda de manhã — disse Wymack. — Nos encontramos aqui, e não na academia. Dan e Kevin, vocês estão responsáveis por falar com a imprensa. O resto, chega de papo furado e vão tomar banho pra gente poder beber. Certifiquem-se de levar tudo de importante para casa com vocês; contratei uma equipe de limpeza pra vir aqui amanhã e lavar o fedor dos Corvos da nossa quadra. Vamos meter o pé daqui e encher a cara.

Eles estavam exaustos, doloridos e bastante decepcionados com a derrota, mas deixaram o estádio se sentindo como se fossem os campeões.

CAPÍTULO NOVE

No dia seguinte, as Raposas saíram da casa de Abby antes do meio-dia, mas o grupo de Andrew não voltou para o dormitório. Em vez disso, saíram para almoçar mais cedo. A ressaca de Aaron, Nicky e Kevin era tão grande que não conseguiram comer muito, ficaram só empurrando a comida de um lado para o outro no prato. Andrew estava alheio a tudo, sem se importar com o estado deles. Ao irem embora, os três já pareciam um pouco melhor, então Nicky os levou até uma loja de artigos de festa que ficava a quinze minutos do campus.

O Halloween cairia em uma terça, o que significava que o Eden's Twilight estava organizando uma festa para a sexta-feira anterior. Neil só ficou sabendo porque já tinha mais de uma semana que Nicky não parava de falar nisso, mas Neil não estava esperando de verdade que eles fossem marcar presença. Pra começar, teriam um jogo no mesmo dia. E em segundo lugar, eram velhos demais para comemorar uma data tão infantil. Faltava um mês para Andrew e Aaron fazerem vinte anos, Kevin já estava com vinte e Nicky, vinte e três. Aparentemente, Neil superestimou o nível de maturidade deles.

— Estamos meio velhos para ficar usando fantasia, não acham? — perguntou Neil, saindo do carro.

— Não é legal ir sem fantasia em uma festa de Halloween, Neil — respondeu Nicky. — Além disso, o barman dá uma rodada de bebidas de graça pra todo mundo que vai fantasiado.

— Eu não bebo — protestou Neil.

— Então você pode dar seu shot para mim, seu chato — disse Nicky. — Sei que você falou que não ia mais sair pra fazer compras com a gente, mas estamos te fazendo um favor enorme em te trazer aqui. Você não ia confiar em mim pra escolher sua fantasia, ia? Eu provavelmente compraria um uniforme de empregada francesa ou coisa do tipo. Vamos.

A frente da loja estava lotada de decorações que iam de teias de aranha e copos de shot em forma de crânio a decorações de fantasma para grudar na janela. Um corvo robô batia as asas e grasnava quanto mais Neil se aproximava. Ele o empurrou para o fundo da prateleira e colocou uma caveira de isopor coberta de glitter na frente. O corvo grasnou mais uma vez ao ser manuseado com tanto descuido, mas o som foi abafado.

Neil passou por corredores de perucas, máscaras e uma prateleira inteira de pinturas faciais e maquiagens em cores berrantes. Os fundos da loja eram completamente dedicados às fantasias, e os cinco garotos se espalharam pelas estantes para dar uma olhada. Neil duvidou que fosse conseguir encontrar alguma coisa, mas estava curioso o suficiente para procurar. Não conseguia acreditar na quantidade de opções, ainda que algumas parecessem ridículas.

— As pessoas não usam isso de verdade, né? — questionou após afastar uma caixa de cereal e uma esponja gigante. Nicky o olhou com curiosidade, então Neil tirou a próxima fantasia do cabide: uma caixa de leite com um espaço para colocar o rosto e com a frase "pessoa desaparecida" destacada na frente.

— Ah, essa aí é perfeita pra você, Neil — disse Andrew, e Neil olhou feio em sua direção. Andrew riu, erguendo uma fantasia cheia de bolinhas pretas de tamanhos irregulares. — Olha, Nicky! Uma vaca. Acho que você devia escolher essa.

— Tetas de vaca — disse Nicky, apontando com uma expressão de nojo para as tetas de borracha. — Pelo menos me deixa ser um touro, pra dizer que meu negócio é maior do que o de um... Ou que é que nem o do Matt. Dá no mesmo, né? Dan tirou a sorte grande.

— Vou fingir que não te conheço — reclamou Aaron.

— E qual a novidade? — perguntou Nicky, sem se abalar.

— Anda, acha logo uma fantasia. Não quero passar o dia inteiro fazendo compras.

— Você tem algum compromisso hoje?

— Tenho um trabalho para entregar na segunda.

— Faz amanhã — disse Nicky. — Sábado é o dia da preguiça.

— Por isso que suas notas estão péssimas — rebateu Aaron.

Nicky resmungou baixinho e voltou a prestar atenção nas fantasias. Kevin tirou algo comprido e escuro do cabide próximo a ele e foi para a frente da loja dar uma olhada nas decorações. Andrew ficou de olho para ter certeza de que ele não iria muito longe e continuou a procurar.

O celular de Neil tocou no bolso e, quando o pegou para olhar, viu que era uma mensagem de Dan:

> onde vcs tão

Neil digitou o nome da loja e Dan respondeu quase imediatamente:

> importante manda msg qdo tiverem voltando

Neil fechou o celular, mas demorou para guardá-lo. Pensar em Dan o fez ter uma ideia, mas já imaginava como os outros reagiriam. As chances de ganhar a discussão eram quase nulas, mas precisava tentar. Enfiou o celular no bolso e olhou para a frente. Andrew estava tirando fantasias dos cabides e jogando no chão.

— A gente devia convidar os outros também — sugeriu Neil.

Nicky se virou para encará-lo.

— Quê?

— Não — respondeu Aaron. — A gente não sai com eles.

— Precisamos deles — argumentou Neil, olhando para Andrew, que continuava jogando as fantasias no chão. Mas Neil sabia que ele estava ouvindo. — Só talento não basta para chegarmos nas semifinais. Se isso fosse o suficiente, vocês teriam conseguido ano passado. Vocês têm que parar de dividir o time em dois.

— Não temos que fazer nada — retrucou Andrew.

— Não estou pedindo pra virar amigo deles — explicou Neil. — Só estou pedindo que deem uma mãozinha.

— Se a gente der uma mão, eles vão querer o braço inteiro — disse Aaron.

— Você acha mesmo que eles são fortes ao ponto de arrancar o braço do Andrew? Você acha que ele ia permitir um negócio desse? — Neil balançou a cabeça quando Aaron voltou a argumentar. — Kevin disse ao Riko que vamos nos encontrar novamente nas semifinais. Queria que a gente se entendesse antes dessa partida, vocês não acham? Mas não vamos conseguir fazer isso se não nos respeitarmos e não nos entendermos. Seria melhor começar agora mesmo.

— Duvido que eles concordem em ir, mesmo que a gente convide — disse Nicky. — Meio que estragamos essa oportunidade no ano passado.

— Você quer dizer o Matt — concluiu Neil, olhando para os três. Nicky desviou o olhar, então Neil voltou a se dirigir a Andrew. — Abby mencionou isso na minha primeira noite aqui. Ela não queria que fizesse comigo o que você fez com ele. Quando o treinador estava gritando com você depois de tudo o que aconteceu, você disse que dessa vez foi diferente. Então, o que foi que aconteceu com Matt?

— Pergunta pra ele — respondeu Andrew.

— Estou perguntando pra você.

— Acho que é melhor ouvir da boca dele — disse Andrew, então jogou no ombro um uniforme listrado de presidiário e passou por Neil em direção à frente da loja. Quando Neil começou a discutir, Andrew o fez fechar a boca em um movimento simples: colocando um dedo sob seu queixo. — Pergunta pra ele e depois fala pros intrometidos virem, se tiverem coragem.

Nicky ficou boquiaberto.

— Espera, tá falando sério?

O sorriso de Andrew era largo e desdenhoso, e continuou como se não tivesse ouvido uma sílaba do que Nicky tinha dito:

— Não vai fazer diferença nenhuma a longo prazo, mas descubra isso por conta própria.

Nicky e Aaron trocaram um olhar perplexo enquanto Andrew saía. Nicky inclinou a cabeça como se estivesse refletindo sobre algo — como se quisesse se certificar de que não estava imaginando coisas. Aaron apenas balançou a cabeça, e Nicky esfregou a nuca, olhou para Andrew mais uma vez e voltou a procurar por uma fantasia. Neil também não sabia o que fazer com aquela concordância fácil de Andrew, mas não seria ele a questioná-lo.

Os outros encontraram suas fantasias muito antes de Neil conseguir escolher qualquer coisa. Não demorou muito até Nicky perceber que ele estava enrolando. Afastou as mãos de Neil dos cabides e deu um suspiro longo.

— Não esquenta. Vou achar alguma coisa pra você.

— Vou me fantasiar de universitário — disse Neil.

— Não — respondeu Nicky, empurrando cabides de um lado para o outro. — Você vai ser um caubói zumbi.

— Você acabou de inventar isso.

— Xiu. — Nicky tirou uma fantasia do cabide e a pendurou no braço. — Às vezes você consegue ser um pé no saco. Acho que vou banir você de fazer compras com a gente.

— Eu tentei me banir da última vez — disse Neil. — Obviamente não funcionou.

Então tentou pegar a fantasia de volta no caixa, mas Nicky deu um chute em sua canela e colocou a fantasia na esteira junto com as outras.

Aaron também colocou em cima alguns frascos de tinta facial e sangue falso. A caminho do carro, Nicky dividiu as sacolas com Aaron, e, quando Neil teve certeza de que estavam voltando para o campus, mandou uma mensagem para Dan avisando que chegariam dali a dez minutos.

Encontrar uma vaga para estacionar na Torre das Raposas em pleno sábado à tarde foi complicado. Acabaram estacionando em uma rua a alguns metros de distância. Subiram as escadas até o terceiro andar e, quando Neil estava prestes a passar pelo quarto dos primos, Nicky puxou Neil.

— Onde você vai? Precisa experimentar isso.

— Vou ver o que a Dan quer — disse Neil. — Ela mandou uma mensagem mais cedo e disse que tinha alguma coisa rolando.

— Ela usou pontuação? — perguntou Nicky.

— Tenho quase certeza de que ela nunca usa pontuação.

— Usa quando está com raiva — disse Nicky — Acha que dá mais ênfase às palavras ou algo assim. Ela usou?

Ficou esperando enquanto Neil conferia a mensagem no celular, então o puxou pela camiseta novamente quando Neil confirmou que a mensagem não estava pontuada.

— Ótimo, então dá pra esperar. Anda. Só vai levar uns minutos.

— Isso aqui também — comentou Neil, soltando-se de Nicky e indo para a porta ao lado.

Dan respondeu à batida quase na mesma hora. Em vez de convidá-lo para entrar, ela saiu para o corredor e fechou a porta atrás de si. Olhou de Neil para Nicky, que estava esperando como se não acreditasse que Neil fosse mesmo experimentar a fantasia depois, e então olhou para a porta aberta do quarto dos primos.

— Fecha isso — disse ela. Nicky franziu a testa, mas obedeceu. Dan esperou ouvir o clique do trinco clicar para voltar a falar. — A gente tem uma visita. Chegou agora há pouco procurando pelo Andrew. Falei pra esperar na cafeteria da biblioteca e dei uma ligada pra ele quando Neil disse que estavam voltando. Estou surpresa por ele ainda não ter voltado.

— É alguém importante? — perguntou Nicky.

— Sim — Dan respondeu, e hesitou quando o elevador fez barulho. Neil e Nicky se viraram e observaram um estranho entrar no corredor. Neil ficou tenso. O estranho vestia jeans e uma camisa simples, mas se aproximava deles com a presunção de um policial. Dan aumentou o tom de voz para cumprimentá-lo e apresentá-lo aos colegas de time. — Este é o policial Higgins, da polícia de Oakland.

— Uau. — Nicky ergueu as mãos como se pudesse impedir Higgins de se aproximar — Calma aí. Oakland, tipo a que fica na Califórnia, certo? Você está bem longe da sua jurisdição.

Higgins deu um meio sorriso que não tranquilizou nenhum deles.

— Não estou aqui a trabalho. Ou, pelo menos, não ainda. Só quero falar com Andrew sem que ele possa desligar na minha cara. É assunto importante. Ele está aqui?

Dan apontou para a porta e caminhou para lá ao lado de Neil. Nicky se mexia como se quisesse se enfiar entre Higgins e seus primos, mas acabou hesitando por tempo demais. Higgins bateu com força na porta e esperou. Neil não queria se aproximar mais dele, mas, de onde estava, não conseguia ver direito a porta de Andrew. Manteve os olhos fixos no policial enquanto avançava pelo corredor. Ao perceber o movimento, Higgins olhou para trás, mas logo se distraiu com a porta abrindo.

Não era surpresa para ninguém que tivesse sido Andrew a conferir quem batia daquele jeito tão autoritário. Ele abriu a porta até a metade, e só então percebeu quem estava parado no corredor. Neil ouviu a maçaneta ranger em alerta quando Andrew a girou mais do que devia. Foi uma reação automática e traiçoeira, considerando que logo depois Andrew abriu um sorriso largo e falou em tom descontraído:

— Ah, acho que estou vendo uma miragem. Porco Higgins, você está muito, mas muito longe de casa.

— Andrew — disse Higgins —, precisamos conversar.

— Nós conversamos, lembra? — retrucou Andrew. — E eu te falei pra não encher o meu saco.

— Você disse para não ligar — corrigiu Higgins. — Só preciso de alguns minutos, hein, pelos velhos tempos? Eu vim até aqui só pra te ver. Isso não merece ser levado em consideração?

Andrew balançou a cabeça, dando uma risada.

— Você não veio até aqui por minha causa. Veio em uma caça às bruxas e eu já te disse que não vou ajudar. Me dê um bom motivo pra não cortar sua garganta, pode ser?

Dan sibilou baixinho, mas Higgins parecia completamente inabalado pela ameaça.

— Eu estava errado. Agora eu sei disso. A investigação que fizemos não deu em nada.

— Eu te avisei — disse Andrew, indiferente.

Higgins estendeu a mão como se estivesse pensando que Andrew fecharia a porta na cara dele.

— Estávamos indo atrás da pessoa errada, não é? Mas acho que desta vez acertei. A questão é que fico de mãos atadas sem alguém para testemunhar. As outras crianças não vão falar; não confiam muito em mim. Você é tudo que tenho.

Isso fisgou a atenção de Andrew.

— Crianças? Crianças, no plural. Da última vez você só falou de uma, Porco. De quantas estamos falando? Quantas ela teve?

— Você não se importaria com a quantidade se não tivesse alguma coisa a ser encontrada — disse Higgins, em um tom de voz quieto e acusador. — Só sim ou não, Andrew. É só isso que eu quero. É tudo que preciso agora. Eu te dou um nome, você me dá uma resposta e eu prometo que vou embora.

— Você promete. — Andrew parecia se divertir com a ideia. — Em uma semana você quebra essa promessa, Porco. Não finja que não. Será que vou precisar te acompanhar pra fora daqui pra ter certeza de que você vai cair fora ou...

— Drake — disse Higgins.

Andrew calou a boca imediatamente. Higgins esticou mais a mão, preparando-se para uma reação violenta, e, enquanto esperava, não tirou os olhos de Andrew, que ficou em silêncio, mas não por muito tempo. Seus remédios o impediam de ficar parado por mais do que alguns segundos.

— Quantas crianças, Porco?

— Seis, desde você — falou Higgins.

Andrew abriu ainda mais a porta e saiu, quase empurrando Higgins para o lado enquanto seguia em direção às escadas. Higgins foi atrás, a porta das escadas se fechando atrás deles.

— Você disse que isso não seria um problema — disse Dan.

Nicky olhou para ela, impotente.

— Eu disse que, se fosse, Andrew cuidaria disso.

— Isso é cuidar? — protestou Dan. — Quem é Drake?

— Nunca ouvi falar nesse nome — respondeu Nicky, mas, diante da expressão de Dan, ele insistiu: — Juro. Juro de pés juntos, juro jurado, o que você quiser. Não precisa ficar me olhando desse jeito, beleza?

Dan cruzou os braços e se encostou na parede, esperando Andrew voltar. Neil esperou com ela; estava curioso demais para ir embora. Nicky desapareceu dentro do próprio quarto, provavelmente contando a Kevin e Aaron o que tinha acontecido. Dan e Neil não trocaram nenhuma palavra enquanto esperavam, e o silêncio não atenuava nem um pouco o mau humor estampado no rosto dela. Ainda estava carrancuda quando Andrew voltou, minutos depois.

— Isso aqui é uma festa de boas-vindas ou a inquisição? — perguntou Andrew assim que os viu.

Dan parou em frente à porta antes que ele pudesse se enfiar de novo no quarto. Andrew parou obedientemente diante dela, mas a segurou pelos braços. Era um aviso explícito: não pensaria duas vezes antes de tirá-la à força do caminho se Dan não saísse logo dali. Dan ficou tensa, mas se manteve firme.

— Por que a polícia está atrás de você?

Andrew se aproximou mais dela e sorriu.

— Não estou em apuros, ó capitã, minha capitã. A questão é que o Porco é incompetente demais pra arranjar provas sem precisar de ajuda externa. Não tenta se meter no assunto, entendeu? Eu não vou permitir.

— É só não deixar isso interferir na minha equipe, e não vou precisar me meter. — Dan deu um passo para o lado e perguntou: — Você precisa da Renee?

— Ah, Dan — disse Andrew, se divertindo, mas com um tom de deboche. Ele parou na porta para olhar na direção dela. — Eu não preciso de ninguém. Tchau.

Então fechou a porta e a trancou. Dan ficou onde estava por mais alguns instantes, então resmungou com raiva, baixinho, e se virou para Neil.

— Vamos.

Allison, Renee e Matt estavam sentados em círculo na sala de estar das meninas, comendo sanduíches. Dan apontou para a cozinha, um convite silencioso para Neil ir se servir, e se sentou ao lado de Matt. Neil já tinha comido, então se acomodou entre Allison e Renee.

— Como foi? — perguntou Matt.

— Higgins disse alguma coisa sobre precisar de Andrew como testemunha — comentou Dan. — Ele não disse para quê, e Andrew também foi vago. Só disse pra eu ficar fora disso ou teríamos consequências.

Dan não perguntou nada a Neil, obviamente porque não esperava que ele soubesse o que estava acontecendo. Apesar de não saber maiores detalhes, ele havia perguntado a Andrew sobre o telefonema de Higgins algumas semanas antes. O conselho tutelar tinha aberto uma investigação sobre um dos ex-pais adotivos de Andrew, e ele dissera a Neil que não encontrariam nada. Mas não dera a entender que havia algo a ser encontrado se eles focassem na pessoa certa.

Neil não sabia quem era Drake, como essa pessoa se encaixava na vida de Andrew nem o que tinha feito, mas era óbvio que, ao dizer esse nome, Higgins tinha atingido um ponto fraco. Ficou se perguntando se

Andrew estava finalmente disposto a colaborar ou se Higgins poderia obrigá-lo a testemunhar. Devia ser um caso enorme, e, se tirou dinheiro do próprio bolso cruzando o país atrás de uma pista, Higgins devia estar desesperado. Mas Neil não falou nada disso para os outros. Andrew não havia revelado nenhum segredo de Neil, então ele faria o mesmo.

O melhor que pôde fazer foi mudar de assunto.

— Antes que eu me esqueça, Andrew disse que eu poderia chamar vocês pra festa de Halloween no Eden's Twilight. Vai ser no dia 27.

Matt deixou o sanduíche cair de volta no prato.

— Tá de sacanagem.

— Andrew não socializa com a gente — disse Dan.

— Ele vai abrir uma exceção — explicou Neil. — Está achando que vocês não vão, mas disse que não tem problema se vierem. Sei que temos jogo no dia, mas jogamos em casa, então daria pra chegar em Colúmbia pouco depois das 22h. E aí, vocês vão?

Dan e Matt trocaram olhares incrédulos, mas Renee disse:

— Eu vou. Allison?

— Você quer que a gente vá curtir a noite com os monstros? — perguntou Allison, mas Renee apenas sorriu. Allison ficou mexendo nas unhas bem-feitas enquanto pensava, até que deu de ombros e voltou a comer. — Acho que pode ser interessante. Já tem uns dois anos que as festas no campus perderam a graça. Dan, a gente vai.

— Como você conseguiu convencer Andrew dessa merda? — perguntou Dan, encarando Neil.

— Eu perguntei — disse Neil.

— E ele concordou assim, sem mais nem menos? — perguntou Matt, cético.

— Ele deu a entender que você seria o mais difícil de convencer — comentou Neil.

— Ah, eles te contaram a história?

Matt não parecia preocupado, mas Neil disse:

— Não. Andrew disse que estava mais interessado em saber como você contaria. Mas não vou perguntar. Não é da minha conta.

— Por que não? Você é o único aqui que não sabe, e sei que já percebeu. Não é como se fossem discretas.

Matt virou o braço o suficiente para mostrar as marcas de agulha nos braços. Neil havia reparado segundos depois de ver Matt pela primeira vez. Ele nunca tentou escondê-las. Eram cicatrizes de uma luta que tinha enfrentado e vencido há muito tempo. Neil não as ficou encarando agora, oferecendo apenas um aceno sutil de cabeça. Matt passou a mão pelas marcas e pegou seu sanduíche.

— Meu pai gostava de dar festa pros playboyzinhos de merda de Nova York — explicou Matt —, mas as lembrancinhas que oferecia nas festas eram drogas. Ele permitiu, ou melhor dizendo, me incentivou a experimentar o que eu quisesse para conseguir me encaixar com as pessoas. Quando minha mãe percebeu o que estava acontecendo, me tirou dali pra me desintoxicar. Achamos que eu estava bem até que comecei a estudar aqui. Os calouros daquela época gostavam de coisas bem pesadas e fiquei tentado. O único jeito de ficar sóbrio era me escondendo deles.

— Acampando no nosso sofá durante todo o primeiro ano — ironizou Allison.

Matt estremeceu, não de vergonha, mas de culpa.

— Eu já pedi desculpas.

— Tanto faz — disse Allison.

Matt partiu o sanduíche em pedacinhos enquanto continuava.

— No ano passado, os monstros entraram no time. Andrew demorou duas semanas pra perceber que tinha algo de errado comigo, e se encarregou de dar um jeito nas coisas. Eles me convidaram pra ir pra Colúmbia com eles. Quando chegamos lá, Andrew me deu speedballs.

Neil sentiu o estômago revirar.

— Ele o quê?

— Ele não me obrigou a usar — Matt se apressou em dizer. — Só ofereceu, mas eu estava bêbado, burro e desesperado o suficiente pra aceitar.

— O treinador devia ter expulsado ele do time.

— Devia, mas Andrew abriu o jogo com a mãe do Matt antes — comentou Dan, tensionando a mandíbula ao reviver essa raiva antiga. — Ela ficou sabendo que Matt estava passando por uma fase horrível aqui e queria que ele largasse o vício de uma vez por todas. Andrew prometeu ajudar, então ela o permitiu fazer isso. No verão, ela veio até aqui pra ajudar Matt a lidar com a abstinência e pediu ao treinador que não punisse o Andrew. Ela até se ofereceu a pagar ao treinador, pra compensar pela confusão.

— Mas...

— Ninguém se feriu, segue o baile — disse Allison despreocupadamente. Quando Neil olhou para ela, ela apontou para Matt. — Você não tem como opinar porque não estava aqui naquela época... não viu como o Matt agia. Era patético. Ele mal conseguia olhar na nossa cara. Mas olha pra ele agora. Os métodos dos monstros podem ter sido meio extremos, mas funcionaram.

— Não acredito que você concorda com isso — disse Neil para Matt. — E se tivesse dado errado? E se você não tivesse sobrevivido?

— Andrew tinha investido demais no sucesso de Matt para permitir que ele falhasse — disse Renee lentamente, como se estivesse escolhendo as palavras com muito cuidado. Neil imaginou que ela conhecia os motivos de Andrew melhor do que ninguém, por serem amigos. — Não sei se já te contaram a história do Aaron, mas você entende a do Andrew, né? Ele não tem permissão pra lutar contra o vício. Ver Matt sofrer daquele jeito era difícil para os dois.

De início, a referência a Aaron não fez sentido, até que Neil se lembrou. Na segunda vez que foi ao Eden's Twilight, ele perguntou a Andrew por que ele usava o pó de biscoito. Andrew disse que tinham entrado nessa por causa de Aaron. Na outra semana, Nicky mencionou que Aaron usava as drogas da mãe, apesar de não ter especificado o que era. Havia grandes chances de que o pó de biscoito fosse só uma forma de substituir. Ver Matt se corroendo de tanta tentação teria destruído a sobriedade de Aaron.

Neil estava começando a repensar se Andrew era mesmo desinteressado em relação a Aaron.

O silêncio de Neil foi mal interpretado por Matt.

— Você está um ano atrasado para ficar puto por mim, Neil. Confia em mim: estou bem. Estou mais do que bem, sério. Eu tinha achado a reabilitação ruim na primeira vez. Na segunda, quase morri. Aquilo definitivamente acabou com as possibilidades de eu voltar a me sentir tentado. Estou limpo mesmo, pra valer, e me sinto melhor do que nunca.

Neil precisava de mais tempo para entender como se sentia em relação a isso, mas aquela não era a vida dele, então disse apenas:

— Cada um cuida da própria vida.

Matt sorriu, agradecido pela compreensão de Neil.

— Acho que vamos ter que comprar algumas fantasias esta semana se formos na festa com vocês. Se a gente demorar muito, todas as melhores fantasias vão ter acabado. O que vocês vão usar, pra gente não correr o risco de repetir?

— Vou procurar saber.

— Ué, você não sabe? — perguntou Dan, confusa.

— Estava na esperança de Nicky não estar falando sério — disse Neil, levantando-se. — Já volto.

Ele descobriu que Nicky estava falando seríssimo, mas pelo menos um caubói zumbi era melhor do que uma caixa de leite ou uma vaca.

Estar junto de nove pessoas em uma sexta-feira à noite significava que Andrew precisava fazer uma reserva de verdade no Sweetie's, ainda que chegassem lá às 22h30. Uma pequena multidão esperava no balcão da recepcionista, mas os sofás em formato de L no canto estavam marcados com uma placa que dizia RESERVADO. Tecnicamente, aquele lugar era feito para oito pessoas se sentarem, não nove pessoas fantasiadas, mas o fato de Aaron e Andrew serem pequenos ajudava. As Raposas se espremeram coxa com coxa e se debruçaram sobre os cardápios.

O grupo de Andrew costumava ficar satisfeito com sorvete e pó de biscoito, mas eles já estavam há seis horas sem comer e ainda tinham uma longa noite pela frente. Jantar também era a melhor maneira que conseguiam pensar para quebrar o gelo. As Raposas nunca socializavam entre si, com exceção dos eventos e treinos. Não sabiam direito como agir quando o assunto não envolvia Exy.

Aaron e Andrew não ajudaram em nada para deixar a noite mais agradável: Aaron se recusava a falar com os veteranos, mesmo quando um deles lhe dirigia a palavra diretamente, e dava para sentir uma raiva silenciosa vindo dele, sentado entre Nicky e Neil. Neil achava aquilo ao mesmo tempo irritante e interessante. Aaron não tinha grandes problemas com os colegas de equipe enquanto estavam em quadra, então Neil não conseguia entender o motivo de ele se opor tanto àquela confraternização.

Agora que Renee tinha sido liberada para voltar a jogar como goleira, Andrew só precisava ficar sem os remédios durante o primeiro tempo. Ele havia tomado um comprimido durante o intervalo da noite e ainda estava agitado — gastou boa parte de sua considerável energia com o próprio grupo ou com Renee. Estava mais colaborativo do que o irmão: pelo menos respondia quando Dan e Matt perguntavam alguma coisa, mas era sempre curto e grosso e logo mudava de assunto, dirigindo-se a outra pessoa na mesa.

Poderia ter sido o jantar mais constrangedor do mundo se não fosse por Nicky — ele odiava o fato de os gêmeos serem tão isolados e estava desesperado para fazer amizade com o resto da equipe. Era como se tivesse desenvolvido uma súbita alergia ao silêncio. Sempre que o ritmo da conversa desacelerava, ele puxava outro assunto para fazer com que continuassem falando. Renee, Dan e Matt entraram no jogo, animados, mas Allison e Kevin demoraram mais para se envolver. Neil preferiu ficar de fora, observando a maneira como eles interagiam, mas, como aquela história toda tinha sido ideia dele, se sentia obrigado a ajudar Nicky sempre que podia.

Eles já estavam na sobremesa quando a euforia de Andrew começou a diminuir visivelmente, e os olhares curiosos que os veteranos começaram a lançar para ele não passaram despercebidos por Neil. A abstinência de Andrew não era nenhuma novidade, mas eles sempre viam aquilo através da cortina de fumaça de uma partida. Dessa vez não havia uma quadra nem outro time para distraí-los do colapso de Andrew, que ia lentamente aumentando. No início da semana Allison já tinha previsto que Andrew não duraria a noite inteira sem os remédios, então Neil pensou em avisar ao pessoal sobre o hábito de usar pó de biscoito. Andrew aliviaria os efeitos da abstinência com álcool e drogas; seria uma versão sua muito mais dura e fria do que os veteranos já tinham visto antes.

Andrew percebeu a atenção deles, então abriu um sorriso malicioso e deu uma cotovelada em Kevin, que se mexeu na cadeira o suficiente para colocar a mão no bolso. O chocalhar das pílulas contra o plástico era tão sutil que Neil poderia nem ter notado, não fosse pela reação de Andrew, que olhou para a mão de Kevin com tanta intensidade que Neil teve vontade de se afastar. Andrew ergueu com nítido esforço o olhar de volta para o rosto de Kevin. O sorriso lento que curvou seus lábios demonstrava que ele estava se livrando da euforia dos remédios e não tinha gostado nada da oferta silenciosa de Kevin.

— Não me faça te machucar — disse Andrew. — Não quero sangue no meu sorvete.

Kevin só deu de ombros e guardou o frasco. Do outro lado da mesa, os veteranos estavam em silêncio: não sabiam o que tinham perdido, mas ouviram a ameaça de Andrew. Nicky lançou um olhar cheio de acusação em direção a Kevin, por ter deixado o clima estranho, e distraiu Matt puxando assunto sobre um filme recente.

Neil deixou as palavras entrarem por um ouvido e saírem pelo outro. Ele tinha acabado de se lembrar de uma pergunta que vinha se fazendo há meses. Pensou nas chances que teria de conseguir uma resposta verdadeira com tantas pessoas presentes, depois pensou em perguntar em alemão e, por fim, decidiu que não queria uma resposta meia-boca de Andrew. Kevin estava sentado entre Andrew e Neil, e era fácil chamar sua atenção. Ele o cutucou com o joelho e perguntou baixinho, em francês:

— Por que é você quem fica com os remédios dele?

— Eu só fico com os remédios quando ele está se adaptando aos horários — respondeu Kevin. — Em noites de jogos ou noites como esta, em que ele não quer tomar os remédios, é mais seguro outra pessoa ficar com o frasco. Se ficar com ele, ele vai tomar. Não consegue segurar a onda.

Kevin não estava falando em um tom de voz mais alto do que Neil, mas as palavras em francês acabaram chamando a atenção de seus colegas de time. Neil fingiu não ter percebido os olhares curiosos que Matt e Dan lhe lançaram, e voltou a comer. Kevin olhou para Andrew novamente, que não reparou, porque estava pegando o celular do bolso.

Nicky notou a distração de Andrew e reclamou:

— Não é o treinador, é? A gente ganhou esta noite. Ele não tem permissão para ficar no nosso pé.

— É só a Bee! — disse Andrew. — Bee sendo idiota. Bee sendo, rá. Olha só isso.

Andrew jogou o celular para Nicky, que deu uma olhada na tela, riu e estendeu a mão por cima de Aaron para mostrar o telefone a Neil. Neil não dava a mínima para a psiquiatra da equipe, mas olhou obedientemente para a imagem que ela havia enviado: uma foto embaçada de Betsy Dobson vestindo uma fantasia de abelha. Nicky esperou um tempinho pela reação de Neil e, quando percebeu que ele não diria nada, lhe entregou o celular para poder passar a Kevin e devolver a Andrew. Andrew digitou uma resposta assim que pegou o aparelho de volta.

— Ela está com o treinador? — perguntou Dan.

— O treinador e a Abby a convidaram — respondeu Andrew sem erguer os olhos.

— Por que ela está te mandando mensagem? — perguntou Neil.

— Ah, ela faz isso às vezes.

Ele não parecia aborrecido com isso, e Neil não conseguia entender. Sabia que Andrew tinha sessões semanais obrigatórias com a psiquiatra, mas imaginou que alguém como Andrew ficaria incomodado com as sessões.

— Por que você deixa?

— Não é todo mundo que não gosta dela — opinou Renee suavemente.

Dan pareceu sobressaltada.

— O que você tem contra a Betsy?

— Ela é psiquiatra — disse Neil. — Não preciso de mais do que isso para ficar desconfiado.

— Dá uma chance a ela — disse Matt. — Ela é gente boa.

— Ela é bem foda, você quer dizer. — Nicky se intrometeu. — Fiquei muito preocupado com ela quando a gente foi na primeira sessão conhecê-la. — Ele agitou o polegar entre ele e Aaron. — Andrew troca de psiquiatra como se estivesse tentando quebrar um recorde mundial que só ele conhece. Acho que ela já é a oitava, no mínimo.

— Décima terceira — disse Andrew. — Ela fez questão de me perguntar se eu era supersticioso.

— Esse número é bizarro — continuou Nicky. — Mas quando Andrew saiu do consultório no final da primeira sessão, ela veio logo atrás, completamente inabalada. Impressionante, né?

— Não — respondeu Neil.

Nicky suspirou.

— Toma seu sorvete, babaca.

Neil reprimiu a vontade de revirar os olhos e voltou a prestar atenção no sorvete. Quando saíram, Andrew levou uma pilha de guardanapos que estavam na mesa com ele. Neil nem precisou perguntar o motivo: não sabia quantos garçons da Sweetie's vendiam pó de biscoito, mas esconder os pacotes em guardanapos extras era um jeito fácil de entregar. Andrew esperou Kevin se sentar no banco do carona primeiro, então jogou a pilha de guardanapos em seu colo para ele ir separando no trajeto até a boate. Quando chegaram ao Eden's Twilight, o sorriso de Andrew já tinha desaparecido por completo.

Eden's Twilight era uma boate de dois andares perto do centro de Colúmbia. Nicky tinha trabalhado lá como barman quando os gêmeos estavam no ensino médio, e Neil tinha a sensação de que Andrew ajudara escondido. Deixaram a cidade para estudar, mas voltavam sempre que a temporada permitia. A amizade de Nicky com os funcionários e as gorjetas generosas de Andrew garantiam não só entrada em qualquer que fosse a hora, como também descontos absurdos em bebidas.

Os veteranos foram até a boate de carona no carro de Allison. Quando Nicky estacionou na calçada em frente ao Eden's Twilight, Allison estacionou em fila dupla ao seu lado para deixar o pessoal descer do carro. Andrew pegou os tíquetes de estacionamento VIP com o segurança de plantão e Kevin entregou um deles para Allison, dando instruções rápidas sobre como chegar ao estacionamento, caso ela acabasse se separando de Nicky no trânsito. Ela assentiu e foi embora.

O segurança de plantão parecia um pouco confuso com a quantidade de pessoas que chegou com Andrew, mas deixou todos entrarem sem fazer perguntas. Andrew abriu outra porta e os conduziu para dentro da boate.

As portas davam para o dossel, uma área curva cheia de mesas e o bar principal. Duas escadinhas conduziam a uma pista de dança lotada. A meio caminho entre as portas e o bar ficavam as escadas para o segundo andar. Neil ainda não tinha subido lá, porque o balcão era reservado para festas particulares, mas Andrew conseguiria acesso fácil, a questão é que seu barman preferido, Roland, sempre trabalhava no bar do andar de baixo.

Foi difícil encontrar uma mesa em meio à multidão, e a que encontraram só tinha dois assentos livres. Andrew deu de ombros como se aquilo não tivesse importância, já que as chances de a maioria das Raposas acabar indo para a pista de dança eram altíssimas. Deixou a maior parte dos colegas de time ali para guardarem a mesa e arrastou Neil por entre a muvuca em direção ao bar para a primeira rodada.

Roland levou alguns minutos para chegar até eles. Qualquer pessoa que estivesse fantasiada ganhava um shot, então Andrew gesticulou por cima do ombro em direção à mesa. Roland espiou pela multidão até avistá-los, e arqueou as sobrancelhas quando viu três rostos desconhecidos com Kevin e Aaron.

— Fazendo amigos, é? — perguntou. — Nunca pensei que esse dia chegaria.

— Dobro sua gorjeta se você nunca mais falar uma bobagem dessa.

Roland sorriu, contou novamente o número de pessoas e começou a preparar uma bandeja para eles. Não perguntou o que queriam; já conhecia o gosto dos primos e poderia facilmente oferecer alguns dos coquetéis mais populares do bar para os veteranos. Ronald sabia que estava faltando Nicky, mas não sabia que deveria acrescentar uma bebida para Allison. Neil ficou na dele, pensando que Allison poderia beber seu shot, mas Roland não parou na oitava bebida. Ele preparou algo perto de vinte.

— Quantos motoristas da rodada? — perguntou Roland.

— Só dois — disse Andrew.

Roland colocou duas latas de refrigerante na bandeja e a deslizou sobre o balcão para Andrew. Neil foi à frente, guiando o caminho de volta por entre a multidão e abrindo espaço para Andrew enquanto avançava. Andrew colocou as bebidas na mesa sem derramar uma gota, depois passou um refrigerante para Renee e deixou o outro para Neil, mas ninguém bebeu até Allison e Nicky chegarem. Allison parecia levemente impressionada com a quantidade de bebidas que Andrew tinha arranjado.

As Raposas foram rápidas em esvaziar tudo; logo depois Andrew foi levar a bandeja de volta e, desta vez, Renee o acompanhou para ajudá-

-lo. Dan ficou os observando sair, depois falou em um tom de voz alto para ser ouvida apesar da música.

— Tem certeza de que isso aqui é seguro?

— Quê? — perguntou Nicky.

— Deixar Andrew sóbrio por uma noite inteira — explicou Dan. — Será que é uma boa ideia, uma ideia ruim, ou algo do qual vamos acabar nos arrependendo?

Nicky parecia confuso com a falta de conhecimento dela.

— Mas ele não está sóbrio; ele nunca está. Você o viu passar por abstinência nos jogos, sim, e a gente — ele apontou um polegar em direção aos quatro restantes do grupo de Andrew — às vezes consegue aguentar ele desse jeito que está agora, mas sóbrio mesmo Andrew não fica há anos. Está sempre com alguma coisa no organismo para dar uma mexida nas ideias dele. Confia em mim, você saberia se ele estivesse sóbrio. É, hum... — Nicky olhou para Aaron enquanto procurava a palavra certa, mas Aaron só olhou de volta, recusando-se a ajudar. Nicky não se intimidou com seu silêncio e decidiu dizer: — É inconfundível. No verão você vai ver como é, querendo ou não. Ele está fora do programa em maio e deve terminar a reabilitação quando começarmos os treinos de junho.

— Até que enfim — disse Kevin, parecendo irritado.

— Lógico que você está ansioso por isso — disse Nicky. — A curiosidade matou o gato. Raposa. Sei lá. Só espero que os últimos dois anos de drogas e terapia intensiva o tenham acalmado um pouco.

— Nova regra do time. — Matt fingiu que estava batendo um martelo na mesa. — Nunca mais coloque "Andrew" e "acalmar" na mesma... ai, meu Deus.

— Isso ainda conta como blasfêmia? — perguntou Nicky, porque Dan e Matt estavam vestidos como deuses gregos. Ele se virou para acompanhar o olhar de Matt, em direção a alguém que passou por perto. O homem estava fantasiado de luva térmica amarelo-néon. Nicky contorceu o rosto, parecendo tanto espantado quanto incrédulo, e explodiu em uma gargalhada que quase o fez cair. — Acho que esse ganha o prêmio, crianças. Ninguém vai superar a maluquice daquele cara.

Ele provavelmente estava certo, mas isso não impediu as Raposas de olharem à volta em busca de outras fantasias estranhas. Eles estavam no meio de algumas críticas ácidas quando Andrew e Renee voltaram. A chegada de mais bebidas fez a conversa desacelerar, mas foram os pacotinhos de pó de biscoito que Kevin mostrou que fizeram a conversa perder completamente o rumo.

Matt, Renee e Neil não quiseram tomar. Andrew dividiu entre os outros, guardando o máximo para si, já que seu organismo era capaz de tolerar mais daquela substância do que o de qualquer outra pessoa. Dan pegou só um pacote e despejou metade do conteúdo em um copo de bebida perto do cotovelo de Allison. Nicky fez uma contagem regressiva a partir de três e todos tomaram o pó juntos. Fizeram uma aposta de quem beberia a terceira e quarta rodadas mais rápido antes de irem para a pista de dança. Renee prometeu a Allison que se juntaria a eles assim que acabasse de tomar seu refrigerante e ficou para trás com Andrew, Neil e Kevin.

Andrew empilhou os copos vazios na bandeja e saiu novamente. Não precisava de ajuda desta vez, já que só pegaria bebidas para si mesmo e para Kevin, mas mesmo assim Neil o acompanhou. Precisou passar por dois bêbados com máscaras tortas de carnaval para chegar ao balcão do bar e, lá, se espremer no pequeno espaço ao lado de Andrew, que, por sua vez, empurrou a bandeja sobre o balcão para Roland pegá-la quando tivesse um tempinho e olhou de canto de olho para Neil.

— Para de ficar se escondendo. Isso aqui foi ideia sua. Agora lida com as consequências.

— Não é tão fácil assim — disse Neil.

Mas explicar por que se sentia desconfortável também não era. Andrew prometera cuidar de Neil até maio, mas, quando fez o acordo, disse que a crescente reputação de Neil poderia mantê-lo seguro pelo resto de sua carreira com as Raposas. Andrew achava que Neil ia se formar em Palmetto, desde que jogasse o jogo de Kevin — Neil ainda não tinha contado de sua mudança de planos, o que tornava mais difícil explicar por que aquela noite o estava fazendo se sentir infeliz. Por fim, recorreu à meia-verdade que tinha contado a Andrew no verão.

— Nunca estive em uma posição de poder conhecer as pessoas. Sei que tenho que dar abertura pra eles se quisermos sobreviver à temporada, mas seria mais fácil se eles não passassem de nomes e rostos. Como você conseguiu se manter afastado por tanto tempo?

— Eles não são tão interessantes assim pra chamarem minha atenção.

— Kevin é. Seu irmão também, aparentemente. — Neil não ficou surpreso quando Andrew não reagiu à alusão a nenhum dos dois. Ele prosseguiu. — E Renee?

— O que tem ela?

— Ela não é interessante?

— Ela é útil.

— Só isso?

— Você esperava uma resposta diferente?

— Talvez — disse Neil, e hesitou quando Roland finalmente apareceu. O barman ficou por perto só o suficiente para pegar a bandeja e sair novamente. Neil olhou para Andrew, se perguntando por que ele estava com aquele sorriso frio estampado no rosto. Estava sendo ridicularizado, mas ainda não tinha certeza do porquê. — A maioria do grupo está esperando alguma coisa rolar entre vocês. Até Nicky acha que é inevitável. Mas Renee prometeu a Allison que nada aconteceria. Allison contou isso a Seth. Por quê?

— Isso importa?

Neil deu de ombros, desconfortável.

— Sim? Não? Deveria... é... irrelevante, mas... — Ele hesitou, mas Andrew ficou quieto, sem querer facilitar as coisas para ele. Neil não deveria estar surpreso com essa atitude, mas se irritou mesmo assim. — Só estou tentando entender.

— Às vezes você é interessante o suficiente para que eu te queira por perto. Outras vezes, é de uma imbecilidade tão grande que mal consigo olhar na sua cara.

Neil fez uma careta.

— Esquece. Vou perguntar a Renee.

— Antes você tem que parar de evitá-la.

Neil não perdeu tempo respondendo. Roland devolveu a bandeja alguns minutos depois e eles voltaram para a mesa. O refrigerante de Renee tinha acabado, mas ela estava fazendo companhia a Kevin até o retorno dos dois. Assim que Andrew se sentou, ela olhou para Neil.

— Você não vem?

— Não — respondeu Neil.

Ela assentiu e saiu para encontrar os outros. Andrew e Kevin estavam sentados nas cadeiras, então Neil ficou em silêncio parado entre eles. Ficou os observando beber mais algumas rodadas, depois foi sozinho para a grade que dava para a pista de dança. As barras de metal estavam pegajosas de suor ou bebida, mas ele cruzou os braços por cima e olhou para a multidão lá embaixo.

Já seria difícil identificar seus companheiros de time em um dia normal. Mas com as luzes piscando e todo mundo fantasiado, era impossível. Aquela mancha vermelha podia ser a capa de Chapeuzinho Vermelho de Renee e a prata, brilhando que nem um monte de paetê, provavelmente era o uniforme de cadete espacial de Nicky, mas não dava para ter certeza. Ele teria que confiar que estavam todos lá, seguros e se divertindo. Ficava satisfeito em estar ali, observando e imaginando.

Solitário também, mas, com relação a isso, não havia nada que pudesse ser feito.

CAPÍTULO DEZ

Na segunda-feira, depois da aula de matemática, Neil foi atrás de Renee. Ele teve alguns meses para entender como funcionavam os horários de seus companheiros de time; não queria ficar muito ligado nesse tipo de informação, mas passava tanto tempo com as Raposas que não dava para não saber onde estavam todos os dias. Ele sabia que a agenda de Renee era parecida com a dele: duas aulas seguidas, depois um período livre antes da próxima aula. O truque era chegar até ela antes que se afastasse muito da sala de aula, mas felizmente Renee estava a um prédio de distância dele. Foi por conta dessa proximidade que ela foi escolhida para acompanhá-lo da aula de matemática até a aula de história no dia do jogo de abertura.

Desceu as escadas até a calçada o mais rápido que conseguiu, desviando dos alunos que não pareciam ter pressa para chegar a lugar nenhum e cuidadosamente evitando dar um encontrão naqueles tão apressados quanto ele. Agarrou o canto de uma máquina de venda automática para mudar de direção enquanto virava a esquina no prédio e, a cerca de seis metros de distância, reconheceu o cabelo de Renee. Neil ignorou a hesitação e o desconforto que sentia e foi até ela.

Renee olhou espantada quando ele enfim a alcançou; Neil percebeu a maneira como arqueou as sobrancelhas.

— Neil, oi. Que raridade.

— Tá ocupada? — perguntou Neil. — Queria saber se podemos trocar uma palavrinha... vai ser rápido.

Renee riu.

— Eu devia parar de fazer apostas com o Andrew envolvendo você — disse ela, depois explicou melhor quando Neil franziu a testa. — Ele me disse que você ia vir me procurar, só que não achei que você já estivesse pronto. Mas, respondendo à sua pergunta: não, não estou tão ocupada. Se importa de conversar enquanto andamos?

A próxima aula de Neil seria dali a duas horas, então ele a seguiu em uma caminhada tranquila pelo campus. Entre o campus, a Perimeter Road e o centro da cidade ficava um parque conhecido como Verde. Se tinha um nome oficial, Neil não viu em nenhum dos folhetos da cidade. Ele imaginou que Renee fosse querer se deitar um pouco ali para tomar sol como tantos outros alunos, mas ela cortou caminho por entre os universitários sonolentos e foi em direção às lojas do centro.

— Andrew te disse por que eu queria falar com você? — perguntou Neil quando já tinham atravessado metade do parque.

— Ele não entrou em detalhes — comentou Renee.

— Já te perguntei isso antes, mas você desconversou — disse Neil. — Pode me explicar por que o Andrew gosta de você?

— No ano passado, Andrew levou alguns de nós ao Eden's Twilight, um de cada vez — contou Renee. — Você já sabe o motivo de ele ter convidado o Matt. A Dan ele convidou pra ver se ela era uma garota que merecia ser obedecida em quadra. E no meu caso foi porque ele, assim como você, não acreditava nessa fachada toda. — Ela apontou para o próprio rosto e passou a ponta dos dedos no crucifixo em seu pescoço. — Ele queria a verdade e eu contei.

"Andrew acabou descobrindo que temos muita coisa em comum." Renee olhou para Neil quando eles pararam em frente a uma faixa de pedestres na Perimeter Road. "Nossas únicas diferenças são sorte e fé."

— E a psicose — disse Neil.

Renee sorriu.

— Talvez não. Sou uma pessoa ruim que se esforça muito para ser uma boa pessoa, mas se não fosse por questões externas não estaria tentando.

Ela parecia despreocupada ao dizer isso, e olhou com calma para a faixa de pedestres enquanto falava.

— Cresci com minha mãe e os muitos namorados barras-pesadas dela. Talvez fosse inevitável eu me meter em problemas. Comecei a trabalhar como aviãozinho, e levava drogas pra uma gangue de Detroit. Demorei alguns anos até subir lá dentro e ficar responsável por tarefas mais difíceis. Eu fazia qualquer coisa que pedissem e não me importava com quem eu machucava.

"Para minha sorte, eu não era tão inteligente quanto pensava. Quando estava com quinze anos fui pega pela polícia, e meu advogado conseguiu trocar meu testemunho por uma redução na sentença. O que falei acabou prejudicando muita gente, incluindo minha mãe. Meu advogado expôs como era minha vida dentro de casa pro tribunal poder entender minha ausência de modelos positivos. Acabaram descobrindo coisas que mandaram minha mãe e o namorado dela na época pra prisão sob uma série de acusações. Os dois foram espancados até a morte por membros violentos da gangue que ajudei a prender."

— Sinto muito — disse Neil, quando na verdade o que sentia era um pouco de inveja. Ela e Wymack perderam os pais para a violência na prisão, mas ninguém ousou mexer com o pai dele. Muitos dos problemas de Neil seriam resolvidos se alguns detentos fossem agressivos e tivessem coragem o suficiente.

— Não sinta — disse Renee, puxando Neil para fora de seus pensamentos caóticos. Começou a atravessar a rua, mas Neil levou alguns segundos para segui-la. Quando se aproximou dela, Renee abriu um sorriso. — Eu sei que devia ficar triste, mas ainda estou trabalhando nisso. Reconheço que fui diretamente responsável pelas circunstâncias que levaram à morte deles, mas, sendo bem sincera, eu odiava os dois. Além do mais, eu nunca teria chegado aqui se minha mãe não tivesse morrido.

"Com minha mãe morta e meu pai biológico tendo metido o pé, os tribunais não tiveram outra escolha além de me mandar pra um orfanato depois de um ano no reformatório", disse Renee. "Dificultei a vida das minhas famílias adotivas o máximo que pude e mudei de casa oito vezes em dois anos. Stephanie Walker ouviu falar de mim por uma de minhas mães adotivas em um reencontro de alunos do ensino médio. Então entrou com o pedido de adoção e pressionou até ser aprovado. Assim que o processo foi finalizado, mudamos para Dakota do Norte. Ela me deu um novo nome, uma nova fé e uma nova chance de mudar de vida."

Renee não estava exagerando ao afirmar que ela e Andrew eram muito parecidos. Foram educados em meio à violência e instabilidade pelas mães e passaram um tempo tanto no reformatório quanto no sistema de adoção. A diferença na vida deles começou depois de terem sido adotados: Renee deixou Stephanie transformá-la em um ser humano decente e foi perdoada de toda a brutalidade que definira seu passado, enquanto Andrew assassinou a mãe na primeira oportunidade. Finalmente Neil estava entendendo por que Renee não tinha medo de Andrew.

— Então por que você e Andrew não ficam juntos? — perguntou Neil.

— Como assim? — respondeu Renee — Ficar juntos como?

— Por que você ainda não o chamou para sair?

A expressão dela não deixava dúvidas de que aquela era a última pergunta que esperava ouvir. Renee ganhou tempo apontando para uma loja perto dali e gesticulando para Neil ir com ela. Ele entrou primeiro, mas se afastou para o lado para Renee poder ir à frente. Ela o olhou de cima a baixo, refletindo, mas logo depois voltou a prestar atenção no que veio fazer ali e começou a dar uma olhada nas quinquilharias na prateleira mais próxima.

— Se não tiver problema, queria entender o porquê dessa pergunta — comentou ela. — Você nunca pareceu interessado nesse assunto antes.

— Não estou — disse Neil, o que não fazia sentido nenhum, já que tinha sido ele a tocar no assunto.

Neil tentou encontrar a melhor maneira de explicar. Não queria contar a ela que passou a noite de sexta-feira pensando em morrer, que, por não querer refletir sobre um futuro que não iria ter, ficou apoiado nas barras de metal da boate com o pensamento fixo nos companheiros de equipe. Foi um exercício estranho, tão fascinante quanto desconfortável. Não estava acostumado a se preocupar com ninguém além dele mesmo e de sua mãe, mas tentou imaginar a vida das Raposas dali a um ou dois anos. Ficou se perguntando que tipo de atacantes Kevin recrutaria para substituí-lo e quais seriam as consequências para as Raposas quando ele se entregasse ao FBI.

Mas, acima de tudo, pensava neles como as pessoas com quem estava passando as noites, as pessoas que dia após dia conhecia melhor, ainda que contra sua vontade. Eles nunca seriam perfeitos, mas ficariam bem. Eram todos desajustados quando chegaram à Toca das Raposas, mas, a cada semestre que passava, se recuperavam cada vez mais. Até Kevin sairia no auge: não iria desaparecer na escuridão como Tetsuji e Riko pensavam; guiaria o retorno das Raposas até o topo e voltaria a ser o centro das atenções.

O único que, além de Neil, não tinha escapatória era Andrew. Tanto Kevin quanto Nicky achavam que conseguiriam resolver o problema dele, mas Neil não sabia mais em quem deveria acreditar. Mas também não tinha como contar isso a Renee, porque não queria explicar por que, de repente, aquilo tinha se tornado tão importante. Não significaria nada para ela, levando em conta que não sabia quem ele realmente era e o que Andrew havia lhe oferecido.

— Deixa pra lá — disse.

Ele começou a se virar, mas Renee falou:

— Não faço o tipo do Andrew, Neil. Não tem nada rolando entre a gente.

— Allison disse a mesma coisa — comentou Neil, prestando atenção no rosto de Renee por indícios de honestidade. — Disse a Seth para não se preocupar com vocês dois ficando juntos. Mas está todo mundo à espera de alguma coisa rolar. Não é possível que você não tenha ficado sabendo da quantidade de apostas que já fizeram sobre isso. Se você pode dizer "não" pra mim com tanta facilidade, por que ainda não explicou isso pra mais ninguém?

— É complicado — disse Renee —, e a gente acaba ganhando mais com o silêncio. Allison acreditou em mim quando eu disse que não iria me apaixonar por Andrew, mas os outros pararam de dar ouvidos assim que Andrew e eu começamos a conversar mais. Como recompensa pelo voto de confiança de Allison, aumento as possibilidades de ela ganhar qualquer aposta a nosso respeito. Nós dividimos os lucros. A minha parte vai pro nosso projeto de Natal, o Adote uma Família, e Allison usa a parte dela pra fazer as unhas.

— E o que Andrew ganha com tudo isso? — perguntou Neil. — Se diverte de graça enquanto os outros ficam conjeturando?

— Paz de espírito — disse Renee, depois de refletir um pouco.

— Não consigo entender.

Renee hesitou novamente. Neil prestou atenção enquanto ela mexia em uma coleção de carteiras de couro, depois ergueu uma e a virou de um lado pro outro.

— Andrew disse que você ia me fazer perguntas. Perguntei o que ele queria que eu contasse se você viesse mesmo, mas ele respondeu que não se importava com isso e que não tinha tempo pra ficar pagando de intermediador. Se ele já sabia que você iria querer falar sobre esse assunto, acredito que também estivesse sabendo que isso poderia vir à tona.

Renee recolocou a carteira no lugar, mas continuou mais alguns segundos com as mãos no objeto enquanto refletia, então se virou, voltando toda sua atenção para Neil.

— Quando eu disse que não fazia o tipo do Andrew, estava falando sério. Não é por causa da minha aparência ou fé. É porque sou mulher.

Neil ouviu as palavras, mas sua ficha demorou a cair. Ele piscou, confuso, depois piscou novamente quando compreendeu e disse um pouco alto demais:

— Ah. Então Andrew e Kevin...

Renee riu e balançou a mão.

— Ah, não. Tenho certeza de que ainda nesse ano você vai conhecer a namorada do Kevin.

— É mentira. — Neil a encarou. — Kevin não tem namorada. Ele vive na mira da imprensa e dos torcedores, impossível esconder uma coisa dessas.

Renee observou ao redor da loja com um olhar lento e tranquilo. Naquela hora do dia, tinha só um outro cliente, que estava do lado oposto a eles.

— Não é nada oficial, e Kevin sabe que precisa ser bem discreto. Você deve imaginar o que o treinador Moriyama faria se Kevin ficasse distraído do Exy por causa de uma garota, né?

"Com certeza você não ficará surpreso em saber que ela joga na seleção. Kevin precisa de alguém que possa acompanhá-lo e desafiá-lo. Felizmente, ela também já fez parte dos Corvos, então sabe quais seriam as consequências de ser vista com Kevin. Talvez eles tenham mais sorte depois que acertarmos as coisas com os Corvos este ano."

— Thea? — perguntou Neil, surpreso.

Renee sorriu ao perceber como ele tinha conseguido ligar os pontos tão rápido.

— Impressionante.

Não foi tão difícil descobrir, mesmo com aquela explicação vaga. Só havia duas mulheres na escalação da seleção. Uma era uma meia da USC. A outra, Theodora Muldani, uma defensora da Edgar Allan. Sua ascensão à seleção há dois anos chamou muita atenção, porque foi a única jogadora que inicialmente recusou o convite. O motivo oficial era que ela não queria o horário dos treinos da seleção atrapalhando seu quinto ano de faculdade. Ninguém esperava que a seleção fosse dar-lhe uma segunda chance, mas em seu último jogo do campeonato o representante da equipe estava lá, esperando por ela.

Thea estaria começando seu quinto ano com os Corvos quando Kevin estava no primeiro, mas Kevin e Riko cresceram em Evermore, perto de onde os atletas ficavam. Kevin teria conhecido Thea durante os cinco anos em que ela jogou pelos Corvos. Neil ficou se perguntando quanto tempo os dois levaram para se apaixonar e o que Thea tinha achado da transferência de Kevin para as Raposas. Mas a maior curiosidade era como Kevin conseguiu achar espaço para gostar de alguém quando vivia e respirava Exy. Parecia impossível que alguém podia ser tão dedicado a mais de uma coisa.

Talvez Nicky e Kevin estivessem os dois certos, no fim das contas. Então Neil voltou a pensar em Andrew, e disse:

— Mais ninguém sabe sobre a sexualidade do Andrew.

— Até onde sei, só você e eu — confirmou Renee. — Andrew me contou ano passado, quando o pessoal começou a falar sobre a gente. Ele não queria que eu acabasse ficando com outras intenções por conta das fofocas, então me contou.

— Mas Aaron e Nicky... — protestou Neil. — Sei que eles conhecem Andrew há poucos anos, mas passam o tempo todo juntos. Como até agora não conseguiram perceber?

— Imagino que os efeitos da medicação de Andrew façam eles terem dificuldades em interpretá-lo — disse Renee. — O principal é que Andrew não quer que eles saibam. Ele e Aaron ainda não estão prontos pra uma conversa séria assim. Têm muitos outros problemas pra resolver antes. E você sabe tão bem quanto eu que Nicky não conseguiria guardar segredo nenhum, nem que a vida dele dependesse disso.

Mas Renee dissera *ainda*, o que significava que em algum momento Andrew tinha intenção de melhorar o relacionamento entre ele e o irmão. Neil não saberia dizer se era só o otimismo de Renee dando as caras ou se era algo que realmente sabia. Não fazia ideia sobre o que ela e Andrew conversavam quando estavam sozinhos. Seria ridículo presumir que ficavam discutindo estratégias de Exy, mas imaginá-los tendo uma conversa séria — tão séria quanto um Andrew medicado pode ser, de qualquer forma — sobre Andrew estar no armário era tão impossível quanto.

— Então por que eu posso saber disso? — indagou Neil.

— Talvez ele saiba que você não vai usar isso contra ele — disse Renee.

Havia um alerta gentil em seu tom, e Neil não conseguiu evitar ficar irritado. Era interessante observar os relacionamentos de seus companheiros de equipe a distância, mas, de certa forma, eram irrelevantes. Neil não dava a mínima para a sexualidade de seus colegas de time: isso não o ajudaria em nada a sobreviver. Ficou surpreso com a sexualidade de Andrew, mas com certeza isso não era nenhuma munição para ser usada contra ele.

Precisou se esforçar para não acabar demonstrando sua irritação.

— Se ele não se importa se eu sei ou não, poderia ter me contado no Halloween, quando perguntei sobre você. Não precisava me fazer vir até aqui.

— Talvez ele tenha achado que já estava na hora de nós dois nos conhecermos melhor — revelou Renee, o analisando. — Apesar de eu não ser mais quem era antes, a sombra de como era minha vida no passado sempre vai existir dentro de mim. E é isso que me ajuda a ter uma conexão com Andrew. E espero que me ajude a ter uma conexão com você também.

"Não sei qual é sua história de vida", completou antes que Neil pudesse reagir. "Se você contou algo para o Andrew, ele não compartilhou nenhum detalhe comigo e nunca vai fazer isso. Mas se você é tão parecido com a gente quanto achamos no início, talvez um dia também possa me ver como amiga. Todos nós estamos aqui porque temos problemas, Neil. Isso não significa que nossos problemas sejam os mesmos. Dan e Matt tentam entender as coisas que vi e que fiz, mas nunca vão conseguir entender por completo. Andrew consegue, e eu também o entendo. É reconfortante saber que outra pessoa passou pelas mesmas coisas. Se um de nós dois puder te ajudar, saiba que estamos aqui."

Neil não respondeu; não conseguia. Era muita coisa e muita informação para processar. Queria perguntar a ela sobre o julgamento, sobre como foi a experiência de testemunhar. Precisava saber como os tribunais a protegiam e se valia a pena. Se ele fosse ao FBI na primavera com provas para acabar com o pai, queria ao menos entender melhor no que estava se metendo. Mas isso acabaria levantando mais dúvidas do que gostaria de lidar naquele instante. Não estava disposto a contar para ela nem as meias-verdades que tinha contado a Andrew.

Renee não pareceu surpresa ou decepcionada com o longo silêncio dele. Deu a ele um minuto para decidir se queria falar alguma coisa ou não, então assentiu e mudou de assunto com uma facilidade que o deixou zonzo.

— Talvez agora que matei sua curiosidade você possa me ajudar. Preciso de uma opinião masculina para decidir que presentes comprar para Aaron e Andrew. Para o aniversário deles. — Ela completou ao ver o rosto inexpressivo de Neil. — Eles não comemoraram no ano passado, e Nicky diz que não comemoram desde que foram morar juntos, mas espero que este ano seja diferente. Os dois fazem vinte anos no sábado. É uma data importante, né?

— É, acho que sim — disse Neil.

A resposta indiferente foi o suficiente para Renee, que apontou para a prateleira à sua frente.

— Estou pensando em alguma coisa prática que eles consigam usar. O que você acha?

Duas lojas e quase meia hora depois, Renee finalmente achou o que queria. Àquela altura, já estava quase no horário da segunda aula dela. Neil ainda tinha uma hora livre e estava a poucos minutos da Torre das Raposas; então, quando eles chegaram à Perimeter Road, seguiram por caminhos diferentes: Renee atravessou o Verde em direção ao campus e Neil foi para o outro lado, rumo ao dormitório dos atletas. Para seu alívio, não havia ninguém no quarto. Neil largou a mochila no chão, deitou de bruços no sofá de Matt e deixou os pensamentos vagarem em espirais curiosas, refletindo sobre tudo o que Renee tinha dito.

Quando se levantou para a aula, ainda não sabia bem o que pensar.

No sábado, Neil e Matt estavam almoçando e assistindo à televisão juntos quando levaram um susto com batidas frenéticas na porta do quarto. Matt revirou as almofadas para encontrar o controle remoto, e Neil deixou o prato de lado e se levantou em um pulo para atender a porta. As meninas sabiam que Matt deixava a porta destrancada quando estava no quarto, então Neil imaginou que daria de cara com alguém que tinha se perdido no caminho para os quartos de outra equipe. Mas quem estava no corredor esperando era Nicky, de olhos arregalados.

— Nossa, graças a Deus — disse Nicky, estendendo as mãos para Neil. — Me ajuda.

Matt finalmente encontrou o controle remoto e pausou o filme.

— Que merda é essa? Você está bem?

— Estou a um passo de morrer — disse Nicky. — Minha mãe acabou de ligar pra desejar feliz aniversário pra Andrew e Aaron.

— E isso é ruim? — perguntou Matt.

Nicky ficou de queixo caído com a pergunta de Matt, mas a surpresa logo fez a incredulidade desaparecer. Ele coçou a nuca; estava nitidamente desconfortável. Neil achou que ele fosse dar uma risada para disfarçar. Sempre que surgiam problemas pessoais, a primeira reação dos primos era se unir contra os veteranos. Nicky poderia não gostar disso, mas repetira o comportamento várias vezes ao longo da temporada. Tanto Neil quanto Matt ficaram surpresos com a resposta de Nicky.

— Hum, sim — balbuciou Nicky. — A gente não é muito de falar com a minha família, sabe? Meu pai nunca mais falou comigo desde que descobriu que Erik é mais do que meu melhor amigo. Minha mãe liga todo Natal pra ver se voltei pro caminho de Deus e desliga quando digo que não. Acho que Aaron não fala com eles desde o funeral da tia Tilda, e Andrew os evita como se fossem alguma doença contagiosa. Ele e meu pai não se deram muito bem quando se conheceram no reformatório.

— Não deve ter sido tão ruim assim — argumentou Matt. — Quer dizer, seu pai apoiou que ele fosse liberado antes, não?

— Sim, mas... — Nicky disse, hesitante.

— Qual foi o motivo real da ligação? — perguntou Neil.

— Pra convidar a gente pro jantar do Dia de Ação de Graças.

— E?

— E eu desliguei na cara dela! — Nicky agitava os braços. — O que mais eu podia fazer? Não dava pra dizer não, né?

— Você devia ter dito que sim — disse Matt. — Que porra é essa, Nicky?

— Não é tão simples assim. — Nicky parecia angustiado. — O convite só vale se Aaron e Andrew também forem. Minha mãe fez questão de frisar isso. E nem fodendo que Andrew vai topar.

— Só dá pra saber se você tentar — argumentou Matt.

— Acho que você não entende o quanto Andrew odeia meus pais — disse Nicky.

— Então o que você quer que eu faça? — indagou Neil.

— Me dê apoio moral e suporte — respondeu Nicky. — Se eu for pedir isso pro Andrew ele vai rir na minha cara ou fingir que não ouviu. Mas ele escuta o que você diz, certo? Quer dizer, você o convenceu a irmos juntos na festa, como um time. Talvez dê um jeito de convencê-lo a ir no jantar de família.

— Eu não o convenci a fazer nada — ressaltou Neil. — Só disse que era a coisa certa a ser feita e ele concordou. Agora, isso é mais complicado e não cabe a mim opinar. Eu poderia dizer a ele que é óbvio o quanto significaria pra você resolver as coisas com seus pais, mas nós dois sabemos como ele provavelmente vai reagir.

Nicky parecia abatido, mas se recompôs e completou, a voz fraca:

— Eu cresci naquela casa, mas meu pai não me deixa colocar os pés lá desde que saí do armário. Sei que eles pensam que sou um pagão condenado a queimar por toda a eternidade, e sei que devia desistir deles, mas não consigo. Talvez essa ligação signifique que estão mudando de ideia. Eu preciso descobrir. Por favor, Neil? Quero minha mãe de volta. Sinto tanta falta dela que você não imagina.

Neil engoliu em seco, tentando engolir aquele nó que queimava em sua garganta. Aquela não era a família dele. Não era problema dele.

Não era a mãe dele. Tudo o que restou de sua mãe eram cinzas e ossos enterrados em uma praia na Califórnia. Ela tinha ido embora para sempre. Neil nunca mais ouviria sua voz, nunca mais receberia outra ligação dela. Ela nunca se sentaria com ele para explicar por que tinha fugido ou se desculpar por ter escondido o laço que tinham com os Moriyama. Ela nunca lhe assistiria jogar com as Raposas nas semifinais. Não estaria lá quando ele desse seu testemunho. Não estaria lá quando ele morresse.

O luto de Neil era como uma faca girando sem parar no estômago, rasgando-o de dentro para fora até ele mal conseguir respirar. Ele inspirou fundo e contou as batidas de seu coração enquanto soltava o ar. Nicky esperou, desesperado demais para tentar a sorte e pressionar mais ainda.

— Espera aqui — disse Neil, finalmente.

A expressão de Nicky era um turbilhão de surpresa e esperança. Neil não suportava aquilo e também não queria a gratidão antecipada de Nicky. Passou por ele no corredor e foi até a segunda porta em direção ao quarto dos primos. Nicky não tinha trancado a porta, então Neil bateu por pura formalidade e entrou logo depois.

Aaron estava sentado em um dos pufes, segurando um controle remoto. Pela posição da outra cadeira e a imagem pausada na televisão, Nicky havia interrompido o jogo dos dois quando recebeu a ligação. Kevin estava com um jornal aberto na mesa e dava uma olhada nos placares da noite anterior nos campeonatos ao redor do país. Andrew estava sentado na mesa mais próxima à janela; tirara a proteção meses antes para poder fumar dentro do quarto.

— Ah, Neil! — Andrew balançou o cigarro na direção de Neil, como forma de cumprimentá-lo. — E aí?

— Podemos conversar? — perguntou Neil.

— Hoje não é o melhor dia — respondeu Andrew. — Tente de novo amanhã.

— Eu não ia invadir sua festa de aniversário se não fosse importante.

Andrew sorriu.

— Neil sendo sarcástico? Seu repertório de talentos não para de crescer.

— Dois minutos — disse Neil.

— Tão insistente.

Neil esperou Andrew se decidir. Ele murmurava enquanto fumava o cigarro e pensava. Demorou quase um minuto para a curiosidade vencer a necessidade que sentia de sempre dificultar as coisas. Jogou o cigarro pela janela, depois fechou-a e desceu da mesa. Neil o seguiu até o quarto dos primos e fechou a porta; então Andrew caminhou mais um pouco pelo quarto e se virou para encarar Neil.

— Tique-taque — avisou Andrew. — Você já tem a minha atenção; agora, me mantenha interessado.

— A mãe de Nicky ligou.

— Ops, tempo esgotado.

Neil estendeu o braço quando Andrew deu um passo à frente, mas não conseguiria impedi-lo se ele realmente quisesse dar o fora dali: Neil já tinha visto a quantidade de pesos que Andrew levantava quando a equipe malhava na academia. Mais importante do que isso, já vira Andrew praticamente agarrar Nicky pela garganta e tirá-lo da frente quando estava irritado. O gesto de estender o braço era simbólico e Andrew sabia disso, mas mesmo assim parou de andar.

— Ela o convidou pro jantar de Ação de Graças — comentou Neil.

— E ele aceitou — acrescentou Andrew, e não era uma pergunta. — Ah, Nicky, otimista até morrer. Esperava que a essa altura ele estivesse mais esperto, mas vai ao jantar e voltar choramingando. — Andrew fingiu enxugar lágrimas. — O amor deles tem um preço que ele não pode pagar. Não vai desistir de Erik por causa dos pais.

— Não estão falando de Erik dessa vez — corrigiu Neil. — A situação envolve você. Nicky não vai poder ir se não levar você e o Aaron.

— Então problema resolvido. — Andrew abriu um sorriso enorme. — A resposta é não. Talvez Abby faça o peru pra gente em vez disso. Ela fez no ano passado. Até que ela cozinha bem, mas é a pior confeiteira do mundo. Vamos ter que comer torta congelada de novo.

Neil se recusou a ceder à distração.

— Por que você não vai?

— Por que eu iria? Luther e eu não somos amigos.

— Até onde sei, nós também não somos seus amigos — rebateu Neil. — E mesmo assim você nos atura, então por que não aturar Luther? Nicky acha que tem a ver com o jeito como vocês se conheceram, mas foi Luther quem te tirou do reformatório e o levou de volta pra sua casa pra ficar com a sua mãe, não foi?

— Ela não era a minha mãe. — Andrew esperou um instante para ter certeza de que Neil tinha entendido e fez um gesto de corte com a mão. — Mas Cass, sabe, Cass? Ela poderia ter sido. Ela queria muito ser. Ah, você não sabe disso. Tenho uma história pra você, Neil. Está prestando atenção? Cass queria ficar comigo. Ela queria me adotar. Andrew Joseph Spear, ela dizia. Ela reuniu toda a papelada, mas não ia dar entrada no pedido sem meu consentimento. Achava que eu já tinha idade o suficiente para escolher.

— Spear — Neil repetiu, assustado. — Como...

— Richard Spear. — Andrew concluiu por ele. — Te contei tudo sobre ele, não foi? Meu último pai adotivo.

— Você o mencionou — disse Neil lentamente, tentando ganhar tempo para processar aquela bomba. Richard Spear era o pai que Phil Higgins tentou investigar em agosto. Tudo o que Andrew tinha dito a seu respeito era que ele não era nada interessante, mas era inofensivo. — O que aconteceu pra adoção ter dado errado? O fato de você ter sido preso?

— Não, você entendeu ao contrário. Eu fui para o reformatório porque ela queria me adotar, mas ela não desistiu de mim. Pensava que um lar estável podia me ajudar a entrar na linha, segundo ela. O filho biológico de Cass queria se juntar aos fuzileiros navais depois do ensino médio, então ela chegou a se oferecer para destinar parte da poupança que seria pra faculdade dele pra mim. Queria que eu tivesse um futuro. Era minha própria Stephanie Walker, de certa forma.

Neil só reconheceu aquele nome porque acabara de falar com Renee. Ele assentiu, demonstrando que estava acompanhando a história. Andrew se mexeu na ponta dos pés e esticou a mão; Neil teve que se esforçar para seus músculos não tensionarem quando Andrew envolveu seu pescoço com as mãos. Não estava apertando com tanta força ao ponto de impedi-lo de respirar, mas os dedos davam batidinhas leves na garganta de acordo com os batimentos de Neil.

— Luther teria deixado ela ficar comigo se eu quisesse. Ele sabia que a mãe do Aaron não queria saber de mim, mas, de alguma forma, ele queria fazer a coisa certa. Se Cass fosse o "certo", ele ficaria do lado dela para que a adoção fosse aprovada. Mas isso não poderia acontecer, não é mesmo?

— Por que não? — perguntou Neil, analisando a expressão de Andrew. — O que Cass te fez?

Andrew pareceu surpreso com a pergunta.

— Cass nunca faria nada comigo.

— Então qual era o problema?

— Essa é uma história diferente. Estamos falando de Cass e de Luther, não é isso? Luther disse que poderia me mandar de volta para Cass, e eu contei a ele um segredo pra me certificar de que ele não faria isso.

— E ele contou para alguém — adivinhou Neil.

— Não. — Andrew começou a bater os dedos um pouco mais rápido, um ritmo agitado que não combinava em nada com o sorriso zombeteiro estampado em seu rosto. — Isso seria fácil demais. Não eram daquele tipo de segredos que dá pra sair contando à toa. Você sabe disso. Calculamos os danos colaterais e as rotas de fuga. Planejamos e nos preparamos para a reação e as consequências. Mas Luther não contou nada. Ele escolheu não acreditar em nada que eu tinha dito. E isso é mil vezes pior, sabe.

— Depende do segredo — disse Neil.

— Verdade. — Andrew soltou Neil e se afastou. — Talvez isso te surpreenda, Neil, mas eu não sou de confiar muito nas pessoas. Se eu disser a um cara que o céu é azul e ele disser que estou errado, não estou inclinado a lhe dar uma segunda chance. Não vejo por quê.

— Então Luther não acreditou no que você contou ou afirmou que você estava errado? — indagou Neil. — Existe uma boa diferença entre os dois.

— Ah. — Andrew virou metade do corpo para encará-lo novamente. — Às vezes me esqueço que você é mais esperto do que parece.

Neil se esforçou para lembrar, sabendo que as peças para a resposta estavam por perto. Ele pensou na visita de Higgins e nos pais de Nicky, e então se lembrou de quando estava sentado na frente de Andrew no banco do vestiário, questionando sobre aquela primeira ligação de Higgins. Estranhou as palavras que Andrew usou para se despedir, mas na hora não tinha compreendido. Neste instante, não tinha certeza se estava chegando às conclusões certas, mas valia a pena tentar.

— Ele disse que foi um mal-entendido.

A maneira como Andrew ficou tão perfeitamente imóvel, mesmo que só por um segundo, foi o suficiente para confirmar as suspeitas de Neil.

— Xiu — disse Andrew, o tom suave como se tentasse acalmar um animal encurralado. — Xiu, não diga isso. Odeio essa palavra. Já te avisei uma vez, então você devia ficar esperto e não usá-la de novo. Por que se arriscaria assim?

— Andrew — Neil começou.

— Não.

Andrew não ergueu a voz, mas não foi necessário para Neil perceber o aviso velado. Se continuasse pressionando na direção errada, Andrew se fecharia e colocaria um ponto final na conversa. Neil se agarrou às migalhas que tinha, procurando as palavras certas para que Andrew continuasse falando. Talvez Andrew estivesse certo e os pais de Nicky nunca fossem aceitá-lo como ele era, mas Nicky precisava tentar.

— Isso foi há cinco anos. Talvez ele esteja arrependido.

— Você diz isso porque não conhece Luther — disse Andrew.

— Posso?

A pergunta foi tão inesperada que conseguiu chamar a atenção de Andrew.

— Hã? O quê? Neil, você não saberia como lidar com um pastor temente a Deus. Você mal consegue ficar perto de Renee. De jeito nenhum você aguentaria uma conversa com Luther. Ele acabaria te exorcizando quando você perdesse a paciência.

— Poderia ser divertido — comentou Neil.

— Poderia — disse Andrew.

— Vamos todos nós — disse Neil. — Aaron vai concordar, pelo bem de Nicky, e Nicky pode ver se os pais mudaram de ideia. Não tem como você deixar o Kevin sem supervisão, então ele pode ir junto. Eu vou também, pra você poder encher meu saco, em vez de perturbar o Luther. Para pra pensar no quanto os pais de Nicky vão ficar desconfortáveis se tiverem que lidar com todos nós.

— Ou a gente podia ficar aqui.

— É bem menos interessante — rebateu Neil.

— Apelar pra minha capacidade de concentração quase inexistente é golpe baixo — comentou Andrew.

— Mas funciona?

— Você adoraria que funcionasse.

— Por favor?

— Odeio essa palavra.

— Sua psiquiatra sabe que você odeia metade das palavras da língua inglesa? — perguntou Neil, mas Andrew se limitou a sorrir. — Eu sei que você não consegue entender isso porque nunca teve uma família de verdade, mas Nicky tem que dar outra chance aos pais. Se você tiver sorte, este jantar pode mudar tudo. Nicky está cheio de esperança pensando que a mãe mudou de ideia. Se ela o decepcionar de novo, pode ser que finalmente decida se distanciar dela pra sempre.

Andrew cantarolava desafinadamente enquanto pensava. Quanto mais tempo ficava em silêncio, mais Neil tinha certeza de que tinha falhado em sua missão. Por fim, Andrew voltou a estender a mão na direção dele, mas, desta vez, agarrou a gola da camiseta de Neil, em vez da garganta.

— Uma última chance — declarou ele. — Isso é tudo que vou dar ao Nicky. Mas não vou passar o Dia de Ação de Graças com eles e não vou bancar o bonzinho. Faça Nicky mudar a data e conseguir arranjar um jeito de você ser convidado. Beleza?

— Beleza — concordou Neil.

— Nós vamos nos arrepender disso. — disse Andrew com um sorriso no rosto, e soltou Neil. — Principalmente o Nicky, se o pai dele acabar morrendo.

Neil hesitou, sabendo que era melhor não perguntar; sabia que já havia feito perguntas demais. Mas não conseguiu evitar.

— Você matou mesmo a mãe do Aaron?

— Foi um acidente trágico. Você não leu os relatórios policiais? — Andrew se fez de inocente, mas a viradinha no canto da boca acabou o entregando. Segundos depois, desistiu da farsa e deu uma risada. — Acho que ela bateu nele mais do que devia. Eu já tinha avisado para não encostar a mão nele, mas ela não me ouviu. Aí teve o que merecia. Isso te assusta, Neil?

— Minhas primeiras lembranças são de pessoas morrendo — retrucou Neil. — Não tenho medo de você.

— Por isso que você é tão interessante — disse Andrew. — Que insuportável.

Ele parecia entretido, não irritado, então Neil disse:

— Vou tentar ser mais entediante nas próximas vezes.

— Que atencioso da sua parte. — Andrew apontou para seu rosto e para o de Neil. — Esse segredo te coloca em dívida comigo, Neil. Lembre-se disso, beleza? Vou te pedir algo em troca depois. Já chega de papo por hoje, então tchau. Manda meu primo covarde voltar pra cá logo.

Andrew não o seguiu quando Neil saiu do quarto. Estava na expectativa de encontrar Nicky andando de um lado para o outro pelo corredor, esperando pelo desfecho da conversa, mas ele estava no quarto de Neil, esperando-o voltar, sentado na outra ponta do sofá de

Matt. Nicky sorriu quando Neil entrou, mas seus olhos não refletiam o sorriso. Parecia tão cheio de esperança que estava prestes a passar mal.

— Duas coisas — disse Neil, atravessando a sala para ficar na frente de Nicky. — Se Kevin e eu prometermos não nos meter em assuntos familiares, podemos ir junto? — Nicky não estava esperando por aquela pergunta. Surpresa e confusão se misturaram, o que fez parte de seu medo ir embora. — E você acha que sua mãe pode mudar a data? Andrew se recusa a passar um feriado importante com eles.

— Acho que sim — respondeu Nicky. — Preciso ligar pra minha mãe e perguntar, mas... calma aí. Andrew topou? Você tá de sacanagem.

Neil olhou dele para Matt e novamente para ele.

— É isso o que você queria, não era?

Nicky se levantou com dificuldade.

— Era o que eu queria, mas não achei que você fosse conseguir, ainda mais na primeira tentativa. Eu só sabia que você era minha melhor chance de fazer com que Andrew ouvisse. Você é incrível, sabia disso? — Ele o puxou para um abraço apertado antes que Neil pudesse sequer pensar em se esquivar. — Ah, acho que você pode ser a melhor coisa que já aconteceu com as Raposas.

— Eu duvido.

— Eu, não. — Nicky sorriu quando soltou Neil. — Como você conseguiu isso?

Neil habilmente descartou noventa por cento da verdade e disse:

— Eu pedi.

— Ah, tá, lógico. Sabe o que teria acontecido comigo se eu pedisse? Violência, Neil. Violência extrema e desnecessária.

Neil deu de ombros e Nicky deixou passar, talvez feliz demais para ficar quebrando a cabeça sobre como Neil tinha conseguido convencer seu primo. Tirou o celular do bolso e apontou para a porta.

— Vou ligar pra ela. Talvez a gente possa ir no próximo final de semana. Podia ser no domingo, já que vamos passar o sábado inteiro no ônibus, voltando da Flórida. Melhor ser o quanto antes, né? Não quero correr o risco de Andrew mudar de ideia.

— Boa sorte — disse Neil.

O sorriso de orelha a orelha de Nicky era o suficiente como resposta. Ele saiu para fazer a ligação e Neil observou a porta se fechando atrás dele, então lançou um olhar questionador para Matt, que o analisava com uma intensidade curiosa.

— O que você tem de tão especial? — indagou Matt.

— Nada — respondeu Neil, confuso.

— Andrew não dá o braço a torcer pra ninguém. Por que ele aceita tudo que você pede?

— Ele tá chapado — disse Neil, e fez um gesto girando um dedo perto da têmpora. — Acha que é engraçado.

Matt o ficou observando mais um pouco, então balançou a cabeça e voltou a relaxar no sofá. Neil foi para o lugar em que estava antes, e Matt colocou o filme de novo. Pouco depois o celular de Neil vibrou com uma mensagem de Nicky: Maria tinha concordado com a data e os convidados extras. Metade da mensagem eram rostos sorridentes e pontos de exclamação.

A satisfação fez com que Neil sentisse um calorzinho desconfortável e desconhecido no peito. Ele ignorou a sensação, mas logo depois começou a sentir a frieza da inquietação. Neil estava feliz por Nicky, mas também não era idiota: só tinha concordado em ir para poder ficar de olho em Andrew — seus remédios o mantinham animado, mas não o tornavam inofensivo. Se Luther saísse da linha neste final de semana, Andrew poderia cair para cima dele e machucá-lo. Os tribunais prenderiam Andrew e jogariam a chave fora, e a temporada das Raposas seria interrompida de uma hora para a outra. Neil não podia deixar isso acontecer.

Ele só esperava agir rápido o suficiente se o pior acontecesse.

CAPÍTULO ONZE

Apesar de não ter nenhum interesse em conhecer os pais de Nicky, Kevin era esperto o bastante para saber que não deveria opinar. Não aguentava ficar sozinho, em parte porque crescera grudado em Riko e cercado pelos Corvos, e em parte porque tinha medo de ser apanhado se não estivesse protegido. Para a sorte de todos, Kevin parou de reclamar da viagem quando percebeu que poderia tirar algum proveito dela.

Quando Neil começou a jogar Exy no Arizona, o treinador Hernandez lhe emprestou uma das raquetes extras da escola. Era um modelo simples com profundidade média e aro leve. Wymack lhe deu duas versões mais novas do mesmo modelo quando Neil assinou contrato com a Toca das Raposas. Raquetes leves eram populares entre os atacantes e grande parte dos jogadores iniciantes porque permitiam ter precisão com mais facilidade. Se um atacante tivesse só uma fração de segundo para arremessar, não precisaria ficar pensando muito se estivesse com uma raquete ágil.

Kevin achava que raquetes assim só serviam para desperdiçar o tempo de Neil. Assim que demonstrou ser capaz de fazer os treze exercícios diferentes dos Corvos que Kevin havia lhe passado, este começou a falar que já era hora de Neil ter uma raquete pesada. Raquetes pesadas eram mais populares entre os defensores, já que seu estilo de jogo dependia de força e velocidade. Poucos atacantes davam preferência a elas, seja por preferirem não ter aquele peso extra enquanto ultrapassavam a defesa ou por não conseguirem mirar tão bem com uma raquete desse tipo. Mas, quando usadas corretamente, raquetes pesadas podiam ser devastadoras.

Kevin usava uma raquete pesada quando jogava com os Corvos, mas trocou pela versão mais leve após se lesionar. Riko ainda usava a raquete pesada. Neil tinha dúvidas sobre trocar de raquete já tendo começado a temporada, pois levaria um bom tempo para se adaptar, mas Kevin ignorava os seus argumentos. Meses de treinos noturnos cansativos e a orientação rígida de Kevin fizeram Neil aperfeiçoar a precisão de um jeito que, sozinho, levaria anos para aprender. Agora que conseguia mirar só dando uma olhada rápida, precisava de uma raquete que tornaria seus arremessos mais fortes. Estava na hora de adicionar potência à sua velocidade, ou pelo menos era o que Kevin dizia.

O melhor lugar para encontrar raquetes na Carolina do Sul era em Colúmbia, na Exites. As grandes lojas de equipamentos esportivos do estado tinham seções dedicadas ao Exy, mas a Exites era a única completamente dedicada ao esporte — vendiam desde equipamentos a uniformes personalizados e itens colecionáveis. De vez em quando Neil dava uma conferida no site deles, mas visitar a loja pessoalmente o fez sentir um arrepio em sua coluna. Era um prédio de quatro andares do lado oposto da capital em relação ao Eden's Twilight, e o estacionamento estava bastante lotado. Neil não sabia dizer do que mais gostava ali: pensar em todas as coisas que o aguardavam dentro daquelas paredes ou a quantidade de carros no estacionamento provando a popularidade do Exy.

— Isso é ridículo — disse Aaron pela quarta ou quinta vez desde que saíram do campus. — Acabamos de voltar à escalação normal. Agora você vai ferrar a gente de novo.

Kevin o ignorou. Tinha discutido na primeira vez que Aaron protestou; não iria desperdiçar o fôlego repetindo tudo novamente. Neil era mais tolerante com a frustração de Aaron graças ao seu próprio nervosismo, mas sabia que não tinha como mudar a opinião de Kevin. Havia lhe deixado cuidar do modo como jogava e confiou nele para explorar ao máximo seu potencial. Se achava que Neil conseguia, não iria decepcioná-lo — ainda que precisasse se esforçar duas vezes mais do que tinha feito até então, de uma forma ou de outra atenderia às expectativas de Kevin.

— Esta é a melhor semana para fazer a troca — comentou Neil, saindo do carro logo depois de Andrew. — Vamos jogar contra a JD na sexta. Vocês dão conta de ganhar deles sem mim.

Quanto mais as Raposas subiam na classificação, mais a Universidade JD Campbell caía. Os Tornados de JD sempre ficavam nas últimas posições na região sudeste, mas agora tinham a nada invejável classificação de lanterna da tabela. Até o momento, só haviam vencido metade dos jogos da temporada. Kevin podia vencê-los com uma mão nas costas. A única dúvida era se Andrew os acharia interessantes o suficiente para fazer boas defesas. O mais provável era que ficasse tão entediado ao ver como jogavam que nem se esforçasse.

Aquele seria o último jogo deles em novembro, já que no próximo final de semana seria o Dia de Ação de Graças. No dia primeiro de dezembro teria mais um jogo e então a temporada de outono das Raposas chegaria ao fim. Tinham uma semana de folga para estudar, depois uma semana de provas — pela qual nenhum deles estava ansioso — e então o banquete de Natal do Exy em 16 de dezembro. Pensar nisso azedava um pouco o bom humor de Neil. A sensação era de que tinha acabado de conhecer Wymack e, agora, a temporada já estava quase acabando. As Raposas já tinham vaga garantida para a temporada da primavera, então os jogos voltariam em janeiro, mas Neil não suportava a ideia de que o seu tempo estava acabando.

Ele ainda não sabia onde passaria as duas semanas de férias de Natal. Apostava que os primos não iriam a lugar nenhum, já que seria impossível lidar com Kevin se o afastassem da Toca das Raposas. Se tivesse sorte, Neil poderia ficar por ali mesmo e treinar um pouco.

Ainda precisava pensar na desculpa que daria à equipe por não voltar para casa.

Foi só entrarem na Exites e passarem diante de um caixa que o funcionário cuspiu o café que estava tomando ao ver Kevin. Neil se afastou do rosto super-reconhecível de Kevin e começou a dar uma olhada ao redor da loja. O primeiro andar era dedicado principalmente a vestuário, com artigos para torcedores ocupando a parte da frente e roupas de treino a de trás. Cartazes e mostruários exibiam atletas locais vestindo uniformes feitos pela loja.

Neil passou os olhos nos artigos para torcedores das principais equipes da Carolina do Sul: só havia duas universidades da primeira divisão no estado, Palmetto State e USC Colúmbia, mas também havia três equipes da segunda divisão e a equipe da liga profissional, os Dragões de Colúmbia. A liga principal de Exy jogava durante o verão, deixando o outono e a primavera para as equipes universitárias e as profissionais, que eram mais populares. Neil assistia aos jogos, mas não tinha nenhum favorito. Todo o seu interesse era dedicado à NCAA e à seleção.

— Vamos — disse Nicky, cutucando Neil e apontando o queixo na direção de Kevin. — Ele vai demorar.

Neil viu Kevin conversando com um homem mais velho com um crachá no pescoço. Estava vestido de um jeito ainda mais profissional do que o caixa, o que fez Neil pensar que era o gerente. Ele olhou ao redor, procurando pelas câmeras de segurança; ficou se perguntando se o caixa tinha apertado um botão de emergência para chamar o gerente ou se aquele homem tinha visto o rosto de Kevin nas telas do computador nos fundos da loja. De qualquer forma, a reação tão ágil fez Neil sentir arrepios. Ele assentiu e foi com Nicky até a escada.

O segundo andar era composto principalmente de equipamentos: tênis esportivos, bolsas para carregar equipamentos e livros. Prateleiras giratórias com chaveiros, joias e amuletos ajudavam a dividir as seções. Aaron e Nicky foram dar uma olhada na seção de itens com desconto, mas Andrew guiou Neil até o próximo lance de escadas.

— Anda — Andrew o encorajou. — Vamos acabar logo com isso.

— Tão ansioso assim para chegar na casa do Nicky? — perguntou Neil enquanto seguia para o terceiro andar.

— Não vamos para a casa do Nicky — disse Andrew, balançando a cabeça pela inocência de Neil. — Agora aquela casa é dos pais dele, Neil. Nicky não tem mais espaço lá. Há anos. Mas quanto mais cedo acabarmos com essa brincadeira, mais cedo voltamos pra casa. Colúmbia é um saco aos domingos. Você entende, lógico.

— Pra mim, não muda nada o fato de não poder vender álcool, então não ligo — disse Neil.

— Zero espírito de equipe — repreendeu Andrew. — Uma pena. Ah, olha só.

Neil não precisou ouvir duas vezes. Todas as paredes do terceiro andar estavam cobertas de raquetes. Neil passou tanto tempo procurando tudo sobre Exy na internet que sabia que existia uma variedade enorme de raquetes, mas uma coisa era vê-las no site, outra bem diferente era vê-las presencialmente, e, por um momento, Neil ficou paralisado no topo da escada.

À esquerda da escada havia um caixa, e, ali, uma funcionária colocando a rede de uma raquete. Ela olhou para eles e os cumprimentou. Andrew virou o rosto sem nem olhar para a mulher. Neil ficou pensando que podia lhe ter respondido, mas estava distraído demais com as raquetes para realmente prestar atenção. O som da voz dela o fez se mover, e ele caminhou lentamente.

A primeira seção por onde passaram era dedicada aos goleiros. Andrew olhava firme para a frente, mas esticou o braço, passando os dedos pelas raquetes. Neil percebeu o gesto, mas achou que Andrew não fosse apreciar nenhum comentário sobre isso. Ele reprimiu todas as perguntas que queria fazer sobre a apatia e a sobriedade iminente de Andrew, mas a curiosidade o ajudou a sair do transe e a ficar mais atento, à procura de sinais. As raquetes estavam organizadas da mais pesada para a mais leve, com as pesadas vindo logo após a seção dos goleiros.

Havia quinze opções diferentes penduradas: a maioria era simples, mas havia plaquinhas informando as opções de modelo e de cor disponíveis para cada uma. Estavam dispostas de acordo com o fabricante, logo depois peso, tamanho e profundidade da rede. As raquetes variavam de tamanho em alguns centímetros, levando em consideração a altura dos atletas, e Neil precisava se contentar com as menores disponíveis. A culpa era da mãe dele: os Hatford nunca foram muito altos. Mas presumiu que devia ser grato por ser pelo menos mais alto do que Andrew e Aaron.

Ainda assim, saber que precisava de uma raquete pequena não ajudava muito a restringir suas escolhas: cada uma que pegava tinha um peso desconfortável em suas mãos, e não havia tanto tempo assim que Neil estava jogando para entender os benefícios da diferença de profundidade nas redes. Sabia que atacantes costumavam ter redes mais profundas para poder carregar a bola por mais tempo, enquanto meias e defensores tinham redes mais rasas para poder roubar e passar a bola, mas as outras diferenças e minúcias estavam além da sua capacidade de compreensão. Neil pegou e colocou de volta cada uma das raquetes menores, enrolando até Kevin aparecer e lhe orientar sobre o que fazer.

— Não parecem muito confortáveis — disse.

— Fico de coração partido com o seu desconforto — disse Andrew, sem um pingo de empatia.

— Depois eu que não tenho espírito de equipe — murmurou Neil.

— Eu nunca disse que eu tinha — devolveu Andrew, sorrindo e dando de ombros. — É culpa sua ter deixado ele conduzir o seu jogo. Colha o que plantou ou queime a plantação toda, é contigo. Da próxima vez, que tal ser mais esperto?

— Eu não sou o único — disse Neil, colocando a última raquete de volta e olhando para Andrew. — Ele me contou por que ficou aqui. Me contou o que te prometeu. Então por que você se acha tão diferente de mim, se também está nisso pelo Exy?

— Ah, Neil, funciona mais ou menos assim. — Andrew se inclinou para a frente como se fosse contar um segredo e apontou para os dois. —

Ele pede e você dá... sim, sim, sim. Mas, comigo, ele pede e eu me recuso, de jeito nenhum. Estou esperando a hora que ele vai desistir. Mais cedo ou mais tarde ele vai acabar deixando pra lá.

— Mas é isso mesmo que você quer? Não acha que já viu pessoas demais se afastando por causa da sua condição? Ele não vê a hora de você estar sóbrio novamente. Quem mais você pode dizer que gostaria disso?

— É um entusiasmo meio egoísta — comentou Andrew. — Ele quer algo em troca. Tem algo a ganhar, ou pelo menos é o que ele acha.

— E se ele estiver certo? E se um dia você acordar e perceber que Exy é, sim, emocionante e merece atenção? Vai mentir só pra continuar recusando o que ele quer, ou vai dar o braço a torcer e admitir que ele ganhou?

Andrew riu.

— Nunca achei que você fosse tão sonhador. Você consegue ser tão esquisito às vezes.

— Eu vi o jeito como você jogou contra Edgar Allan — insistiu Neil. — Por um momento pareceu que era importante pra você.

— Ah, Neil.

— Isso não é uma resposta.

— E você não fez uma pergunta — retrucou Andrew. — Foi só uma acusação velada.

— Então lá vai a pergunta: como você conseguiu sobreviver por tanto tempo sendo tão autodestrutivo de uma maneira tão agressiva?

Andrew inclinou a cabeça de lado, refletindo. Neil não sabia se ele estava se fazendo de bobo para irritá-lo ou se realmente não tinha entendido. Mas, de um jeito ou de outro, era frustrante. Ele ficou se perguntando por que mais ninguém percebera isso, ou se percebiam, mas não se importavam tanto ao ponto de dizer alguma coisa. Agora que Neil tinha percebido, não dava mais para ignorar. Sempre que as Raposas mencionavam a previsão de sobriedade de Andrew ou que o nome dele surgia em meio a críticas ao desempenho da equipe durante as partidas, o foco era no quanto ele era perigoso. As pessoas falavam do julgamento e de como isso os tinha protegido de Andrew. Mas ninguém falava sobre o que estavam fazendo para proteger Andrew de si mesmo.

— Você me disse que Cass nunca te machucaria e que teria te oferecido uma boa formação, mas você sabotou o próprio processo de ser adotado. O oficial Higgins veio da costa oeste até aqui para resolver alguma coisa do seu passado, mas você se recusa a colaborar. Você saiu do reformatório e matou a mãe do Aaron para protegê-lo, mas, em vez de ajeitar sua relação com ele, o faz comer na sua mão. Não quer que os pais do Nicky o magoem, mas também não o deixa fazer parte da sua família. Kevin prometeu que te ajudaria, mas você nem se esforça para tentar. Qual é a sua? Você tem medo da própria felicidade ou será que gosta de passar o tempo todo se sentindo infeliz?

— Neil, olha só — disse Andrew, apontando para o próprio rosto. — Pareço infeliz pra você?

Neil queria arrancar aquele sorriso do rosto de Andrew, mas a resposta irritante de Andrew não era cem por cento culpa dele: Neil só estava lidando com a cortina de fumaça que eram os efeitos da medicação. Nenhum dos dois podiam mudar isso, mas saber que Andrew estava dificultando as coisas de propósito não tornava menos frustrante ter que lidar com ele. Tudo o que Neil podia fazer era não cair na pilha. Se Andrew o irritasse, a conversa acabaria. Era o que Andrew queria, mas Neil não iria ceder.

— Você vive dopado — disse Neil —, e, quando não está sob efeito dos remédios, está bebendo e usando pó de biscoito. Quando finalmente te liberarem dos remédios, a quem você vai fazer mal, de verdade?

Andrew riu.

— Estou começando a me lembrar por que não gosto de você.

— Fico surpreso por ter se esquecido.

— Eu não esqueci — comentou Andrew. — Só me distraí um pouco. Falei pra ela que era um erro deixar você ficar, mas ela não acreditou. E agora, olha aí. Ahh, pela primeira vez não vou nem me dar ao trabalho de dizer "eu avisei". Você acaba com a minha onda.

— Renee? — Neil tentou adivinhar.

— Bee.

Neil congelou.

— O que você falou de mim pra ela?

Andrew sorriu ainda mais ao perceber a expressão de Neil.

— Informação confidencial entre médico e paciente, Neil! Mas não precisa ficar com essa carinha assustada. Não contei sua historinha triste pra ela. Só falamos de você. Tem uma grande diferença, né? Só falei que você causava problemas demais pra não dar quase nada em troca. Ela estava ansiosa pra te conhecer, mas se recusa a me dizer o que pensa a seu respeito. Ela não pode, sabe como é. Mas sei que ela gosta de você; Bee tem uma quedinha por casos perdidos.

— Eu não sou um caso perdido.

A negação era quase instintiva, além de ser pura perda de tempo. Andrew cobriu a boca de Neil com a mão para fazê-lo ficar quieto e disse:

— Mentiroso. Mas é isso que te torna tão interessante. E também o que te torna perigoso. Eu já devia saber disso. Talvez eu não seja tão inteligente quanto achava. Será que devo ficar decepcionado ou achar divertido?

A resposta perfeita estava na ponta de língua de Neil, mas ele ficou na dele para ver se Andrew já tinha terminado com as divagações. A explicação estava logo ali, meio fora de alcance: perto o suficiente para Neil conseguir senti-la, mas longe o bastante para não conseguir interpretar. Talvez Andrew também estivesse sentindo, porque, mesmo no torpor de efeitos dos remédios, percebeu que precisava ficar de boca fechada. O sorriso que abriu para Neil era como se estivesse zombando de ambos pela oportunidade perdida. Ele tirou a mão da boca de Neil, deixando-o com nada além da lembrança de seus batimentos cardíacos, e se distanciou.

— Vou atrás do Kevin. Ele é lerdo demais.

Neil ficou o observando ir embora, depois bufou, frustrado, e voltou a olhar as raquetes.

Andrew não voltou, mas Kevin apareceu um minuto depois, deu uma olhada nas plaquinhas e pegou cinco raquetes para Neil testar.

— Tem uma quadra lá em cima — disse Kevin. — Vamos.

A funcionária pegou uma cesta cheia de bolas e uma chave e os conduziu até a porta atrás do caixa. O quarto andar contava com duas pequenas quadras para treinos e um corredor estreito. Ela destrancou uma das quadras, então Neil deixou as raquetes de lado e pegou o equipamento extra pendurado nos ganchos da parede. O colete pesado que a loja fornecia precisava ser usado por cima da roupa, e isso o fez lembrar do colete à prova de balas que a mãe tinha lhe dado na Europa. Ignorou as lembranças e vestiu as luvas e o capacete. Kevin organizou as raquetes e bolas na quadra enquanto Neil se preparava, depois o deixou lá dentro para praticar alguns arremessos.

Neil já tinha achado difícil manejar as raquetes quando as segurou. Mas arremessar com elas conseguia ser ainda pior. Eram quatro a cinco vezes mais pesadas do que aquelas que Wymack tinha lhe dado. A sensação era diferente nas mãos e tornavam seus movimentos mais lentos. Apesar disso, o som das bolas quando batiam na parede fazia uma onda de poder correr por suas veias. Cada rebote parecia uma pequena explosão. Neil imaginava como seria o som ao rebater as bolas em alta velocidade. Os arremessos seriam como mísseis em direção ao gol — ele deixaria os goleiros boquiabertos.

De vez em quando ele trocava de raquete na tentativa de se ajustar a cada uma a cada rodada, e depois analisava qual parecia melhor. Por enquanto, todas eram meio estranhas, mas quanto mais as utilizava mais conseguia perceber as que seria melhor descartar. Uma era grande demais; ele nunca conseguiria se acostumar. Outras duas foram descartadas após a terceira rodada. Não conseguia se decidir entre as duas últimas, então levou ambas para Kevin, que as inspecionou de cima a baixo, virando-as de um lado para o outro e prestando atenção até à menor das curvas na cabeça das raquetes.

Finalmente ergueu uma delas para a funcionária da loja.

— Vamos levar essa.

Neil pendurou os equipamentos, recolheu as bolas e raquetes e ficou esperando a mulher destrancar a quadra. Depois desceram, ela os instruiu a pendurar em uma estante as raquetes que não iriam levar e deslizou um formulário de encomendas pelo balcão até Neil. Precisavam solicitar a raquete nas cores da Palmetto. Exites cuidaria da personalização e da entrega. Neil achava que seria só marcar umas opções e ir embora, mas a marca que escolheram oferecia quatro tipos de design diferentes. Neil hesitou, então marcou o mais simples e preencheu o endereço da Toca das Raposas.

— Você tem alguma em estoque no momento? — perguntou Kevin enquanto Neil escrevia. — Estamos precisando de raquetes simples para treinos, três delas.

— Devemos ter — disse ela, depois digitou alguma coisa no computador, olhou para a tela e desapareceu rumo ao estoque. Quando voltou, Neil já tinha acabado de preencher. Ela escaneou a raquete e anotou os últimos números do formulário. Só então Neil viu o preço das raquetes, e quase engasgou. Era praticamente o valor de uma passagem para a Inglaterra.

— Tem que haver algum tipo de engano — comentou em francês.

— Se você quer ser o melhor, precisa pagar para ter o melhor — respondeu Kevin, parecendo despreocupado.

— Não preciso de três, então — disse Neil. — Pode dizer pra ela guardar essa de volta.

— As raquetes coloridas vão demorar uma semana pra chegar — explicou Kevin. — Não podemos perder esse tempo todo. Se o treinador se incomodar com o preço, ele pode falar comigo, mas a essa altura já devia saber que sou caro. Vamos pra quadra hoje à noite pra você poder praticar antes do treino de amanhã.

Kevin passou o cartão de crédito da equipe e assinou o recibo com um rabisco simples, depois guardou ambos na carteira para entregar a Wymack mais tarde. Então passou a raquete de treino para Neil. Saber o preço daquilo dava a sensação de que a raquete pesava cem vezes mais do que o peso real. Kevin assentiu para a caixa, que se despediu com um aceno de mão animado, e conduziu Neil escada abaixo.

Encontraram Aaron e Nicky no térreo. Andrew estava do lado de fora, fumando. Neil ficou no banco de trás do carro, junto da raquete: não queria enfiar algo tão caro no porta-malas. Andrew parecia ou ter se esquecido da discussão que tiveram ou voltado a agir como sempre agia por conta dos remédios, porque enfiou o dedo nas cordas da raquete nova de Neil e puxou, curioso. Não disse nada, mas também nem precisava. Nicky fez uma série de perguntas sobre a raquete para Kevin enquanto dirigia, deixando a Exites. De início, Neil achou que fosse só curiosidade genuína, mas a entonação em sua voz indicava que Nicky estava nervoso.

Não estavam longe da antiga casa dele. Os Hemmick moravam em uma casa de dois andares nos subúrbios do sul de Colúmbia. Neil deu uma espiada pela janela de Andrew enquanto Nicky estacionava na calçada. Vista de fora, a casa parecia perfeita. A grama era verde vibrante e aparada com capricho, os carros na garagem, novos e limpos, e a casa tinha uma tonalidade clara de azul, decorada com cortinas escuras. Parecia ser uma casa comum de classe média, o que tornava as reações dos primos ainda mais surreal. Quando Nicky desligou o motor, nem Andrew tinha algo a dizer.

Nicky tamborilava os dedos no volante.

— Talvez isso tenha sido um erro.

— Ah, agora que ele diz isso — comentou Andrew, saindo do carro. — Tarde demais.

Neil deixou a raquete de lado e saiu também, mas Andrew se esticou por trás dele e agarrou o cabo da raquete assim que Neil saiu da frente. Ele a girou, experimentando, testando o peso, então a apoiou no ombro e começou a caminhar na direção dos carros.

Nicky saiu do carro como se o veículo estivesse pegando fogo.

— Andrew, o que você está fazendo?

— O carro dele é brilhante demais pra um pastor — disse Andrew. — Vou deixar um pouquinho mais humilde.

Nicky correu atrás dele e tirou a raquete de suas mãos. Andrew poderia tê-la segurado, mas parecia estar se divertindo mais com a expressão aterrorizada do primo. Ele riu do nítido desespero de Nicky e fez um gesto exagerado sinalizando que saísse da sua frente. Então Nicky entregou a raquete para Neil.

Ele e Kevin ficaram para trás enquanto atravessavam o jardim. Aaron e Andrew ficaram esperando nos degraus, um ao lado do outro pela primeira vez desde que Neil conseguia se lembrar. Nicky permaneceu parado em silêncio na entrada por quase um minuto antes de tocar a campainha. Assim que o fez, se afastou, esperando. Andrew abriu um sorriso para Neil, e recebeu um balanço de cabeça como resposta.

Foi Maria Hemmick quem atendeu a porta — era mais alta do que Neil havia imaginado, mas logo de cara dava para perceber a semelhança com Nicky. Em tom de brincadeira, Nicky colocara a culpa nela quando Neil comentou que ele não se parecia com os primos. Andrew e Aaron eram brancos e pálidos e tinham cabelos claros, enquanto Nicky havia herdado não só a pele mais escura da mãe mexicana, mas os olhos e a mesma curva na boca. A diferença era que Nicky nunca sorria daquele jeito, um sorriso tão educado e pequeno que mal parecia acolhedor.

— Por que você tocou a campainha? — indagou ela, em vez de cumprimentar.

— Aqui não é mais minha casa. — Nicky refrescou sua memória.

Ela franziu os lábios, mas não argumentou. Deu um passo para o lado, para poderem sair do frio e entrar no corredor principal, muito mais aquecido. Assim que entraram, Maria fechou a porta e se virou para olhar os convidados. Neil e Kevin agora estavam mais próximos a ela. Pelo olhar dela enquanto os observava, não os tinha reconhecido, mas mesmo assim assentiu e os cumprimentou.

— Vocês devem ser o Kevin e o Neil — disse. — Eu sou a Maria.

Kevin abriu um daqueles sorrisos que direcionava ao público e disse:

— É um prazer conhecer a senhora.

Então ela olhou para os gêmeos, mas ignorou Aaron completamente. Sorriu para Andrew e disse:

— Aaron, quanto tempo.

— Aaron — respondeu Aaron.

Maria desviou o olhar do sorriso de Andrew para a expressão reservada de Aaron, depois novamente para Andrew.

— Ah, sim, lógico — disse, mas não parecia ter certeza.

— Já faz quase três anos que o Andrew está tomando os remédios, mãe — comentou Nicky, meio impaciente.

Andrew explicou tudo com o maior e menos amigável sorriso que seus remédios lhe permitiam.

— Olá, Maria. Com certeza é um grande, grande prazer ver você de novo. Muito interessante que tenha nos deixado voltar a sua casa e tudo o mais. Achei que fosse pedir uma ordem de restrição contra mim. O que aconteceu, perdeu a coragem?

— Andrew — Nicky implorou entredentes.

As bochechas de Maria ficaram vermelhas.

— Podem pendurar os casacos ali. — À direita ficava a portinha estreita do armário, com cerca de doze cabides. Maria os observou pendurarem os casacos e depois acenou para que a seguissem. — Por aqui.

— Você não consegue nem diferenciar os próprios sobrinhos... — Nicky começou, mas acabou deixando o resto no ar quando entraram na cozinha e deram de cara com o pai dele.

Luther Hemmick era um homem alto, magro e sério. Já havia perdido a maior parte do cabelo, mas mantinha a barba grisalha curta e bem aparada. Mesmo estando do outro lado da sala, Neil percebia a tensão em seus ombros. Luther não estava tão ansioso quanto Nicky para essa reunião, e Neil esperava que seu desconforto viesse do fato de ter a intenção de deixar para trás preconceitos antigos.

Maria foi direto para o fogão dar uma olhada no jantar, mantendo-se ocupada e abandonando a conversa o mais rápido que pôde. Luther não olhou para ela e levou um bom tempo observando os convidados. Não mudou de expressão ao analisar Neil e Kevin, mas também não prestou atenção neles por muito tempo.

Neil não achava que era coisa da sua cabeça Luther ter passado mais tempo olhando para Andrew do que para o próprio filho. Se perguntou se Luther suspeitava do envolvimento de Andrew na morte da irmã e se alguma parte dele culpava o sobrinho. Nicky disse que, quando Andrew saiu do reformatório, Tilda ficou ainda mais deprimida e se afundou ainda mais nas drogas. Talvez Luther se arrependesse do dia em que ficou sabendo da existência de Andrew.

Neil se distraiu olhando o ambiente, das pequenas cruzes e citações bíblicas penduradas nas paredes até a cozinha, tão perfeita que parecia ter saído das páginas de uma revista. A mesa quadrada só tinha duas cadeiras, mas a porta dos fundos estava aberta; a de tela se encontrava fechada, mas Neil conseguiu ver que levava a uma varanda onde havia uma mesa maior, arrumada para acomodar a todos.

— Nicky — disse Luther, finalmente. — Aaron, Andrew.

Nicky parecia ter perdido a voz, mas Aaron respondeu:

— E aí, tio Luther?

Luther deu um sorriso fraco, depois voltou o olhar para Neil e Kevin.

— Sou o pai do Nicky. Podem me chamar de Luther. Sejam bem--vindos à minha casa.

— Obrigado por nos receber — disse Kevin.

— Pode deixar isso aqui — Luther ofereceu, olhando para a raquete de Neil. Ele esperou até que Neil apoiasse o objeto contra a parede e então apontou para a porta dos fundos. — Por favor, fiquem à vontade. O jantar vai estar na mesa daqui a alguns minutos.

Nicky os guiou até a varanda, cercada por murinhos baixos de tela fina. Havia lâmpadas térmicas em cada canto e a tela acabava deixando parte do calor escapar, mas mantinha fora quase todo o vento frio de novembro, então estava mais gostoso fora de casa do que dentro.

Havia oito cadeiras na mesa, três de cada lado e uma em cada ponta. Levando em consideração o lenço rendado em uma das pontas, os

Hemmick se sentariam ali e os convidados se organizariam ao redor. Nicky escolheu uma das cadeiras do meio, mantendo uma cadeira de distância dos pais. Aaron sentou-se na cadeira entre Nicky e Maria. Kevin e Neil enfiaram Andrew entre os dois, do outro lado da mesa, para poderem ficar de olho nele. Neil estava mais perto de Luther, e Kevin, de Maria.

O casal teve que ir e voltar três vezes para trazer toda a comida. Quando todos estavam sentados, abaixaram as cabeças. Neil só percebeu o que estava acontecendo quando Luther começou a rezar; então abaixou a cabeça de leve e deu uma olhada de soslaio para Andrew, que nem se deu ao trabalho de fingir que rezava, ainda que Kevin, ao lado dele, também tivesse entrado no jogo por pura educação. Andrew estava com um dos braços apoiados no encosto da cadeira e batucava os dentes do garfo na mesa, fazendo um contraste horrível às palavras que Luther dizia.

Luther devia estar ofendido, mas já tinha aprendido há muito tempo a não esperar por respeito vindo de Andrew. Quando terminou, se empertigou e começou a servir a comida no prato mais próximo. Os outros entenderam que aquilo era a deixa para se servirem, mas Neil precisou esperar Andrew ou Luther terminarem antes de conseguir pegar a comida. Luther percebeu que ele estava esperando e voltou-se para ele.

— Você é religioso?

— Não — respondeu Neil.

Luther ficou quieto um minuto esperando-o explicar um pouco mais, mas Neil continuou o encarando em silêncio. Finalmente Luther franziu o cenho em resposta e pressionou:

— Por que não?

— Prefiro não falar disso — concluiu Neil. — Não quero causar brigas.

— Pra tudo tem uma primeira vez — disse Andrew, rindo. — Você costuma adorar emitir opiniões.

— Não vejo por que uma pergunta dessa causaria briga — retrucou Luther.

— É com essa pergunta mesmo que você quer começar, pai? — indagou Nicky. — Não quer perguntar como estamos ou nosso desempenho na faculdade ou como vai a temporada? Jogamos na Flórida ontem. E ganhamos, sabe.

— Parabéns — respondeu Luther automaticamente.

— É, parece bem sincero mesmo — comentou Nicky, a expressão mais triste do que irritada. Um silêncio desconfortável se seguiu, mas Nicky o rompeu, desanimado: — Quando vocês pintaram a cozinha de novo?

— Dois anos atrás — falou Maria. — O pedreiro frequenta nossa igreja. Ficou bom, né? — Ela esperou que Nicky concordasse em silêncio, olhou para Luther para saber que assunto puxar, então perguntou: — O que você está estudando, Nicholas?

Uma pequena parte de Neil desconfiava que Nicky exagerasse quando falava sobre o quanto era distante da família, mas ele já estava no segundo ano de faculdade e os pais ainda nem sabiam o que estava estudando. Neil não sabia se Maria estava perguntando porque estava interessada em saber do filho ou se só estava tentando romper o silêncio. Esperava que fosse a primeira opção; a segunda era demais para sua cabeça. Às vezes a mãe de Neil era terrível e violenta, mas uma coisa era certa: ela se dedicava a ele de corpo e alma. Eram duas metades de algo horrível. Dois cúmplices inseparáveis.

— Marketing — respondeu Nicky. — A prima do Erik trabalha em uma empresa de relações-públicas em Stuttgart. Ela acha que consegue uma vaga pra mim depois que eu me formar, se tiver notas boas.

— Você vai voltar para a Alemanha? — Maria perguntou, lançando um olhar alarmado ao marido.

Nicky cerrou a mandíbula, mas olhou fixamente nos olhos da mãe e falou:

— Sim. A carreira do Erik é lá. Eu não pediria que ele largasse tudo por minha causa, e na verdade nem quero que isso aconteça. Amei morar na Alemanha... é um lugar incrível. Vocês deviam ir nos visitar um dia.

— Nos visitar — repetiu Maria, baixinho. — Vocês ainda estão...

Ela não conseguiu concluir, então Nicky o fez:

— Sim, ainda estamos juntos. Voltei pra cá pra cuidar de Andrew e Aaron, não porque eu e Erik terminamos. Eu amo ele, tá? Sempre amei e sempre vou amar. Quando vocês vão aceitar isso?

— Quando você vai aceitar que isso é errado? — perguntou Luther.

— A homossexualidade é...

— Luther — advertiu Andrew. Foi tudo o que disse, mas Luther o olhou desconfiado.

— Eu amo ele — insistiu Nicky. — Isso não significa nada pra vocês? Por que não podem ficar felizes pela gente? Por que não podem dar uma chance a ele?

— Não podemos tolerar o pecado — declarou Maria.

— Vocês não precisam amar o pecado — retrucou Nicky —, mas deveriam perdoar e amar o pecador. Não é disso que se trata a fé?

— Fé é seguir a crença do nosso Senhor — informou Luther.

— Mas não dá pra ser tão radical — lamentou Nicky. — E não vou ser. Por que vocês chamaram a gente aqui se vão voltar pra essas ladainhas de sempre?

Luther não se deixou abalar pela decepção de Nicky e disse, calmo:

— Algumas informações que vieram à tona recentemente nos fizeram questionar nossa situação atual. Estamos comprometidos a dar um jeito nessa família. — Ele olhou para Maria, que assentiu, encorajando-o. — Mas sabemos que vai ser um caminho longo e difícil. Pedimos para vocês virem aqui para decidirmos os primeiros passos juntos.

— Expliquem — disse Andrew, se inclinando sobre o prato como se estivesse ansioso pela resposta. — Se o primeiro passo não é a tolerância, por onde uma dupla de fanáticos pode começar a dar um jeito nessa bagunça?

Luther encarou Andrew pacientemente.

— Consertando erros do passado. É por isso que você está aqui.

— Ah, não — rebateu Andrew —, eu só estou aqui porque Neil ficou choramingando até que eu concordasse em vir. Me deixem fora disso.

Luther fez careta. Do outro lado da mesa, Maria ergueu a mão, como se tentasse acalmar os ânimos, e disse:

— Vamos comer. É difícil encarar uma conversa dessas com o estômago vazio. Primeiro comemos e depois tentamos de novo, e então recompensamos nossos esforços com sobremesa. Tem uma torta no forno. De maçã, Nicholas. Era sua favorita.

Uma oferta fraca de paz, considerando as palavras duras que a antecederam, mas Nicky estava desesperado por qualquer vislumbre de esperança. Ele concordou e voltou a comer. Depois disso o silêncio reinou por um tempo, até Aaron finalmente o interromper. Perguntou de pessoas e lugares que Neil não conhecia, provavelmente gente que conheceu quando Tilda se mudou para a casa dos irmãos oito anos antes. Era uma conversa neutra que Luther e Maria conseguiam manter, o tempo que Nicky precisava para se acalmar.

Quando o jantar acabou, Andrew se levantou e entrou na casa. Luther foi atrás dele para que pudessem conversar sozinhos. Neil ouvia o murmúrio das vozes pela porta de tela, mas não conseguia distinguir as palavras. Aguçou os ouvidos, buscando por indícios de violência. Pensou que devia ir até lá bancar o juiz, mas sua presença acabaria com a conversa dos dois. Luther disse que queria consertar erros do passado. Se estava se desculpando, Andrew tinha que ouvir, querendo ou não.

Mas achava que o "não" estava ganhando, porque a voz de Andrew ficava cada vez mais alta. Neil conseguiu identificar uma coisa aqui, outra ali, mas Maria começou a falar alto para abafar o som. Neil quase a mandou ficar quieta, mas percebeu que ela estava falando com Nicky sobre a temporada. Queria ouvir o que Andrew dizia, mas, mais do que isso, queria que Nicky e a mãe fizessem as pazes. Ficou calado e manteve os olhos fixos na porta dos fundos. Se Luther gritasse de dor eles escutariam, independentemente do quão alto Nicky e Maria falassem.

Luther voltou sozinho, parecendo desgastado e derrotado, mas, fora isso, ileso. Andrew não viera junto. Luther voltou a se sentar e voltou sua atenção a Aaron. Neil esperou, contando os segundos e depois minutos para a volta de Andrew. O remédio dele logo regularia seu ânimo, transformando o mau humor em apatia. Neil esperaria até lá, e então descobriria quais respostas precisava trocar com Andrew para saber o que conversaram na cozinha.

Maria entrou para dar uma olhada na torta e voltou parecendo satisfeita.

— Acho que só mais cinco minutinhos.

Andrew ainda não tinha voltado. Por um momento Neil pensou que Andrew tivesse ido embora com o carro e os deixado lá, mas Neil nunca o tinha visto dirigir enquanto estava sob efeito dos remédios. Não podia; os remédios o deixavam inquieto e hiperativo demais para conseguir focar na estrada. Então Neil lembrou da raquete na cozinha e o carro caro de Luther na entrada.

Todos olharam para ele quando se levantou, então explicou:

— Vou tirar os pratos.

— Kevin e eu podemos ajudar — disse Aaron, olhando para Nicky como se quisesse dizer alguma coisa. — Assim vocês têm uns minutinhos pra conversar sem a gente.

Neil empilhou os pratos o mais rápido que pôde, tentando não quebrar nada. Kevin usou a mão livre para abrir a porta e foi na frente, com Neil quase tropeçando nele na pressa de entrar. Procurou pela raquete primeiro e ficou aliviado ao vê-la no mesmo lugar onde a tinha deixado. O alívio se seguiu de confusão e nervosismo, porque Andrew não estava na cozinha.

— Neil — Nicky chamou quando Aaron saiu, deixando a porta balançando. Neil colocou na mesa os pratos que estava segurando e abriu a porta dos fundos. — O Andrew está, hum... — Ele pensou melhor no que queria dizer e perguntou em alemão. — Pode dar uma olhada se Andrew não está quebrando nada de valor?

— Que grosseria, Nicholas — censurou Maria. — Por favor, use um idioma que todos entendam.

— Vou procurar o Andrew — prometeu Neil, em inglês.

— Não precisa se preocupar — interveio Maria antes que Neil pudesse entrar novamente. — Na verdade, acho que é um bom sinal ele estar demorando. Ele vai voltar assim que terminar de falar com Drake.

O coração de Neil disparou.

— O quê?

— Esse jantar não tinha sido ideia nossa no começo — comentou Luther. — Um dos antigos irmãos adotivos de Andrew nos procurou atrás de ajuda. Eles não tiveram uma separação muito amigável anos atrás, e fazia tanto tempo que não se falavam que ele tinha medo de que a relação dos dois estivesse prejudicada para sempre. Isso nos fez refletir sobre os nossos problemas familiares, e nos sentimos inspirados a entrar em contato.

A voz de Luther zumbia na cabeça de Neil, misturada aos pedidos insistentes de Higgins para que Andrew o ajudasse. A investigação de Richard Spear não tinha levado a lugar nenhum, de acordo com Higgins. Richard não era o homem que Higgins queria incriminar. Não era quem os filhos adotivos dos Spear sentiam medo em acusar. Higgins estava com um novo suspeito em mente, mas Andrew o expulsara da Carolina do Sul assim que ouviu o nome de Drake.

— Drake — disse Neil. — O sobrenome é Spear? Ele é filho de Richard e Cass?

Luther parecia hesitante.

— Andrew te contou sobre ele?

Neil deixou a porta se fechar e atravessou a cozinha. Já fazia um tempo que Andrew tinha sumido. Ou Drake estava morto ou Andrew estava em sérios problemas. Neil não sabia qual era a resposta, mas não iria enfrentar aquilo de mãos abanando. Era bom em começar brigas, mas raramente ganhava; isso não significava que não podia aproveitar as chances que tinha a seu favor. Puxou Aaron para que viesse junto, já que estava mais perto do que Kevin, e, no caminho, agarrou a raquete.

— Que merda é essa? — perguntou Aaron, mas Neil o mandou ficar quieto, ríspido.

Quando chegou às escadas precisou soltar Aaron, porque não conseguiria arrastá-lo degraus acima, e esperou que ele subisse em silêncio. Parte dele esperava que Aaron fosse embora, agora que já não o estava mais segurando, mas sua pressa despertava a curiosidade do gêmeo. Neil subiu as escadas acarpetadas o mais silenciosamente possível. Aaron seguia em silêncio logo atrás. Neil imaginou que ele já tivesse passado tempo o suficiente naquela casa para identificar quais degraus rangiam ao serem pisados.

Todas as portas do segundo andar estavam abertas, exceto uma, e Neil ouviu o barulho distante de algo batendo repetidamente contra a parede. Tentou a maçaneta, mas a porta estava trancada, então correu para a porta ao lado para dar uma olhada em que tipo de madeira era feita. Era um painel de fibra revestido com madeira compensada e oca, perfeita para ser derrubada no chute.

Aaron estendeu a mão para bater na porta, então Neil jogou sua raquete e ele a agarrou por instinto. Neil levou meio segundo se preparando, então chutou a porta com o calcanhar o mais próximo que conseguiu da maçaneta. A madeira se quebrou em torno do tênis e seu pé quase ficou preso no buraco de bordas serrilhadas quando o puxou de volta.

— Puta que... — Aaron começou, assustado, mas Neil deu outro chute forte na porta.

Desta vez ela abriu, e Neil cambaleou para dentro. Precisou dar dois passos para recuperar o equilíbrio e olhar para o que tinham acabado de interromper.*

---

* Começando a partir deste trecho, há uma cena que descreve um ato de violência extrema que pode ser perturbadora a alguns leitores. Aconselhamos a leitura responsável deste ponto em diante, até o próximo asterisco, onde está sinalizado que a cena teve o seu fim. Caso se sinta mais confortável, pule este trecho até o local indicado, onde será oferecido um breve resumo do que se passou para que o leitor não se perca na história.

Drake disse alguma coisa. Neil não sabia exatamente o quê — se lembraria das palavras mais tarde, aquela exigência furiosa em saber o que achavam que estavam fazendo ao se intrometerem daquele jeito. Naquele instante a voz de Drake não passava de um rugido nos ouvidos de Neil, ou talvez aquele som estivesse vindo do mundo de Neil desabando ao seu redor. Ele não saberia dizer.

Só levou um segundo para entender o que estava acontecendo, mas aquele segundo foi capaz de gravar na sua mente todos os detalhes horríveis da situação de uma forma que jamais esqueceria. Havia linhas irregulares de sangue no rosto de Drake, lesões causadas por unhas que arranhavam desesperadas. O peso de seu corpo grande, musculoso e tatuado era o suficiente para manter Andrew preso ao colchão. Um braço estava pressionando a nuca de Andrew, afundando seu rosto em um travesseiro ensanguentado. A outra mão de Drake estava na cabeceira, apertando com tanta força os pulsos de Andrew que seus dedos estavam fantasmagoricamente pálidos. Neil viu muito sangue e muita pele. Sabia o que estava vendo, sabia o que aquilo significava, mas não conseguia acreditar. Isso não o impediu de partir pra cima de Drake.

Aaron foi mais rápido.

Passou por Neil com velocidade e força o suficiente para quase fazê-lo cair. Drake parecia poder ganhar de qualquer um deles em uma briga, mesmo com as calças nos tornozelos, mas estava emaranhado demais nos lençóis para conseguir se levantar rápido. Aaron não esperou ele entender o que estava acontecendo; foi logo erguendo a raquete de Neil e batendo com um movimento ardiloso tão forte e rápido que o ar assobiou ao passar pela rede. A cabeça da raquete acertou a têmpora de Drake, esmagando um olho dentro da órbita e enterrando-o fundo no crânio.

O sangue de Drake respingou em Aaron, nas paredes e nas cortinas bem cerradas da janela próxima. O corpo inerte dele caiu do outro lado da cama, arrastando os lençóis consigo e batendo no chão com um estrondo. O barulho que veio a seguir foi da raquete de Neil escorregando dos dedos fracos de Aaron e caindo no chão. Neil não conseguia olhar para ele, não conseguia olhar para Drake, não conseguia olhar para nada nem ninguém que não fosse Andrew.

Andrew só vestia uma camiseta e estava deitado de bruços no colchão. Estava coberto de sangue e centenas de manchas que escureceriam e acabariam virando machucados horríveis. Se segurava na cabeceira da cama como se as mãos estivessem grudadas ali e ria. O travesseiro abafava o riso, mas Neil conseguia ouvir; aquele som fazia o mundo inteiro sumir sob seus pés. Queria tampar as orelhas para não escutar, mas não tinha tempo para isso. Passos pesados vindos de algum lugar atrás dele o alertavam de que Kevin estava subindo correndo para ver o que estava acontecendo ali.

Neil se jogou para a frente e subiu no colchão ao lado de Andrew. Estendeu as mãos, agarrando a ponta do lençol e puxando com força para o cadáver de Drake cair. Tudo o que conseguiu fazer antes de Kevin chegar foi usar a parte ensanguentada do lençol para cobrir o corpo de Andrew. Não sabia o quanto Kevin conseguira ver. Não tinha forças para olhar para trás e ver sua reação, mas o ruído que ouviu o informava de que Kevin tinha recuado ao ver a cena e se apoiado no batente da porta.*

Um segundo depois, Kevin já tinha ido embora. Neil o ouviu descer os degraus correndo, tão rápido que era um milagre que não tivesse caído ou quebrado alguma coisa. Estava indo buscar Nicky e Luther, Neil sabia disso. Ia ligar para a polícia. Saber que logo teriam médicos ali ajudava a amenizar um pouco o nó na garganta que Neil estava sentindo, mas ainda assim seu estômago revirava.

---

* Final da cena. Em um resumo sucinto, Neil e Aaron ao entrar no quarto flagram Drake, que foi um dos irmãos adotivos de Andrew, cometendo um ato de violência sexual extrema contra Andrew. Neil afasta Drake de Andrew, e Aaron, usando a raquete de Neil, ataca e mata Drake. A cena se segue com Kevin chegando ao local, após escutar a movimentação e descendo para ir buscar Nicky e Luther. Se você, ou qualquer pessoa que conheça, já tenham passado por situações similares à de Andrew, procure por ajuda, de familiares e profissionais qualificados. Há diversos centros e sites que oferecem apoios a casos de violência sexual, como <www.mapadoacolhimento.org/>, <www.naosecale.ms.gov.br/#> e <memoriasmasculinas.org/site/>.

— Ei — disse Neil, ou pensou ter dito. Não reconhecia a própria voz. — Andrew. Andrew, você está...

Não tinha como perguntar a ele se estava bem. Não era cruel a esse ponto. Se conseguisse, imploraria para Andrew parar de rir, mas cada palavra que dizia parecia piorar mais ainda sua ânsia de vômito. Tudo o que podia fazer era esperar, com os dedos enfiados no lençol que tinha usado para cobrir Andrew até os ombros.

— De repente tudo ficou quieto — disse Andrew, parecendo surpreso. Finalmente soltou a cabeceira e flexionou os dedos, como se estivesse com câimbra. Apoiou as mãos no colchão e tentou se levantar, mas no meio do movimento se interrompeu e voltou a rir. — É, isso é bem desagradável. Não gosto nem um pouco disso.

Neil sentia o corpo de Andrew tremer sob os lençóis, mas a mente dele estava em outra sintonia. Tinha um sorriso enorme e descontrolado estampado no rosto enquanto debochava da própria dor. Neil queria pedir para ele ficar parado, mas finalmente Andrew conseguiu ficar de pé. O lençol ameaçava escorregar de seus ombros, então Neil apertou mais o tecido e Andrew o permitiu fazer isso, voltando um olhar perplexo em sua direção. O sangue estava manchado e meio seco em uma linha que ia da bochecha até o queixo, resultado de um corte na testa.

Andrew percebeu Neil o encarando.

— Acho que tive uma concussão. Ou é isso ou é um novo efeito colateral do remédio que os médicos esqueceram de me contar. Se eu vomitar em você, não vai ser completamente de propósito.

Neil achou que fosse perder a batalha contra o próprio estômago antes.

O grunhido abafado de Aaron foi sua melhor tentativa de dizer o nome do irmão. Quase não dava para entender, mas era o suficiente. Andrew, que mal percebia a existência de Aaron durante todo o tempo que Neil os conhecia, olhou imediatamente para o gêmeo. Tirou uma mão debaixo do lençol, os dedos encolhidos como se fosse fazer um pedido, e Aaron subiu na cama, indo até ele. Andrew tentou sair da frente, mas foi demais para ele aguentar: começou a se engasgar, e Neil o ajudou a se inclinar para a frente.

— Andrew — disse Aaron, desesperado e assustado. Segurava o irmão como se achasse que Andrew poderia desaparecer caso o soltasse. — Andrew, eu não... ele...

Andrew cuspiu algumas vezes, arfando enquanto tentava respirar.

— Quieto. Quieto. Quieto. Olha para mim — disse, mas levou alguns instantes para conseguir se endireitar e voltar a olhar para Aaron. Pressionou a mão na camiseta ensanguentada do irmão. — Está por toda parte. O que ele fez?

— Não é meu — respondeu Aaron. — Não é meu, é... Andrew... ele...

Andrew tocou a têmpora de Aaron no mesmo lugar em que estava machucado, como se esperasse encontrar uma lesão parecida ali.

— Ele tocou em você?

— O que ele...

Andrew enfiou os dedos no cabelo de Aaron e puxou para fazê-lo ficar quieto.

— Responde. Eu disse, ele tocou em você?

— Não — respondeu Aaron.

— Eu vou matar ele — disse Andrew.

— Ele já está morto — informou Neil.

— Isso explica o silêncio — concluiu Andrew —, mas não estou falando dele. Olha, nem precisamos ir a lugar nenhum. Ele vai vir até nós.

Neil percebeu que estava falando de Luther. Ouviu mais passos na escada, dessa vez muitos para ser só Kevin. Parecia que ele tinha trazido um exército inteiro consigo, mas talvez algumas das batidas viessem do coração de Neil. Ele deu uma olhada por cima do ombro quando Kevin e Nicky apareceram na porta.

Nicky só levou um segundo para ver todo o sangue, então correu até a cama gritando, horrorizado:

— Ai, meu Deus.

— Não — disse Neil, erguendo a mão para afastá-lo.

Neil não sabia se Nicky o tinha escutado ou se percebeu que não havia espaço para ele na cama. Parou o mais perto que podia, segurando o rosto de Andrew com as mãos. Andrew tentou desviar, mas estava enjoado e fraco demais para conseguir se mover com rapidez. Nicky apertou o rosto dele.

— Andrew, o que aconteceu? — perguntou Nicky, agitado. — Você está bem? Jesus amado, quanto sangue. Você está...

— Nicky — interrompeu Andrew —, preciso falar com seu pai. Te dou dois segundos pra sair da frente.

Neil não sabia como Andrew tinha percebido a chegada de Luther mesmo com Nicky na sua frente, mas o pai do primo estava próximo à entrada do quarto, congelado. Nicky olhou de Andrew para os lençóis arruinados e para o corpo sangrando no chão. Quando viu o estado de Drake, desmoronou. O som que emitiu não parecia humano. Neil sentiu aquilo como se fosse veneno nas veias, mas tudo que Andrew fez foi cair na risada.

— Um — Andrew começou a contar.

— Nicky — disse Neil. — Se abaixa.

Nicky saiu da frente, caindo de joelhos ao lado da cama, o que deu a Andrew uma visão livre de Luther. Apesar de já saber que ele estava lá, fingiu surpresa ao vê-lo. Um segundo depois, a expressão em seu rosto parecia quase de deleite. Neil até acreditaria naquilo, não fosse pela forma como Andrew ainda segurava com força o cabelo do irmão.

— Ah, Luther — disse Andrew —, que bom. Você veio. Me poupou do trabalho de ter que descer para te procurar. Ei, já que está aqui, se importa de me explicar o que o Drake estava fazendo aqui? Não vejo a hora de ouvir o que tem a dizer. Espero que seja uma boa história.

— O que, em nome de Deus... — Luther começou, a voz rouca.

— Ah, não — Andrew o interrompeu. — Não. Não pergunte o quê. Você sabe que não deve perguntar. Você sabe — ele repetiu, com raiva, então inclinou-se para a frente até onde foi capaz de arriscar. Começou a balançar, mas Neil o segurou pelo ombro, impedindo-o de cair. —

Parece que, no fim das contas, eu estava certo sobre ele. Ou você ainda acha que tudo isso não passou de um grande mal-entendido? Vai em frente, me fala de novo que sou desequilibrado demais pra entender demonstrações normais de amor e afeto entre irmãos. Diz pra mim que isso é natural.

Nicky parecia ter levado um soco. Todo o corpo de Aaron estremecia. Do outro lado do quarto, Kevin encarava Andrew como se tivesse visto um fantasma. Andrew não percebia o efeito de suas palavras em cada um deles; sorria com uma alegria perversa enquanto fixava os olhos em Luther.

— Ei, Luther — considerou Andrew —, e por falar em mal-entendido, a não ser que eu esteja me lembrando errado, mas você não prometeu que iria falar com Cass? Você me disse que ela não ia adotar mais nenhuma criança depois de mim, mas aparentemente ela teve seis outros filhos adotivos desde que saí do reformatório. Seis, Luther. Não sou muito bom em matemática, mas até eu sei que seis é um número bem maior do que zero. Quantos você acha que estavam na casa dela quando Drake estava por lá, entre um serviço e outro?

"E agora você o deixa entrar dentro da sua casa", disse Andrew. "Embaixo do mesmo teto que seu filho, que meu irmão. Depois de tudo que fiz para manter os dois longe dele?" Andrew puxou o cabelo de Aaron mais uma vez, inadvertidamente puxando-o para mais perto e depois afastando. "Assim que eu conseguir me equilibrar de novo, vou acabar com você, Luther. Só vou te avisar uma vez."

O rosto de Aaron estava pálido de medo e pânico.

— Isso já aconteceu antes.

Ele falou baixinho, como se estivesse com medo de que, ao dizer aquelas palavras, elas se tornassem reais. Aaron olhou para Andrew como se nunca o tivesse visto antes. Andrew não se incomodou em retribuir o olhar, e Aaron finalmente voltou sua atenção para Luther.

— Isso já aconteceu antes e você sabia. Você sabia o que ele tinha feito e mesmo assim o chamou aqui.

— É verdade? — perguntou Nicky, sem conseguir desviar o olhar de Andrew para o rosto do pai.

Luther abriu a boca e depois fechou novamente, parecendo desolado. Aaron só lhe deu alguns segundos para ele responder, então estourou:

— Cai fora daqui — disse e, vendo que Luther ainda não tinha se movido, gritou: — Cai fora daqui!

Andrew riu quando Luther recuou para o corredor — a porta estava danificada demais para ser fechada, mas Luther se esforçou ao máximo para puxá-la de volta ao lugar. Neil começou a ouvir as sirenes a distância, enquanto Andrew levou mais alguns segundos, então olhou por cima do ombro, pensou um pouco e finalmente deu de ombros em um movimento exagerado, soltando Aaron. Depois arrancou as faixas dos braços, uma por uma, e colocou-as no colo de Neil.

Disse alguma coisa, mas Neil não conseguiu ouvir. A palidez da pele cicatrizada era familiar e assustadora demais para que ele não reagisse. Neil agarrou o pulso de Andrew e começou a virar seu braço, certo de que era só coisa da sua cabeça, mas com a mão livre Andrew apertou o antebraço de Neil.

— Andrew — Neil começou.

— Só pra ficarmos entendidos: eu vou te matar.

A força com que apertava Neil não condizia com aquele sorriso sob efeito de remédios. Andrew não estava blefando: se Neil não o soltasse logo, Andrew quebraria seu braço. Ele começou a afrouxar, mas estendeu os dedos enquanto isso, sentindo as marcas fundas e os inchaços da pele ferida na ponta dos dedos, e seu estômago se revirou. Andrew afastou com força a mão de Neil, de um jeito que seu antebraço descoberto ficasse virado para si próprio.

— Se livra dessas coisas — ordenou Andrew. — Os porcos não gostam quando pessoas que nem eu andam armadas.

Neil não tinha bolsos fundos o suficiente para esconder as faixas de Andrew, então as enfiou entre o estrado da cama e o colchão. Olhou de Aaron para Nicky, mas nenhum dos dois tinha percebido. Aaron estava de olho na porta como se pensasse que Luther poderia voltar. Nicky encarava Andrew, mas sua expressão fechada deixava nítido que seus pensamentos estavam a quilômetros de distância daquilo tudo. Apesar de serem a família de Andrew, eram tão indiferentes com relação a ele quanto todos os outros.

— Andrew — chamou Neil de novo.

— Faça um favor pra gente — pediu Andrew. — Vamos todos ficar um pouco em silêncio.

Não havia mais nada que Neil pudesse fazer além de esperar a chegada da ambulância e da polícia.

CAPÍTULO DOZE

O pronto-socorro do Hospital Geral de Richmond estava lotado, uma mistura de doenças e lamentação. As recepcionistas tentavam organizar o caos da melhor forma que podiam, mas havia gente demais para ser examinada e a quantidade de médicos não chegava nem perto de ser o suficiente. Neil estava longe demais para ouvir o que a recepcionista dizia, mas conseguia perceber pelo seu tom de voz que sua paciência estava por um fio. As reclamações estridentes e discussões dos futuros pacientes continuavam. Neil só estava prestando atenção porque precisava de alguma coisa que o distraísse de seus pensamentos.

As coisas foram de mal a pior quando a polícia de Colúmbia apareceu na casa dos Hemmick. A equipe de primeiros-socorros e os paramédicos chegaram quase no mesmo instante, mas atrás deles também apareceram duas viaturas. Neil não sabia se eles não tinham nada de melhor para fazer em um domingo à noite ou se vieram por ter escutado o nome de Kevin Day na radiopatrulha. Neil duvidava seriamente se eram mesmo necessários seis policiais para declarar a morte de Drake como legítima defesa. Queria que eles fizessem anotações, examinassem os detalhes óbvios da cena horripilante e apertassem a mão de Aaron ao sair — mas, quando viu Aaron pela última vez, ele estava algemado e sendo levado escada abaixo. Pouco depois, a polícia enfiou Andrew, que parecia se divertir, na parte de trás da ambulância e o levou para o hospital.

Neil não sabia o que aquilo significava: puro azar das Raposas, se havia amaldiçoado a equipe inteira com sua presença ou se casos de estupro e assassinato eram sempre complicados desse jeito. Ele não saberia dizer; mal conseguia pensar. Instintivamente dividiu o grupo da única forma possível: Kevin queria ir para o hospital esperar Andrew ser liberado, mas o rosto dele era conhecido demais e a última coisa que qualquer um deles precisava naquela noite era chamar ainda mais atenção. Neil mandou que ele e Nicky fossem até a delegacia esperar por Aaron e foi para o hospital sozinho assim que a polícia desistiu de tentar tirar informações dele. Já estava lá há quase quarenta minutos. Evitava ficar o tempo inteiro olhando o relógio, mas era mais forte do que ele. A multidão à sua volta não mudava com tanta rapidez assim para ser uma boa fonte de distração.

Mas o homem que entrou pelas portas de vidro de correr dois minutos depois era. Sem nem perceber, Neil se levantou, e o movimento repentino chamou a atenção de Wymack, que apontou o dedo para o chão à sua frente. Neil abriu caminho pelo corredor lotado, e o treinador mal esperou que ele se aproximasse para sair novamente. Neil apertou o casaco com mais força e o acompanhou.

Wymack o guiou até a área de fumantes, que ficava a cerca de seis metros dali. Neil viu a sacola plástica pendurada no braço do treinador, mas, assim que Wymack tirou um maço de cigarro do bolso, Neil se esqueceu de perguntar o que era, esticando a mão em um pedido silencioso. Wymack arqueou a sobrancelha e disse:

— Até onde sei, você não fuma.

— Não fumo mesmo — disse Neil.

Wymack entregou o cigarro para ele de todo modo e pegou outro para si. Estava ventando forte, então foi difícil para conseguirem acender os cigarros. Neil deu uma longa tragada para garantir que o cigarro estava mesmo aceso, então cobriu-o com as mãos. O cheiro ácido da fumaça, por mais fraco que fosse em uma noite como aquela, deveria ser reconfortante. Mas não era.

— O que você está fazendo aqui? — perguntou Neil.

— Kevin me ligou — respondeu Wymack. — Trouxe roupas limpas para o Andrew.

Neil pensou um pouco, mas a conta não fechava: Kevin não tinha pegado no celular enquanto estava no quarto, e não haviam se separado há tanto tempo assim para Wymack ter conseguido ir de Palmetto State até lá. Wymack só poderia estar ali se Kevin tivesse ligado para ele quando desceu as escadas pela primeira vez atrás de Nicky. Conhecendo Kevin, Neil podia apostar que Wymack tinha recebido a ligação antes mesmo da polícia.

— Eles prenderam o Aaron — disse Neil.

— Eu sei — respondeu Wymack.

— Por quê?

— Uma pessoa morreu por conta da raquete dele.

— Não era dele — rebateu Neil —, era minha. A polícia levou como prova. Será que vão me devolver ou vou ter que comprar outra?

Wymack soltou a fumaça no ar entre eles, que se desfez no vento tão rápido quanto tinha se formado. Neil viu que Wymack o estava encarando, então voltou a atenção para seu cigarro. Virava-o de um lado para o outro entre os dedos; sob as unhas ainda havia sangue seco. Por um momento achou que fosse de sua mãe, teimosamente se prendendo às suas mãos mesmo depois de todos esses anos. Sacudiu violentamente o cigarro, expulsando esses pensamentos junto com as primeiras cinzas que caíram.

— Neil — disse Wymack.

Neil conhecia muito bem aquele tom.

— Estou bem.

— Se me der essa resposta de merda mais uma vez, você vai ver o que vai acontecer — repreendeu Wymack. — Parei na delegacia antes de vir aqui e me deram um resumo censurado dos fatos. Fique sabendo que a polícia te marcou como testemunha hostil. Disseram que você se recusou a falar, que não quis nem dizer seu nome. Tiveram que conseguir essa informação com Kevin.

— Estou bem — repetiu Neil. — Só não gosto de falar com policiais.

— Então não fale com eles — disse Wymack. — Fale comigo.

— O que você quer que eu diga?

— A verdade — pediu Wymack.

— Não.

— Por que não?

Neil balançou a cabeça; não sabia como explicar o medo que estava sentindo. Coisas assim exigiam honestidade total, e Neil mentia desde que tinha idade para falar. Não sabia como falar a verdade agora. Se tentasse, ainda seria a verdade ou ele acabaria envenenando as palavras assim que as dissesse em voz alta? Seu instinto o faria distorcer as coisas? Não queria arriscar. Andrew não merecia isso.

— Treinador, ligue para Oakland — disse Neil, porque precisava direcionar as perguntas de Wymack para um ponto mais seguro. — Higgins precisa saber o que aconteceu hoje. Você se lembra dele? — perguntou quando Wymack franziu as sobrancelhas. — Ele ligou no começo do ano quando estava investigando o pai de Drake. Eu sei que ele mudou de foco no mês passado e passou a investigar o próprio Drake, mas não sei se chegou a registrá-lo oficialmente como suspeito. Se não fez isso, os policiais daqui não vão saber que precisam notificá-lo.

Wymack ficou um minuto o encarando em silêncio, então tirou um cartão da carteira. Neil viu um escudo azul-brilhante impresso na frente e imaginou que o cartão seria de um dos policiais encarregados do problema. Não tinha a intenção de ficar por perto para ouvir a chamada, então apagou o cigarro com o pé.

— Vou voltar pra dentro — disse, e Wymack não impediu.

Neil voltou para o pronto-socorro e descobriu que alguém já estava sentado em seu lugar. Mas tinha um local para poder esperar de pé em um canto, então ele se encostou na parede e voltou a prestar atenção no balcão da frente. Minutos depois Wymack apareceu, falou brevemente com as recepcionistas, que pareciam exaustas, e entregou a elas a sacola de plástico. Uma das funcionárias entrou com a sacola, e, enquanto isso, Wymack foi esperar com Neil. Não disseram nada um ao outro enquanto esperavam Andrew ser liberado.

Quando Andrew finalmente saiu pelas portas do fundo, parte de Neil desejou que pudessem deixá-lo lá. Ele vestia as roupas limpas que Wymack tinha trazido, mas mesmo o moletom com capuz não conseguia disfarçar o que Drake havia feito em seu rosto. Mas pior do que os machucados e cortes era o sorriso enorme ainda estampado no rosto de Andrew. Neil se sentiu mal só de ver.

Wymack foi deter Andrew, que se encaminhava para a porta, e Neil foi atrás. Andrew olhou para eles quando os notou se aproximando e deu uma risada.

— E aí, treinador. Não me lembro de ter te convidado pra esse fiasco.

— Não convidou mesmo — respondeu Wymack.

— Kevin — Andrew adivinhou. — Um belo de um traidor.

Ele parecia estar se divertindo, em vez de irritado, e gesticulou para o treinador ir à frente. Deu uma olhada rápida na direção de Neil enquanto seguia Wymack noite afora. Apesar de o hospital estar lotado, o treinador tinha conseguido uma boa vaga, logo na esquina. Neil caminhou mais devagar conforme se aproximavam para Andrew poder decidir onde queria se sentar; ele, por sua vez, abriu a porta do carona, mas não entrou. Em vez disso, tamborilou os dedos na porta e ficou refletindo, como se decidir onde sentar fosse um grande mistério a ser solucionado.

Neil não estava entendendo o porquê da hesitação. Mas Wymack entendeu, e disse:

— Atrás tem mais espaço para se esticar.

— Ah, tem razão — disse Andrew, mas mesmo assim se sentou no banco da frente. Neil percebeu os nós dos dedos dele ficarem pálidos enquanto segurava a porta, tentando ganhar impulso para entrar no carro, mas foi só quando Andrew riu e disse "ai" que Neil entendeu que ele ainda estava sentindo muita dor.

Neil se sentou no banco de trás e colocou o cinto, os dedos dormentes. Wymack bateu a porta com força, fazendo o carro inteiro tremer, e ligou o motor. Mas não saiu do lugar, e parte de Neil se perguntava se Wymack iria interrogar Andrew bem ali, no estacionamento.

Em vez disso, o treinador olhou Andrew com impaciência e falou:

— Quando você quiser.

— Certo, certo — disse Andrew. — Segurança em primeiro lugar.

Andrew ajustou o cinto e Wymack começou a dirigir. Neil achou que voltariam para a delegacia, até que começou a reconhecer as ruas por onde estavam passando: Wymack estava os levando até a casa dos primos. Só de pensar em passar a noite em Colúmbia já era horrível, mas Neil não teve nem chance de reclamar. Já havia um carro estacionado na entrada e Andrew o reconheceu, por mais que Neil não soubesse de quem era.

— Deve haver uma boa explicação pra isso — comentou Andrew. — Não vejo a hora de ouvir.

— Você sabe por que ela está aqui.

— Não sei, treinador. Isso não é da conta dela.

— Nem começa — disse Wymack enquanto estacionava atrás do carro desconhecido. — Sei que você não achava sinceramente que teria como esconder isso dela por muito tempo. Mas não fui eu quem dei ideia de ela vir hoje, então não me olha assim. Só fiquei sabendo que Abby a convidou quando estávamos a caminho.

— Eu odeio todos vocês — disse Andrew, animado demais, e saiu do carro.

A chegada deles não passou despercebida, e a porta da frente se abriu antes de chegarem perto. Neil só levou um segundo para reconhecer Betsy Dobson e parou onde estava, na grama.

Andrew também parou, e abriu os braços como se esperasse um abraço.

— Ahh, Bee! Apareceu na hora certa. Estávamos falando de você. Tenho outras coisas pra fazer agora, mas Neil disse que te faria companhia no meu lugar. Tudo bem por você, né? Não achei que fosse se importar mesmo.

— Eu me importo, sim — disse Neil. — Não tenho nada pra falar com ela.

— Tenho certeza de que você vai achar um assunto. — Andrew disse, e sorriu para Neil. — Você sempre consegue, né? Não precisa ser a verdade, sabe. Bee não espera honestidade nenhuma de você. Já avisei que ela não devia acreditar em nenhuma palavra que sai da sua boca. Ou você também já começou o joguinho dos segredos com ela?

— Eu disse não.

Andrew se virou para olhar para ele e enfiou as mãos nos bolsos da frente do moletom.

— Você não entendeu direito — disse, assentindo. — Não foi um pedido, Neil. Foi você quem ajudou a criar toda essa confusão. O mínimo que pode fazer é ajudar a dar um jeito na bagunça. Cadê seu senso de responsabilidade?

Uma facada teria doído menos. As palavras de Andrew tiraram todo o ar dos pulmões de Neil, e ele deu um passo instável para trás, buscando desesperadamente se equilibrar. Queria dizer que aquilo não era culpa dele, mas os dois sabiam que era. Andrew não havia contado a respeito de Drake, mas disse que Luther tinha traído sua confiança. Em vez de ouvir, Neil quis dar apoio ao sofrimento cheio de esperanças de Nicky. Não convidou Drake para a Carolina do Sul, mas jogou Andrew direto em seus braços.

A culpa era um sentimento relativamente novo para Neil, algo que estava aprendendo com o tempo que passava com as Raposas. Até aquele momento, a sentia apenas em explosões efêmeras e desconfortáveis. Agora, era como um calor intenso e devorador que o fazia querer arrancar o próprio estômago. Não sabia se queria vomitar ou gritar — nenhuma das opções seria aceitável, então cerrou os dentes com toda a força. Olhar nos olhos de Andrew era quase impossível. Desviar o olhar seria imperdoável.

Ele foi além da queimação que sentia no peito e encontrou as únicas palavras que conseguiu:

— Onde está o seu?

Andrew inclinou a cabeça, fingindo estar confuso. Talvez não fosse fingimento. Talvez realmente não tivesse entendido. Neil mal estava reconhecendo a própria voz rouca. Engoliu em seco, suprimindo a ânsia de vômito. Cada vez que respirava, sentia como se estivesse sendo cortado ao meio, mas sua voz estava firme quando voltou a falar:

— Por que você não contou ao Higgins?

— Não teria adiantado — disse Andrew, despreocupado. — O Porco não estava pronto para ouvir naquela época. Ele e Drake eram amigos, sabe como é. Se conheceram quando Drake fez o programa de Parceiros da Aprendizagem e até que se deram bem, de certa forma. Sei que ele não teria acreditado em mim, então nem perdi tempo tentando.

— Então você não fez nada — acusou Neil. — Você quase enfiou uma faca nas costelas do Nicky quando ele flertou comigo, mas não ergueu um dedo para proteger as outras crianças de Cass. Você sabia o que Drake faria com elas, e mesmo assim não as protegeu.

— Não deveria ter mais nenhuma criança — defendeu-se Andrew.

— Mas tinha — Neil relembrou, frio, feroz e terrível.

Andrew riu e tirou uma mão do bolso. Depois segurou Neil pelo pescoço, não tão apertado ao ponto de ele não conseguir respirar, mas ainda assim com força, como um aviso. Pelo canto do olho Neil viu Wymack se mexendo, mas confiou que ele não se meteria na situação. A menos que Andrew de fato o machucasse, o treinador os deixaria brigar da forma como quisessem. Neil manteve o olhar fixo em Andrew, baixando o tom de voz o suficiente para Wymack e Betsy não escutarem.

— Espero que ela tenha valido a pena.

Andrew se inclinou e disse:

— Ah, Neil. Você é pesado demais pra ficar andando na corda bamba.

— Foi por isso que você ficou quieto? — Neil agarrou o pulso de Andrew. Não conseguia sentir as cicatrizes sob o tecido, mas nem precisava: sabia que estavam ali. Andrew entendeu do que ele estava falando, pelo jeito como congelou na mesma hora. Continuava sorrindo, mas Neil não se deixou enganar. — Fez isso pra não ter que contar a verdade sobre o filho dela?

— Talvez.

— O que você estava tentando fazer, durar mais tempo que ele? — perguntou Neil. — Ele estava quase se formando e tinha a intenção de se alistar, certo? Tudo o que você tinha que fazer era aguentar até a formatura e aí ela o adotaria. Então o que deu errado?

Andrew pressionou com mais força, até Neil não conseguir mais respirar. Ele se recusou a se esquivar de Andrew. O aperto em seu peito começou como um simples desconforto, mas foi se espalhando até parecer que cada osso de seu peito iria quebrar com a pressão. Neil começou a perder a compostura, independente da força que fazia para se manter estável, e só se mexeu para empurrar Andrew quando este finalmente diminuiu a intensidade do aperto.

Mas, em vez de soltá-lo, Andrew deslizou a mão pela nuca de Neil, puxando-o mais para perto. Então colou a boca no ouvido de Neil e abaixou a voz, mas Neil não precisava ver seu rosto para saber que Andrew ainda estava sorrindo; conseguia ouvir.

— Drake adiou o alistamento — disse Andrew. — Ele queria aproveitar ao máximo o último verão com o irmãozinho mais novo. Chegou até a perguntar a Cass se a gente podia convidar o Aaron pra ficar lá por algumas semanas pra todos nós podermos nos conhecer. Cass deixou a decisão nas minhas mãos, mas, sempre que não estava olhando, Drake tentava me convencer. Queria que nós dois estivéssemos no mesmo lugar. Dizia que ficava imaginando nós dois na mesma cama. Que seria perfeito.

Neil estremeceu — só tinha pressionado porque precisava que aquele sorriso horrível sumisse. Precisava saber se, por trás da euforia causada pelos remédios em suas veias, Andrew estava gritando. Mas ele não estava, e Neil não tinha como conviver com aquilo. Os remédios de Andrew eram fortes demais ou sua psicose era muito deturpada; de um jeito ou de outro, aquela noite não tinha significado nada para ele. Não passava de um contratempo que Andrew podia deixar de lado.

— E por falar no outro Minyard... — Andrew soltou Neil e sorriu para Wymack, então ergueu a voz para que o treinador pudesse ouvir e perguntou: — Ele realmente fez aquilo, não foi? Talvez a maior decisão que já teve que tomar. Onde estava essa coragem toda quando estava apanhando da mãe? Teria sido útil nesses anos todos. Alguém precisa o parabenizar.

— Aaron está preso — disse Betsy. — Por que você não entra para podermos falar disso?

Andrew se virou, olhando para ela com uma expressão surpresa.

— Você ainda está aí, Bee?

— Só mais um pouco — respondeu Betsy. — O leite já está quase quentinho. Comprei no caminho pra gente poder tomar chocolate quente; trouxe a lata inteira do chocolate amargo com avelãs. Se começarmos a beber agora, lá pra meia-noite talvez já estejamos satisfeitos.

Neil estava incrédulo. Chocolate não era uma forma de consertar as coisas; não tornaria nada daquilo mais fácil de ser encarado. Mas, um instante depois, Andrew puxou o braço de Neil para poder olhar no relógio e disse:

— Você pensa em tudo mesmo, Bee. Vamos entrar já, já.

Betsy assentiu e entrou. Assim que ela saiu de vista Andrew tentou soltar a mão novamente, mas Neil ainda segurava com força. Andrew se virou para olhar para ele, entretido demais para ficar irritado.

— Boa sorte da próxima vez, Neil — disse ele. — Eu já te avisei antes, não? Eu não sinto nada.

— Não mais — respondeu Neil, a voz quase um sussurro.

As antigas cicatrizes nos pulsos de Andrew eram uma prova do quanto ele precisou cair para chegar àquele ponto. Neil finalmente o soltou, deixando seus braços penderem, fracos, ao lado do corpo. Andrew deu de ombros com um gesto exagerado e se virou, e Neil ficou o observando enquanto ele desaparecia porta adentro. Um segundo, minuto ou uma hora depois percebeu que Wymack o encarava.

— Neil — chamou o treinador.

— Estou bem — respondeu Neil.

Wymack ficou um instante em silêncio, depois disse:

— Então fica bem lá dentro, que está mais quente.

Neil deu um passo à frente, ou pelo menos foi essa a sua intenção. Quando se deu conta, estava correndo: não em direção à casa, mas para longe.

Ainda sentia o cheiro de sangue na camiseta, por mais que estivesse de casaco. Não sabia se era coisa da sua cabeça, mas o cheiro era tão forte e azedo que quase dava para sentir aquele gosto característico de metal. O som que seus tênis faziam ao tocar o chão se assemelhava a tiros. Quando piscava, via a França, a Grécia, via a longa escala no Líbano e a breve passagem por Dubai. Lembrava-se do estrondo das ondas do Oceano Pacífico e dos dedos da mãe como garras no ar enquanto tentava desesperadamente respirar uma última vez.

Culpa, luto e dor corroíam suas veias, destruindo-o de dentro para fora, e ele permitia, alimentava esses sentimentos, porque, apesar de horríveis, essas lembranças faziam sentido. A dor da perda era tudo que ele conhecia e entendia. Se os perdesse de vista, tudo o que restava era aquela crueldade nada familiar que tinha testemunhado naquela noite. Não sabia ainda como enfrentar aquilo. Não sabia como separar em categorias toleráveis. Talvez descobrisse um jeito no dia seguinte. Ou talvez fosse carregar aquilo com ele até o dia em que os Moriyama o matassem. Neil não sabia. E não queria saber.

Correu até não conseguir mais respirar, mas a dor ainda continuava.

Quando voltou, a casa estava escura e silenciosa. Neil não sabia como ficara a divisão dos três quartos, e não queria ver mais ninguém naquela noite. Por sorte, a sala de estar estava vazia. Colocou a mesinha de café de lado para poder ter mais espaço para se esticar e, sem nem uma muda de roupa para poder se trocar, tudo o que fez foi tirar os sapatos e se aconchegar no sofá. Tinha quase certeza de que seus pensamentos o manteriam a noite inteira acordado, mas acabou sendo dominado pela exaustão.

O barulho de um armário fechando o alertou de que não estava sozinho. Neil acordou assustado e, por instinto, tateou em busca da mochila, mas acabou não a encontrando. Sentiu o estômago revirando no segundo que sua mente levou para acordar. Sentou-se no sofá, tentando se acalmar, e esfregou os olhos, cansado apesar daquele choque de adrenalina, levantando-se para investigar de onde vinha o barulho.

A luz da cozinha estava apagada, mas a lâmpada fluorescente fraquinha que ficava acima do fogão estava acesa. Wymack estava mexendo na máquina de café. Se Wymack estava acordado, eram 4h30. Depois de passar um mês dormindo em seu sofá, Neil acabou aprendendo a rotina matinal do treinador do jeito mais difícil. Aparentemente, uma morte não era o suficiente para mudar seus hábitos.

Wymack terminou de configurar a máquina e começou a passar o café. Quando se virou, reparou em Neil na porta. Ele esperou que o treinador fosse tecer algum comentário pela sua fuga na noite anterior, mas tudo que Wymack disse foi:

— Você conseguiu dormir?

Neil não sabia a que horas tinha voltado, então só respondeu:

— Acho que sim, algumas horinhas.

— Se conseguir dormir mais, pode ir — disse Wymack. — O dia vai ser longo, e preciso que todos estejam bem acordados e racionais antes que Waterhouse esteja aqui. — Ao perceber o olhar curioso de Neil, Wymack explicou: — O advogado de Andrew. Queremos que ele cuide do caso de Aaron. Deve ser uma vitória fácil para ele.

— Ele não deveria ter sido preso.

— Só estão fazendo o trabalho deles — disse Wymack. — Um homem morreu ontem à noite, e até que tenham todas as informações necessárias precisam mantê-lo lá. Seu depoimento poderia agilizar as coisas, sabe. Você é o único além de Andrew e Aaron que estava no quarto quando Drake morreu, e já que o Andrew também se recusa a falar...

— Luther confessou?

— O quê?

— Que armou tudo aquilo — completou Neil, irritado. — Deixou Drake entrar na casa mesmo sabendo de tudo o que ele tinha feito com Andrew da última vez que estiveram juntos. Se ele e o Aaron contaram a verdade e os policiais prestaram bem atenção em como estava o quarto, não precisam de mais nada. Se estiverem se prendendo a detalhes insignificantes por preconceito com o histórico do Andrew, deviam entregar o caso a profissionais mais objetivos pra parar de desperdiçar nosso tempo.

— Neil.

— Você ligou pra polícia de Oakland? — perguntou Neil.

— Não tenho mais o número deles — explicou Wymack. — Pedi a um dos policiais daqui ligar para lá. Vou tentar falar com o oficial Higgins hoje para ver se ele está sabendo de alguma coisa. Agora chega de enrolar e volta a dormir.

— Estou bem.

A resposta saiu antes que conseguisse se impedir. Wymack nem precisou dizer nada; sua expressão já era o bastante. Neil olhou fixamente para a jarra de café, tentando não se mexer. Depois do que pareceu uma eternidade, Wymack se virou e serviu em uma caneca o pouco café que tinha feito. Então pegou-a da bancada e foi até a porta. Neil voltou para o corredor para que o treinador pudesse passar, mas Wymack parou na sua frente.

— Neil — disse Wymack —, cá entre nós, eu acho que você nunca esteve bem.

Neil não tinha uma resposta, mas nem era necessário responder. Wymack seguiu com sua rotina e saiu para uma caminhada na manhã gelada. Neil viu a porta da frente se fechar atrás do treinador e voltou para o sofá para esperar. Quanto mais tempo passava ali, mais seus pensamentos começavam a embaralhar, conforme o cansaço voltava a dominá-lo. Enfim, Neil se deitou de lado novamente e dormiu. Acordou brevemente quando Wymack voltou, mas se forçou a dormir por mais algumas horas.

Quando acordou de novo, foi ao som de passos pesados nas escadas e da voz alegre de Andrew. Neil tinha perdido a primeira parte da conversa, mas, pelo contexto, conseguiu entender que Andrew estava explicando a terrível situação do café da manhã na casa. Não tinham se planejado para dormir em Colúmbia, então tudo o que havia na casa era o leite e o achocolatado que Betsy comprara.

Neil saiu do sofá e foi até a porta. Andrew estava, como sempre, elétrico e pronto para o dia: vestia uma blusa de gola alta preta em um tecido pesado; uma peça que Neil não reconhecia, provavelmente porque Andrew não a tinha levado consigo quando se mudou para o dormitório do campus. As mangas eram longas demais para ele, quase cobriam as mãos e escondiam fácil os braços machucados. Mas ele não conseguia disfarçar os hematomas multicoloridos em seu rosto: Drake não tinha ganhado aquela briga com facilidade.

Neil não foi o único que ficou inquieto ao ouvir o barulho que Andrew fazia: os outros foram também atraídos, como abelhas em direção a um mel envenenado. Os quartos dos gêmeos ficavam no andar de cima, cada um em uma ponta do corredor. O quarto de Nicky, no andar de baixo, logo depois da escada, onde Neil acordou de sua primeira noite em Colúmbia. A porta estava aberta, e Nicky e Kevin estavam parados ali, com Betsy logo atrás. Ela não parecia descansada, mas pelo menos aparentava estar calma. Já Nicky e Kevin pareciam ter sido atropelados por um caminhão.

Abby tentava manter uma expressão tranquila enquanto acompanhava Andrew até o andar de baixo, mas Neil conseguia perceber a tensão em seu sorriso. Andrew falava como se não estivesse notando. Neil sabia que era mentira: os remédios de Andrew o transformavam em um maníaco, mas não em uma pessoa burra. Estava gostando de fazer Abby sofrer. Mas foi só ver Neil parado na porta que Andrew perdeu a linha de raciocínio e parou na ponta das escadas.

— Ah, Neil voltou. A gente achou que você tinha se perdido.

— Eu nunca me perco — rebateu Neil.

— E também nunca se encontra — acrescentou Andrew com um movimento discreto da cabeça. — Melhor assim, tenho certeza. Mas apareceu na hora certa. Isso resolve todos os nossos problemas. Certo, Bee? — Andrew olhou por cima do ombro em direção ao corredor e acenou para ela, que gentilmente abriu caminho entre Kevin e Nicky para poder passar. Andrew sorria observando-a se aproximar, e apontou para Neil de novo. — Ele sabe onde está o carro e você sabe onde fica a loja. Tente fazer ele comprar algumas roupas no caminho de volta, pode ser? Vai começar a feder se não cuidarmos dele.

— Quer alguma coisa específica para o café da manhã? — perguntou Betsy.

— Nada especial — respondeu Andrew. — Pode perguntar para os fantasmas ali, mas acho que eles não têm muitas opiniões pra dar hoje. Acho que você está perdendo o jeito, Bee. Ah, mas olha só. Neil vai precisar disso.

Andrew remexeu os bolsos, procurando, e na terceira tentativa encontrou o que queria, mas Neil só conseguiu ver de relance antes que Betsy pegasse. Foi só a psiquiatra dar um único passo na direção de Neil que Andrew já a agarrou pela blusa para fazê-la parar.

— Exites — disse ele. — Kevin está com o cartão.

Betsy voltou para o corredor para pegar com Kevin o cartão do time. Andrew bateu palma, chamando a atenção de Neil.

— Não esquece das minhas facas, tá? Eu vou querer de volta. Tchau.

Ele deu uma batidinha com dois dedos na têmpora machucada em um gesto de saudação e foi para a cozinha. Foi só quando Betsy se aproximou de Neil que ele enfim percebeu que o tinham voluntariado para fazer compras com ela. Começou a argumentar para não ir, mas as palavras acabaram morrendo na garganta: a acusação que Andrew fizera na noite anterior sobre o papel de Neil em tudo aquilo ainda era uma ferida aberta que ele não queria pressionar. Olhou mais uma vez para Nicky e Kevin e se virou para Betsy, seguindo-a para fora, no frio.

O GPS de Betsy ficava preso ao para-brisa, em uma posição que a permitia olhar a telinha com mais facilidade. Assim que o dispositivo encontrou o satélite apropriado, Betsy apertou alguns botões e ficou olhando o aparelho carregar as rotas. Uma voz melancólica com sotaque britânico a instruiu a seguir na direção leste, então Betsy abaixou o volume até que mal se conseguisse ouvir as instruções e saiu da garagem. Neil olhava pela janela, tentando se fazer de invisível. Sua estratégia não funcionou por muito tempo.

— David me pediu para falar com você — comentou Betsy. — Sei que esse não é o ambiente mais propício pra isso, mas, por favor, saiba que tudo que falarmos hoje será tratado com a mesma privacidade e respeito de uma consulta formal.

— E o que a gente teria pra conversar? — rebateu Neil. — Se eu fosse você, ficaria mais preocupado com Nicky. Ele veio até aqui achando que daria um jeito no relacionamento com a família dele, e agora a família inteira dele se desfez.

— Ele tem sorte por ter um amigo como você se preocupando com ele.

— Não sou amigo dele — retrucou Neil. — Somos apenas colegas de time.

— Você não é amigo dele ou ele que não é seu amigo? — indagou Betsy, e, quando Neil olhou para ela, complementou: — São coisas bem diferentes e é possível que uma aconteça sem a outra. Peço desculpas se estiver supondo, mas me parece que ele te vê como um amigo. — Neil não respondeu, então ela prosseguiu: — E quanto ao resto da equipe? Eles são seus amigos?

— Pra que eu preciso de amigos? — perguntou Neil. — Vim aqui pra jogar. Foi pra isso que fui contratado pelo treinador, então é o que vou fazer. É disso mesmo que você quer falar?

— Quero falar de ontem à noite, mas também quero falar sobre você. Quero ter certeza de que tem uma rede de apoio que pode te ajudar pelas próximas semanas. Se não quiser falar sobre isso, podemos focar na outra questão. Pode me contar o que aconteceu?

— Quantas vezes você quer ouvir essa história? — perguntou Neil. — Tenho certeza de que Nicky e Kevin já te contaram. Provavelmente o treinador deve ter mencionado o que a polícia relatou. Talvez você tenha conseguido tirar até algumas respostas de Andrew. Não tenho nada a acrescentar.

— Você pode me contar pelo menos por que levou a raquete para o quarto?

— Você tem uma arma? — perguntou Neil, e, quando Betsy negou com a cabeça, ele acrescentou: — Imagine que você tivesse. Uma noite, você acorda pelo barulho de alguém se movendo dentro da sua casa. Você tem o direito de ir confrontar essa pessoa e, sem saber se ela está armada ou não, é esperta o bastante para levar sua arma junto. Se ele te atacar e você atirar, a polícia vai alegar legítima defesa. Eu não tenho uma arma, mas tenho uma raquete.

— Entendo o que você quer dizer, mas ninguém mais suspeitava que Andrew estivesse em apuros — disse Betsy. Não era bem uma pergunta, então Neil não respondeu. Quando pararam no próximo sinal vermelho, Betsy o observou em silêncio. Foi só quando as luzes ficaram verdes que ela voltou a falar: — Há uma linha tênue entre legítima defesa e assassinato premeditado, Neil. Por que você subiu até o quarto com a raquete?

Neil finalmente disse, relutante:

— Eu sabia quem era o Drake.

— Como? O Andrew tinha falado com você sobre ele?

— Me contou partes da história, não o suficiente — disse Neil. — Eu sabia que a polícia de Oakland estava investigando os Spear e sabia que o filho de Cass era da Marinha. Não tenho como enfrentar alguém da Marinha. Foi por isso que peguei a raquete. — Neil olhou pela janela e desejou que aquela conversa acabasse. — Entreguei a Aaron para poder arrombar a porta e acabei não tendo tempo de pegar de volta.

— Você entrou no quarto de repente — declarou Betsy. — O que foi que viu?

— Drake atacando Andrew — contou Neil. Era a verdade, mas a sensação era de que tinha deixado escapar uma mentira. Era patético descrever o que tinha visto em só três palavras. — Fiquei sem equilíbrio depois de chutar a porta, então Aaron foi mais rápido do que eu. Ele atingiu Drake bem aqui. — Neil tocou a própria cabeça, mostrando o ponto onde a raquete tinha esmagado o crânio de Drake. — Era uma raquete pesada, então um único golpe já foi suficiente. Se Andrew te entregou o cartão, quer dizer que a polícia não vai devolver minha raquete, né?

— Você ia querer de volta? — perguntou Betsy.

— Você tem ideia do quanto custa aquela raquete? — indagou Neil.

— Sim, eu quero de volta.

— Não te incomodaria o fato de ela ter sido usada como arma em um assassinato?

— Não matou ninguém importante.

— Interessante — comentou Betsy, mas não entrou em maiores detalhes até parar o carro no estacionamento de uma loja de departamento. Era fácil conseguir uma vaga perto da entrada chegando tão cedo em um dia útil. Ela tirou a chave da ignição, desligou o GPS e olhou para Neil.

— Deixando os crimes de Drake de lado, ele morreu de uma forma violenta a apenas alguns metros de você. Seria natural e completamente compreensível se você sentisse algum tipo de choque ou tristeza.

O mais inteligente ali seria mentir, mas a cada vez que piscava Neil via a mão de Andrew apertando com força a cabeceira, os nós dos dedos pálidos. Ainda conseguia ouvir a risada de Andrew abafada pelo travesseiro. Se pudesse enfiar a mão dentro da cabeça e arrancar todas aquelas lembranças, faria isso, mas não era possível. Tudo o que podia fazer era descontar em Betsy. Ela não foi a psiquiatra que obrigou Andrew a começar a tomar os remédios dois anos e meio antes, mas era a única perto o suficiente para ser atingida.

— Não sinto nada — disse Neil, secamente. — E quer saber? Andrew também não.

Ele queria vê-la se defendendo. Queria vê-la tentar justificar aquilo. O temperamento do pai corria em suas veias, quente, atrás de uma válvula de escape. Mas a única resposta que conseguiu veio com tranquilidade:

— Você perguntou pra ele?

— Se eu perguntei pra ele? — Neil repetiu, incrédulo. — Ele disse que não sente nada. Você viu como ele estava sorrindo ontem à noite. Ouviu quando ele disse... — Neil agitou a mão com violência, tentando ficar quieto antes que acabasse falando demais, e saiu do carro batendo a porta, mas, lógico, Betsy já estava saindo do outro lado. Em uma tentativa de interromper a conversa, Neil disse: — Não vamos falar disso.

— Você não pode passar o resto da vida sufocando tudo o que sente — afirmou Betsy. — Precisa de uma válvula de escape, seja comigo, com David ou com seus colegas de time.

— Eu não preciso de ninguém.

— Você gostaria pelo menos que um de nós entrasse em contato com seus pais?

— Não — respondeu Neil, e foi em direção à entrada.

Betsy veio logo atrás, mas não o pressionou, e cada um foi para um lado dentro da loja. Neil era o único dando uma olhada nas araras de roupa àquela hora do dia, mas já havia uma idosa responsável pelos provadores. Ela parou de organizar as devoluções por alguns instantes e destrancou um dos provadores para Neil, que tirou o casaco assim que ouviu o clique da porta fechando. Quando encarou o próprio reflexo no espelho, ficou imóvel, as mãos agarrando a camiseta.

O sangue de Drake parecia quase preto nos pontos onde havia secado — pelo menos Neil achava que era o sangue de Drake. Poderia facilmente ser de Andrew. Por um momento, o cheiro parecia fresco: forte, quente e azedo.

Alguns meses antes, Wymack tinha ligado para eles avisando sobre a morte de Seth por overdose. Naquela noite, Neil tinha comentado com Andrew que não entendia o que levava alguém a se suicidar, mas Andrew fez pouco-caso. Aquela recusa, feita como quem não quer nada, mascarava uma compreensão bem mais profunda. Andrew disse que o comportamento autodestrutivo era a única saída de Seth. Na época, Neil não entendeu, porque ele sempre teve outra saída: sempre havia uma porta dos fundos por onde escapar, um ônibus para pegar, uma balsa para entrar. Por mais terrível e aterrorizante que fosse, isso ainda lhe dava uma vaga esperança de sobrevivência. Ele não conseguia imaginar viver sem esse conforto.

Neil virou uma das mãos e observou seu pulso intacto. Ele tinha inúmeras cicatrizes no corpo, consequências de sua vida como fugitivo, mas nenhuma havia sido autoinfligida. Neil passou as unhas curtas pelo braço, viu as linhas vermelho-pálidas surgirem na pele e se forçou a focar no que viera fazer ali.

Não demorou muito para encontrar uma roupa que servisse. Já encontrar Betsy acabou sendo mais difícil, e ele se manteve distante até ela terminar de comprar a comida. A cesta estava cheia o bastante para Neil perceber que estava levando mais do que o necessário para uma única refeição. Quase chegou a perguntar quanto tempo ela pretendia ficar em Colúmbia, mas não quis puxar conversa. Ainda teria que lidar com ela durante a próxima etapa da viagem.

Betsy ficou em silêncio quando entraram no carro novamente, que os levou até a Exites. Neil entrou sozinho com o cartão do time e comprou uma raquete nova para poder treinar. Não foi mais fácil engolir o preço dessa vez. Neil assinou o recibo, enfiou a cópia no bolso — com uma nota mental para se desculpar com Wymack por ser tão caro — e voltou para o carro com a raquete. Com isso, só restava mais uma parada na lista de afazeres.

Com a exceção da casa onde tinha crescido em Baltimore, a casa dos Hemmick era o último lugar no mundo onde Neil queria estar. O carro de Andrew ainda estava estacionado no meio-fio e Betsy parou logo atrás. Ela estendeu uma chave na direção de Neil, que não fez nenhum movimento para pegá-la. Seu cérebro conseguia ligar os pontos, mas ele se recusava a aceitar a imagem final: Andrew não permitia nem que Aaron e Kevin dirigissem seu carro.

— Você tem carteira de motorista, não tem? — perguntou Betsy.

Neil tinha algumas, mas nenhuma com o nome que usava no momento.

— Sim.

— Você sabe o caminho de volta ou quer me seguir?

— Pode ir na frente — disse Neil, finalmente pegando a chave. — Eu preciso pegar as facas do Andrew.

— Vou esperar aqui — concluiu Betsy.

Era a resposta que Neil achava que fosse receber, ainda que não fosse a que queria, mas ele não perdeu tempo discutindo. Atravessou o gramado até a porta da frente e apertou a campainha. Precisou tentar mais três vezes até finalmente ouvir um movimento do outro lado da porta. Maria abriu a porta apenas o suficiente para Neil ver metade de seu rosto. Neil não sabia se a culpa a estava fazendo ficar na defensiva ou se ela esperava algum tipo de reação violenta, mas não tinha energia para lidar com ela ficando na sua frente. Enganchou a mão na lateral da porta para que ela não pudesse fechá-la sem quebrar seus dedos e enfiou o tênis na fresta o máximo que conseguiu.

— Me deixa entrar — pediu Neil. — Deixamos algo aqui ontem.

— Eu pego pra você — respondeu Maria. — Só me diz onde está.

— Na cama que você fez pro seu próprio sobrinho — disse Neil.

Maria estremeceu tanto que quase bateu a porta, mas, antes que Neil precisasse enfrentá-la para conseguir entrar na casa, ela soltou a maçaneta e saiu da frente. Recuou, distanciando-se dele, e envolveu a própria cintura como se pudesse se apertar até sumir. Neil passou por ela e subiu as escadas. Não viu Luther em lugar nenhum — torcia para que ele estivesse atrás das grades em algum lugar.

Na noite anterior, Neil tinha arrombado a porta, e a chegada de policiais e das equipes de emergência só aumentou ainda mais o estrago. Naquela manhã, a porta estava vários centímetros fora do lugar, mas alguém teve a ideia de prender um cobertor no batente, como uma cortina improvisada. Neil o arrancou para que Luther e Maria tivessem o trabalho de colocá-lo de volta e o jogou para o lado. A porta rangeu quando ele a empurrou, e Neil acendeu a luz.

Neil já estava acostumado com mortes e não ficava perturbado ao ver sangue, mas bastou um vislumbre da cama toda amarrotada para fazê-lo parar. Os lençóis não estavam mais lá, mas o colchão tinha manchas de um vermelho-escuro no ponto onde Drake havia sangrado. A parede e as cortinas ainda estavam salpicadas em alguns lugares. Neil olhou para a cabeceira da cama como se visse as impressões digitais de Andrew gravadas na madeira e engoliu em seco, tentando conter uma náusea atordoante. Respirou pela boca enquanto atravessava o quarto em direção à cama.

O colchão estava torto pela forma brusca como havia sido manuseado na noite anterior, mas o estrado parecia intocado. Neil enfiou as mãos embaixo dele e o ergueu. As faixas de Andrew estavam exatamente onde Neil as havia deixado, equilibrando-se entre as ripas de madeira. Após pegá-las, colocou o colchão de volta no lugar. Então deu um passo para trás e parou, observando novamente aquela bagunça. Não sabia dizer quanto tempo ficou ali olhando para o sangue antes de perceber o que estava fazendo. Precisava sair dali antes que Betsy viesse procurá-lo. Não queria que ela visse aquilo; não queria que começasse a fazer perguntas. Neil não tinha nenhuma resposta para dar. Tudo o que sentia era raiva e arrependimento.

Desceu as escadas o mais rápido que conseguiu sem tropeçar. Maria não estava no corredor, e, ao sair, Neil deixou a porta da frente escancarada. Então passou por entre os carros para Betsy poder ver as faixas que estava carregando e foi até a porta do lado do motorista do carro de Andrew. Destrancou-a, entrou e bateu com mais força do que deveria. Sabia que Betsy estava esperando que ele desse o primeiro passo, então rapidamente ajustou o assento e os espelhos e colocou a chave na ignição, mas sua mão travou antes que ele conseguisse girá-la.

Neil tinha aprendido a dirigir na Europa com treze anos, mas nunca dirigira sozinho antes. Sempre revezava com a mãe durante as longas noites dos dois na estrada. Desde a morte dela, só andava de carona, ia a pé ou se familiarizava com as aventuras do transporte público americano. Agora, ali estava ele, sozinho, com a estrada à sua frente e o volante rangendo sob os dedos tensionados.

Inspirou pelo nariz e expirou pela boca, tentando não sentir o cheiro de sangue e água salgada. Depois deu uma olhada nos outros assentos, como se esperasse encontrar sangue neles, e girou a chave na ignição quase com força suficiente para quebrá-la.

Se afastou do meio-fio e foi à frente no caminho de volta para a casa de Andrew. Nunca havia dirigido em Colúmbia antes, e esta era só sua segunda vez na casa dos Hemmick, mas prestara atenção no caminho antes. Ainda tinha que fazer algumas pausas para pensar, mas o tráfego intenso lhe dava tempo o suficiente para poder analisar a situação. Estava grato pela distração: se estava trocando marchas, não tinha tempo para pensar em colchões ensanguentados e na empolgação fora de contexto de Andrew.

Atrás do carro de Wymack havia um outro, desconhecido, e Neil supôs que fosse Waterhouse começando o dia e dando início logo cedo ao seu novo caso. Neil estacionou na garagem e deixou Betsy parar atrás dele. Parecia que ela conseguiria se virar com as compras, então Neil pegou suas coisas e abriu a porta. Deu uma olhada primeiro na sala de estar, que estava vazia, e seguiu até a cozinha. Abby e Wymack estavam sentados à mesa.

Neil entregou o recibo e o cartão para o treinador.

— Posso te devolver o dinheiro de uma das raquetes.

— Tenho cara de quem precisa do seu dinheiro, engraçadinho? — perguntou Wymack.

O barulho das sacolas de plástico indicou a chegada de Betsy. A presença dos três ali fazia o ambiente parecer mil vezes menor. Neil deu alguns passos para trás, afastando-se da mesa, para ter espaço para respirar e perguntou:

— O advogado está aqui?

— Os dois estão — disse Wymack, e olhou para Betsy. — Se importa em explicar isso?

Betsy assentiu, mas perguntou:

— Onde estão Nicky e Kevin?

— Nicky tentou abraçar Andrew e quase foi esfaqueado com uma faca de cozinha — declarou Wymack. — Kevin foi esperto e o tirou daqui. Da última vez que os vi, estavam trancados no quarto de Nicky.

— Ele se machucou?

— David estava por perto, graças a Deus — comentou Abby. — Se ele tivesse demorado só mais um segundo pra separar a briga...

Betsy olhou para Neil.

— Você se importa de ir ver como eles estão? Preciso falar com o David e a Abby rapidinho.

Neil deixou a raquete de lado e foi até o corredor para se trocar. Jogou as roupas ensanguentadas no saco plástico vazio e as enfiou no fundo da lata de lixo do banheiro. Quando encarou seu reflexo no espelho, estava parecendo limpo, mas a sensação era como se ainda estivesse sujo. Neil verificou as unhas atrás de qualquer resquício de sangue, então se inclinou para perto do espelho e deu uma olhada nas raízes do cabelo: a última camada de tinta ainda estava ali, firme e forte.

Estava com a mão na maçaneta quando ouviu a exclamação assustada de Abby. A distância, não dava para distinguir o que ela estava dizendo, mas percebeu bem a raiva incrédula. Encostou o ouvido na porta, mas Abby logo abaixou o tom de voz novamente.

Neil girou a maçaneta o mais silenciosamente que conseguiu e abriu a porta. Prendeu a respiração, esperando que a porta rangesse e acabasse o entregando, mas não aconteceu nada. Assim que conseguiu passar, se esgueirou para o corredor. O quarto de Nicky era perto o suficiente para que Nicky e Kevin tivessem escutado a indignação de Abby, mas a porta continuou fechada. Também não havia nenhum som vindo do andar de cima. Neil deu alguns passos silenciosos até a cozinha.

Era óbvio que Abby estava tentando manter a voz baixa, mas o tom estridente ajudava a tornar mais compreensível o que ela estava dizendo.

— ... tipo de trauma com outro não vai resolver nada. Só vai piorar as coisas. Eu entendo o que você quer dizer, mas esse não é o caminho.

— É a única solução ética — disse Betsy.

— Você não pode...

— Ela pode — disse Wymack, cortando Abby, que emitiu um som abafado, como se não estivesse acreditando que Wymack estava indo contra ela. Por um momento angustiante a cozinha ficou em silêncio, e então Wymack prosseguiu. — Se você tem certeza de que essa é a melhor opção, não vou te impedir. Confio que você vai fazer o melhor pelas minhas crianças.

— Desculpa — disse Betsy —, eu sei o que isso significa para a sua temporada.

— Se preocupe com Andrew — respondeu Wymack —, eu me preocupo com a temporada.

— Andrew não vai concordar com isso — disse Abby, como um último esforço para fazê-los mudar de ideia. — Levá-lo embora significa deixar Kevin para trás. Desde que Andrew começou a proteger Kevin, o máximo que se afastavam era durante as aulas. Ele não vai mudar as coisas agora, especialmente com Riko por perto.

— Andrew não precisa concordar — respondeu Wymack. — A decisão é de Betsy.

Neil já tinha escutado o suficiente, então entrou na cozinha. Betsy estava sentada à mesa, e Abby e Wymack estavam tão concentrados nela que nem o perceberam entrando, mas a psiquiatra estava de frente para a porta e ergueu o olhar com a sua chegada. Não pareceu nem um pouco surpresa ao vê-lo ouvindo o que diziam.

— Para onde vocês vão levá-lo? — perguntou Neil.

Abby teve um sobressalto e o olhou, parecendo culpada.

— Neil, não ouvi você entrar.

Ele ignorou o comentário e insistiu:

— Para onde vocês vão levá-lo?

— Para o Hospital Easthaven — respondeu Betsy. — Vou tirar o Andrew dos remédios.

Neil sentiu como se estivesse perdendo o chão sob os pés.

— O quê?

— Ainda não é oficial — comentou Betsy. — Preciso que o sr. Blackwell autorize. Ele era o advogado de acusação no julgamento de Andrew, e está aqui agora com o sr. Waterhouse para avaliar a situação. Duvido muito que vá contestar, então até a tarde de hoje devemos conseguir colocar Andrew em Easthaven.

— Por colocar, você quer dizer internar — disse Neil.

— O acordo original redigido pelo dr. Ellerby e pelo sr. Waterhouse tinha a intenção de fazer com que a promotoria resistisse o mínimo possível. Um dos termos com os quais Andrew concordou foi de ser supervisionado 24 horas por dia durante sua reabilitação. Easthaven é um dos melhores hospitais do estado. Ele estará em boas mãos.

— Mas por quanto tempo?

— Ninguém sabe — disse Wymack. — A reabilitação de Andrew estava marcada para maio, quando as aulas acabassem. Vai levar algum tempo até os remédios saírem do organismo dele. Quando a cabeça dele estiver melhor, os médicos vão precisar descobrir qual o próximo passo do tratamento, seja uma terapia intermitente ou alguma pílula nova de felicidade. Levando em consideração a total incapacidade de Andrew de colaborar, talvez isso dure algo em torno de quatro, cinco semanas.

— Se ele estiver de volta perto do Ano-Novo, vai ser um milagre — comentou Abby, a frustração nítida na voz. — Vocês estão o forçando a passar pela abstinência e recuperação ao mesmo tempo.

— É tudo ou nada — disse Betsy. — Você sabe disso.

— Façam isso — ordenou Neil quando Abby voltou a argumentar.

Seu comando, dito em um tom de voz ofegante, fez todos os três olharem para ele, mas Neil estava focado em Betsy. Quando estavam no carro, sentiu vontade de feri-la por ficar reforçando as regras horríveis dos medicamentos de Andrew. Ela não se defendeu porque sabia que não precisava. Assim como ele, sabia que era crueldade manter Andrew sob o efeito dos remédios, e já tinha ido atrás das pessoas que poderiam ajudá-lo.

Betsy abriu um sorriso discreto, aprovador.

— Prometo que vou tentar. Nos deseje sorte.

Ela pegou uma nova barra de chocolate do balcão e guiou Wymack e Abby escadas acima.

Neil não acreditava de verdade em sorte, mas, ao vê-los saindo, torceu para que, de um jeito ou de outro, a tivessem.

CAPÍTULO TREZE

A porta do quarto de Nicky estava destrancada, então Neil entrou sem bater. Nicky e Kevin estavam sentados na cama, em silêncio. Kevin estava em uma das pontas, a postura rígida, enquanto Nicky estava deitado de costas no meio da cama. Neil olhou de um para outro, ambos com a expressão abatida, colocou a raquete de lado e fechou a porta. Kevin imediatamente olhou para a raquete; Nicky não notou, estava ocupado demais encarando o teto.

Neil sentou-se entre eles na cama. Não tinha por que perguntar se Nicky estava bem; qualquer um conseguiria ver que não estava. O melhor que conseguiu fazer foi dizer algo irrelevante:

— Ei.

— A gente não devia ter vindo — disse Nicky, soando tão infeliz quanto parecia. — Eu tinha que ter escutado o Andrew quando ele me disse para desistir deles. Se tivesse feito isso, não estaríamos aqui agora. Andrew não estaria... — Nicky fechou os olhos e inspirou fundo, trêmulo. — O que foi que eu fiz?

— Você não fez nada — respondeu Neil. Tentou dizer alguma coisa, mas só conseguiu encontrar palavras que não eram suas, mas de

Wymack, ditas para aliviar a culpa que Neil sentia pela morte de Seth.

— Você não sabia o que ia acontecer. Nenhum de nós sabia. Se a gente soubesse, não teríamos vindo.

— Betsy disse a mesma coisa, mas você acredita mesmo nisso? — perguntou Nicky. — Você consegue acreditar? A gente sabia que Andrew não queria vir, mas o forçamos mesmo assim. Eu deveria ter confiado nele. Devia saber que era uma coisa séria, se ele conseguiu guardar rancor mesmo medicado do jeito que estava.

— A culpa é do seu pai — informou Neil. — Ele armou pro Andrew.

— Com álcool — completou Nicky, dando uma risada fraca. — Ele contou pra mim e pra polícia ontem à noite. Falou com Andrew sabendo que isso acabaria terminando em discussão. Prometeu que daria álcool a ele como forma de fazerem as pazes. Ideia do Drake, sabe? Meu pai só precisou dizer que a garrafa estava lá em cima, e Drake e Andrew teriam toda a privacidade que precisavam para "resolverem seus problemas". — A voz de Nicky assumiu um tom feroz enquanto debochava das palavras do pai.

— E não tinha garrafa nenhuma — Neil adivinhou.

— Tinha, sim. Foi o que Drake usou para bater em Andrew. Filho da puta. — O rosto de Nicky se contraiu e ele se virou de lado, ficando de costas para Neil. — Preciso ligar para o Erik. Ainda não contei pra ele. Nem sei nem por onde começar.

— Vamos te dar um pouco de espaço — concluiu Neil, saindo da cama.

Nicky não respondeu, mas Neil não ficou esperando. Seguiu pelo corredor até a cozinha e não ficou muito surpreso ao perceber que Kevin veio atrás. Kevin segurou as costas de uma cadeira e ficou observando o horizonte. Neil esperou para ver se ele diria alguma coisa, então começou a ver o que tinham para o café da manhã.

Betsy tinha comprado comida o suficiente para o café e para o almoço, nada além. Ou ela estava otimista ou eles realmente voltariam ainda àquela noite para o campus. Neil esperava que alguém tivesse tido a ideia de ligar para a secretaria da universidade para informar sobre a ausência deles nas aulas. Wymack também devia ter ligado para as outras Raposas. Neil se perguntou se o treinador havia contado toda a história para eles ou se só tinha cancelado os treinos do dia e prometido explicar melhor depois. Matt sabia que eles tinham ido até lá visitar os pais de Nicky, o que significava que as meninas também sabiam. Provavelmente pensaram que a agressividade de Andrew tivesse sido uma protagonista do reencontro.

— Nós pesquisamos a respeito dele — disse Kevin, finalmente, a voz tomada por uma emoção desconhecida. Não era luto e também não era exatamente culpa. — Nós olhamos antes de oferecer uma vaga a ele. Não vimos nada a respeito disso. Ninguém sabia.

— Ele não queria que ninguém soubesse — disse Neil, colocando a comida para o café da manhã no balcão. Seu desempenho na cozinha era no máximo aceitável, mas felizmente Betsy trouxera itens básicos: biscoitos, bacon, ovos e duas embalagens grandes de queijo. Até Neil conseguiria se virar com isso.

— Mas você sabia.

— Eu sabia que a polícia de Oakland estava investigando — disse Neil. — Não sabia por quê. Mas não faz sentido Drake ter vindo aqui. Higgins esteve aqui há um mês. Por que esperar tanto tempo e por que arriscar? A polícia pode rastrear facilmente uma passagem de avião que cruza o país.

Kevin apenas balançou a cabeça, então Neil voltou a se concentrar no café da manhã. Só tinha fritado algumas tiras de bacon quando uma porta se abriu no andar de cima. Rapidamente Neil tirou o bacon da frigideira e o colocou sobre o papel toalha. O som dos passos nas escadas era acelerado e leve demais para pertencer a alguém que trabalhava na casa, mas logo se seguiram outros passos. Parecia que Andrew estava trazendo uma multidão junto.

— Kevin. — Andrew chamou, fora do campo de visão deles.

Na pressa de responder, Kevin quase derrubou a cadeira. Neil ficou parado no batente, observando Andrew em frente a Kevin, revistando-o atrás de ferimentos imaginários. Kevin ficou imóvel, esperando-o terminar. Neil olhou deles para Betsy, que parou na base da escada. Wymack também estava na escada com dois estranhos atrás, e Abby se encontrava fora de vista. Neil imaginou que ela não queria mais se envolver.

— Ainda está inteiro — disse Andrew com um aceno de cabeça satisfeito. — Mas fico me perguntando: por quanto tempo? É uma péssima ideia, Bee. Você sabe disso tão bem quanto eu.

— Qual o problema? — perguntou Kevin.

— Ah, você ainda não ficou sabendo da novidade. — Andrew fez sinal para Kevin se aproximar, mas não baixou a voz. — O tempo acabou, lá vamos nós. Ela vai se livrar disso pra gente. — disse, passando o polegar pelo sorriso maníaco, e deu uma risada. — Alguém precisa avisar os médicos no que estão se metendo! Eles vão trancar a porta e jogar as chaves fora quando eu tiver terminado.

— Se livrar disso — Kevin repetiu, mas só levou alguns instantes para entender. Olhou para Betsy, atordoado. — Ainda é cedo demais pra isso. O que você acha que está fazendo?

— A coisa certa — disse Betsy.

Andrew se virou para Betsy, encantado com a reação de Kevin.

— Olha essa carinha, Bee. Ele me quer sóbrio mais do que qualquer um, mas só se for na hora certa. Eu te avisei, não avisei? Quem vai cuidar de Kevin se eu for embora? Não posso confiar nele vagando por aqui sozinho, e o treinador não tem como ficar o tempo todo com ele. Kevin exige dedicação em tempo integral.

— Vamos dar um jeito nisso — respondeu Wymack.

— Ah, qual é, treinador — disse Andrew. — Precisa fazer melhor do que isso. Tenta de novo; vou esperar aqui até você pensar em uma resposta mais convincente.

— Eu vou cuidar dele — disse Neil.

Kevin se virou para encará-lo, e Andrew empurrou Kevin de sua frente para poder olhar melhor para Neil. Aquela resposta tinha feito seu sorriso desaparecer, mas em um piscar de olhos já estava de volta.

— Você? — perguntou Andrew. Foi tudo o que disse, mas era o suficiente.

Neil não respondeu, deixando o momento no ar até que Andrew continuasse. Não demorou muito. Andrew deu alguns passos rápidos em sua direção e o empurrou com toda a força. Neil sabia que isso aconteceria e tentou se preparar, mas ainda assim acabou dando alguns passos para trás. Um dos estranhos que estava na escada começou a falar alguma coisa, provavelmente tentando fazer com que Andrew parasse. Pelo canto do olho Neil viu Wymack se mover, talvez descartando a intervenção do homem como desnecessária, mas não ousou tirar os olhos de Andrew. Quando Andrew o empurrou mais uma vez, Neil segurou seus braços e o puxou junto.

— Ah, Neil — disse Andrew, e começou a falar em alemão. — Nós dois sabemos que você tem um péssimo senso de humor, então não tem como isso ser uma piada. O que você acha que está dizendo? O que está tentando fazer?

— Assumir a responsabilidade — respondeu Neil em alemão.

— Você costuma ser um ótimo mentiroso — disse Andrew —, mas dessa vez não está enganando ninguém. Acha que devo acreditar que não vai fugir quando Riko vier atrás de você? Talvez quando eu voltar você nem esteja mais aqui.

— Se fosse para eu fugir, teria feito isso no dia do banquete, quando Riko me chamou pelo meu nome verdadeiro — disse Neil. — Não vou mentir e dizer que não pensei em fazer isso, mas mesmo assim decidi ficar. Minha confiança em você foi maior do que o medo que senti dele. Então agora, se puder, confie em mim. Não vou a lugar nenhum. Vou cuidar de Kevin até você voltar.

— Confiar em você — Andrew pronunciou cada palavra como se nunca as tivesse escutado antes. Então deu uma risada, segurando Neil pelo queixo com força.

— Você mente, mente, mente, e mesmo assim acha que vou confiar a vida dele a você?

— Então não acredite em "Neil" — disse Neil. — Acredite em mim.

— Ah, mas quem é você? Você tem um nome?

— Se precisa de um, pode me chamar de Abram.

— E eu deveria acreditar nisso?

— Tenho o mesmo nome que meu pai — disse Neil. — Abram é meu nome do meio; é o que minha mãe usava quando estava tentando me proteger dele. — É o nome que ele usara durante os treinos da liga infantil para que o treinador o permitisse jogar. Era estranho ouvi-lo em voz alta agora, depois de oito anos sem ninguém o chamar desse jeito. — Pergunte ao Kevin se não acredita em mim. Ele sabe.

— Talvez eu pergunte.

Neil esperou, mas Andrew não o soltou. Com tantas pessoas ali assistindo, Neil não tinha como levantar a camiseta, então fez o que pôde: passou uma das mãos de Andrew por baixo da bainha da própria camisa e pressionou a palma dele na cicatriz horrível que tinha no abdômen. Andrew baixou o olhar para a camiseta de Neil, como se pudesse ver sua pele ferida através do tecido escuro.

— Está entendendo? — perguntou Neil. — Não vou abandonar Kevin, não importa o que Riko faça. Nós dois estaremos aqui quando você voltar.

Os dedos de Andrew se contraíram na pele de Neil.

— Alguém andou mentindo pra mim. Essas feridas são um pouco sérias demais pra um moleque que passou a vida fugindo.

— A história que te contei era, em grande parte, verdadeira — disse Neil. — Posso ter deixado de fora alguns detalhes críticos, mas sei que você não está realmente surpreso com isso. Se sobrevivermos a esse ano e você ainda estiver interessado, pode me fazer perguntas depois. Acho que era sua vez no jogo dos segredos, de qualquer forma.

Andrew tirou a mão e cruzou os braços. Tamborilava os dedos sobre os bíceps enquanto refletia. Por fim, deu uma risada e se virou. Parou ao lado de Kevin, abriu um sorriso e, em vez de perguntar sobre o nome de Neil, disse, em inglês:

— Vai ter que servir, não é?

Kevin parecia estar passando mal, mas Andrew não esperava que ele respondesse.

— Bee, eu vou ver se o Nicky ainda está respirando. Depois podemos ir, tá? Quanto mais cedo começarmos, mais cedo poderemos terminar com toda essa confusão.

— Você pode esperar pelo Aaron — disse um dos advogados. Neil supôs que aquele fosse Waterhouse, o advogado dos gêmeos. — Estou indo buscá-lo agora.

— Não tenho tempo pra isso — disse Andrew. — Ele pode pegar uma senha e esperar na fila.

Então percorreu o corredor até o quarto de Nicky. Betsy observou a porta se fechar atrás dele e olhou pensativa para Neil, que, para evitar retribuir o olhar, voltou-se para Kevin, e este, por sua vez, encarava Wymack fixamente, como se estivesse esperando que o treinador colocasse um ponto final naquela situação. Wymack o ignorou e foi acompanhar os advogados.

— Aaron? — indagou Neil quando Wymack voltou sozinho.

— Waterhouse acha que pode conseguir que Aaron seja solto até o julgamento, sem precisar de fiança — disse Wymack. — A mãe de Matt se ofereceu para pagar a fiança caso seja necessário. Waterhouse tentou se encontrar com Aaron ontem à noite para avisá-lo sobre isso, mas Aaron não quis. Esperamos que, quando ficar sabendo de tudo isso — Wymack ergueu o queixo, em menção à partida de Andrew —, ele acabe reagindo, mas nunca dá pra ter certeza sobre nada em relação a esses dois. E por falar em babacas imprevisíveis, quando foi que isso aconteceu?

— Quando o que aconteceu? — perguntou Neil.

Wymack o encarou.

— Esquece.

— Não acredito que você está mandando o Andrew pra longe — disse Kevin, um pouco irritado.

— Tecnicamente não sou eu quem está fazendo isso — rebateu Wymack —, e sim a Betsy. E não importa se você acredita ou não, porque já está decidido.

— E como fica a temporada? — perguntou Kevin. — Como fica o Riko?

— Como fica o Andrew? Tenta pensar nas outras pessoas e em outras coisas de vez em quando. — Wymack disse e esperou um pouco para ter certeza de que a acusação tinha surtido efeito. — Eu sei que você está assustado, mas ele precisa disso, Kevin. Enquanto ele não resolver as merdas dele, Andrew não estará sendo uma boa pessoa pra você, e não vai conseguir resolver nada vivendo chapado desse jeito. Você sabe disso.

Betsy esperou para ver se Kevin diria alguma coisa, então completou:

— Não sei quanto tempo vai demorar para dar entrada no Andrew no hospital, David. É melhor não esperar por mim.

— A gente pode esperar — disse Wymack, mas Betsy só balançou a cabeça.

Uma porta se abriu no corredor, distraindo Wymack, que fez uma careta assim que viu Andrew retornando:

— Quando você disse que ia ver se ele estava respirando, imaginei que fosse levar algum tempo explicando tudo isso a ele.

— Você sabe o que dizem por aí sobre pessoas que ficam fazendo suposições, treinador. — Andrew sorriu e enfiou as mãos nos bolsos da calça jeans. — Ele não está sangrando, então eu disse que volto mais tarde e aí podemos conversar sobre tudo isso. Tecnicamente é verdade, não? Neil pode lidar com as consequências se Nicky não gostar. Bee, vamos logo.

Wymack os chamou quando já estavam na porta:

— Andrew. Não vai me deixar sozinho com esses idiotas por muito tempo, hein. Estou ficando velho demais pra ter que lidar com esses draminhas deles.

— Somos dois — respondeu Andrew.

Então saíram, e Betsy fechou a porta. Neil só conseguia ouvir o barulho do motor do carro, e, logo depois, tudo ficou em silêncio. Andrew tinha ido embora.

O silêncio que pairava na casa era quase sufocante, mas não durou muito. Wymack tirou o maço de cigarro do bolso e pegou um. Quando estava quase o colocando na boca, interrompeu o movimento, olhou para Neil e ofereceu o cigarro a ele. Neil aceitou sem nem pensar duas vezes, e Wymack o deixou usar o isqueiro primeiro. Neil passou o cigarro de uma mão para a outra, tentando espalhar o fino rastro de fumaça o melhor que podia.

— Olha — começou Wymack —, sei que sempre falei pra vocês resolverem seus problemas pessoais com Betsy ou Abby. Já disse que não cabe a mim me meter em nada que não aconteça dentro de quadra. Espero que você já tenha percebido que isso é papo furado. Não sou muito bom em conselhos, mas tenho duas orelhas e sei escutar.

— Não tenho nada a dizer — antecipou Neil.

— Talvez não agora — rebateu Wymack —, mas essa oferta não tem data de validade. Descubram do que precisam para poder lidar com tudo isso e nos avisem. Amanhã vamos nos sentar com a equipe inteira para ver o que fazer a partir de agora, mas vocês não precisam esperar até lá para falar. Dito isso, preciso fazer algumas ligações. Vocês ficam bem aqui por um tempo?

Kevin ficou em silêncio, então Neil tomou a palavra:

— Sim, treinador.

Wymack foi lá para fora, no frio. Neil olhou para Kevin, que estava com uma expressão sombria no rosto, e pensou em ir dar uma olhada em Nicky. Como não estava com energia suficiente para lidar com a reação dele, foi para a cozinha, deixou o cigarro na beirada do balcão e voltou a preparar o café da manhã. Fritou mais um pouco de bacon e logo Kevin se juntou a ele, indo se sentar à mesa.

— Riko vai acabar com a gente — disse Kevin.

— Talvez — opinou Neil.

Quando Neil estava tirando da frigideira as últimas fatias de bacon, Nicky apareceu. Ele olhou para os dois, mas saiu sem dizer nada. Neil o ouviu andar de um lado para o outro no corredor e imaginou que estivesse procurando por Andrew. Sabia que tinha matado a charada quando o ouviu subir. Quase no mesmo instante Nicky desceu novamente, com Abby logo atrás. Ele ficou parado no batente da porta, segurando com força o celular como se tivesse esquecido do aparelho em suas mãos, e olhou de Kevin para Neil.

— Cadê ele?

— Betsy o internou — disse Abby. — Vai tirá-lo dos remédios.

— Ah, graças a Deus — respondeu Nicky, a voz rouca.

A expressão no rosto de Abby deixava nítido que ela ainda não estava confortável com esse plano, mas achou mais prudente manter o silêncio. Nicky atravessou a sala e se jogou em uma das cadeiras vazias; depois largou o celular na mesa e enterrou o rosto nas mãos. Abby sentou-se na cadeira ao lado da dele e passou um braço em volta de seus ombros. Nicky encostou-se nela, mas não disse mais nada. Abby apoiou a bochecha no cabelo dele e olhou para Neil por cima da cabeça de Nicky. Neil se virou e começou a preparar os ovos.

Minutos depois Wymack apareceu, e os cinco sentaram-se para o café da manhã mais desconfortável que Neil já tinha tomado. O celular de Wymack tocou com alerta de mensagem pelo menos trinta vezes durante o tempo que ele levou para comer. O treinador leu todas as mensagens que recebia, mas não respondeu a nenhuma. Neil meio que esperava que Abby fosse dizer alguma coisa sobre todo aquele barulho, mas acabou deixando passar, como se não tivesse percebido.

A sensação era de que entre o café da manhã e a chegada de Aaron tinham se passado anos, mas finalmente Waterhouse apareceu com Aaron ao lado. Os dois se sentaram com Wymack e Betsy para discutir os termos da soltura dele enquanto Neil, Nicky e Kevin ouviam tudo do corredor, onde não podiam ser vistos. Aaron ficaria com eles até o julgamento, mas aquilo estava longe de terminar. Waterhouse manteria contato com ele e enviaria todos os documentos que precisasse assinar, e Aaron precisaria informar Waterhouse sempre que deixasse o estado, mas, tirando isso, o advogado estava otimista com a situação.

Quando os sofás rangeram, indicando o fim da reunião, Nicky e Kevin se dispersaram. Neil ficou onde estava até Wymack e Waterhouse passarem, e logo depois foi até a porta para poder olhar para Aaron. Abby estava sentada no sofá ao lado dele, mas o espaço entre os dois era cheio de significado. Aaron estava inclinado para a frente, os braços cruzados sobre os joelhos e o olhar fixo no chão.

— Aaron — disse Abby, cheia de dedos, como se não soubesse qual seria sua reação.

— Sai daqui — respondeu Aaron.

Abby se levantou e saiu, estendendo a mão em direção a Neil, como se fosse virá-lo para fazê-lo voltar ao corredor, mas Neil desviou e foi até Aaron. Abby ficou esperando, provavelmente achando que Aaron também fosse expulsá-lo dali. Mas Aaron não disse nada sobre sua presença, e Neil voltou o olhar para Abby, que balançou a cabeça e os deixou em paz. Neil ficou olhando mais um pouco para ter certeza de que ela havia saído, então se agachou para poder olhar melhor para o rosto de Aaron.

— Ele já foi embora, né? — perguntou Aaron.

— Sim — confirmou Neil. — Tentaram fazer com que ficasse, mas ele quis ir antes de você chegar. Não queria falar com você.

— Que novidade — disse, com uma zombaria forçada na voz.

— Você não está nem um pouco arrependido? — perguntou Neil. — Afastou dele toda a família que ele tinha.

Se olhares matassem, Aaron teria arrancado a pele dos ossos de Neil com o jeito como o encarou.

— Aquele homem não era a família dele.

— Tecnicamente, ele estava a só algumas assinaturas de ser irmão de Andrew. E eu não estava falando dele, de qualquer maneira. Estava falando dos pais de Drake, Cass e Richard Spear — disse Neil. — Eles iam adotar o Andrew. Drake era uma pedra no sapato, mas Andrew estava disposto a lidar com aquilo.

— Uma pedra no sapato. — Aaron repetiu enquanto se levantava, furioso. — Seu escroto do...

— E agora Drake está morto — disse Neil. — Você acha que Cass um dia vai perdoar Andrew? Não importa o que Drake tenha feito. Ela não vai conseguir mais olhar nos olhos de Andrew sem pensar que o filho está morto por causa dele.

— Eu não me importo. — Aaron sacudiu a mão com força. — Não me importo se Andrew nunca mais falar comigo. Não me importo com Cass, Drake nem ninguém. O que o Drake fez... não. Se eu pudesse ressuscitar ele só pra matar de novo, eu faria isso.

— Ótimo — concluiu Neil baixinho. — Então agora você entende por que o Andrew matou a sua mãe.

Aaron não estava esperando por aquilo. Estava tão tomado pela fúria que levou alguns segundos para entender o que Neil tinha dito, então recuou.

— Por que ele... o quê? Não é a mesma coisa. Ele não fez aquilo por minha causa.

— Ele me disse que sim — contou Neil. — E nem precisei perguntar. Ele a alertou para que parasse de bater em você, mas ela não parou. Ele não teve outra escolha a não ser se livrar dela. Que nem ontem à noite, certo? Drake estava machucando o Andrew, e você o fez parar.

"Só que eu menti", disse Neil, ficando de pé. "Diferente de você, ele não se irritou com o fato de você ter se envolvido na situação. Eu só disse aquilo porque precisava que você entendesse."

— Você não sabe de nada — disse Aaron.

— Eu sei que você tem algumas semanas para pensar sobre isso — declarou Neil. — Quando Andrew voltar sóbrio, vocês vão ter que conversar. Você não vai chegar a lugar nenhum se começar falando de Drake, então seria melhor falar da sua mãe. Agora, vamos dar o fora daqui.

Não tinham levado muita coisa, então não tinham nada para guardar além da pouca comida que havia sobrado. Neil ficou na entrada esperando enquanto Nicky trancava a porta e verificava se estava mesmo fechada, então disse:

— Eu posso dirigir se você quiser ir atrás com o Aaron.

— Andrew não deixa — Nicky começou a dizer, mas parou, lembrando-se de que Andrew tinha dado as chaves do carro para Neil. Nicky ainda hesitou por alguns instantes, mas foi só olhar para Aaron que logo se decidiu. — Pode ser, obrigado.

A chave do carro já estava no chaveiro de Neil quando ele atravessou o jardim; então destrancou as portas para os outros e guardou a raquete no porta-malas. Wymack e Abby estavam parados um de cada lado do carro do treinador, esperando as Raposas se acomodarem. Em silêncio, Neil se sentou no banco do motorista e fechou a porta. Essa era a deixa de que precisavam, aparentemente, porque foi só então que Wymack e Abby entraram no carro e ligaram o motor. Neil se afastou da casa primeiro, e Nicky dava, sem muita animação, instruções do banco de trás até chegarem à interestadual. Depois ficou em silêncio, e ninguém mais falou.

Estavam a apenas uma hora do campus, mas foi uma das viagens mais longas da vida de Neil. Ele viu quando o carro de Wymack desapareceu do espelho retrovisor enquanto passavam pelo lado de fora do campus, e seguiu na Perimeter Road. Esperava sentir algum tipo de alívio quando visse a Torre das Raposas a distância, mas o dormitório era onde todos os outros estavam. Neil não achava que ainda teria energia para lidar com seus colegas de time naquele dia, então estava tentado a estacionar e sair para correr, mas havia prometido a Andrew que ficaria com Kevin, o que significava seguir Kevin e os primos para dentro do prédio e escadas acima.

Wymack ou Abby deviam ter ligado para avisar, porque assim que saíram do elevador no terceiro andar os veteranos já estavam no corredor esperando. Neil ficou meio surpreso ao vê-los ali, considerando como as coisas sempre foram complicadas entre eles e os gêmeos, mas até Allison estava presente. Ela parecia mais desconfortável do que chateada, mas isso ainda era mais do que ele esperava. Mas, ao que tudo indicava, Neil não foi o único pego de surpresa, porque quando parou, deixando os outros irem na frente, percebeu que eles também continuaram parados.

Os dois grupos ficaram um minuto se encarando em silêncio, sem saber bem como agir, até que Matt deu um passo para o lado. Neil não tinha percebido que Katelyn estava com eles, porque ela estava escondida atrás de Matt, que era bem mais alto. Parecia tão angustiada quanto em pânico, como se não tivesse certeza de como seria recebida. Mas não precisava ter se preocupado, porque Aaron quase empurrou Nicky para sair do caminho assim que a viu.

No mesmo instante em que ele começou a ir até ela, Katelyn correu para encontrá-lo no meio do caminho, então o abraçou, puxando-o para perto. Aaron a segurou como se ela fosse a única coisa que o mantinha de pé e a deixou segurar sua cabeça para apoiá-la em seu ombro.

Neil conseguia ouvir a voz dela, mas não entendia o que estava dizendo. As palavras saíam abafadas, o rosto pressionado na camiseta de Aaron, que estava em silêncio, mas mesmo assim Katelyn não o soltou.

Logo depois Renee veio até eles, dando um abraço rápido e apertado em Nicky.

— Como você está?

Nicky balançou a cabeça, sem dizer nada. Renee passou um braço em volta de sua cintura e se encostou nele, em uma demonstração de apoio. Depois olhou para Kevin, mas ele estava com o olhar voltado para Aaron e Katelyn. Renee o deixou na dele e olhou para Neil, o olhar indo rapidamente do rosto dele para a raquete que ele trouxera do carro. Pela forma como o olhar dela se demorou ali, Neil percebeu que Wymack já tinha contado aos veteranos o que Aaron havia usado para esmagar o crânio de Drake.

— É melhor a gente sair do corredor antes que as pessoas comecem a aparecer para irem jantar — disse Neil, como um jeito de impedi-la de puxar conversa com ele. — Nicky e Aaron não precisam lidar com uma multidão hoje.

Renee assentiu e guiou Nicky pelo corredor. No caminho, tocou o ombro de Katelyn, sinalizando silenciosamente para que a seguissem, mas não parou para esperar por eles. Dan e Matt entraram no quarto das meninas quando eles se aproximaram, mas Allison ficou esperando no corredor, as mãos na cintura, prestando atenção no semblante dos companheiros de equipe mais novos enquanto passavam, mas não disse nada a eles. Neil parou na porta para dar uma olhada em Aaron, mas Katelyn já estava indo até ele e puxando-o pela mão, então Neil entrou.

Allison foi a última a entrar, e trancou a porta. Neil ficou no canto da sala de estar para que ela pudesse passar e observou todos se acomodarem. A mesinha de centro estava coberta de garrafas de bebida e copos limpos. Dan serviu as bebidas e Matt as distribuiu. Quando Matt estendeu uma para Nicky, ele segurou o pulso de Matt.

— Obrigado — disse Nicky, em um tom de voz baixo, mas intenso. — Não sei por que você fez isso, mas... obrigado.

— Minha mãe me disse que ainda estava em dívida com vocês — contou Matt. — O treinador não aceitou o dinheiro quando ela ofereceu no ano passado, então ela pensou que essa seria a melhor opção.

Se a mãe de Matt achava que pagar a fiança de Aaron era uma reação apropriada pelo fato de os primos terem drogado Matt com speedballs, ela devia ser tão problemática quanto as próprias Raposas. Neil ficou grato pelo apoio financeiro, mas torceu para nunca precisar conhecê-la.

Ele foi o único que ficou de pé. Dan olhou em sua direção, mas pareceu perceber que Neil não se afastaria da porta tão cedo e então começou a falar.

— Olha, sei que temos nossas diferenças e sei que não tivemos o melhor relacionamento do mundo até agora. Mas somos todos Raposas. Somos uma equipe. O que acontece com um de nós acontece com todos nós, e vamos superar isso. Se precisarem de qualquer coisa, é só nos avisar. Seja um lugar, uma bebida, um ombro amigo... tanto faz. Estamos cem por cento com vocês.

Se a situação não fosse terrível, teria sido uma coisa incrível. Era isso que Dan e Matt passaram o semestre inteiro esperando: um catalisador para a equipe finalmente se unir. Neil queria sentir orgulho de Dan por ter aproveitado o momento desse jeito, mas ela parecia tão sincera que ele duvidava que percebesse o que estava fazendo.

— Não sei se o treinador contou pra vocês, mas está passando em todos os jornais. — Matt olhou de Nicky para Aaron. — As pessoas andam perguntando.

— Estão atrás de fofoca — reprovou Aaron, com desprezo.

— Faz parte da natureza humana — disse Allison. — É melhor dar o que eles querem.

— Vai se foder.

— Chega — disse Dan, olhando para Allison como se estivesse lhe dando um aviso.

Era tarde demais, porque Aaron já estava se levantando novamente. Dan parecia pronta para protestar, mas Aaron ainda segurava a mão de Katelyn — ele podia até não querer a ajuda deles, mas era inteligente o suficiente para saber que precisava de alguém naquele momento. Os dois saíram sem olhar para trás, e Katelyn fechou a porta com força. Logo depois Neil a trancou e voltou à posição de antes ao lado da porta, parado. Nicky parecia quase enjoado enquanto olhava para a bebida em suas mãos. Kevin encarava a parede à sua frente como se ela tivesse todas as respostas.

Renee se sentou no lugar onde Aaron estava e encostou o ombro em Nicky.

— Você quer conversar?

— Passei a noite toda falando com Betsy e a manhã falando com Erik — disse Nicky. — Acho que não consigo falar mais nada agora. Mas... mais tarde, talvez. Sim.

— Kevin? — chamou Dan.

— Ela não devia ter levado o Andrew embora — declarou Kevin, baixinho.

Nicky o olhou com uma expressão de pânico.

— Você não pode estar falando sério.

— Você sempre foi o primeiro a criticar os medicamentos dele — comentou Dan. — O que foi que mudou?

— O momento em que isso aconteceu — disse Neil. — Ainda faltam dois jogos para o final da temporada e estamos quase na época dos campeonatos de primavera. Se o CRE decidir que Andrew não faz mais parte da nossa escalação, estaremos abaixo do limite de jogadores permitido. Eles vão nos eliminar da lista e nosso ano vai acabar. Pode apostar que Riko será o primeiro a saber se isso acontecer. Kevin está com medo.

— Pro caralho com a temporada — disse Nicky, irritado. — Desculpa, mas o Andrew é meu primo, e pra mim ele vem sempre na frente dos campeonatos. Se Betsy o deixasse continuar com os remédios depois do que acabou de acontecer, eu... — Ele não conseguiu concluir, mas sacudiu a mão como se enfatizasse alguma coisa.

— Como se você tivesse uma opinião diferente — disse Kevin para Neil.

Neil lançou a ele um olhar frio.

— Talvez se você tivesse ficado mais um pouco teria entendido por que não me importo mais com isso. Quando subiu as escadas, você ouviu o jeito como ele ria, Kevin? Ele estava rindo — disse, ignorando a forma como Nicky estremeceu e o olhar rápido de Dan para Matt — antes mesmo de Drake cair no chão. Então, sim, até eu abriria mão da temporada. E depois de tudo o que ele fez e todos os riscos que correu por sua causa, o mínimo que pode fazer é se sentir do mesmo jeito.

— Não é tão simples assim — protestou Kevin.

— Então simplifique — cortou Neil.

Kevin ficou quieto. Um minuto depois, começou a beber para valer, e os outros logo se juntaram a ele. Nas horas seguintes, Renee e Neil ficaram de olho nos colegas de equipe enquanto enchiam a cara. O jantar foi entregue no dormitório, ainda que nenhum deles estivesse com apetite. O entregador ligou para Renee quando chegou à recepção e Neil desceu com ela para pegar as sacolas. Havia atletas andando de um lado para o outro no saguão, e Neil não deixou de perceber o jeito como as conversas foram interrompidas assim que viram as Raposas. Felizmente, ninguém foi tão estúpido ao ponto de incomodá-los.

Renee esperou entrarem novamente no elevador de novo para perguntar:

— E você, Neil? Você está bem?

— Estou bem — disse Neil, e Renee não insistiu.

O jantar aliviou um pouco a embriaguez de seus companheiros de equipe, mas não por muito tempo. Neil ficou observando enquanto eles apagavam, um de cada vez. Esperava que as meninas seguissem para o quarto delas, mas Allison foi a única que se levantou e saiu. Dan adormeceu encolhida ao lado de Matt no sofá, e Renee acabou cochilando no chão com Nicky e Kevin. Neil era o último de pé, e, quando ouviu a respiração deles se acalmar, finalmente foi em direção à porta. Se sentou em um dos cantos para poder ter uma parede atrás de si como apoio e ainda ficar de olho em todos. Não era exatamente confortável dormir com os joelhos abraçados ao peito, mas ele afundou o rosto nos braços e se forçou a parar de pensar durante a noite.

Os treinos matinais costumavam começar às 6h na academia do campus para que levantassem peso e fizessem exercícios aeróbicos, mas Wymack adiou para as 10h e convocou a equipe para o estádio. Neil dirigiu, porque Nicky estava de ressaca. Apesar das horas de descanso extra, a maioria das Raposas tinha bebido tanto na noite anterior que, enquanto se sentavam no vestiário, ainda pareciam cansados. Era óbvio que Aaron não estava ali, mas ninguém ficou surpreso e Wymack também não tocou no assunto. Neil não tinha visto Aaron no quarto dos primos naquela manhã, e presumiu que estava entocado com Katelyn em algum lugar.

— Vamos falar sobre a temporada — disse Wymack, porque fazia parte do trabalho dele incentivá-los independente da tragédia que os atingisse. — Passei grande parte do dia de ontem conversando com os treinadores da primeira divisão sobre a nossa situação, a começar pelo treinador Rhemann.

Neil reconheceu vagamente o nome, mas estava cansado demais para se lembrar de quem era. A forma como os colegas de equipe se animaram dava a entender que era alguém importante. Kevin especificamente parecia extremamente interessado em ouvir o que viria a seguir.

— Tenho uma chamada com o CRE marcada para hoje à tarde pra determinar nosso status — comentou Wymack. — Não sei dizer o que eles vão decidir. Andrew ainda está matriculado em Palmetto State. Easthaven e a secretaria da universidade concordaram hoje de manhã em permitir que ele terminasse o semestre a distância. Isso significa que o contrato dele conosco ainda está de pé, então estamos cumprindo o regulamento.

"Mas isso é um pouco mais drástico do que ficar no banco por causa de uma lesão. É possível tratar uma lesão e calcular em quanto tempo ela vai melhorar. Mas o tratamento de Andrew não funciona assim tão simples. Mas Rhemann ficou do nosso lado. Se ofereceu para nos defender, caso seja necessário, e ajudou a falar com os outros." — concluiu Wymack.

Neil finalmente reconheceu o nome. James Rhemann era o treinador principal dos USC Troianos, um dos Três Grandes das equipes de Exy da NCAA. Ainda que não tivessem o recorde impecável de Edgar Allan, os Troianos eram conhecidos pelo espírito esportivo. Haviam ganhado o Prêmio de Espírito Esportivo sete anos consecutivos e nunca tinham recebido nem um cartão vermelho: um feito impossível considerando sua longa história e sua posição na tabela. Fazia sentido que Wymack tivesse pedisse a ajuda deles antes de qualquer um.

— Até hoje de manhã, a decisão entre as equipes da primeira divisão era quase unânime — declarou Wymack. — Eles querem que a gente termine a temporada.

— Eles... o quê? — Dan quase engasgou. — Por quê? Nenhum deles nunca nos apoiou antes.

— Isso importa? — perguntou Matt. — Se estão dispostos a enfrentar o CRE por nossa causa, eu aceito.

— Talvez estejam zombando com a nossa cara — disse Allison. — Derrotamos muitos times do sul este ano. Talvez eles queiram nos ver jogar só pra perdermos e ficarmos em último. Querem nos colocar no nosso lugar. Azar o deles. Ainda temos a Renee, e isso é tudo de que a gente precisa.

— Não tem nada garantido — argumentou Wymack, erguendo a mão para fazê-los se acalmar. — O CRE ainda precisa ouvir, mas não necessariamente tem que aceitar. Só quero que saibam que ainda temos uma chance. Isso quer dizer que precisamos treinar hoje como se as notícias já estivessem a nosso favor, entenderam? Então se troquem para ir para a quadra. Quero que deem uma volta para cada vez que disseram que a NCAA nunca nos apoiou.

— Aff — disse Nicky —, vamos passar o dia correndo.

— Então é melhor começar de uma vez — rebateu Wymack. — Se mexam, seus vermes.

Apesar do bom humor ao dar a ordem, Wymack os interrompeu depois que correram o equivalente a quatro quilômetros. Eles se alongaram em grupo, vestiram os uniformes e foram para a quadra treinar. Wymack pegou pesado até o meio-dia, então colocou Dan no comando e foi para a reunião com o CRE. Saber que ele estava lá em cima defendendo o direito de eles terminarem a temporada os deixava bastante distraídos, mas Dan os manteve em movimento para não ficarem pensando nisso.

Wymack passou quase uma hora longe. Depois, quando voltou, bateu no portão da quadra, sinalizando para que interrompessem o treino. Em vez de esperar que saíssem da quadra, foi ele mesmo se juntar aos atletas. As Raposas ficaram congeladas onde estavam, com medo até de se mexer, quase com medo de respirar. A expressão impassível de Wymack também não ajudava em nada.

Wymack parou perto de Dan e chamou a equipe. Neil juntou-se aos outros, o estômago embrulhando. Tinha sido sincero em relação ao que dissera a Kevin no dia anterior: não queria que a temporada terminasse antes da hora e com certeza não queria que ficassem de fora dos campeonatos, mas internar Andrew fora a coisa certa a ser feita.

— Estejam aqui amanhã às 6 horas — disse Wymack. — Temos um jogo pra vencer na sexta-feira.

Dan gritou e pulou em cima dele, e as outras Raposas logo começaram a comemorar. Neil mal conseguiu escutar a exclamação indignada de Wymack. Olhou para Kevin, que estava parado como se não acreditasse, mas logo depois percebeu que estava sendo observado e olhou na direção de Neil. Parecia prestes a dizer algo, mas Nicky se jogou em Neil, interrompendo a troca de olhares. Neil deixou Kevin de lado — por enquanto — e permitiu que os companheiros de equipe o arrastassem para a comemoração.

CAPÍTULO CATORZE

Na quarta-feira de manhã, Aaron compareceu ao treino. Não falou nada com ninguém, nem mesmo Wymack ou Nicky, mas mesmo assim apareceu. Estava no dormitório a tempo de pegar carona para ir também ao treino da tarde, então Nicky fez Neil dirigir novamente. Não adiantou nada, já que ele e Aaron, sentados no banco de trás, não conversaram durante todo o trajeto, mas Nicky parecia já estar esperando aquela indiferença. Foi naquela mesma tarde que os veteranos finalmente notaram quem estava dirigindo o carro de Andrew, e Matt não demorou a perguntar sobre isso.

— Nicky precisa passar mais tempo com Aaron — comentou Neil.

— Quando Andrew descobrir que você roubou o carro dele — falou Matt, deixando a ameaça pairar no ar.

— Andrew sabe — respondeu Neil. — Foi ele quem deixou as chaves comigo.

Matt o encarou, chocado. Abriu a boca para falar, depois a fechou novamente. Então Neil franziu as sobrancelhas, e Matt apenas balançou a cabeça. Neil acabou deixando quieto. Naquela noite, pediu que Matt o ensinasse a brigar. Matt ficou surpreso, porém concordou, e passaram o resto da noite tentando ver quando poderiam se encontrar para as lições de briga. Os treinos de Exy ocupavam grande parte do tempo livre dos dois, e Neil ainda tinha os treinos noturnos com Kevin. Por sorte, o horário deles se alinhava duas vezes por semana, entre uma aula da faculdade e outra. Matt prometeu arranjar um par de luvas para Neil da próxima vez que saísse.

A quinta-feira foi quase igual à quarta, exceto pelo fato de que, quando foram para o refeitório jantar, Katelyn se juntou a eles. Talvez Aaron tenha avisado Nicky com antecedência, porque quando ela apareceu carregando uma bandeja ele nem piscou. A reação de Kevin foi um pouco mais óbvia, mas ele parecia estar ponderando a situação, em vez de criticando. Katelyn pareceu nervosa no início, mas logo ficou mais à vontade e passou o jantar tagarelando. A enorme empolgação dela com aparentemente qualquer coisa no mundo acabava tornando meio exaustivo escutá-la, mas Aaron parecia tão atento ao seu lado que Neil nem tinha como recriminá-la.

Sexta-feira era o dia do jogo. Deveria ter sido uma vitória fácil, mas a ausência de Andrew e a nova raquete de Neil acabaram equilibrando um pouco as coisas para a JD. Ainda assim, as Raposas ganharam com seis gols de diferença, fazendo com que estivessem agora com onze vitórias e duas derrotas na temporada e, quando Aaron deixou a quadra, Katelyn lá estava esperando por ele.

Talvez o abraço deles tenha inspirado Dan, porque, assim que as Raposas chegaram ao saguão, ela disse:

— A gente devia comemorar.

Nicky não pensou duas vezes:

— Só se tiver coisa pra beber.

O silêncio que se seguiu a isso foi bastante indicativo: apesar de Dan ter dito aquilo, não estava esperando que os primos fossem mesmo topar. Para a sorte de todos, Renee foi rápida:

— Temos umas garrafas no quarto. Acho que a maioria está na metade, mas deve ter o suficiente para algumas rodadas.

Aaron olhou para Renee como se ela tivesse três cabeças.

— Nós não saímos com vocês.

— Vão sair hoje — disse Matt. — Convide a Katelyn.

— Ela provavelmente vai fazer alguma coisa com as amigas hoje — explicou Aaron. — Não vamos...

— As Raposetes podem vir também — chamou Dan. Quando Allison olhou incrédula para ela, Dan deu de ombros. — O quê? Estou aqui há quatro anos e provavelmente só sei o nome de cinco delas. Isso é meio triste, ainda mais se levarmos em consideração que elas ficaram do nosso lado esse tempo todo. Não sei se cabe todo mundo no quarto, mas...

— A sala de estudos do porão é grande o bastante — sugeriu Renee quando Dan parou de falar. — Duvido que alguém esteja lá numa sexta à noite, então a gente pode fazer o barulho que quiser. Você vai convidar elas, né, Aaron?

— Não — respondeu Aaron, como se não estivesse acreditando que o assunto ainda estava sendo cogitado.

— Ok, falando sério — objetou Matt. — O que você tem contra a gente? Eu até entendo o Andrew, mas qual o seu problema? O que a gente fez pra você?

— Além de pagar sua fiança — acrescentou Nicky, tentando ajudar. — Aaron, nós vamos.

Aaron abriu a boca, fechou de novo e então lançou um olhar irritado para Nicky.

— Você vai ter que explicar isso pro Andrew quando ele voltar.

— Mas nem fodendo — disse Nicky, apontando para Neil com o polegar. — Vou deixar essa na conta dele. Valeu por fazer isso pelo time, Neil. Você é um amigo de verdade. — Nicky sorriu para Neil, mas a diversão não durou muito. Ele parecia confuso com o que quer que tenha visto no rosto de Neil, e argumentou: — Não se preocupa, a Renee vai junto pra te apoiar. Até onde sei, o Andrew só ganha metade das brigas deles, então quem sabe você até sobrevive. Hein, Neil?

Ele devia ter ignorado, ou pelo menos deixado para pensar melhor nisso mais tarde, mas não conseguiu resistir.

— Nós somos? — perguntou, porque não era exatamente isso o que Betsy tinha dito alguns dias antes? Ele não tinha entendido na hora e nem se esforçou para entender, de tão irritado e chateado com tudo o que estava acontecendo. Mas agora aquilo quase significava alguma coisa, apesar de Neil não saber bem o quê. Percebendo que Nicky não estava conseguindo seguir sua linha de raciocínio complexa, Neil se forçou a dizer: — Amigos?

Foi como se aquela palavra tivesse destruído toda a alegria de Nicky, mas sua expressão mudou com tanta rapidez que Neil não conseguiu decifrar. Um segundo depois, o sorriso de Nicky estava de volta, ainda que os olhos não o acompanhassem. Neil poderia ter se desculpado, mas Nicky passou a mão, ainda com a luva, no cabelo de Neil.

— Você acaba comigo, não tem jeito — disse Nicky. — Sim, mole-que. Somos amigos. E, querendo ou não, você vai ter que aturar a gente.

— Se já estiverem resolvidos — disse Wymack da porta —, arras-tem essas bundas pro chuveiro. O suor de vocês está pingando no meu chão, estão fedendo e eu tenho mais o que fazer hoje do que ficar vendo vocês batendo papinho.

— Sim, treinador.

As Raposas foram para seus vestiários, mas Neil não tirou a con-versa da cabeça enquanto tomava banho. Ficou parado sob o chuveiro, olhando para as palmas das mãos voltadas para cima. Se perguntou o que aquilo significava; se poderia significar alguma coisa para alguém como ele. Tinha Riko bem à sua frente, o fantasma do pai logo atrás, e seis meses antes de Nathaniel colocar "Neil Josten" para trás de uma vez por todas. Ter amigos não mudaria nada.

Mas será que machucaria?

Ele não sabia. Só tinha um jeito de descobrir.

O Dia de Ação de Graças chegou tão rápido quanto se foi. Matt foi para a casa da mãe, Dan foi visitar as irmãs de palco e Allison passou o feriado com Renee. Os veteranos só perguntaram uma vez se ele iria para casa. Mas não perguntaram por que tinha decidido ficar, e Neil não desperdiçou tempo inventando uma mentira. Ele passou os cinco dias na Torre das Raposas com Nicky, Kevin e Aaron. Passavam metade do tempo na quadra e a outra metade descansando no dormitório.

No Dia de Ação de Graças foram para a casa de Abby. Wymack apareceu, como era de se esperar, e passaram a manhã tomando café e assistindo ao desfile na televisão. Assim que acabou, já era hora de pôr mãos à obra. Abby dividiu as tarefas entre todos os convidados e colocou Wymack para trabalhar na cozinha com ela.

O jantar ficou pronto no meio da tarde. Quando Nicky perguntou a Neil qual era seu prato favorito, Neil podia ter mentido e falado de qualquer alimento estereotipado que sabia estar associado ao Dia de Ação de Graças. Em vez disso, resolveu ser honesto e admitir que nunca tinha comemorado o Dia de Ação de Graças antes. Feriados como aquele não eram uma prioridade em sua família. Mas lógico que Nicky reagiu como se aquilo fosse a coisa mais trágica que já tinha escutado.

Só que Neil não entendia qual era a graça daquilo, e, quando Nicky percebeu sua expressão indiferente, disse:

— Não é por causa da comida, na verdade. O que importa é a família. Não necessariamente aquela em que você nasceu, mas aquela que nós escolhemos. Como essa aqui — enfatizou Nicky, apontando para as pessoas que estavam ali. — As pessoas que deixamos fazer parte da nossa vida. Pessoas com quem nos importamos.

— Estou tentando comer aqui — reclamou Wymack.

— O treinador não tem uma gota de sentimento no corpo — comentou Nicky, dirigindo-se a Neil. — Não sei o que a Abby vê nele. Ele deve ser muito bom de...

— Mais uma palavra e te coloco pra lavar toda a louça — ameaçou Abby, e Nicky foi esperto o suficiente para calar a boca.

No fim das contas, fizeram uma força-tarefa para limpar tudo juntos, já que tinham quase colocado abaixo a cozinha de Abby enquanto tentavam preparar todos os pratos que não podiam faltar. Depois disso, se jogaram em qualquer canto que conseguiam caber na sala. Neil achou que não conseguiria voltar a comer por pelo menos um mês, mas de alguma forma os outros ainda tinham espaço para beber vinho. Nicky, que nunca tinha visto Neil beber álcool por conta própria, ainda estava otimista o suficiente para oferecer a ele uma taça.

— Nem no feriado? — perguntou Nicky quando Neil recusou.

— Ele é menor de idade — declarou Abby.

— Kevin e Aaron também são, mas você não está os impedindo — ressaltou Nicky.

— Também não encorajei — rebateu Abby.

Kevin assistiu à conversa de onde estava, apoiado no móvel da televisão.

Quando Nicky deu um suspiro e se acalmou, Kevin falou em francês:

— Se quiser beber hoje, eu cuido de você. — Quando Neil voltou o olhar para ele, Kevin acrescentou: — Não vou te deixar dizer nada de que se arrependa depois.

— Você vai ficar bêbado em uma hora — disse Neil. — Então quem iria me impedir?

Kevin lançou a ele um olhar frio.

— Eu pararia de beber.

— Quanta falta de educação — reclamou Nicky, endireitando-se e olhando para os dois. — O que foi que vocês disseram? Não estou entendendo nada. Não é justo.

— Lembra disso da próxima vez que decidir falar em alemão durante os treinos — disse Wymack.

— É diferente — argumentou Nicky. — Neil só faz essa cara quando alguém está tentando ser legal com ele, mas a gente sabe que Kevin é o maior babaca de todos. O que você disse, Kevin? Será que vou precisar defender a honra de Neil ou algo assim?

Kevin não perdeu tempo respondendo. Neil, sim, mas suas palavras eram mais direcionadas a Kevin do que a Nicky:

— Estou bem. Mas obrigado, de qualquer forma.

Kevin aceitou, dando de ombros, e voltou a beber. Nicky olhou para os dois novamente e, percebendo que não conseguiria uma explicação, deixou de lado, dando um suspiro forçado. Um silêncio confortável se seguiu no ambiente. Quando foram embora, Neil estava quase sonolento demais para dirigir, mas chegaram sãos e salvos ao dormitório. Nicky tentou convencer Neil a ficar com eles, já que eles tinham um beliche disponível e não queria que Neil ficasse sozinho no feriado, mas Neil voltou para o quarto mesmo assim.

A suíte parecia grande demais só para ele. Mas percebeu que sua perspectiva só estava distorcida por ter passado o dia inteiro com tanta gente. Por sorte, estava cansado demais para ficar pensando nisso. Caiu no sono quase no mesmo instante em que encostou a cabeça no travesseiro.

A segunda-feira marcava o começo da última semana da temporada de Exy. As Raposas voltaram revigoradas da pequena pausa e prontas para terminar o ano vitoriosamente. Tinham uma energia quase selvagem durante os treinos e treinavam com tanta intensidade que ficavam cansados. Neil esperava que fossem se separar após os treinos, passando as noites em grupos divididos. Mas, de alguma forma, todos acabavam indo parar no refeitório ao mesmo tempo. Neil não sabia quem estava armando aquilo, só que, na verdade, não se importava, porque, apesar de Aaron parecer incomodado sempre que via os veteranos, não discutia.

Na terça-feira, Katelyn se juntou a eles, e na quarta todos foram ao centro da cidade juntos como um grande grupo: todas as oito Raposas que restavam e quatro Raposetes. Não havia muitos lugares por ali que pudessem acomodar um grupo daquele tamanho, mas o restaurante favorito deles tinha sofás para seis pessoas lado a lado no corredor. As líderes de torcida estavam dispostas a se dividir em duplas, mas a disposição dos assentos das Raposas era mais complicada de ser decidida. A solução mais óbvia era se dividir como sempre faziam: veteranos em um sofá e o grupo dos primos em outro.

Em vez disso, Neil e Kevin acabaram se sentando com Allison e Renee, enquanto Matt e Dan sentaram-se do outro lado do corredor, com Aaron e Nicky. Não teria sido uma questão, a não ser pelo fato de que, de alguma forma, uma das líderes de torcida acabou ficando entre Neil e Kevin. Neil reconheceu Marissa da noite que jogaram contra JD Campbell — não se lembrava muito dela, só sabia que era colega de quarto de Katelyn, mas, pelo sorriso enorme no seu rosto, aquilo já era bom o bastante para ela.

Neil se arrependeu quase imediatamente de ter puxado assunto, porque durante todo o resto do jantar ela ficou o incomodando. Neil cresceu jogando conversa fora com milhares de estranhos no mundo todo, mas já tinha perdido a prática. Agora passava o tempo todo com as Raposas, e há meses já haviam passado da fase das conversas superficiais. Se Marissa pelo menos falasse sobre Exy, Neil poderia aguentar, mas ela pulou entre todos os outros assuntos possíveis. Neil estava sentado na ponta do sofá, mas mesmo assim se sentia preso. Sair do restaurante depois do jantar foi um alívio tão grande para ele que chegou a sentir tontura.

A área comercial do centro da cidade era uma longa rua que vinha desde a Perimeter Road, perto do Verde. As Raposetes tinham que cruzar o parque de volta para retornarem aos seus dormitórios no campus, enquanto as Raposas poderiam seguir a calçada pela Perimeter em direção à Torre das Raposas. Eles pararam diante da faixa de pedestres para se despedir e Katelyn fez questão de dar um beijo de boa-noite em Aaron. Neil não estava interessado em ficar olhando, mas, assim que se virou, viu Marissa vindo novamente até ele.

— Eu posso te dar o meu número — sugeriu Marissa.

Neil não se lembrava de ter pedido o número dela em nenhum momento.

— Pra quê?

Não era a resposta que ela estava esperando, pelo jeito como seu sorriso vacilou. Mas logo se reequilibrou, apoiando uma mão no braço dele.

— Queria te conhecer melhor. Acho que podemos nos divertir muito juntos, só nós dois. Você é muito interessante, Neil.

Ela não era a primeira a dizer aquilo, mas Neil ficou se perguntando se Andrew mudaria de opinião sobre ele quando estivesse livre dos remédios. Neil deixou de lado esse pensamento, tão irrelevante e inútil, e se concentrou em Marissa.

— Eu não ligaria pra você — declarou Neil. — Só saio com as Raposas e mais ninguém.

Ela o encarou durante um longo minuto, depois disse com uma indiferença que ele não comprou:

— Se mudar de ideia, sabe onde me encontrar.

Depois ela foi tirar Katelyn de Aaron, e as Raposetes atravessaram a rua em direção ao campus.

— Que maldade, Neil — comentou Nicky. — Para alguém tão quieto, às vezes você consegue ser bem babaca. Tem jeitos mais educados de dispensar as garotas, sabe.

— Por qual motivo? — perguntou Neil, mas Nicky só soltou um suspiro pesado, compassivo. Neil enfiou as mãos mais fundo nos bolsos e olhou para Dan. — Garotas precisam de tratamento especial? Achei que eram mais duronas do que isso.

Dan sorriu em aprovação.

— A maioria de nós é. Só que algumas são que nem os homens, com um ego muito frágil.

— Ei — protestou Matt.

— Então se Marissa não está na competição para o banquete de Natal, posso entrar? — perguntou Renee. Nicky olhou boquiaberto para ela, mas Renee não ligou. Ela reagiu ao olhar questionador de Neil com um lindo sorriso, explicando: — Ao que tudo indica, meu par não vai estar disponível, mas preferiria não ir sozinha. O que acha?

Neil não tinha planejado levar ninguém, mas respondeu:

— Pode ser.

— Primeiro você roubou o carro do Andrew, agora roubou a garota dele... — Matt passou uma mão enluvada na de Dan e olhou para Neil. — Ah, e você basicamente corrompeu o resto dos monstros e os fez passar tempo com a gente além dos treinos. Me avise se precisar de ajuda quando precisar explicar tudo isso pra ele.

— Valeu, mas consigo lidar com ele — disse Neil.

— Já percebemos — rebateu Dan secamente, e puxou Matt com ela pela calçada.

O restante das Raposas os seguiu. Andavam rápido para sentir menos frio, mas ainda estavam meio congelados quando chegaram ao dormitório. Quando chegaram ao terceiro andar, seguiram caminhos separados. Neil ainda tinha algumas horas antes de precisar encontrar Kevin para o treino, então se acomodou com seus livros na mesa. Matt pegou uma cerveja na geladeira e começou a se preparar para fazer os deveres de casa.

— Não acredito que já está quase acabando — disse Matt, uns minutos depois. — De certa forma, sinto que este foi o semestre mais longo de todos, mas, ao mesmo tempo, não dá pra entender como passou tão rápido. Já é quase dezembro, sabe?

— Sim — respondeu Neil, desenhando círculos sobre os contornos. Sexta era o primeiro dia de dezembro e o último jogo da temporada de outono. A partir da próxima semana as Raposas só fariam treinos matinais, já que Wymack queria que eles passassem as tardes estudando. Neil e Kevin não haviam discutido sobre isso, mas Neil imaginou que eles manteriam os treinos noturnos dos dois.

— Merda, já é quase Natal — disse Matt, parecendo quase maravilhado. — Ainda nem sei que presente vou dar pra Dan. Mas assim, por falar em Natal, já sabe o que você vai fazer? — A cadeira de Matt rangeu enquanto ele se virou para olhar para Neil. — Vai voltar pra casa ou vai se juntar aos monstros?

— Ainda não decidi — comentou Neil. — Me juntar a eles onde?

— Se me lembro bem, ano passado o Erik veio da Alemanha e eles foram pra Colúmbia ir a festas — contou Matt. — Isso foi antes de Kevin estar aqui pra deixá-los presos à quadra e antes de... bom, antes de tudo isso acontecer. Acredito que eles não vão querer saber de Colúmbia tão cedo. Mas talvez esteja errado. Você sabe melhor do que eu.

— Eu não sei — assegurou Neil. — Eles nem tocaram nesse assunto.

— Só não vai passar aqui, tá? — indagou Matt. — Se não tiver pra onde ir, te levo pra casa comigo. Na verdade, minha mãe até quer conhecer os monstros, e a casa é grande o bastante pra caber todos vocês. É só me avisar.

Neil levou um tempinho para conseguir processar aquilo.

— Valeu. Vou falar com eles.

Matt assentiu e retornou ao dever de casa, enquanto Neil voltou a focar em sua própria tarefa, mas seus pensamentos tinham se desviado demais para conseguir se concentrar. Em vez disso, ficou desenhando patas de raposa na borda do papel até Kevin vir atrás dele.

Neil pensou na oferta de Matt durante todo o trajeto até o estádio, mas não falou nada. Kevin não era a pessoa certa para isso, ainda que Neil achasse que ele toparia se tivesse uma quadra por perto. Talvez Nicky fosse a pessoa mais fácil de se convencer. Neil só podia imaginar como Aaron iria reagir, mas, como nenhum deles tinha família, talvez valesse a pena tentar. Neil estava meio com pé atrás de conhecer a mãe de Matt, mas, depois do Dia de Ação de Graças, estava curioso para ver como as pessoas normais passavam os feriados.

Pelo menos pessoas tão normais quanto as Raposas podiam ser.

— Foco — disse Kevin, impaciente, então Neil deixou para pensar nisso depois.

Naquele ano, o banquete de Natal da região sudeste seria em Breckenridge. Por sorte, estava agendado para tarde da noite e as Raposas poderiam descansar após a festa de fim de semestre da noite anterior, mas ainda assim significava sete horas de viagem de ônibus. Com o final da temporada há duas semanas e as provas tendo enfim terminado, Neil não tinha nada em que pensar além de Riko e Andrew. Já fazia cinco semanas que Andrew havia sido internado, e ninguém tivera notícias dele. Nem mesmo Betsy sabia como ele estava desde o dia em que o colocou sob os cuidados de Easthaven. Neil tentou não ficar pensando nisso, mas era um caso perdido, e ele sabia que as Raposas escutariam comentários sobre isso naquela noite. Riko, sem dúvida, teria comentários desagradáveis sobre o assunto.

As Raposas foram um dos últimos a aparecerem na quadra de Breckenridge. Kevin passou a maior parte da viagem dormindo, já que tinha enchido tanto a cara quanto bebera café pela manhã, mas acordou faltando meia hora para chegarem ao campus. Ficou em absoluto silêncio durante o resto da viagem, mas quando eles pararam no estádio dos Chacais, Neil olhou para trás: Kevin estava olhando pela janela em direção aos outros ônibus, e pelo jeito como seu corpo estremeceu não deixava dúvidas de que tinha avistado o ônibus dos Corvos.

Wymack expulsou as Raposas e seus acompanhantes do ônibus e logo depois o trancou. Quando se virou novamente, estalou os dedos para Kevin, chamando a atenção dele.

— Olhe para mim.

Kevin ergueu seu olhar vazio para Wymack, e o treinador apontou para Neil e Matt.

— Está vendo esses dois? Se você estiver a menos de um metro e meio de distância de um deles quando eu olhar pra você, não vou te deixar jogar nem um maldito jogo na primavera. Está me entendendo? Eles são seus escudos. Use os dois. Use a mim, se precisar. Agora pode dizer "sim, treinador".

— Hum. — Foi o que Kevin conseguiu dizer.

— Fica tranquilo — considerou Matt —, ele não pode fazer nada com tantas testemunhas.

— Ele conseguiu pegar o Neil no último banquete — disse Allison.

Kevin olhou para Neil, que retribuiu seu olhar sem nem pensar duas vezes, sem deixar o nervosismo transparecer no rosto. Eles pegaram as roupas no bagageiro e entraram, seguindo um segurança. Neil se trocou em uma das cabines do banheiro e depois ficou analisando o próprio reflexo. Os outros estavam fora de vista na sala principal, então Neil se inclinou para perto do espelho e, por uns instantes, tirou uma das lentes de contato dos olhos, precisando ver aquele azul frio da cor verdadeira de seus olhos, tirando força disso.

Tinha dito a Andrew que cuidaria de Kevin, acontecesse o que acontecesse. E não pretendia quebrar essa promessa. "Neil" podia ser um fugitivo que se assustava com facilidade, e "Nathaniel" um jovem sendo perseguido, mas "Abram" era blindado e ileso aos negócios sangrentos do pai. Neil se inspiraria em cada assassinato que havia testemunhado e em todas as noites que pareciam não ter fim, cheias de desespero, e enfrentaria Riko sem recuar. Era o mínimo que podia fazer. Era tudo o que podia fazer.

A quadra estava toda decorada para o Natal: poinsétias enfeitavam as paredes de todos os lados e em um dos cantos havia uma árvore enorme. Neil imaginou que fosse falsa, porque não tinha como fazer uma árvore tão grande passar pela entrada sem quebrá-la. Cobertores pesados sob o estande garantiam que o chão da quadra não fosse arranhado, e, embaixo dele, havia vários pequenos embrulhos de presentes. Neil se perguntou por um momento se eles também eram de mentira ou se eram presentes que os Chacais deixaram uns para os outros, emprestados temporariamente para fins de decoração.

Quem quer que tenha sido o responsável pela organização dos assentos foi inteligente o suficiente para desta vez manter os Corvos e as Raposas separados. As Raposas sentaram-se em frente às Vespas de Wilkes-Meyers, e Neil acabou ficando entre Renee e Kevin. As Raposas e Vespas não se viam desde o final de setembro. Neil quase que estava esperando que fossem agressivos, já que as Raposas tinham vencido aquela partida, mas, com o final da temporada, as Vespas estavam descontraídas e se divertindo.

Depois que todas as equipes chegaram, Tetsuji Moriyama tocou em um microfone sem fio para chamar a atenção. Alguém interrompeu a alegre música de Natal e Tetsuji observou os times ali reunidos com uma expressão fria.

— A classificação da temporada foi decidida — disse sem preâmbulos ou qualquer entonação na voz. Já não era nenhuma novidade, já que jornalistas esportivos e treinadores passaram a temporada inteira somando os pontos, mas mesmo assim todos se endireitaram para ouvir. — As quatro equipes a seguir se classificaram para representar a região sul nos jogos do campeonato de primavera. Vou listar em ordem de classificação, da primeira para a quarta: Edgar Allan, Palmetto State, Breckenridge, Belmonte.

Ele passou o microfone para um treinador mais carismático, que parabenizou com entusiasmo a todos e desejou sucesso. Uma das Vespas nem o esperou terminar e já foi se apoiar na mesa, apontando para Kevin e Neil.

— Como diabos vocês dois conseguiram derrotar Breckenridge?

— Não fomos só nós dois — respondeu Neil.

O olhar dela deixava nítido que não estava impressionada com aquela modéstia. Neil deu de ombros e deixou passar. Entendia o ceticismo da atleta, mas defendia o que tinha dito.

Como Palmetto State e Breckenridge encerraram a temporada com os mesmos resultados de 12 vitórias e 2 derrotas, o CRE usou como critério de desempate a média de gols por jogos. Era o mesmo método que usavam nas semifinais, e era por isso que as semifinais da primavera eram consideradas uma rodada curinga. A proporção de gols marcados e sofridos das Raposas era melhor do que a dos Chacais.

Grande parte daquilo podia ser atribuído à defesa, dos goleiros obstinados aos defensores agressivos, mas a proporção também dependia muito do desempenho dos atacantes. De alguma forma, Neil e Kevin tinham marcado o suficiente na temporada para conseguir superar os Chacais — Neil não sabia como, mas não se importava. Os Chacais foram a Palmetto State em agosto com toda a intenção de ferir Seth e Kevin. Desde então, Neil os detestava.

A segunda colocação significava que felizmente não precisariam enfrentar os Chacais de novo. Até as semifinais, os jogos da primavera ocorreriam em chaves pares e ímpares. Os times ímpares jogariam nas noites de quinta-feira, já os pares, nas sextas-feiras.

Nicky se manifestou na mesma hora:

— Graças a Deus que não vamos jogar de novo na chave ímpar. Pode ser que a gente tenha uma chance este ano.

— Vamos conseguir — disse Dan. — Nós temos que conseguir. Precisamos de uma revanche contra os Corvos.

As Vespas trocaram olhares de pena entre si, mas ficaram em silêncio. Garçons trouxeram uma fartura de comida para a mesa e as equipes começaram a comer. Durante o jantar, todos conversavam em voz alta, empolgados, e, quando a conversa tocava no assunto de Exy, Kevin participava, mas, quando falavam sobre outras coisas, ficava de fora, olhando furtivamente para a mesa dos Corvos. Neil mantinha o silêncio a não ser que falassem diretamente com ele e passou a maior parte do tempo prestando atenção em Kevin. Quando já estava na metade do jantar percebeu que ainda não havia trocado uma palavra com Renee.

— Desculpa — disse ele.

Renee olhou curiosa para ele.

— Por quê?

— Não estou te ignorando.

— Tudo bem se estiver — respondeu Renee. — Kevin precisa mais de você do que eu.

Neil assentiu, agradecido pela compreensão, e Renee sorriu, indo puxar conversa com as Vespas à frente deles. Ele finalmente se permitiu olhar para os Corvos, do lado oposto a eles, pela primeira vez desde que tinham entrado na quadra. Os Corvos, ao que tudo indicava, optaram pelas mesmas artimanhas de sempre: ninguém tinha vindo com acompanhantes e todos usavam roupas pretas combinando: as mulheres, colares grená idênticos, e os homens, gravatas vermelho-sangue. Neil imaginou que aquilo seria o máximo de festividade que os Corvos toleravam.

Após o jantar começaram as brincadeiras para que pudessem fazer a digestão, e então todas as mesas, exceto uma, foram levadas para fora da quadra. Os garçons voltaram carregando tigelas de ponche e copos de plástico. Uma música agitada substituiu as canções natalinas, e a quadra se tornou uma pista de dança, com as equipes se separando para poderem dançar. Para a maioria deles, a temporada já tinha acabado e obviamente queriam encerrar com chave de ouro.

Aaron e Katelyn foram os primeiros a desaparecer na multidão. Nicky hesitou, mas tinha vindo com um acompanhante e não seria muito útil se Riko resolvesse vir arrumar confusão, então Neil fez um gesto dizendo que ele não precisava se preocupar. Quando Nicky se afastou, Allison foi atrás, levando Renee com ela. Matt e Dan foram os últimos a saírem e não entraram na multidão, preferindo ficar por perto para ficarem de olho em Kevin e Neil. Neil achou graça do instinto protetor deles e se perguntou se fariam o mesmo se Andrew ainda estivesse ali. De alguma forma, duvidava disso.

Wymack não apareceu para fazê-los socializar, então Neil e Kevin ficaram afastados da multidão. Kevin não estava com vontade de comemorar, enquanto Neil não queria estar cercado por tanta gente: desse jeito não conseguiria ver Riko se aproximando e seria muito fácil perder Kevin de vista. Em vez disso, ficaram perto da mesa de bebidas, bebendo o ponche.

Levou meia hora até Riko ir até eles, como os dois sabiam que aconteceria. Jean não estava muito atrás. Kevin congelou com o copo nos lábios assim que viu a dupla, e Neil deu um passo à frente, colocando-se entre Riko e Kevin. Riko sorriu com aquela bravata, mas não era uma expressão feliz; mais parecia o olhar de uma criança psicótica que encontrou um animalzinho para poder torturar: um quarto de satisfação e três quartos de apetite.

— Sua falta de instinto de sobrevivência é extremamente angustiante — disse Riko. — Tira essa expressão da sua cara antes que eu mesmo a arranque daí.

Neil não percebeu que também estava sorrindo, uma expressão cruel que herdara do pai. Ele abaixou o copo para Riko poder olhá-lo melhor.

— Adoraria ver você tentar. Acha que tenho medo da sua faca? Sou filho do Açougueiro.

— E lá se foi sua terceira chance. — Riko passou um dedo pela garganta, mexendo a cabeça enquanto o fazia. — Estou decepcionado com você, Kevin. Você prometeu ao mestre que cuidaria disso. Obviamente não cumpriu sua promessa, e estou muito curioso para saber o motivo.

— Ele tentou — disse Neil. — Não deu certo.

Riko pressionou o polegar na bochecha de Neil, no mesmo ponto onde os três tinham suas tatuagens numeradas.

— Faça um favor a todos e fique quieto. Sua insolência já custou a você dois colegas de time. E você nem imagina o que está por vir.

Ouvir Riko confirmar que tinha sido ele a orquestrar a morte de Seth deixou Neil fumegando de raiva. Andrew e Kevin já tinham afirmado aquilo, mas Wymack rebateu, dizendo que era paranoia. Na ocasião, Neil não havia acreditado em Andrew simplesmente porque não queria, mas a dúvida o perseguiu durante todo o semestre.

Neil levantou a mão livre e agitou seus dedos firmes em frente a Riko.

— Estou tremendo de medo.

— Devia estar, mesmo — rebateu Riko. — Você acha que pode me desafiar porque não sou seu pai, mas está se esquecendo de um detalhe muito importante: sou a família que botava medo no seu pai. E sim, Nathaniel, ele tinha muito medo.

Neil abaixou a mão e se aproximou.

— Não de você — disse ele, com uma ênfase feroz. — Você não faz parte dessa família. Esqueceu? Você é o rejeitado.

Ele esperava que aquilo o atingisse, mas não sabia que o corte seria tão profundo. Nunca tinha visto aquela expressão no rosto de Riko, mas sabia que havia assinado a própria sentença de morte.

— Jean — ordenou Riko sem desviar o olhar de Neil —, leve Kevin embora e nos deixe aqui.

— Vai ficar com Matt — pediu Neil quando Kevin hesitou.

— Agora — insistiu Riko.

Jean se afastou de Riko e agarrou Kevin pelo braço. Neil observou enquanto Jean o arrastava para longe o mais rápido possível sem atrair muita atenção. Dan e Matt perceberam, lógico, e se moveram para impedi-los. Jean congelou com a aproximação deles, mas segurou Kevin como se sua vida dependesse disso. Matt foi na direção de Neil e Riko, mas Kevin segurou seu ombro, detendo-o. Quando Matt o afastou com brusquidão, Neil acenou para Matt ficar longe daquilo. A expressão no rosto de Matt dizia que não concordava com aquela ideia, mas mesmo assim manteve distância.

Neil voltou sua atenção para Riko.

— Parece que atingi um ponto fraco.

Riko se moveu como um raio, batendo na mão de Neil para fazer o copo cair e agarrando seu pulso. Então girou com força, fazendo Neil sentir pontadas em todo o braço e se engasgar enquanto o xingava. Ele agarrou o braço de Riko para detê-lo, mas não conseguiu afastá-lo. A questão era que, se Riko torcesse seu pulso mais meio centímetro, acabaria quebrando alguma coisa. Toda vez que piscava, Neil via as cicatrizes brancas nas mãos de Kevin. Era tudo o que ele podia fazer para respirar em meio ao pânico agitando-se em seus pulmões. Se esforçou para manter a expressão calma e se obrigou a olhar nos olhos de Riko novamente.

— Você não faria isso — desafiou Neil. — Não na frente de todas essas pessoas.

— Não me importo que vejam — disse Riko. — Um cão que morde a mão do mestre merece ser abatido. Não importa o local e quem veja.

— Não sou um cão. Sou uma Raposa.

— Você não é nada além do que digo que deve ser.

— Já conversamos sobre esses seus delírios.

— E eu já te avisei pra aprender qual é o seu lugar.

— Me solta, Rei.

— Eu sou o Rei — concordou Riko — e você vai vir passar o Natal no meu castelo. Vai passar as férias de inverno em Evermore. Não — começou Riko quando Neil abriu a boca para discutir — me provoque de novo. Eu sou a única coisa te mantendo vivo.

— Não, não é — argumentou Neil.

Riko olhou para ele por um minuto interminável, então sorriu. O estômago de Neil embrulhou ao ver aquilo; sabia o que estava por vir antes de Riko abrir a boca, mas se recusou a acreditar.

— Você deve estar se referindo àquele goleiro. Sabe de qual deles estou falando, não é? Aquele em miniatura com um comportamento grotesco e que acha que pode pegar minhas coisas. Isso me faz lembrar de que não o tenho visto ultimamente.

Riko olhou por cima do ombro, como se esperasse que Andrew se materializasse no ar. Soltou Neil, que não conseguia nem respirar nem se mover, para ganhar um espaço maior entre eles. Dois companheiros de equipe, Riko tinha dito. A insolência de Neil tinha custado a ele dois colegas de time, mas Seth era só um.

Riko se virou para Neil e balançou um dedo como se tivesse acabado de se lembrar.

— Ah, verdade. Ouvi dizer que o levaram embora. Algo sobre o irmão comendo ele sem dó, não foi isso? Que escândalo. Que traumatizante.

— Não faça isso — advertiu Neil.

Riko o ignorou.

— Drake era um cara interessante, não? Eu devia agradecer à polícia por ter me levado direto a ele. Talvez eu não tivesse o descoberto de outra forma. Você sabia, Nathaniel? Os advogados de Oakland são alguns dos mais baratos de se subornar. Só foram necessários três telefonemas para organizar tudo.

— Você armou para o Andrew.

— E essa nem é a melhor parte. — Riko sorriu quando Neil balançou a cabeça, e continuou. — Você sabia que também comprei um dos médicos de Easthaven? A menos que você queira que essas pequenas sessões de terapia dele se transformem em encenações terapêuticas, estará em um avião para a Virginia Ocidental amanhã de manhã. Jean dará sua passagem a Kevin. Você está me entendendo?

Neil estava sem palavras, então respondeu com o próprio punho. Ele não tinha muito espaço para conseguir se mexer, mas deu certo, e acertou Riko na boca podre dele. Isso fez com que Riko recuasse um passo, dando mais espaço para Neil, que logo depois o acertou no olho. Ele se afastou da mesa e se chocou contra Riko, mas Riko já estava se movendo para ir até lá. Neil bateu na mesa com tanta força que ela acabou escorregando, e ele e Riko caíram no chão. Neil golpeou e socou todas as partes de Riko que pudesse atingir, vagamente ciente dos golpes violentos que Riko dava em troca. Ouviu alguém gritando sobre uma briga, ou talvez fosse o sangue latejando em seus ouvidos.

De repente sentia mãos o tocando, mãos que não eram de Riko, e os dois estavam sendo separados. Neil segurou com o máximo de força que conseguiu, e Riko fez o mesmo, puxando Neil para perto uma última vez antes que a multidão os separasse, por tempo o suficiente para dizer:

— Você acabou de custar a ele algo que ele não queria perder.

Depois muitas pessoas começaram a se colocar entre eles. Neil reconheceu algumas: Matt primeiro, depois Jean, depois alguns atletas cujos rostos ele só tinha visto através do visor do capacete. O cérebro de Neil atribuiu nomes a rostos onde pôde e descartou sumariamente todos, considerando-os como sem importância. Nenhum era Riko. Ele lutou contra a multidão o melhor que pôde, tentando se desvencilhar e colocar as mãos em Riko de novo.

De alguma forma, chegou perto o suficiente para conseguir agarrar a manga dele.

— Se você pensar em encostar nele...

Wymack apareceu de repente e puxou Neil para longe de Riko como se ele não pesasse nada. O espaço entre eles encheu-se de treinadores, e o burburinho agitado desapareceu quase instantaneamente. Por um momento, o único som era a respiração irregular de Neil enquanto ele olhava além de Wymack, em direção a Riko. A sala inteira estava tremendo, ou talvez fosse Neil, que tremia tanto ao ponto de derrubar a quadra inteira em cima deles.

— Que merda é essa? — quis saber o treinador de Breckenridge. — Isso aqui é um banquete de Natal. Não sei se vocês sabem, mas é uma celebração natalina, da felicidade e boa vontade entre as pessoas. Exijo uma maldita explicação para esse comportamento.

Nem Neil nem Riko responderam; estavam muito ocupados se encarando. Jean voltou para seu lugar de sempre atrás de Riko e o olhar tenso em seu rosto passava uma impressão cautelosa de desaprovação. Neil queria uma arma. Se contentaria com as facas de Andrew, mas estavam escondidas sob seu travesseiro na Palmetto State. Enfiou os dedos no braço de Wymack com tanta força que com certeza acabaria deixando hematomas, e sorriu tanto que sua boca chegou a doer.

— Sim — disse ele, porque o que mais poderia dizer? — Eu entendo.

— Desculpas aceitas — completou Riko.

Os treinadores esperaram. Quando todos ficaram em silêncio, um deles lançou um olhar irritado para a multidão.

— A próxima pessoa que começar uma briga aqui será denunciada e vai ficar de fora dos próximos cinco jogos, seja na primavera ou no outono. Entenderam? — Houve um coro de concordância, e o treinador olhou furioso para Neil e Riko. — Vocês dois, tratem de passar o resto da noite longe um do outro. Wymack, tire ele da quadra até que aprenda a se comportar.

— Neil não estava brigando sozinho — rebateu Wymack, a voz fria como aço. — Se o treinador Moriyama quiser ficar do lado da equipe visitante, nós vamos para o lado da casa.

— Sem problemas — disse Moriyama, parecendo indiferente ao caos. — Riko?

Eles partiram em uma direção, então Wymack praticamente carregou Neil para a outra. Neil sabia que Abby e as Raposas estavam os acompanhando para fora da quadra, mas não conseguia tirar os olhos de Riko para olhar para mais ninguém. Só perdeu Riko de vista quando Wymack o empurrou pelo portão da quadra, mas foi só quando o treinador o obrigou a sentar em um dos bancos da equipe da casa que Neil finalmente olhou para ele. Wymack sinalizou para que Katelyn e Thomas, o acompanhante de Nicky, voltassem para a quadra, com um gesto de mão impaciente, e voltou-se para Neil.

— Que porra foi essa?

— Treinador?

— Não me venha com essa de "treinador?", seu merdinha problemático.

— Não, mas sério — disse Nicky, olhando para Neil com os olhos arregalados —, o que aconteceu?

— Neil bateu em Riko — declarou Matt. — Foi lindo.

— O quê? — gritou Nicky. — Não é justo! Eu perdi! Vai lá e faz de novo. Ou não — acrescentou rapidamente quando Wymack lançou um olhar mortal em sua direção. — Não dá pra culpar um cara por sonhar, certo, treinador?

— Cala a boca. — Wymack voltou seu olhar furioso para Neil. — Vamos lá, estou esperando.

Neil tocou no pulso e estremeceu com a dor que sentiu. Abby passou por Dan para chegar até ele, sentando-se ao seu lado. Neil deixou que ela pegasse sua mão e olhou além de Wymack, em direção à quadra.

— Riko comprou a promotoria. — As palavras saíam devagar; eram tão horríveis que achou que passaria mal só de ouvi-las em voz alta novamente. — É por isso que Drake se arriscou vindo até aqui para ver Andrew. Riko faria as acusações serem retiradas se Drake fizesse... — Ele cerrou os dentes e balançou a cabeça, sem conseguir terminar.

Não precisou dizer mais nada. A música ainda tocava, explodindo nos alto-falantes, mas o silêncio entre as Raposas era absoluto.

Aaron foi o primeiro a recuperar a voz.

— Você está mentindo.

Neil respirou fundo, olhou para Kevin e perguntou em francês:

— Você pegou? Minha passagem? — Kevin olhou para ele e através dele, atordoado demais para entender ou conseguir responder. — Kevin, olha pra mim.

— Vou matar ele — ameaçou Nicky.

— Não — disse Neil, com uma ferocidade que fez até Matt olhá-lo com cautela. — Temos que acabar com ele primeiro. Se Exy é a única coisa com a qual ele se importa, vamos tirar isso dele. Primeiro destruímos sua reputação, depois o destruímos. Não podemos perder nem um jogo nesta primavera. Podemos fazer isso?

— Nem um maldito jogo — confirmou Dan, a voz dura.

Neil olhou para eles, para a raiva fria explícita em seus rostos, e se concentrou em Kevin. Então tentou novamente, insistindo em francês:

— Você está com a passagem?

— Você não vai — disse Kevin. — Tem ideia do que ele vai fazer com você?

— Tem ideia do que ele vai fazer com Andrew se eu não for? — rebateu Neil. — Não tenho escolha. Tenho que ir. Você precisa confiar em mim.

— Ele vai acabar com você.

— Ele adoraria saber como fazer isso — disse Neil. — Confia em mim. Prometo que vou voltar e, quando voltar, trarei Andrew comigo. Vai ficar tudo bem. E aí, você está com a passagem ou não?

Kevin pressionou os lábios em uma linha rígida e pálida e desviou o olhar.

— Estou.

Quando os atacantes ficaram quietos, Dan olhou para Wymack.

— Vamos para casa, treinador.

O banquete estava a horas de terminar, mas era perigoso demais continuar ali por mais tempo. Na próxima vez em que um deles visse Riko, tentariam quebrar seu pescoço. Wymack confiava mais no autocontrole de Renee, então a mandou atrás dos acompanhantes que não estavam ali. Assim que Renee voltou com Katelyn e Thomas, as Raposas se apressaram em direção ao ônibus. Fizeram uma parada no vestiário para pegar as malas, mas não se trocaram. Em minutos, Wymack já estava com eles novamente na estrada.

A viagem de volta para Palmetto foi silenciosa. Eles voltaram na calada da noite, mas, apesar da hora, nenhuma das Raposas conseguiu dormir. Wymack deixou os acompanhantes primeiro, depois levou sua equipe para a Torre das Raposas. Todos subiram juntos no elevador. Quando saíram para o corredor, Kevin entregou a Neil um pedaço de papel dobrado, e Neil nem precisou abrir para saber que aquela era a confirmação de seu voo.

Matt tentou levar Neil para o quarto das meninas para finalmente poderem conversar sobre o que havia acontecido, mas Neil seguiu para a porta ao lado. Chutou os sapatos para o lado e abriu a janela. Tentou acender um cigarro, mas suas mãos tremiam demais, então acabou se deitando sem nem trocar de roupa. Verificou o horário de embarque para saber a que horas deveria colocar o despertador, depois enfiou o papel sob o travesseiro com as faixas de Andrew. Puxou os cobertores sobre a cabeça para bloquear o quarto e se forçou a parar de pensar.

Quando finalmente dormiu, sonhou com morte e sangue.

CAPÍTULO QUINZE

Neil acordou com a movimentação no outro quarto. Apesar de terem ficado acordados até tarde, no meio da manhã as Raposas já estavam se dedicando a seus afazeres. Aquele era o dia em que o time saía para as férias de inverno, e a maioria deles tinha voos longos o suficiente para dormir. Allison, Renee e Dan iriam juntas para Bismarck na hora do almoço e chegando lá cada uma seguiria seu caminho. Quando já estivessem há duas horas no avião, o restante das Raposas estaria a caminho do aeroporto de LaGuardia.

Neil tinha compartilhado o convite que Matt fizera na semana anterior às provas e deixado Nicky encarregado das coisas a partir de então. Os planos originais de Nicky de ir para a Alemanha no Natal foram frustrados pela internação de Andrew; não queria ficar tão longe assim de Aaron. Infelizmente, Erik não teria tempo para vir aos Estados Unidos. Isso significava que Matt era a única chance de Nicky conseguir ter férias divertidas.

Nenhum dos chamados monstros da equipe sabia exatamente por que Matt estava sendo legal com eles, mas Nicky estava tão animado em passar o Ano-Novo na Times Square que não se importava. Wymack afirmou estar mais feliz do que Nicky com esse esquema, já que a ausência deles significava que ele poderia finalmente ter um pouco de paz e sossego. Aaron precisou da permissão de seu advogado para poder sair do estado, mas isso foi resolvido com facilidade.

Neil não sabia como iria comunicar a qualquer um deles que seus planos haviam mudado. Não tinha como contar a verdade; nenhum deles permitiria que fosse em frente. Era um pequeno milagre que Kevin tivesse concordado: ele, mais do que ninguém, sabia do que Riko era capaz, então sabia o que esperava Neil na Virgínia Ocidental. Talvez ele confiasse em Neil para se manter firme, mas o mais provável era que tivesse consciência do que Riko faria com as Raposas se Neil se recusasse a ir. Neil não sabia e não se importava, desde que Kevin ficasse de boca fechada.

Neil colocou os cobertores para o lado e se sentou. Levantou o travesseiro para pegar o celular, mas hesitou quando viu as faixas de Andrew. A voz de Nicky na sala afastou seus pensamentos. Neil recolocou o travesseiro no lugar e só então se deu conta de que tinha um jeito de disfarçar a verdade: pegou o celular, abriu-o e apoiou-o no ouvido. Quando Nicky empurrou a porta do quarto sem bater, Neil começou a puxar conversa com ninguém.

— Sim, eu vi — disse Neil, olhando para Nicky para indicar que estava ciente da sua presença.

Nicky abriu a boca para cumprimentá-lo, mas ficou quieto quando percebeu que Neil estava ao telefone. Em vez de sair, se encostou no batente da porta, esperando-o terminar a ligação. Neil já estava contando com a curiosidade de Nicky. Desde que deram o celular a Neil, meses atrás, nunca o tinham visto fazer uma ligação. Neil sinalizou para Nicky que estava quase terminando e se virou.

— O que você esperava? Você levou esse tempo todo pra descobrir. Agora já fiz outros planos. Eu... — Neil parou de falar, ficou escutando por um momento e prosseguiu. — Mas há quanto tempo você sabia que ele estava vindo? Você podia ter dito alguma coisa. Eu não sei. Já disse que não sei. Eu teria que... — Neil esfregou a mão nos olhos como se aquela fosse uma conversa cansativa demais. — Ok, tchau.

Ele desligou o celular e o deixou de lado.

Por um minuto, o silêncio reinou. Então Nicky entrou no quarto e fechou a porta. Neil se encostou na parede enquanto Nicky subia até a metade da escada para sua cama no beliche. Ele cruzou os braços sobre o travesseiro de Neil e o encarou.

— Tudo certo aí? — perguntou Nicky.

— Estou bem.

Nicky só olhou para ele.

— Já tem um tempo que a gente se conhece. Em algum momento você vai ter que parar de mentir na minha cara. Não pareceu uma conversa boa e você não parece bem. Então o que está rolando, de verdade?

— Meu tio vai para o Arizona no Natal — contou Neil.

— E isso é bom? Ou ruim?

— As duas coisas? — Neil deu de ombros, encostado na parede. — Ele é gente boa, mas costuma ser esperto o bastante para evitar meus pais. Não o vejo há anos, e ele nunca vem para as festas. Deve ter acontecido alguma coisa... só não sei o quê. Não sei se... — Neil parou de falar e gesticulou, desamparado. — Prometi a mim mesmo que nunca mais voltaria para casa, mas...

— Mas você quer vê-lo de novo — concluiu Nicky.

— Não importa — concluiu Neil. — Eu falei para o Andrew que cuidaria do Kevin.

— Mas o Kevin vai estar com a gente — disse Nicky —, e todos nós estaremos com Matt e a mãe dele. Nós quatro podemos ficar de olho nele se você precisar passar um tempo com sua família. Precisa de dinheiro pra passagem?

— Já tenho a passagem — explicou Neil, mostrando a ele seu itinerário dobrado. — Minha mãe me mandou por e-mail alguns dias atrás. Só não queria ter que lidar com isso antes do banquete.

— Você não tem jeito — disse Nicky. — Se quiser ir, vá. Você fez mais do que o suficiente por nós este semestre, Neil. Em algum momento você precisa pensar em si mesmo. Fica vendo — completou quando Neil balançou a cabeça —, vou falar com os outros e eles vão falar pra você ir pra casa. Você vai ver.

— Mas... — argumentou Neil, mas Nicky já tinha ido embora.

Neil deixou para lá os outros argumentos. Não era uma briga que queria ou precisava vencer, de qualquer forma. Por um momento, sentiu pena de Nicky por ser tão ingênuo, mas também não estava satisfeito com o que tinha acabado de fazer. Ele desdobrou o itinerário e o estudou com uma sensação de aperto no estômago. Em duas horas estaria em um voo para Charleston, Virgínia Ocidental, e não voltaria até a noite da véspera de Ano-Novo. Seriam duas semanas sozinho com os Corvos.

A porta da suíte bateu quando Nicky voltou para seu quarto para saber a opinião de Aaron e Kevin. Segundos depois, quando Matt entrou no quarto, Neil estava esperando por ele.

— O que vamos fazer com você? — perguntou Matt.

— Foi mal — disse Neil.

— Pelo quê? — Matt fez um gesto como se dispensasse o pedido de desculpas. — Que horas é o seu voo?

— É 11h10, se eu for.

— Você vai. Te dou uma carona até o aeroporto.

Neil fez uma careta para ele, mas finalmente saiu da cama. Não estava com fome, mas se obrigou a comer um pouco de mingau de aveia instantâneo e torradas. Nicky voltou para dizer que havia contado a todas as Raposas o que estava acontecendo. Aparentemente, todos queriam Neil naquele avião. Ele assentiu e ficou em silêncio, e Nicky o deixou em paz para que pudesse se arrumar.

Neil tomou banho e procurou a mochila na última gaveta de sua cômoda. Já tinha guardado metade das coisas quando percebeu que a mochila era pequena demais. Durante oito anos, nunca teve mais pertences do que aqueles que caberiam em uma bagagem de mão. No último semestre ali, suas posses dobraram de quantidade: mesmo com a mochila cheia, ainda havia coisas nas gavetas. Neil ficou ao mesmo tempo confuso e comovido, e pressionou a mão nas camisas dobradas. Era uma prova de que iria voltar, uma sensação que não tinha desde que era criança.

O som baixinho de passos o alertou de que não estava sozinho, e Neil ergueu o olhar para Kevin.

— Posso te dar uma coisa pra você levar? — indagou Neil. — Promete que vai manter a salvo? Não quero deixar aqui, mas também não tenho como levar comigo. — Quando Kevin assentiu, Neil destrancou seu cofre e puxou a pasta. Precisou reunir todas suas forças para entregá-la a Kevin, e, mesmo quando ele a pegou, Neil ainda segurava uma das pontas com força.

— Não abra.

— Não quero saber o que tem aqui — afirmou Kevin.

Neil soltou a pasta e Kevin a colocou debaixo do braço. Neil fechou o cofre, colocando-o de volta no lugar.

— Neil — começou Kevin, quando Neil se levantou.

— Eu vou voltar — declarou Neil, mais para seu próprio bem do que para o de Kevin. — Você prometeu que iria terminar este ano comigo. Vou cobrar essa promessa.

Ele jogou a mochila no ombro e passou por Kevin enquanto saía do quarto. Matt estava tirando da tomada todos os seus aparelhos eletrônicos quando os atacantes apareceram.

— Pronto? — perguntou Matt.

— Sim — Neil mentiu.

Matt pegou as chaves e eles saíram. Pararam primeiro no quarto das meninas, onde Neil foi submetido a abraços e votos de boas-festas. Depois, quando passaram pelo quarto dos primos, Aaron se contentou em acenar com a cabeça, mas Nicky apertou Neil com tanta força que seria o suficiente para quebrar seus ossos.

— Você está levando o carregador, né? — indagou Nicky. — Espero que me mande mensagem todos os dias.

— Estou levando — disse Neil, mas duvidava que Riko fosse deixá-lo usar o celular.

Ele deixou Kevin com os outros para terminar de se arrumar e seguiu Matt até a caminhonete. Havia espaço no chão, aos pés de Neil, para poder colocar sua mochila. Matt girou a chave na ignição e desligou o rádio meio segundo tarde demais para proteger os tímpanos do outro. Neil tentou não se sentir mal quando o campus desapareceu atrás deles, mas não conseguiu.

— Quando é o seu voo de volta? — perguntou Matt.

— No Ano-Novo — respondeu Neil —, mas pode ser que eu volte mais cedo, dependendo de como forem as coisas.

— Se voltar cedo o suficiente, fica com a gente — ofereceu Matt. — Minha mãe pode trocar sua passagem.

— Obrigado — disse Neil. — Eu te aviso.

Matt o deixou na calçada do Aeroporto Regional do Norte e Neil ficou observando-o voltar para o trânsito, depois virou-se em direção à entrada. Estar ali mais uma vez lhe dava uma sensação de vertigem: ele e a mãe nunca passaram duas vezes pelo mesmo aeroporto. Apertou a mochila com mais força e passou pelas portas de vidro de correr.

O aeroporto ficava movimentado durante o verão inteiro, mas, tão perto assim do Natal, um verdadeiro caos reinava lá dentro. Neil se deixou perder no tumulto. Era só mais um rosto na multidão, anônimo e sem importância. A companhia aérea disponibilizava a opção de fazer o check-in pelo totem de autoatendimento, então Neil escaneou o código de barras impresso no itinerário e a passagem e cartão de embarque surgiram na parte inferior; logo depois Neil se dirigiu à área de inspeção de bagagens. Sua mochila passou pelos scanners antes dele. Neil calçou os sapatos do outro lado, pegou seus pertences e foi até o portão.

A maioria dos assentos estava ocupada, então Neil se encostou em um pilar para esperar. Observava a multidão como forma de evitar encarar o relógio piscando em seu portão. Parte dele estava esperando ver mais colegas de turma por ali, mas talvez todos já tivessem saído da cidade no dia anterior. O aeroporto era um mar de rostos desconhecidos. Neil estava sozinho.

Já fazia tanto tempo que estava cercado pelas Raposas que tinha se esquecido de como era a sensação de ter espaço para respirar. Devia se sentir agradecido por ter alguns momentos para si mesmo antes de o pesadelo começar, mas isso acabou o deixando um pouco abalado. Enfiou a mão no bolso e segurou o celular com força. Se o abrisse, seu histórico de chamadas ainda mostraria apenas um nome, mas sua caixa de mensagens estava tão cheia que de vez em quando ela mesma tinha que se esvaziar sozinha. Pensou em ler as mensagens para criar coragem, mas não conseguiu.

A voz do funcionário nos alto-falantes do teto o afastou de seus pensamentos.

— Passageiros do voo 12 para Charleston, o embarque começará em alguns instantes. Por favor, dirijam-se ao portão D23 e aguardem até serem chamados.

O assento de Neil ficava logo atrás da seção da classe executiva. Para seu desgosto, acabou ficando com o assento da janela, mas o espaço à sua frente era grande o suficiente para que sua mochila coubesse ali. Colocou-a no lugar, empurrando com os sapatos, e tentou não se sentir preso por seu companheiro de assento. As aeromoças se espremiam pelos corredores, tentando acomodar todos o mais rápido possível.

Quando todos finalmente se sentaram e os compartimentos superiores foram fechados, as aeromoças começaram a falar sobre os procedimentos de segurança. Neil olhou para a porta de saída de emergência, mas não ficou tão tentado quanto pensou que ficaria.

Enfrentar Riko daquele jeito era ir contra tudo que a mãe tinha lhe ensinado. Havia sido criado para correr, para sacrificar tudo e todos a fim de garantir a própria sobrevivência. A mãe nunca lhe dera uma base onde pudesse se sustentar. Talvez fosse esse o motivo de não ter sido forte o bastante para salvá-la no final. Alguém composto por um apanhado de mentiras não teria pelo que lutar. Mas Neil Josten era uma Raposa. Andrew chamava aquilo de casa; Nicky chamava de família. Neil não ia perder nada disso. Se duas semanas com Riko fossem o preço para manter seu time seguro, Neil estava disposto a pagar.

De alguma forma, esses pensamentos acabaram tornando o voo mais fácil. Neil até conseguiu cochilar durante parte do voo, mas acordou assim que pousaram.

Jean estava esperando por ele na área de desembarque. Tinha um olhar frio no rosto enquanto Neil se aproximava e certa irritação na voz quando disse:

— Você não devia ter vindo.

— Vamos nessa — disse Neil.

A viagem foi silenciosa, mas assim que avistou o Castelo Evermore o corpo de Neil se contorceu em reconhecimento. Evermore parecia mais um monumento que um estádio, e sua pintura preta o tornava ainda mais imponente. Era maior do que a Toca das Raposas, quase um estádio e meio. Neil duvidava de que os Corvos conseguissem encher o estádio em todos os jogos, mas a seleção dos Estados Unidos provavelmente esgotava todos os ingressos horas após ser anunciada uma partida. Neil só podia imaginar como seriam as noites de jogos lá dentro.

Jean parou em um portão e abriu a janela do carro para digitar um código. O portão se abriu com um guincho baixo e eles entraram no estacionamento cercado. Uma fila de carros já estava estacionada ali, próximos à calçada. Neil não podia fingir estar surpreso por serem todos idênticos; mesmo as placas personalizadas só tinham alguns dígitos de diferença umas das outras. Neil olhou fixamente para elas, até pensar ter descoberto a sequência. O EA tinha que ser Edgar Allan, e os números seguintes eram o ano escolar e os números da camisa.

— Isso aqui não é um time — provocou Neil. — É uma seita.

— Cai fora — ordenou Jean, e estacionou na vaga que seus companheiros tinham deixado para ele.

Neil pegou a mochila e saiu. Jean o acompanhou até a porta e digitou outra senha numérica. A luz sobre o teclado piscou, ficando verde, então Jean abriu a porta. Em vez de entrar, olhou para Neil.

— Olha bem pro céu. Você não vai ver de novo até sair daqui.

— Já olhei — disse Neil.

O sorriso de Jean era um deboche daquela tentativa de desafio, e ele gesticulou para Neil entrar primeiro. A porta se abriu para uma escada que descia. Tudo tinha sido pintado de preto; a única luz e cor vinham de um tubo de luz vermelha no meio do teto. Mas não era clara o suficiente. Quando Jean fechou a porta atrás deles, Neil quase tropeçou escada abaixo. Colocou a mão na parede para se equilibrar e começou a andar mais lentamente. Jean, que estava logo atrás, não o apressou.

Neil contou os degraus, querendo saber o quanto estavam descendo, e chegou a vinte e seis antes que a escada terminasse em outra porta. Jean passou por ele para digitar uma terceira senha e Neil entrou nos aposentos dos Corvos.

— Bem-vindo ao Ninho — declarou Jean.

— Seita — rebateu Neil novamente.

Jean o ignorou e o levou para conhecer o lugar. Aquele espaço tinha sido construído originalmente para abrigar equipes visitantes, mas o técnico Moriyama o deu aos seus Corvos. Se os Corvos não estivessem em sala de aula ou na quadra, deveriam estar ali. À primeira vista, não era um lugar ruim. O Ninho era espaçoso e bem abastecido. Neil passou por duas cozinhas de tamanho normal, um lounge completo com bar e mesa de bilhar e três salas com televisão. Um longo corredor ligava os cômodos a uma sala de musculação e outro corredor os levava ao dormitório.

Uma placa na parede indicava que o Corredor Preto ficava à esquerda e o Corredor Vermelho, à direita. Neil olhou para os dois lados, mas honestamente não conseguia diferenciá-los. Não valia a pena perguntar, então ele seguiu Jean até o Corredor Preto. Todas as portas dos quartos estavam abertas, e Neil espiou quando passaram em frente: os quartos eram quase tão grandes quanto a suíte que Neil dividia com Matt e cada um só tinha duas camas.

O Ninho tinha potencial para ser tudo o que um atleta universitário poderia desejar, exceto pelo teto baixo e pela decoração escura. Quase não havia outra cor, no máximo alguns tons de vermelho. Todo o resto era preto, desde os móveis até os lençóis e as toalhas estendidas sobre as cadeiras para secar. As sombras sugavam o ar da sala e de repente Neil percebeu o peso do estádio sobre sua cabeça. Neil não era claustrofóbico, mas ficou pensando que passar duas semanas ali poderiam acabar mudando isso.

— Aqui — disse Jean, gesticulando para que Neil o seguisse até o último quarto. — É aqui que você vai ficar. Era pra ficar no Vermelho com todos nós, mas o mestre abriu uma exceção. Ele sabe que Riko tem que ficar de olho em você.

— Não vou dividir quarto com aquele psicopata.

— Como se você pudesse opinar.

— Estou ficando no lugar de quem? — perguntou Neil, já que os dois lados do quarto já estavam decorados.

Jean parou em uma das mesinhas de cabeceira e gesticulou para que Neil se aproximasse.

— É só olhar.

Neil parou ao seu lado, mas se arrependeu quase imediatamente. Cartões-postais de cidades distantes, tanto estrangeiras quanto nacionais, estavam colados nas paredes. Abaixo de cada um havia pedaços de papel, e os rabiscos agora familiares de Kevin listavam datas e o que fazer nas viagens, a maioria relacionada a partidas. Alguns indicavam sessões de fotos e entrevistas. Havia livros enfileirados nas prateleiras embutidas na cabeceira da cama e Neil sabia, ao passar os olhos pelas lombadas, que pertenciam a Kevin. Ele estava se formando em história por motivos que Neil não conseguia entender; aqueles títulos sem graça eram o tipo de coisa que ele acharia fascinante.

Neil ficou arrepiado ao ver o lado de Kevin no quarto preservado daquele jeito. Era como se ele tivesse saído para um compromisso, não como se tivesse se transferido completamente para outra equipe.

— Riko está em negação — comentou Neil. — Alguém precisa avisar a ele que Kevin não vai voltar.

— Você não sabe de nada — rebateu Jean. — Coloca suas coisas aí e vamos.

Jean saiu sem nem esperar por ele, e Neil colocou a mochila na cama de Kevin, olhou desconfiado para o lado do quarto em que Riko ficava e seguiu Jean pelo corredor. Um lance de escadas os levava a um andar acima, aos vestiários dos Corvos. Jean não deu tempo para que Neil pudesse olhar, foi logo o empurrando por uma das portas em direção à área técnica. Saíram perto dos bancos destinados à equipe da casa.

Era o domingo antes do Natal e os Corvos estavam a todo vapor na quadra. O treino consistia em uma partida um tanto bruta entre duas das escalações, enquanto os nove Corvos restantes assistiam. Eles se viraram quando Jean deu um passo ao lado dos nove jogadores vestidos com armaduras, e os Corvos olharam para além de Jean, na direção de Neil. Suas expressões variavam do frio desinteresse à pura hostilidade. Neil não estava esperando uma recepção calorosa, então manteve o foco na quadra.

Não demorou muito para uma buzina soar, anunciando o fim da partida. A equipe de Riko venceu por uma margem de três gols. As duas escalações se encontraram no meio da quadra para debater o desempenho uma da outra. Os reservas se juntaram a eles para compartilhar o que haviam percebido estando do lado de fora. Isso durou uns bons quinze minutos, mas finalmente os Corvos bateram as raquetes e deixaram a quadra.

Riko tirou o capacete assim que passou pelo portão.

— Luke, feche o placar. Martin, acenda as luzes. Tenho um convidado para ficar de olho, então almocem mais cedo. O mestre chegará em breve para verificar o progresso, então preparem a papelada para ele. O treino da tarde começa no horário de sempre.

Os Corvos se moveram entre Jean e Neil como um rio escuro. Riko parou na frente de Neil para prestar atenção nele, mas logo o dispensou aos cuidados de Jean.

— Mostre as coisas dele para ele. Vou só tomar um banho e já venho cuidar disso.

Jean inclinou a cabeça e segurou a porta para Riko, que, por sua vez, foi para um lado enquanto Jean e Neil foram para o outro. Jean levou Neil para o vestiário e abriu um armário enorme na ponta. Neil obedientemente olhou para dentro: estava abarrotado de equipamentos dos Corvos. Neil só conseguiu entender quando Jean o empurrou uma camisa: o sobrenome estampado nas costas era JOSTEN.

— Eu só vou passar duas semanas aqui — disse Neil. — Por que ele mandou estampar isso?

— Não se faça de idiota — rebateu Jean. — A essa altura do campeonato Kevin já deve ter te falado que no verão você vai ser transferido pra cá.

— Ele mencionou, mas eu disse que não iria vir. Ele não te passou o recado? — Neil jogou a camisa para o lado.

Jean a pegou antes que caísse no chão, lançando um olhar irritado para ele.

— Tente não nos matar logo no primeiro dia, seu moleque burro.

— Nos matar? — perguntou Neil.

— Escuta bem o que vou te contar — disse Jean, estendendo a camisa para ele novamente. Neil se recusou a pegá-la, então Jean segurou seu casaco com a mão livre e puxou Neil para perto. — Você perdeu o direito de ser um indivíduo assim que pisou no Ninho. As consequências de suas ações não são mais suas. Os Corvos funcionam baseados em um sistema de pares, o que significa que, de agora até o momento em que você sair daqui, eu sou seu único aliado.

"Meu sucesso é o seu sucesso", explicou Jean. "Seu fracasso é meu fracasso. Você não irá a lugar nenhum a menos que eu esteja junto. Se quebrar esta regra, nós dois vamos pagar caro por isso. Entendeu? Eles querem que a gente falhe. Querem tirar a minha titularidade, e não vou deixar você prejudicar o meu ranking."

— Tenho más notícias pra você — declarou Neil. — Não consigo superar os atacantes dos Corvos.

— Não são eles que você precisa derrotar — disse Jean. — Você não é mais atacante. Você nunca nem devia ter jogado nessa posição. O mestre vai colocar você na defesa, onde é o seu lugar. Ele vai querer saber por que você abandonou sua posição. Espero que tenha uma boa explicação para ele.

— Não foi ideia minha — garantiu Neil. — O treinador Hernandez já estava com a defesa formada. Era ataque ou nada, e eu só queria jogar.

Neil tinha dito a Hernandez que nunca havia tocado em uma raquete antes, porque não podia dar o nome de seus antigos treinadores e equipes para ele. Mas quando foi escalado para os Dingos de Millport, não foram os oito anos sem treinar que o fizeram se atrapalhar em quadra. Era o fato de que, na liga infantil, jogava como defensor. Precisou aprender a jogar de novo, do zero. No começo, odiou aquilo, porque via os atacantes como carentes de atenção que só queriam os holofotes. Mas conforme se familiarizou com a posição, acabou se apaixonando.

— Foi uma péssima ideia — concluiu Jean. — Agora você vai ter que esquecer todos esses hábitos horríveis. Veste a sua armadura pra gente ver se cabe.

— Não na sua frente — contestou Neil.

— Essa modéstia vai ser a primeira coisa que vamos tirar de você — disse Jean. — Não há espaço pra privacidade no Ninho.

— Não consigo acreditar que você aceita um negócio desse — admitiu Neil. — Pelo menos o Kevin fugiu. Qual a sua desculpa?

— Eu sou um Moreau — afirmou Jean, como se Neil estivesse tornando as coisas difíceis de propósito. — Minha família pertence aos Moriyama desde antes de chegarem aos Estados Unidos. Assim como você, não tenho para onde ir a não ser aqui. Kevin não é como a gente; ele é valioso, mas não é uma propriedade no mesmo sentido. Ele fugiu porque tinha uma família para a qual correr.

— Andrew? — Neil adivinhou.

— Eu disse família, seu imbecil que não presta atenção — disse Jean. — O pai dele. Seu treinador.

Neil levou alguns instantes para absorver a notícia. Assim que entendeu, se afastou de Jean, chocado.

— O quê?

Ele sabia que Kevin tinha que ter um pai, claro. Kayleigh Day não tinha engravidado sozinha, no fim das contas. Mas ela nunca dissera o nome do pai de Kevin, não importava a pressão que a imprensa fizesse. Se os rumores estavam certos, havia um espaço vazio na certidão de nascimento de Kevin, o espaço onde deveria constar a paternidade. Mas Kayleigh nomeara Tetsuji como o padrinho do filho, e foi assim que Kevin foi parar em Evermore quando Kayleigh morreu.

— Você está mentindo — disse Neil.

— Por que outro motivo Kevin teria fugido para um time tão merda?

— Mas ele nunca... e o treinador não...

— Não me surpreende que ele ainda seja covarde demais para contar a verdade. — Jean deu um aceno de mão irônico. — Se não acredita em mim, veja por si mesmo. A última vez que vi a carta da mãe dele, estava escondida em um daqueles livros chatos. Ele já leu tantas vezes que as palavras das páginas devem estar gastas, mas vale a pena tentar.

— Se ele sabia, por que ficou? — Neil exigiu. — Ele devia ter ido até o treinador quando a mãe morreu.

— Só ficamos sabendo disso alguns anos atrás — explicou Jean. — Encontramos a carta na casa do mestre por puro acidente. Kevin a roubou, mas não pretendia fazer nada sobre o que descobriu. Sabia que ir embora significava perder tudo isso. Não valia a pena. — Jean mexeu as mãos, apontando para o vestiário. — Mas quando perdeu isso, é lógico que não tinha mais motivos para ficar.

— Vocês são todos loucos — disse Neil.

— Diz o fugitivo que entrou em um time da primeira divisão — retrucou Jean. — Diz o cara que veio aqui hoje quando devia ter fugido. Você não é melhor do que nenhum de nós. Agora, vai provar sua armadura ou vou ter que te forçar a fazer isso?

Neil pensou um pouco, então pegou a camisa. Jean cruzou os braços e deu alguns passos para trás. Então Neil virou a camisa nas mãos para poder ver seu nome. As letras brancas eram delineadas por um leve contorno vermelho. O número abaixo não era o dele.

— Não posso nem manter meu número dez? — perguntou Neil.

— Só Corvos insignificantes usam dois dígitos — respondeu Jean. — Mas o círculo íntimo de Riko, não. Esse número fica melhor em você. Sabe de uma coisa? Em japonês, "quatro" e "morte" têm o mesmo som. Ninguém melhor pra usar esse número do que o filho do Açougueiro.

Neil balançou a cabeça, mas acabou deixando a discussão de lado. Largou a camisa no armário novamente, tentou se acalmar e desabotoou o casaco. Em seguida, abriu o zíper e tirou o casaco, depois a camisa, fingindo não notar o olhar atento que Jean lançou em seu corpo cheio de cicatrizes. Neil tirou os sapatos, empurrando-os para fora do caminho, e também a calça jeans. Vestiu peça por peça o uniforme dos Corvos o mais rápido que conseguiu. Serviu melhor do que ele esperava, mas Neil se sentia sufocado.

— Ficou bom — disse Jean. — Agora pode guardar. Você só vai precisar vestir no treino de hoje à tarde.

Neil tirou tudo e colocou de volta. Quando acabou de fechar o último botão do casaco, a porta se abriu. Neil estava de costas, mas não deixou de perceber o jeito como Jean empalideceu. Neil olhou para trás, e viu Tetsuji e Riko parados na porta. Tetsuji estava usando uma bengala toda decorada. Neil nunca o tinha visto com isso antes e esperava que isso significasse que Tetsuji estava com algum tipo de lesão ou doença.

Riko deixou o tio entrar na sala primeiro e logo depois trancou a porta atrás deles. Neil se questionou brevemente sobre quem instalava fechaduras na porta de um vestiário, mas afastou esse pensamento o mais rápido que pôde. Ele não tinha como permitir se distrair ao enfrentar este homem.

Tetsuji cruzou a sala, ficando frente a frente com Neil.

— Nathaniel Wesninski — falou, como se considerasse cada sílaba insuficiente. — Ajoelhe-se.

Neil escondeu as mãos nos bolsos para poder cerrar os punhos.

— Não.

Ele pensou ter ouvido Jean dizer seu nome, mas sua voz era só um pouco mais alta do que uma lufada de ar. Neil não olhou para ele. Não achava que fosse coisa da sua cabeça que Riko tenha dado meio passo para trás, abrindo espaço entre ele e seu tio. Um homem que podia colocar até mesmo Riko na linha não podia ser desafiado de um jeito tão descuidado, mas Neil não tinha outra escolha.

— Você vai se ajoelhar — afirmou Tetsuji.

Neil teve a sensação de que se arrependeria daquilo pelo resto de sua curta vida, mas sorriu e disse:

— Me obrigue.

Ele viu a bengala subir no ar, mas o gesto foi muito rápido para que conseguisse se esquivar. Acertou-o bem no rosto, na região da bochecha e no canto da boca. Com a força do golpe Neil acabou tropeçando, chocando-se contra os armários. Ele não sentiu; não conseguia sentir nada além do fogo invadindo seu crânio. O sabor azedo que rapidamente surgiu em sua língua poderia ser sangue, mas sua boca estava dormente demais para Neil conseguir afirmar. Ergueu a mão por instinto para verificar se havia fraturas no crânio, mas logo depois a bengala de Tetsuji o atingiu nas costelas e, em seguida, no ombro e no braço, até que Neil não teve escolha a não ser se encolher para tentar se proteger.

Tetsuji não parou de bater nele até ele finalmente desmaiar.

O treino da tarde dos Corvos durou quatro horas, e Neil não tinha condições para nada disso. Ficou inconsciente durante as duas horas que os Corvos tiravam para almoçar; só acordou quando Jean jogou uma jarra de água gelada em sua cabeça. Neil estava delirando e dolorido demais para conseguir se trocar, então Jean precisou forçá-lo a colocar a maior parte do equipamento. Neil tentava se esquivar, mas Jean enfiava os dedos com crueldade em seus hematomas recentes para impedi-lo, e levou Neil arrastado até a quadra. Foi só quando Jean enfiou uma raquete em suas mãos que Neil realmente percebeu que sim, esperavam que ele fosse jogar.

Eles o colocaram como defensor e Neil falhou espetacularmente: não jogava na defesa há quase nove anos e estava muito mal para conseguir acompanhar Riko. A cada vez que passava por ele, Riko acertava Neil com a raquete. A armadura Exy era feita para proteger os jogadores contra bolas que viessem a toda velocidade e trombadas, não golpes maliciosos de raquetes pesadas. Após uma hora de treino, Neil estava tropeçando nos próprios pés.

Mas a cada vez que Neil caía, Jean estava lá para levantá-lo. Ele não falava nada sobre o desempenho fraco de Neil, nem para encorajá-lo nem para reprimi-lo. Talvez ele não tivesse mais fôlego para isso. Estavam nisso juntos, como Jean avisara a Neil. Sempre que o outro time marcava, ambos eram punidos.

O resto dos Corvos era completamente indiferente, mesmo com membros de suas equipes. Era assim que o time funcionava e eles aceitavam sem questionar. Os cinco anos podem até ser um pesadelo cruel, mas a fama mundial e os salários de sete dígitos estavam esperando por eles do outro lado do palco da formatura. Estariam feitos para o resto de suas vidas. Na opinião dos Corvos, era uma troca que valia a pena.

Por causa de seu desempenho patético, Jean e Neil foram incumbidos de fechar a quadra depois. Isso significava varrer e polir o chão da quadra, depois arrumar a bagunça que os Corvos faziam no vestiário. Quando enfim conseguiram ir para o banho, Neil mal conseguia se mexer. Não ligava que o banheiro dos Corvos não tivesse um box fechado: se ajoelhou no chão de ladrilhos sob o jato de água e deixou o calor aliviar um pouco a dor de seu corpo despedaçado. Neil flexionou os dedos inchados para se certificar de que estavam funcionando bem. Eles se mexiam, mas ele não sentia nada.

— Você devia ter fugido — disse Jean, exausto e machucado demais para falar com qualquer tipo de ódio.

— Eu cresci no meio da dor — declarou Neil. — Duas semanas disso aqui não vai ser nada.

— Três — corrigiu Jean.

Neil o encarou.

— Eu só concordei com duas semanas. Vou embora na véspera de Ano-Novo.

Jean fechou os olhos e inclinou mais ainda a cabeça sob o chuveiro.

— Seu moleque burro. Aqui é o Ninho dos Corvos. Seguimos o nosso tempo, não o seu. Corremos em dias de dezesseis horas. Você vai ver.

Neil estava cansado demais para lidar com os dramas de Jean, então se concentrou em tomar banho. Vestiu as roupas mais largas que tinha trazido e seguiu o outro jogador até a cozinha. Ele mal sentia o gosto da comida que colocava na boca, mas precisava daquela fonte de energia. Jean colocou seus pratos na máquina de lavar louça e foi com Neil até o Corredor Preto.

Riko estava esperando por eles no quarto. Neil só o viu depois de entrar, mas já era tarde demais: Jean trancou a porta atrás de si e encostou-se nela. Neil pensou em bater de frente com ele, mas não tinha energia e não havia para onde ir. Ele seguiu em direção à cama como se não se importasse com o fato de estar preso naquele cômodo com eles e se sentou na beirada do colchão. Olhou para os livros e pensou na carta de Kayleigh, em Jean e Kevin suportando isso dia após dia, ano após ano.

Riko se levantou da cama e Neil voltou o olhar para ele. Estava sorrindo, o que fazia Neil se sentir enjoado. Seu pai o olhava com ódio e fúria, mas nunca com aquela expressão, como se o sangue de Neil fosse o ponto alto de seu dia. O Açougueiro era um assassino cruel com um temperamento explosivo, mas prosperava na morte e no medo, não na dor e na submissão.

— Fica longe de mim — disse Neil.

Riko puxou um canivete do bolso e o abriu.

— Pensei que você não tivesse medo das minhas facas, Nathaniel. Foi só uma mentirinha pra conseguir se sentir melhor?

Riko sentou-se de lado no colchão, ao lado de Neil. Ele o olhava como se imaginasse a sensação de esfolá-lo vivo e fazê-lo comer a pele sangrenta. Sua expressão deixava nítido que estava se entregando à fantasia. Neil não vacilou quando Riko tocou a ponta da lâmina em seus lábios, mas foi por pouco. Jean se moveu ao lado deles, mas Neil não ousou tirar os olhos de Riko.

— Eu vou adorar machucar você — disse Riko —, como amei machucar Kevin.

— Você é completamente fodido da cabeça — rebateu Neil.

Riko enfiou a faca na boca de Neil e empurrou com força até romper a pele no canto da boca, mas não fundo o suficiente para machucar de verdade.

— Cala a boca e deita na cama — ordenou Riko. — Não temos muito tempo, e prometi ao mestre que você já estaria mais obediente até o treino noturno.

— Eu te odeio — exclamou Neil ao redor da lâmina.

— Deita — mandou Riko novamente — e coloca as mãos na cabeceira.

Neil se deitou de costas e estendeu a mão por cima da cabeça. Jean pegou suas mãos para guiá-las até o lugar certo. Neil sentiu a madeira sob a ponta dos dedos e agarrou, e Jean o soltou só para passar o metal frio em seus pulsos. Neil tentou olhar, mas a faca em sua boca não o deixava se mexer. No entanto, Riko sentiu a tensão no corpo dele, e afastou a lâmina. Neil ergueu o olhar, mas se arrependeu imediatamente: algemas de metal prendiam suas mãos na cabeceira da cama. Ele puxou os braços o mais forte que conseguiu, quase esfolando os pulsos com o esforço, mas a cabeceira nem rangeu.

— Quem é o seu Rei, Nathaniel? — perguntou Riko.

Neil cuspiu no rosto dele.

Riko congelou, então lentamente estendeu a mão e tocou o cuspe em sua bochecha. Olhou para seus dedos escorregadios por um momento, precisando ver para acreditar, e então agarrou o rosto de Neil com força. Depois abriu a boca de Neil e cuspiu dentro, pressionando a mão sobre a boca de Neil para impedi-lo de tossir e acabar cuspindo de volta. Jean subiu na cama e sentou-se em suas pernas antes que Neil pudesse dar uma joelhada nas costas de Riko. Então pressionou a faca no peito de Neil e deslizou a ponta sob sua pele.

— Vou fazer isso ser o mais terrível que conseguir — prometeu Riko. — Quando for demais pra você, não hesite em chorar.

CAPÍTULO DEZESSEIS

— Passageiros do voo 227 para Las Vegas, por favor, dirijam-se ao Portão A19. O embarque começará em alguns instantes.

Neil não se lembrava de ter caído no sono, mas piscou para acordar e olhou para as luzes fluorescentes acima. O vidro frio batia contra seus ombros e seu cabelo onde estava sentado, encostado em uma janela. Ele ouviu o rugido abafado de um motor a jato enquanto descia a pista. O vidro parou de tremer antes que o ruído desaparecesse. Esfregou os olhos com as mãos enluvadas e se arrependeu na mesma hora: as luvas escondiam os curativos, mas não aliviavam a dor. Ele cerrou os punhos, sibilando por entre os dentes com a intensidade da dor. Satisfeito ao perceber que ainda tinha todos os dedos, apoiou as mãos enluvadas no colo.

— Passageiros do voo 1522 para Atlanta, atenção: houve uma mudança de portão. O embarque para este voo será no portão A16. Repito: o embarque para o voo 1522 para Atlanta, Geórgia, será feito no portão A16. Por favor, dirijam-se ao novo portão imediatamente para um embarque rápido.

O anúncio foi ouvido novamente segundos depois, desta vez em espanhol. Por um momento, Neil ficou perplexo por não ser em francês. Tinha passado tanto tempo com Jean que acabou se esquecendo da existência de qualquer outro idioma. Jean estava tecnicamente proibido de usar o francês, já que Riko não conseguia entender, mas sussurrava para Neil quando Riko não estava perto o suficiente para ouvir. Jean zombaria dele se o visse confuso dessa forma, mas não estava ali. Neil olhou para o assento ao lado e tudo o que viu foi sua mochila. Jean não estava em lugar nenhum.

Ele estava em um aeroporto, então Jean devia estar do outro lado da inspeção de segurança. Neil teria que voltar e dizer que tinha dormido no voo. Mas quando olhou ao redor em busca da área de embarque reconheceu os móveis cafonas do Aeroporto Regional do Norte.

Este aeroporto ficava na Carolina do Sul, mas Neil não se lembrava de ter saído da Virgínia Ocidental. Nem se lembrava de ter saído do Castelo Evermore. Neil agarrou os braços da cadeira para se levantar e olhou sobre o ombro. Estava escuro lá fora; já havia anoitecido e ele nem percebeu. Tentou sem sucesso revirar a memória, mas então deixou de lado. Não importava como tinha chegado lá, desde que estivesse lá.

Chegar ali tinha sido só metade da batalha. A outra metade era se levantar. Neil prendeu a respiração enquanto se erguia com cuidado da cadeira. Por um momento, teve certeza de que suas pernas acabariam cedendo sob seu peso, mas, de alguma forma, elas aguentaram. Doeu apertar a mão na alça da mochila, mas ele segurou mesmo assim. Não conseguia sentir o peso dela sobre seus quadris, e precisava saber que ela estava ali.

Ele se arrastou até a área de desembarque. Seria uma caminhada curta, mas ele se movia com a velocidade e a graça de alguém com seis vezes sua idade. Cada centímetro dele parecia ter passado por um moedor de carne. Quando chegou à esteira de bagagem, percebeu que não tinha para onde ir e nenhuma maneira de chegar lá. Ficou olhando sem muita emoção para as esteiras, depois foi mancando até a parede e seguiu até encontrar uma saída. Suas mãos gritavam de dor enquanto ele vasculhava a mochila até encontrar seu celular. Estava sem bateria, lógico. Deveria ter acabado há duas — ou três? — semanas. Neil o colocou na tomada e esperou.

Quando estava com carga suficiente para ligá-lo, imediatamente começou a receber todas as mensagens que não tinha visto durante o tempo fora. Neil tentou mexer em seus contatos, mas as notificações não paravam de surgir, interrompendo-o. Ele desistiu e ficou olhando os nomes: sem surpresa, a maioria das mensagens vinha de Nicky. Até os nomes de Aaron e Allison surgiram. O único que faltava era o de Andrew.

Quando seu celular finalmente recebeu todas as mensagens, Neil acessou sua lista de contatos. Primeiro viu o nome de Andrew, depois o de Kevin e, finalmente, apertou a terceira discagem rápida que Andrew havia salvado no aparelho.

Wymack atendeu no quarto toque.

— Espero que você tenha um bom motivo para estar me incomodando nas férias.

— Eu não sabia para quem mais ligar — disse Neil, mal reconhecendo a própria voz. A última vez que tinha dito alguma coisa, estava gritando; aparentemente suas cordas vocais ainda não haviam se recuperado. Neil pressionou a testa contra a parede e tentou respirar. Não conseguia se lembrar de quando respirar não era uma tarefa árdua.

— Neil? — Toda a postura rude desapareceu da voz de Wymack; aquele tom agudo era pura preocupação. — Você está bem?

Neil sorriu, e a sensação era de que seu rosto ia se rasgar ao meio.

— Não. Não estou. Eu sei que é meio do nada, mas você pode vir me buscar? Estou no aeroporto.

— Espera aí — disse Wymack. — Estou chegando.

Neil assentiu, sabendo que Wymack não tinha como ver o gesto, e desligou. Não tinha forças para ficar de pé, então se ajoelhou e colocou um cronômetro no celular para dali a quinze minutos. Quando tocou, arrancou o carregador da tomada e foi com a mochila para fora. Sentou-se no meio-fio com os pés na sarjeta, ignorando o modo como os motoristas irritados buzinavam para ele. Neil estava tão fora de si que não percebeu Wymack parado no meio-fio um pouco mais abaixo até uma mão pesada envolver seu braço.

— Levanta — ordenou Wymack. — Vamos dar o fora daqui.

Neil segurou a manga da blusa de Wymack e permitiu que o treinador o erguesse. Wymack abriu a porta do passageiro para ele e o observou entrar. Quando Neil já estava dentro do carro, em segurança, o treinador bateu a porta e deu a volta para se sentar no banco do motorista. Neil preparou-se para perguntas, mas Wymack ficou em silêncio. Neil observou o aeroporto desaparecer, observou os sinais borrados do lado de fora e fechou os olhos.

Quando os abriu novamente, estava deitado de costas no sofá de Wymack. O treinador tinha arrastado a cadeira do escritório até a sala para poder vigiá-lo. Uma garrafa de uísque estava quase vazia na mesinha de centro. Estava fechada, mas Neil ainda sentia o cheiro. Ele se levantou, estremecendo, e encarou a expressão cautelosa de Wymack, refletindo-a.

— Desculpe.

— Ele fala que nem o Neil — disse Wymack —, mas não se parece com ele. Quero uma explicação desde o começo sem nenhum caralho de mentira, obrigado.

Neil olhou para ele, sem entender. A resposta estava ali, fora de alcance, um lampejo de azul, pânico e vidro quebrado. Neil vasculhou desesperadamente sua memória, mas seu corpo entendeu antes que sua cabeça lembrasse. Quando ergueu as mãos para tocar o cabelo finalmente se lembrou. O medo ardia em suas veias como ácido, corroendo-o de dentro para fora, e Neil se levantou.

— Não — disse ele, mas era tarde demais para poder mudar as coisas.

Wymack se levantou quando Neil cambaleou para a porta, mas não tentou impedi-lo. Neil escancarou a porta do banheiro, acendendo a luz, e o rosto à espera dele no espelho era horrível o suficiente para fazer o chão sumir sob seus pés. Ele cambaleou até a pia enquanto caía de joelhos, mas não tinha forças o suficiente para conseguir se manter em pé.

Neil pintava o cabelo de castanho de vez em quando, mas nunca desse tom, nunca nem perto desse tom. Aquela era sua cor natural, e aqueles seus olhos verdadeiros, e este era o rosto de seu pai. Os curativos e hematomas não eram suficientes para disfarçar o homem que tinha visto no espelho. Neil pensou que fosse vomitar, mas estava fraco demais para controlar isso.

— Respire -- pediu Wymack.

Neil não percebeu que tinha parado de respirar até que o punho de Wymack em suas costas socou o ar de volta em seus pulmões. Ele agarrou a porta do armário e engasgou na primeira respiração. Teve que cerrar os dentes para conter um grito que não ousava soltar. Era tarde demais para pedir ao treinador para não olhar. Tarde demais para Wymack fingir que não tinha visto. Ele não sabia para quem estava olhando, mas isso não importava.

O clique de um isqueiro o fez voltar para a realidade antes que ele não conseguisse mais suportar, e Neil pegou o cigarro que Wymack lhe ofereceu. Ele o aproximou de si e tragou o mais fundo que conseguiu. Doía respirar fundo, mas ele o fazia mesmo assim. Cada respiração fazia os pontos e curativos na pele esticarem ainda mais. Pressionou a mão livre contra o casaco, tentando sentir a gaze através da lã grossa, e finalmente tragou tão fundo que engasgou. Tossiu tanto que pensou que fosse quebrar alguma parte do corpo, mas, quando parou, estava rindo.

A risada soava distorcida e errada naquele espaço sufocante, mas Neil não conseguia parar. Mordeu a mão para abafar o som, mas não adiantou nada. A histeria estava a um piscar de olhos de assumir o controle.

— Neil — começou Wymack —, preciso que você fale comigo.

— Acho que meus pontos soltaram — falou Neil. — Estou sentindo gosto de sangue.

— Onde? — perguntou Wymack.

— Em todos os lugares? — chutou Neil, e tentou desabotoar o casaco com uma mão.

Wymack empurrou a mão de Neil, que deixou o treinador lidar com os botões e o zíper, mas foi preciso que os dois se esforçassem para conseguir tirar o casaco dele. Neil pegou a ponta do dedo de uma luva com os dentes e puxou, estremecendo ao sentir uma pontada na bochecha. Wymack notou a expressão e estendeu a mão para o rosto de Neil, que não tinha percebido que estava com curativos no rosto até Wymack arrancar a gaze e a fita adesiva.

Wymack ficou tão imóvel que Neil pensou que ele havia se transformado em pedra.

— Neil, que porra é essa na sua cara?

Neil soltou a luva e tocou a pele com os dedos nus. Não sentiu nada, então se agarrou à pia e tentou se levantar. Wymack o deixou tentar sozinho uma vez, então se levantou e o ergueu. Neil não estava pronto para voltar a ver seu reflexo. E menos pronto ainda para ver o "4" tatuado em sua bochecha esquerda.

Wymack não esperava aquela reação tão violenta, e só por isso Neil conseguiu expulsá-lo do banheiro; então passou pelo treinador e correu para a cozinha. Quando Wymack o alcançou, Neil já havia puxado uma faca do suporte de madeira no balcão. Wymack agarrou seu pulso antes que Neil pudesse levar a faca ao próprio rosto, o jogador lutando como se fosse um animal enjaulado, mas o treinador bateu com a mão no balcão até Neil perder o controle. Ele se esforçou para pegar a faca, mas Wymack o arrastou para o chão com ele. Passou os dois braços em volta de Neil e segurou firme, e não havia nada que o atleta pudesse fazer a não ser se cansar tentando se soltar.

— Ei — disse Wymack em seu ouvido, agudo e insistente. — Ei. Está tudo bem.

Nunca esteve tudo bem. Chegou perto disso em alguns momentos fugazes, em momentos roubados com seus companheiros de time e em suas vitórias no último segundo, mas sempre acabou sendo ofuscado por essa terrível verdade. A cada vez que Neil piscava, ele se lembrava um pouco mais de suas férias de Natal. Toda vez que se movia, sentia as mãos e as lâminas de Riko, o fogo em sua pele. Deixou Riko destruí-lo repetidas vezes, porque era a única maneira de sobreviver, porque se curvar iria impedi-lo de se corromper, mas Neil não sabia se conseguiria se recompor novamente. Não era forte o suficiente para isso. Nunca tinha sido. Era a mãe que fazia isso por ele, mas ela já tinha ido embora.

— Neil — chamou Wymack.

Neil, Wymack dizia, mesmo quando ele estava com aquela aparência, mesmo com o rosto e os olhos de seu pai e o número dos Moriyama tatuado no rosto. Neil, Wymack dizia, e, acima de tudo, Neil queria que aquilo fosse verdade. Ele parou de lutar para se libertar; as mãos que estavam tentando arrancar os braços de Wymack agora o seguravam como se sua vida dependesse disso.

— Me ajude — pediu, os dentes cerrados.

— Me deixe te ajudar — Wymack rebateu, então Neil fechou os olhos. Wymack não disse mais nada até a respiração ofegante de Neil finalmente se acalmar. — Que merda foi que aconteceu? A última notícia que tive era que você ia passar o Natal com seu tio.

— Eu menti — explicou Neil. — Andrew vai voltar pra gente na terça, certo? Se Easthaven ainda não ligou pra Betsy para organizar que busquem ele, farão isso em breve.

— Ligaram ontem — contou Wymack. — O que Andrew tem a ver com isso?

— Ele tem a ver com tudo o que importa — disse Neil.

— Isso não é uma resposta.

— Desculpe.

— Cale a boca — mandou Wymack, então Neil cedeu. Os dois ficaram em silêncio por mais alguns minutos até Wymack dizer: — Posso soltar você e confiar que vai se comportar, ou você vai tentar cortar sua cara de novo? Quero dar uma olhada nos seus pontos.

— Vou me comportar — afirmou Neil.

— Sinto muito, mas não confio em você — disse Wymack, mas o soltou mesmo assim.

Eles se levantaram. Wymack estava falando sério quando disse que não confiava em Neil, porque o levou de volta para a sala de estar e para longe das facas. Wymack gesticulou para que Neil tirasse a camisa, mas Neil não conseguia se mover o suficiente para tirá-la. O treinador olhou para ele por um momento, depois saiu para pegar uma tesoura de cozinha. Ele a exibiu como se fizesse uma pergunta silenciosa, e Neil assentiu, ficando completamente imóvel enquanto Wymack cortava sua camisa.

Wymack não disse nada sobre as cicatrizes. Não disse nada sobre quantos curativos Neil tinha no peito e abdômen ou quantos hematomas apareciam ao redor da gaze. Tudo que ele fez foi examinar Neil com um olhar clínico, cutucando cada linha dos pontos em busca de pontos fracos. Neil ficou em silêncio e imóvel e deixou-o trabalhar. Ele tinha alguns pontos soltos na lateral do corpo, perto da cintura, mas aquele corte estava quase curado de qualquer maneira. Wymack empurrou a pele de Neil para ver se sangraria, mas os dedos voltaram limpos.

O treinador tirou as ataduras com crostas de sangue e as jogou na mesinha de centro. Deu uma olhada nos danos e saiu. Neil ouviu uma gaveta abrindo e fechando, e, segundos depois, o barulho de água caindo de uma torneira. Wymack voltou com um pano úmido e um pequeno kit de primeiros-socorros. Neil tentou tirar o pano dele, mas não conseguiu fechar os dedos o suficiente para segurá-lo. Wymack empurrou a mão dele e esfregou o sangue seco em sua pele. Doeu, mas Neil cerrou os dentes e ficou em silêncio.

Isso o fez pensar em longas noites na estrada, em recuperar o fôlego em esconderijos em todo o mundo. Por um momento, Neil lembrou-se da sensação dos dedos de sua mãe tocando sua pele. Ele se lembrou da picada das agulhas entrando e saindo enquanto ela costurava seu corpo despedaçado de volta. Aquela onda nova de calor que subia por sua garganta e causava uma dor aguda em seus olhos era tristeza. Neil piscou o mais forte que conseguiu.

— Um dia vamos falar sobre isso — concluiu Wymack, em voz baixa.

— Depois das finais — Neil disse sem olhar para ele. — Depois de vencermos os Corvos. Só aí eu te digo o que você quer saber. Vou até te contar a verdade.

— Só acredito vendo.

Wymack carregou os curativos sujos e a toalha para fora da sala, e Neil afundou no sofá, desviando o olhar em direção à garrafa de uísque de Wymack. O copo vazio de Wymack estava ao lado. Não deu trabalho nenhum enchê-lo e menos ainda tomá-lo de um gole só. O calor era familiar, assim como aquele sabor forte.

— Achei que você não bebia — declarou Wymack da porta.

— Eu não bebo — explicou Neil —, a menos que precise. A gente usava o álcool como anestésico porque não podíamos correr o risco de ir para o hospital. — As palavras queimaram seus lábios mais do que o uísque. Neil pousou o copo na mesa, deixando seus dedos se demorarem na borda. Não tirou os dedos até ter certeza de que sua mão não estava tremendo, e então traçou sua cicatriz mais feia com o dedo indicador. — Muitas perguntas. Muito tempo perdido. Era mais seguro beber para afastar a dor. — Ele apertou a mão e a abaixou até o colo. — Tá bom assim, treinador? Estou te adiantando uma verdade para você poder aguentar até a primavera.

— Sim — respondeu ele. — Por enquanto chega.

Wymack envolveu os ferimentos de Neil com curativos novos e voltou a se sentar. Os dois ficaram ali em silêncio, Wymack observando Neil e Neil encarando suas mãos. Ele se esforçava para lembrar o que tinha acontecido enquanto esteve em Evermore. Mas só quando a peça mais importante se encaixou, finalmente respirou aliviado.

— Eu não assinei — disse Neil, erguendo os olhos das mãos e levando os dedos ao rosto. Não conseguia sentir a tatuagem, mas tinha visto a de Kevin tantas vezes que sabia exatamente onde estava. — Ele me deu um contrato, mas eu não quis assinar. Ele não tinha como me obrigar. Isso não significa nada. Eu ainda sou uma Raposa.

— Claro que é — disse Wymack.

Neil assentiu e olhou para o relógio. Faltavam cinco para a meia-noite.

— Vamos ver a comemoração da virada? Quero fazer um desejo.

— Desejos são feitos para estrelas cadentes — explicou Wymack. — No Ano-Novo se fazem resoluções.

— Isso já serve — falou Neil.

Wymack tirou o controle remoto debaixo da almofada do sofá e ligou a televisão. Barulho e música encheram a sala. As câmeras passaram pela multidão enquanto uma banda se apresentava no palco, e Neil procurou entre aqueles rostos os de seus companheiros de time, mesmo sabendo que não os veria. Mas, de qualquer maneira, precisava olhar.

Ele conferiu o celular, vendo que a bateria, que estava criticamente baixa, não parava de piscar, e abriu a caixa de mensagens. Não leu as mensagens que recebeu. Não tinha tempo e a bateria não duraria o suficiente. A carga que tinha só seria o bastante para enviar uma mensagem em grupo, então tudo que escreveu foi "Feliz Ano-Novo" para as Raposas. Betsy tinha dito a eles que o celular de Andrew havia sido confiscado durante sua estada em Easthaven, mas Neil acrescentou o número dele de qualquer maneira e apertou ENVIAR.

A resposta veio quase imediatamente. No momento em que a contagem regressiva para meia-noite começou na tela, no instante em que Neil ergueu o olhar e viu a bola da Times Square piscando e começando a descer, já tinha recebido mensagens de toda a equipe, a maioria em letras maiúsculas e com muitos pontos de exclamação. Ele os ignorara durante todo o Natal, mas pareciam ansiosos para ter notícias dele agora. Ele era a família deles. Eles eram a família dele. Valiam cada corte, hematoma e grito.

Neil observou a bola chegar até embaixo. Era janeiro. Um novo ano. Em dois dias Andrew seria libertado, em onze dias, a primeira partida do campeonato e então quatro meses para as finais.

Enfrentar as Raposas na quadra nesta primavera seria o último erro que Riko iria cometer.

AGRADECIMENTOS

Minha gratidão infinita a KM, Amy, Z, Jamie C e Miika, que salvaram esta história de ser um desastre ininteligível. Obrigada por terem tolerado minha insanidade e carência e não me terem me matado quando entrei em contato com vocês na pior época do ano.

Agradeço também a minha irmã mais nova, que mais uma vez desenhou a arte de capa da edição original.

Para mais informações sobre as Raposas e Exy, visite o site da autora: courtingmadness.blogspot.com

REGRAS E REGULAMENTOS

BÁSICO

Exy é jogado em dois tempos de quarenta e cinco minutos com um intervalo de quinze minutos.

A quadra de Exy tem 55 metros de largura × 91 metros de comprimento × 9 metros de altura. É totalmente cercada por uma parede de acrílico de 1,27 centímetro: sobretudo para permitir rebotes e passes, mas também para impedir que o público seja atingido pela bola. Tanto o lado da equipe da casa quanto o do visitante têm portões que permitem que os jogadores entrem e saiam. Esses portões são fechados por fora e não devem ser abertos caso a bola esteja em jogo.

A quadra é dividida em partes, seguindo três linhas: área de defesa (perto do gol do time da casa), meia-quadra e área de ataque (perto do gol da equipe visitante). As penalidades são cobradas de lugares marcados entre a área de defesa/área de ataque e o gol da equipe da casa/visitante, respectivamente.

Os gols Exy ficam em cada extremidade da quadra. O gol em si é uma área de 2,7 × 6,4 metros marcada por uma linha preta na parede. A área do goleiro é a seção de 3 × 7 marcada no chão e em frente ao gol, também delineada. Os jogadores não podem cruzar a linha do gol. O gol delimitado na parede está repleto de sensores. Quando uma bola entra no gol, as paredes se iluminam em vermelho. Se a bola atingir o limite do gol, não contará como ponto. Cada gol é um ponto.

O objetivo do jogo é superar os adversários.

AS EQUIPES

Existem quatro posições: atacante, meia, defensor e goleiro.

— O atacante é ofensivo e joga para marcar.

— Os atacantes começam o jogo na linha da meia-quadra. Os atacantes do time que começa o jogo se posicionam dentro de quadra; atacantes da equipe defensora se posicionam nas laterais.

— Após sacar, o meia atua como intermediário; meias têm a opção de se especializarem como atacantes — sendo armadores — ou defensores — sendo pivôs —, e podem jogar como atacantes ou defensores extras, dependendo do andamento do jogo.

— Meias começam a partida nas áreas de defesa/ataque.

— O defensor tem o objetivo de proteger o gol.

— O defensor começa a partida nas áreas de defesa/ataque.

— O goleiro protege o gol.

São permitidos seis jogadores por equipe em quadra. De modo geral, isso significa dois atacantes, um meia, dois defensores e um goleiro. No entanto, o goleiro é uma posição opcional; um técnico pode substituí--lo por um jogador extra em certas circunstâncias.

O mínimo de atletas exigido para que uma equipe faça parte da NCAA é atualmente de nove jogadores. Teoricamente isso permite seis jogadores em quadra e um substituto para cada posição, exceto o goleiro. Após eventos recentes, esta regra está sob revisão e deve ser aumentada para doze.

EQUIPAMENTO

Raquete

— A profundidade da rede varia de acordo com a posição. Os meias têm as redes mais profundas para poderem carregar a bola com mais facilidade entre o ataque e a defesa. As raquetes do atacante são um pouco mais rasas, permitindo que tenham tempo para mirar o arremesso com perfeição. As raquetes dos defensores têm apenas um pouco de elasticidade, já que estes jogadores são fortemente desencorajados a carregar a bola; quanto mais tempo a bola estiver perto do gol, maior a chance de um atacante adversário roubar a posse de bola. As raquetes do goleiro são planas. São também as maiores raquetes, com uma cabeça que mede 46 × 61 centímetros.

— As raquetes de goleiro também são as mais longas permitidas na quadra, com um eixo que chega a 122 centímetros. As raquetes para todas as outras posições variam entre 76 e 114 centímetros, com base na altura e preferência do jogador. Os pesos das raquetes também variam, assim como os materiais permitidos para sua construção. De modo geral, as raquetes de atacantes são feitas de alumínio (por serem mais leves para o manuseio e permitirem maior controle) e as raquetes de defensores, mais pesadas, são feitas de madeira (para mais potência e força na disputa de bola).

Bola

— É aproximadamente do tamanho de um punho e pesada para permitir rebotes.

Capacete

— Deve ser usado em quadra o tempo inteiro, a menos que o jogador seja instruído de outra forma por um oficial ou que o jogo não esteja em andamento. Há uma viseira na frente do capacete para proteger os olhos do jogador sem obstruir a sua visão e uma grade protege o rosto do nariz para baixo.

Armadura

— Equipamentos de proteção nos peitos e nos ombros, protetor de pescoço, caneleiras, protetores de braços e luvas com reforço para proteger os dedos dos jogadores.

Opcional: Bandanas para manter o cabelo longe do rosto, armadura para usar sobre as coxas sob o short e protetores bucais (para evitar ferimentos acidentais durante colisões).

ALGUMAS REGRAS BÁSICAS

1. A regra do impedimento é válida na quadra de Exy. Como funciona: Um jogador do ataque que não tenha a posse de bola ou que esteja em movimento para brigar pela posse de bola deve ter um jogador de defesa adversário entre ele e o goleiro adversário o tempo todo. Isso evita que os atacantes esperem perto do gol para marcar. A penalidade para impedimentos é a perda da posse de bola, e a saída deve ser dada do meio de quadra.

2. É permitido disputa de corpo contra jogadores que tenham posse razoável da bola: ou seja, que estejam com a bola durante o momento da disputa, que acabaram de perder a posse de bola ou que estejam prestes a recebê-la. O jogador que atualmente está com a posse de bola pode colidir com qualquer outro jogador, sem restrições. Colisões que não sigam essas regras resultam na perda de posse de bola, com a saída sendo dada na linha mais próxima.

3. Qualquer outra forma de disputa é proibida e resultará em cartão. A intensidade da disputa decidirá se o cartão será amarelo ou vermelho; também determinará a necessidade de cobrança de penalidade ou apenas perda da possa de bola. A partida é reiniciada no mesmo

local em que o jogo foi interrompido; o local exato será decidido pelo árbitro residente. Nenhum outro jogador pode ficar a menos de 3 metros do meia durante um saque no meio do jogo.

4. Só é permitido bater a raquete em outra raquete. Um jogador que atingir com sua raquete o corpo de outro jogador receberá um cartão e o time adversário receberá uma penalidade. Isso inclui usar a raquete para derrubar outro jogador. Bater a raquete no capacete de outro jogador é punido com cartão vermelho no mesmo instante e garante à outra equipe uma penalidade direta.

5. Só é permitido dar um máximo de dez passos com a posse de bola. Após isso, ela deve ser passada. Os passes aceitáveis são para um companheiro de equipe, para si mesmo por meio de um rebote ou um arremesso ao gol.

6. Um cartão amarelo é uma advertência. Dois cartões amarelos fazem com que o jogador fique de fora pelo restante do jogo. Um jogador que recebe cartão vermelho é imediatamente expulso do jogo em andamento e também deve ficar de fora do próximo jogo.

7. Partidas de Exy para jovens e alunos do ensino médio exigem um mínimo de quatro árbitros. Partidas do nível NCAA para cima exigem um mínimo de seis árbitros, três em cada lado da quadra.

8. Os goleiros são os únicos jogadores autorizados a tocar a bola com as mãos. Os jogadores não podem pegar, chutar ou mexer na bola com as mãos, apenas com as raquetes. Se o fizerem, a partida será interrompida e a posse de bola será conferida à outra equipe.

Este livro foi composto na tipografia Minion Pro,
em corpo 11,5/16, e impresso em
papel off-white no Sistema Cameron da
Divisão Gráfica da Distribuidora Record.